两个女人一个清朝

陆

落日余晖与慈禧太后

（大结局）

郭厚英 刘燕君◎著

中国社会出版社
国家一级出版社★全国百佳图书出版单位

图书在版编目（CIP）数据

两个女人 一个清朝.6，落日余晖与慈禧太后/郭厚英，刘燕君著.—北京：中国社会出版社，2014.1

ISBN 978-7-5087-4610-4

Ⅰ.①两… Ⅱ.①郭… ②刘… Ⅲ.①长篇历史小说—中国—当代 Ⅳ.①I247.5

中国版本图书馆CIP数据核字（2013）第279968号

书　　名：两个女人 一个清朝.6，落日余晖与慈禧太后
丛 书 名：两个女人 一个清朝
著　　者：郭厚英　刘燕君
责任编辑：杜　康

出版发行：中国社会出版社　**邮政编码**：100032
通联方法：北京市西城区二龙路甲33号新龙大厦
电　话：编辑部：（010）66032739
邮购部：（010）66081078
销售部：（010）66080300　（010）66085300
（010）66083600　（010）66080880
传　真：（010）66051713
网　　址：www. shcbs. com. cn
经　　销：各地新华书店

印刷装订：中国电影出版社印刷厂
开　　本：170mm×240mm　1/16
印　　张：20
字　　数：350千字
版　　次：2014年2月第1版
印　　次：2014年2月第1次印刷
定　　价：39.00元

清史专家为本书题词

我读高阳的小说与读厚英的小说不约而同地产生了同样的感觉，要而言之，两作家严格按照清史与相关人物的本来面貌去描写，故“写出来”的故事及“塑造”的人物形象，无不与历史的真实相吻合。

——国家清史编纂委员会委员、传记组副组长、吉林社科院历史所原所长、研究员、著名清史专家李治亭

红颜岂能都是“祸水”，性别不能锁定优劣。三百年清史波澜壮阔，两个女人横空出世，孝庄、孝钦各领风骚，一头一尾时代迥然。多少兴亡事，尽在演绎中，千秋功过，自有后人评说。

——国家清史编纂委员会传记组专家，中国人民大学教授、博导，图书馆原馆长杨东梁

以真实的记述与艺术的描绘相结合的方式，通过清前、后期两个女人的人生故事，书写有清一代的历史兴亡，是史学走出书斋，接近平民大众的有益尝试。

——国家清史编纂委员会通纪组专家，中国社会科学出版社原总编，中国人民大学清史所原所长、教授王俊义

序

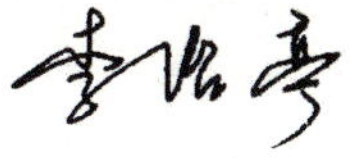

本书为《两个女人 一个清朝》之六，也是郭厚英该系列丛书的收官之作，为其历时五年的艰苦创作画上了圆满的句号。有了这最后一部，才使她真正完成了对清朝全史的艺术再创作。当我看到这部书的厚厚清样时，真为她数年如一日、不惧艰难的匠心创作精神所感动。我为她取得的巨大成功而感到喜悦，并由衷地祝贺！

对于最后一部的序，厚英与编辑杜康早已表明他们的期待，而我并无丝毫的犹豫。因为我已为前五部中的四部各写了一篇“序”，这最后一部的“序”也是情理之中，顺理成章，对我而言，以成始终如一之义。

厚英完成《两个女人 一个清朝》最后一部，就使这套六部书组成的“清史小说”彰显出重大的社会意义。迄今为止，清亡一百多年来，以文学艺术的形式描写清朝历史，如前篇序言已提到，当首推民国蔡东藩的《清史通俗演义》，还有儒丐著的讲述清入关前史的《福昭创业记》，此系传统的章回小说，而作者毕竟是旧时代的文人，其观念、观点乃至写法、文字风格等无不打上时代的印记，与今日相比，大相径庭。

在这部“演义”问世之后，长久而无人效法，处于空缺状态。直至改革开放之后，才从台湾引进作家高阳的清史小说。继之，则有二月河的多部清史小说。这些小说基本以几个清帝为中心，仅描写皇帝的故事而已。从清朝的全史来看，他们只是描写了清朝的部分故事。

直到五年前，厚英开始了“清朝全史小说”的艰难创作历程，很快推出第一部，然后是第二、第三、第四、第五部相继问世，距上部小说出版不到一年，最后一部即第六部也将面世。至此，大功告成！可以肯定地说，厚英是继民国时期的《清史通俗演义》之后，系统写尽清朝全史的唯一作家！厚英运用当代文学创作方法，其创作的理念、审美意识、价值取向、语言风格等，统统是当代的“产品”，为当代人所喜闻乐见。这就与民国时期旧文人之创作划清了界限。从这个意义上说，厚英创作清全史小说，实为中国第一人！尤其创新之意，是把清朝前后两个著名女人作为一条主线，贯通清朝历程，显示出厚英之作的一大特色，实则也是清朝历史的一个标志性特色。顺便说一句，清朝开国摄政王多尔衮，国运兴隆；末世也有摄政王载沣，国运却衰竭而亡。按厚英的说法，可否说“两个男人 一个清朝”呢？但比较一下，总觉得厚英用“两个女人 一个清朝”更有特色，也更加耐人寻味。

当然，我并未忽略已故台湾作家高阳及大陆相关作家的创作。我要指出的是，他们创作的小说，仅仅是清史的几个“片段”，或者说是清史的一部分，与厚英的系统、完备相比，是不可同日而语的！厚英的叙事与文字风格，则是当代与传统的完美结合，为其他作家所难以企及。这样说，并非否定或有意贬低其他作家，恰恰相反，我在其第二部小说的“序”中对高阳等作家的创作与成就给予称许，他们之间的差异，仅是特点不同，全部与局部之别罢了。写到这里，不能不提清宫影视剧的创作，一言以蔽之，胡编乱造，不值一提！我在厚英第二部小说的“序”中已说了我的看法，这里也就无须再说什么了。

当此《两个女人 一个清朝》系列丛书即将最后完成之时，我仅就此书之整体发了些议论。现在，话题该说说这第六部书了。从何谈起呢？就先从书名谈起吧！

该部书名曰：“落日余晖与慈禧太后”。厚英把清朝末世比作“落日余晖”，很形象、很生动，一语道破清末的历史真相。同样，也揭示了中国一个最强势的女人——慈禧太后的生命已走到尽头。如同一场多幕剧，在演出一幕幕之后，到慈禧这一幕时，清朝的历史长剧正在大幕垂落，而伴随慈禧的去世，很快，曲终人散，《两个女人 一个清朝》就此终结。

这就是清朝的，也是本书的大结局。

俗语云：编筐织篓，全在收口。这最后一部，确系全套书的“收口”。“收口”如何？让我们看看内容再说。

清朝的最后一幕，在史学的视野下，当涵盖同治、光绪与宣统三朝，共五十年，慈禧执政，占其中的四十八年，唯宣统三年不在其内。这三年就是清朝的最后结局，它是慈禧当政的一个直接结果。慈禧当政几乎半个世纪，比之康熙在位六十一年、乾隆六十年，稍有逊色。但在慈禧当政时所发生的事之多，却明显超过了康乾时期。一个带有根本性的变化，就是康乾时期的繁荣已成为遥远的过去，国势呈衰败而不可复振。国际形势空前复杂，集中表现在欧美工业化，科技发展突飞猛进，各列强包括日本已发展成为帝国主义国家，对中国的侵略、发动掠夺战争，肆无忌惮，随心所欲，为所欲为，清朝几乎已失去抗拒的能力！这是一方面；另一方面，中国国内的封建专制体制正在动摇，已出现瓦解的趋势，在政治上要求变革的呼声日益高涨，已行两千余年的君主专制正受到空前的挑战，处于风雨飘摇之中。

这大抵是慈禧当政之时清朝的基本状况。

具体说，在慈禧掌控国家政权近半个世纪的漫长岁月里，历同治、光绪两帝，她本人三次垂帘听政；如中法、中日甲午之战、八国联军侵华、沙俄侵占东北、阿古柏勾结沙俄占新疆、日本侵占台湾、日俄两强在中国东北争霸……这些侵略战争以及国内戊戌变法、义和团运动等，无不一一在慈禧眼前一再发生。慈禧试图挽狂澜于既倒，除了被迫实行“新政”，确已技穷智竭。她至生命结束前，做了最后一件事，正如人们所熟知：选定一个三岁的幼童为新主，指定她的侄女隆裕皇后为幼帝的“监护人”，以确保叶赫那拉氏掌握的国家大权不会旁落他人之手！至于她指定的摄政王载沣平庸无能，无胆识，更无大智慧，依靠这三个人，岂能掌控晚清纷乱的局势？果然不出人们所料，慈禧死后三年，清朝便寿终正寝了！要说亡清之人，宣统太小，不可负一点责任；隆裕与载沣掌大权的人，也只有三年，亦不可过求。说到底，清之亡，实亡于慈禧之手！

以上，所列事件种种，人物形象色色，故事精彩纷呈，这些，都在本书中一一呈现。在作家的笔下，慈禧与她周围的文臣武将各具形象，从他们的内心到外在的个性，无不酣畅淋漓地展现出来。但给我最深的印象可用两个字概括：真实。所说真实，并非如历史学者那样，将历史原原本本地叙述，无额外地添加。本书之真实，实是经厚英艺术加工后的“真实”，这就是说，尽管经过艺术的再创造，历史并未因再创作而改变真相，让读者仍然相信无疑，还被书中的描述而深深感动。因为艺术更深刻地揭示人们的本质，形象地还原历史的真貌。而史学论著却是无法企及的。我在前书的“序”中，特别提到，如影视剧与本书这类小说，同属艺术创作，却有天壤之别。一些描写慈禧的影视剧，将慈禧描绘成一个诡计多端、心狠歹毒的女人，这大概是受到传统偏见的影响，或许接受学术界一贯否定慈禧的片面评价，以致把慈禧打入“恶人”乃至“罪人”的行列，是没有什么好说的！

厚英不同之处，也是高人之处，不受任何外来影响，将慈禧还原为一个血肉之躯，且有个人追求的活生生的人，她有自己的感情，也有自己的处世则。厚英从人性的视野来观察慈禧，就把她的人性真实地揭示出来。如，慈禧对年幼的同治帝加强教育，请最有学问、德行优异的老师教他。慈禧的各种努力已倾注了作为母亲的爱心与责任，所以，她“绝不是一个刻薄寡恩的母亲”（本书第3页）同样，年幼的光绪帝也得到了最好的教育。

关于“百日维新”，是晚清一个重大历史事件，几十年来，有关研究成果之多，真是难以计算，基本说法，当然还是否定慈禧，把她定为保守派、顽固派的总头子。厚英的视角与此不同，她看到：“在变法的前期中，均有赖于慈禧太后为他们（康、梁等人）鸣锣开道，扫除障碍。”尤其注意到，“康梁几个书生并开始了武力夺取政权。”这才是“维新派真正的目的。”（见第五章）无疑是夺慈禧的权，拥光绪帝而排慈禧。这一历史事实为学术界所熟知，但被忽略不计，没有作出深刻的解释。本来是一场变法变革，却搞起了宫廷内部的权力斗争，欲把慈禧置于死地，必然招致慈禧的猛烈反击。所以，变法失败是必然的。说得更明白点，变法不操之过急，不去伤害而是利用慈禧，至少变法不会以流血而告终。这就是“几个书生”把事情搞砸了！厚英将已知的各种因素和已知的事实哪怕是微不足道的小事小动作都综合考虑，给出合理的解释，故描述这一重大事件，既不落俗套，也不特立独行，总之，合情合理，才能让人信服。

尽管镇压了变法，但慈禧还是实行了“新政”。从史载内容可知，其“新政”确比戊戌变法有更进步之处，或者说，比变法又前进了一大步，称为“新政”，确实是“新政”。从以往的研究看，学界似乎对“新政”大不以为然，总以为慈禧的“新政”不过是为挽救清朝危亡而不得不实行的措施而已。用其“目的”性来否定其社会效果，实则便抹杀了“新政”的社会进步意义。以今天的眼光看问题，如此评价有失公允，因而也就失去历史的真实性。

厚英以作家的独特视野，给出了新的判断：“在朝野各种立宪力量的推动下，以慈禧太后为首的朝廷顺应时代潮流，开始了史无前例的宪政改革。”这一灼见，确有过人智慧。“新政虽然好，只是近黄昏。”（以上详见第七章）厚英对新政发出的感叹，也是恰到好处，准确地反映了这一重大事件的真实而不虚！“新政”是个好东西，因为“新政”对实行两千年的君主专制无疑是个“无先例”的政治突破。慈禧提出并主导“新政”，用今天常说的一句话：与时俱进。由此看来，慈禧并非保守，亦非顽固，她能跟上正在变化中的时代脚步，敢于改革，真称得上是一个杰出的政治家！最可叹的是，已“近黄昏”；实行“新政”为时已晚，无论如何，也来不及拯救清朝无可挽回的衰亡！

以个人感觉而言，读此书得到许多启示，看问题、作判断，产生出新的思路，新的视角。以上，不过仅举一两个事例，若再举几个事件或几个人物来说，这篇序就收不住了，也就只好打住。

我还想说的是，厚英的书是小说，并非学术专著。但我要指出，我无意以历史事实与本书逐一对号，如果这样做的话势必将小说与史著混为一谈，会引起人们的思想混乱。我强调的是作家的主观意识，如何看待晚清史，怎样合理地描绘慈禧。解决了这一根本问题，就可以按作家个人的识见，去构思与描写厚英心目中的慈禧形象；同样，也按她的认识与判断，绘声绘色地把那一段历史表现出来，一句话，厚英的描写与历史真貌是一致的，尤其是揭示出历史的本质，便更深层次地再现历史真相。厚英坚持这一创作原则，把它贯穿始终，因而大获成功！当然，这最后一部也是以成功“收口”。

解释小说，离不开对其艺术的分析。我在前几部“序”中已明言我不懂小说，谈论其艺术特色，完全是个“门外汉”。我只能说，全凭个人感觉，比如，书中的慈禧是否给我留下了深刻的印象？这就看作家据史实能否塑造出她的鲜明的形象；读的过程中，能否感兴趣，被一种吸引力吸引而欲罢不能，这要看作家能否把故事写得异彩纷呈，引人入胜；还有，无论人物形象、故事情节之描写，全靠文字来表现，读者阅读不累，轻松愉快，就要看作家的语言文字是否如行云流水，用词贴切而生动、准确。我从这三个方面去找感觉，结果是：爱读，喜欢读下去……

比如，就说慈禧这个女人，个性倔强，内心情感丰富而多变，又往往与政事相联系，不时地牵动她的情感发泄：有时柔声细语，像个慈祥的老者，有时震怒，疾言厉色；有时默不作声，只在心里算计，有时情之所至，也会号啕大哭。听到李鸿章去世的消息，情不自禁地哭出声来。因为身居最高权位，其情感不能随着政情及何种人事的影响而起伏，而变化。这些，厚英写出了慈禧的情、性格、智慧与勇气。

再说李鸿章这个政界“大佬”，是生活在慈禧身边的重要人物，厚英把他也写得绘声绘色：如，中日甲午海战，中国战败，他一度受到冷落。至八国联军侵入北京，与洋人谈判时，李氏不得不被起用。慈禧与李氏各怀心事，展开一番心理争斗。终于李将已失去的官位一一恢复。读此段事，李鸿章的本事与心理活动都给人留下深刻的印象。

厚英不愧是写故事的高手。每件事都是一个精彩的故事。如，慈禧欲废光绪帝，另立一阿哥；慈禧对列强宣战，战败求和以及其前后的许许多多的事，读来真的很引人入胜。故事发生的时间、地点、场合及具体情节，并无差错，给人以真实感，无可置疑，激发读者读书的热情。

厚英的语言风格与那些惯于做文字游戏的作家不同。她没有那些花哨的语言，没有那些空洞的华丽辞藻，更没有西式的那些废话连篇的文字描写，也找不到生僻怪异的词汇，通篇的文字，就是中国的，传统的，又是现代通用的文字，就是用生活中常用的文字和语言写出来的精彩故事。这的确是厚英的文字风格。我想，每个读书的人都会接受！

艺术的探索是无止境的，从这个意义上说，不能认为这部清史系列小说已达到最高境界。高与低、好与坏，都是相互比较而言的。在现当代的条件下，比之那些收视率高的影视剧、一些号称名家的创作，厚英之作确是出淤泥而不染，相顾而失色。保持史学的真实，保持文学的纯洁，是为本书与其系列的可贵品格。

清史极其丰富多彩，厚英写了六大部，也未必写尽清史。我真诚地希望厚英继续努力，不断提高艺术水平，写出更多更好的清史小说，在这宽广的文史领域，开出更绚丽的花朵，结出更丰硕的果实！

厚英已最后完成六部小说的创作。我有幸为这部长篇系列小说所写的序，写到这里，亦告结束。序当与不当，愿识者教之。

2013 年 11 月 6 日于北京神州数码大厦

目录
contents

目录
cotents

目录
contents

施只能围绕如何把大清国这幢破屋糊裱得更漂亮的主题来打开。这可不是维新派的真正目的。接下来，康、梁几个书生并开始了武力夺取政权。这时，慈禧太后领着她的娘子军从颐和园回到了紫禁城，把北京的局面翻了过来。光绪帝再次落入慈禧太后的严密掌控中。于是，慈禧太后开始了她生命中的第三次垂帘听政。

戊戌政变后，康、梁等维新党人在海外展开了声势浩大的反慈禧活动，抹黑慈禧太后的新闻报道层出不穷。对康有为无可奈何的慈禧太后便将怒火转向了无辜的光绪帝。这自然增加了软禁中光绪帝的生存难度。随后，“己亥建储”的既成，使得光绪皇位岌岌可危。“义和团运动”晚期发生了许多暴力事件。袁世凯出任山东巡抚，平息了山东义和团。然而，直隶义和团运动却意外蓬勃生长。直隶一乱，天子难安。由此，各地义和团仿佛扑火的灯蛾，直奔京城。

经过庚子事变后，慈禧对于西方的人与事，态度有了很大的改变。在朝野各种立宪力量的推动下，以慈禧太后为首的清朝廷顺应时代潮流，开始了史无前例的宪政改革。“丁未政潮”为慈禧太后这一生所经历的最后一次大的政治风潮。其间，“清流”一党跟朝堂中的袁世凯展开了针锋相对的斗争。晚清到终末期，地方上最有权势的三大总督为：湖广总督张之洞、直隶总督袁世凯、两广总督岑春煊。其中，阵势最磅礴者，是直隶总督袁世凯。慈禧太后决定宪政后，岑春煊、袁世凯等纷纷加入抢分政治蛋糕行列。于是，这一对江湖老油子便打起了擂台赛。

目录
cotents

【第一章】兄终弟及，还是两宫垂帘格局

同治帝的健康成长令慈禧十分欣慰。但对于小皇帝的未来教育，清朝高层却难以统一。另外，长大的同治帝，皇后的挑选也成了两宫太后的头等大事。同治帝是一个姐弟恋者，而崇绮之女阿鲁特氏天生有一种范儿，这皇帝的婚姻大事便一锤子定音了。可惜，慈禧太后和皇后的婆媳关系不尽如人意。做夹心饼干的同治帝便想到重修圆明园，但好景不长，圆明园还未修复，他短暂的生命却走到了尽头。

❶自古难处的婆媳关系

人生岁月如梭，时光飞逝，即使气象疏阔之皇家也不过如此。转眼间，同治帝便从昔日那个懵懂无知的6岁小男孩，长大为情窦初开的翩翩美少年了。

少年同治帝颇有几分他老子咸丰帝的气质

慈禧的内心是欣慰的，至少她觉得自己这十数年的辛苦没有白费，她是对得起爱新觉罗皇家的，也对得起早死的夫君咸丰帝。

同治帝，名载淳，是咸丰帝的独生子。虽然自同治5岁那年起，慈禧太后即决心按照未来明君的模式来打造他。但是，慈禧太后绝不是一个刻薄寡恩的母亲。慈禧给同治聘请的教学班子，有礼部尚书前大学士祁寯藻、管理工部事务前大学士翁心存、工部尚书倭仁、翰林院编修李鸿藻等人，一年中除重大节假日，不管严寒酷暑，规定必须用半天时间到弘德殿中诵读诗书、习字作文。另外，同治帝还应该跟随礼部尚书倭拾珲部、左侍郎伊精阿臣、兵部尚书爱仁均等人学习满文、蒙古文；为了弘扬满族人的尚武精神，跟随一班贴身侍卫练习骑射功夫。同治帝的性情，偏于好动贪玩，侍卫们簇拥着他到外面练习骑射，或是偷偷地跟随着一班贪玩的王孙贵族在外面厮混时，他显得兴致勃勃，劲头儿很高。真正要他静下心来读一些孔孟理性之书，就有点难了，同治帝常常表现为哈欠连天，神情委顿。倭仁、李鸿藻等数位帝师对此颇无可奈何。

“翁氏藏书”始祖翁心存

同治元年（1862年），帝师翁心存病逝后，当时在朝廷中担任詹事府右中允的翁心存的第三子翁同龢，被推荐入值弘德殿继续教小皇帝读书。翁同龢当时不仅承担为小皇帝教书之职，而且还与礼部右侍郎张之万、太常寺卿许彭寿、光禄寺卿潘祖荫一起为两宫皇太后讲解一本叫《治平宝鉴》的特编教材，据说，慈禧太后从《治平宝鉴》一书中领悟到许多治国的道理。因此，翁同龢、张之万、潘祖荫等与慈禧太后结下了君臣知遇之情。

《翁同龢日记》反映出16岁同治帝（同治十年）的读书状况，却是极其顽劣的：例如，日记中正月初七日记载：“晨读极散，因极陈（极陈，极力上言）光阴可惜，当求日进之方，上颔之而已，照常退。”正月二十九日：“……午初来，满书极吃力，午正二始毕，讲折尤不着力，真无可如何也！”二月初八日：“课题‘重农贵粟’，诗题‘东风已绿瀛洲草’，得洲字。文思极涩，初稿几无一字可留，且虚字亦不顺，复逐字拆开讲过，仍凑泊而成数段，未毕退。午正再入，坐四刻而不成一字。遂作诗，诗亦不佳。如此光景，奈何奈何！”

但是，慈安太后对此却并不十分介意。慈安的看法是，男孩子小时候哪有不好动的？过分拘束了小同治帝，损坏了小同治帝天然的灵动气息，反而不美。当时，弘德殿专司督促之责的王爷，为辈分很高的惠亲王绵愉。两宫皇太后怕小同治帝一人读书觉得无聊，便安排惠亲王绵愉的两个儿子奕详与奕谟入宫伴读。绵愉对于两个儿子奕详与奕谟的监督倒是颇为严格。小同治帝但凡有了顽皮的举动，惠亲王绵愉便让帝师们惩戒奕详、奕谟两个伴读，用竹尺很重地打他们的手心，希望可以起到“杀鸡吓猴”的作用。奕详、奕谟两个小家伙痛得杀猪般的号叫，小同治帝却不过在一旁幸灾乐祸地抿嘴而笑而已。事实上，慈禧太后先前也不认为同治帝的贪玩是什么特别的坏毛病。毕竟，两宫皇太后年纪轻轻守寡，两人就巴望着咸丰帝留下的这么一点亲骨肉，娇贵一点来养着，那也是人之常情。

据说，起先，关于小皇帝同治未来的教育方向，在清高层核心的内部曾展开过一次认真的讨论。这时，西风欧雨已然吹拂在中国这块古老的土地。恭亲王奕䜣小心地提议：是否在君主的传统知识结构中引进一点全新的东西？让同治帝了解到在中华帝国之外尚有其他强悍尚武的西方国家，从而学习一点与西方国家有关的政治历史、经济地理、法律外交以及西方人的战争游戏规则？帝师倭仁、李鸿藻等人对于恭亲王的提议深恶痛绝。他们认为：在一种“君权神授”的传统国度之中，培养一个传统的儒家圣君那才是国运长治久安的根本；如果让小同治学习西方那些乌七八糟的思想，长大后的皇帝便会试图去践踏那些传统的统治规则，从而危及清王朝的统治根基。

皇叔恭亲王奕䜣对小同治帝的教育很是上心

于是，两宫皇太后便发函征求地方第一权臣曾国藩的看法。

此时内阁的规模为四大学士、三协办大学士，曾国藩以武英殿大学士高居群臣之首，下面依次为文华殿大学士朱凤标，体仁殿大学士瑞常，文渊殿大学士瑞麟；三协办大学士则依次为李鸿章、文祥、单懋谦。同治十三年之后，四大学士尽皆殁没，于是大学士中的排名更换为：文华殿大学士李鸿章、武英殿大学士文祥、体仁殿大学士宝鋆、东阁大学士左宗棠。曾国藩之后，大学士的首席便改为文华殿了。左宗棠的资格原本足以顶起文渊殿大学士之遗缺，可是，大清高级职称委员会在审定左宗棠的资历时，发现他的学历仅仅只是一个举人，这是一个很大的欠缺，所以在拜相的时候便权且封了一个东阁，这令左大人私底下隐隐作憾。

事实上，晚清进入到同治、光绪两朝，政治机制转变为两宫垂帘加议政王辅政体制。慈禧太后为了防止权力的失衡，曾经动了不少脑筋，目的就是要防止下面的权臣欺负他们孤儿寡母、浸然坐大。具体而言，同治、光绪两朝，清政府政治中说话颇有分量者，大致可分成：奕䜣、奕譞、奕谅、奕谌议政王大臣亲贵集团，地方督抚挂大学士衔的地方大佬，军机处，御前大臣，总理各国事务衙门等五套领导班子。其中的权力运行机制相当复杂，应该为晚清史研究者明鉴。大家你中有我，我中有你，既相互协作，也相互制约；有时，慈禧太后自己也不能独自快然地高高在上，而是被这些权势集团裹挟着，身不由己地往前走。大家结成了一个很大的一荣俱荣、一损俱损的既得利益政治集团。

晚清名臣曾国藩

由此可知，曾国藩在当时的政治中影响仍然很大。只是曾国藩的表态却十分谨慎。这样，他的倾向就未免有些守旧了：外面的世界虽然很精彩，外面的世界实际上也很无奈。皇帝是未来清王朝的一盏明灯，因此，在对皇帝的教育方针这一重大问题上必须谨慎。曾国藩的观点是，西式教育不过存在百年，而中国的孔孟圣贤之教有悠悠数千年的历史，可谓博大精深。在外界情况不明朗的前提下，小皇帝的教育自然应该以求稳为主。无论如何，培养一个懂得“礼与仁”的完美儒教仁君，那才是保证大清帝国的统治千秋万代传承下去的可靠保证。正好在这时候，倭仁为了展示自己进行克己复礼的强大的决心，在京城组织了一个叫作“食糠会”的高级俱乐部，规定入会的政府高官们最少必须每周吃两天以上的粗劣糠面，以显示他们的艰苦奋斗。倭仁此举大获慈禧太后的好感，恭亲王奕䜣引进西式教育的提议由是被搁置起来了。

这样说起来，同治帝自 6 岁到 14 岁的这段时间，除了上班应卯式地给两位皇额娘在养心殿充当垂帘听政的道具；日子过得真的是无忧无虑。我们知道，清王朝历代的帝王，想要顺利地登上皇帝的宝座，都要经过一番剧烈的竞争，有时甚至是血淋淋的兄弟骨肉相残。但是，同治帝的条件却是得天独厚的。合法的皇位继承人只有他一人。两位皇太后文化程度都不是很高。即使是有文化，两宫皇太后也不可能把所有的心血全部倾注在小同治帝身上。慈安与慈禧事实上是政治中的女人。政治实际上是一项特别消耗人心神的游戏。如此，同治帝的少年儿童时代，就很过了一段逍遥自在的快乐时光。

这样讲起来，快乐与放纵，便成为同治帝以后必须面临的第一层危险。有一位《纽约时报》驻北京的撰稿人在了解到同治帝的受教育情况之后，便向美国本土发回了这样一份报道：“据说，小皇帝很淘气，做事全凭自己的兴致和乐趣。如果这是真的，那么他就被所有那些旨在培养他懒惰和纵欲的东西所包围，这样，摆在他面前的未来前景就不是那么乐观了。”

同治帝长大了，最主要的就是赶紧为同治帝选择一个合适的皇后。这一点，两宫皇太后跟普通蓬门小户人家的母亲心境大抵相同。同治十年冬，两宫皇太后在恭亲王长女、慈禧的干女儿荣寿公主的大力协助下，最终选择了两位终极的人选，摆在了两宫皇太后的案头上：一个是蒙古正蓝旗崇绮的女儿、19 岁的阿鲁特氏，另一位则是员外郎凤秀的女儿、14 岁的富察氏。

慈禧太后喜欢年轻的富察氏，觉得这个女孩子活泼可爱，跟同治帝的脾性正好相符。另外，慈禧太后还有一个摆不上桌面的隐秘理由：阿鲁特氏入宫前，慈禧太后曾经拿了阿鲁特氏的生辰八字与自己的生辰八字找命相大师暗暗地批示。结果阿鲁特氏属虎，慈禧属羊，民间有“羊入虎口”的说法，阿鲁特氏的属相竟然与慈禧太后的命相相克，这令慈禧太后心中十分不爽！

慈安太后不知道慈禧太后的这些花花肠子。慈安太后坚定地认为：同治帝的心性本来就像一个贪玩的小男孩，还没有完全收回来，再加上一个整天疯疯癫癫的富察氏，这后宫将来成何体统！不如选崇绮的女儿阿鲁特氏，人长得也还端庄，做人谨慎沉稳，放在中宫，正好挑起这副担子。

慈禧找不出合适的理由来反驳慈安太后，便提议让儿子载淳自己做主，来一个二选一。谁知，同治帝是一个姐弟恋的狂热拥护者。同治帝第一眼就喜欢上了稳重大方的大姐姐阿鲁特氏，而不喜欢仍然有一点小女孩傻傻气息的富察氏。于是，这皇帝的婚姻大事便一锤子定音了：崇绮之女阿鲁特氏册立为皇后，凤秀之女富察氏册立为慧妃。

皇后阿鲁特氏家庭的来头很大。祖父是咸丰初年的名臣大学士、军机大臣赛尚阿，外祖父则是顾命八大臣之一的郑亲王端华。皇后的父亲崇绮，是有清一代唯一的“蒙古状元”，是有清一代满洲、蒙古以汉文获翰林院编修的第一人。满蒙士林，以其为荣。同治九年选侍讲，后充日讲起居注官，再调盛京将军。后来，义和团事起，崇绮是义和团的热心鼓吹者。义和团失败之后，崇绮独自一人跌跌撞撞地跟着荣禄逃奔保定，暂住于莲池书院之中，但是，崇绮回想自己的人生，觉得很不是滋味，于是，就在明月东升之时，悬梁自尽了。至于崇绮的家人，在京师陷落时，也从容赴死。《清史稿·崇绮传》中说：“崇绮妻，瓜尔佳氏，先于京师陷时，预掘深坑，率子、散秩大臣葆初及孙员外郎廉定，笔帖式廉容、廉密，监生廉宏，分别男女，入坑坐瘗，阖门死难。”实际上，崇绮这个正妻为慈安太后的表姐，所以，当初慈安倾向于选阿鲁特氏为皇后，也不能说一点私心没有。

阿鲁特氏皇后出身于官宦名门之家，这女孩子做事便天生有一种范儿。据记载，皇后阿鲁特氏“雍容端雅”、“美而有德”，且文才好。皇后幼年在家，崇绮亲自授课，读书聪颖，十行俱下，“后幼读书，知大义，

皇后阿鲁特氏天生有一种范儿

端静婉肃，内外称贤。及正位六宫，每闻谏阻，自奉俭约，时手一编”。同治帝自从有了这个皇后姐姐，心里欢喜得很。

后来，《清宫词》中收录了一首赞美年轻的阿鲁特氏皇后的诗：

蕙质兰心秀并如，花钿回忆定情初。

珣瑜颜色能倾国，负却宫中左手书。

诗中珣、瑜指的是同治帝的珣妃阿鲁特氏与瑜妃赫舍里氏。珣、瑜二妃的容貌虽然是秀色可餐的，但终究不及能用左手写字的中宫皇后韵味悠长。

可是，慈禧太后却始终是那种爱憎分明的性情。她既然一开始就看不惯阿鲁特氏的乔张做致，她后来便常常喜欢找碴儿、挫一挫这位阿鲁特氏小皇后的锐气。

同治十一年二月初三日，北京《邸报》发布了一则正式公告：

“钦奉慈安皇太后、慈禧皇太后懿旨：皇帝冲龄践祚，于今十有一年，允宜择贤作配，正位中宫，以辅君德而襄内治。兹选得翰林院侍讲崇绮之女阿鲁特氏，淑慎端庄，着立为皇后。”

九月十四日，同治帝身着礼服，亲御太和殿，遣惇亲王奕誴为正使、贝勒奕劻为副使，持节奉册宝诣皇后邸，册封阿鲁特氏为皇后。派大学士文祥为正使、礼部尚书灵桂为副使，持节奉册宝封富察氏为慧妃。

九月十五日正式举行大婚典礼。

《清宫词》中有两首诗，专门夸赞这大清立国以来最豪华的一场婚礼：

其一：巨典煌煌庆大婚，金吾不禁放诸门。忽传纸价高丽贵，一色花衣唱谢恩。

同治大婚时，慈禧太后心里高兴，传令百姓只要穿上贺喜花衣者，均可放入午门之内，自由参观。这可是有清立国以来从未有过的恩典哦。于是，市面上正规的贺喜布衣被一抢而空。后来，没买着的便用高丽人的纸做花衣充数，禁卫军也一概予以放入。老百姓因此大开眼界。但是，慈禧太后的豪举也引来了京城中的诸路大盗赴约，宫中因此失窃了不少宝物。下次，光绪帝大婚时，慈禧太后便不敢如此豪爽了。

其二：昭阳仪仗午门开，夹路宫灯对马催。队队宫监齐拍手，后边知是凤舆来。

同治帝大婚，最初的预算是五百万银两。从前，顺治帝大婚，也不过一百万银两而已。而同治帝大婚，光结彩宫门的费用就用去了十余万银两，原先的预算将大大地被突破，户部尚书宝鋆赶紧向慈禧太后请示：最终的费用怕得逼近一千余万银两，用不用？慈禧太后当时银牙一咬，说：咸丰爷当年就留下这么一点骨血，那么小的一个人儿，从小七灾八病的，现在好不容易长大娶亲了。用！怎么不用？再穷也不能委屈了咱孩子！

皇帝既已大婚成人，过去封建时代世俗相传的规矩是：家庭中的男孩子，一旦到了懂得爱的年纪，娶回了可以爱的女子，家庭中的长辈就可以放手，让这男孩子承担一份自己应该承担的责任了。

于是，慈安太后建议：两宫太后撤帘，归政于皇帝。

同治十二年正月二十六日，阳光像水晶一般明丽、和暖。紫禁城中道路似铁，一片白霜。两宫皇太后颁布懿旨，向天下臣民宣布，准备归政于17岁的少年皇帝载淳。两宫皇太后命令钦天监7选择一个良辰吉日，举行皇帝的亲政大典：

"今日皇上躬亲大政，欣慰之余，倍深竞惕。因念我朝列圣相承，无不以敬天法祖之心，为勤政爱民之治。况数年来，东南各省，虽经底定，民生尚未安抚。滇陇边境及西北路军务未蒇，国用不足，时事方艰，皇帝日理万机。当敬念惟天惟祖宗所以付托一人者，至重且巨，只承家法，夕惕朝乾，于一切用人行政，孜孜讲求，不可稍涉怠忽。视朝之暇，仍当讨论经史，深求古今治乱之源，克俭克勤，励精图治。此则垂帘听政之初心，所夙夜跂望而不能或释者也。"

果然，阿鲁特氏入宫后不久，她这只小乳虎跟慈禧太后那一只老山羊便迎头顶撞上了。

宫中自慈安到慈禧，秉承咸丰朝留下来的娱乐习惯，均喜欢看戏。慈禧太后有时听宫中正规戏班的自排戏觉得不过瘾，还喜欢把宫外时髦的大戏班召入宫来演戏。民间戏班为迎合普通大众的庸俗娱乐习惯，常常喜欢排演一些通奸犯淫、男欢女爱的戏来上演。慈安、慈禧都是曾经沧海的过来人，听这样的戏觉得过瘾。而饱读诗书却初通男女情事的儿媳妇阿鲁特皇后听见这样的戏曲，就未免闹一个面红耳赤了。

宫中的规矩，两位皇太后婆婆看戏，同治帝的大小老婆们照例均需恭敬地陪着看。慈安、慈禧两位太后的文化程度均不高，一边听戏曲一边尚

津津有味地讨论着，而被崇绮调教到作风死板的阿鲁特皇后，则认定这些宫外戏统统是下三烂的淫戏淫剧。所以每次宫中请外面的戏班子进宫来演戏时，她都会表现出一副忍受的样子，众人皆淫我独清。

不久，阿鲁特皇后的表情被慈禧太后捕捉到了。有一次，慈禧太后便表情淡淡地问她：这戏演得不坏，你怎么不看？

阿鲁特皇后蓦然被慈禧太后窥破，一时大窘。当时，阿鲁特皇后便涨红了脸，小声地嘟囔了一声：戏淫秽到这种地步，怎么看？

慈禧太后冷冷地从鼻腔中哼了一声，便转过头去，不再看她。阿鲁特皇后自悔失言，只得局促不安地低下了头。但是，这却并不代表阿鲁特氏皇后会向慈禧太后服软。

阿鲁特氏似乎也是天生一种外具花柳之姿、内秉风雷之性的硬项性情。据说，有宫中的旧人瞧破了慈禧太后与阿鲁特氏之间的关系紧张，便好心地劝阿鲁特氏：最好放低自己的身段，换上一副平和恬淡的态度侍奉慈禧太后，或者婆媳间仍有一种回旋的余地。但是，阿鲁特氏对此很不以为然，她口露锋芒地回答：我是奉天地祖宗之命，由大清门迎入宫中的，地位哪能这么轻易摇动得了！

这话迅速传入慈禧太后耳中。慈禧当时就气了一个七窍生烟！

我们应该晓得，在有清一代，能够从大清门迎娶入宫的皇后是少数的。这必须是少年登基的皇帝，才有机会在大内举行大婚的仪式，未来皇后的凤舆，才可能经过大清门、午门、太和门一直到坤宁宫，“降舆”的无限风光。其他被选中的宫妃的轿子，一般均由神武门抬入深宫。事实上，清朝入关后，真正在紫禁城中举行过迎亲大典的帝王，也只有顺治、康熙、同治以及后来的光绪四位少年天子。其他成年登基的皇帝，因为在藩王府邸时就有了嫡福晋，就没有机会再在宫内进行大婚典礼了。其实，我们在本书第四册中已经交代过，虽然慈禧太后最初是以选秀的资格，自神武门抬入后宫的，但是，慈禧当年初入宫时的地位却并不低。咸丰帝当年组建贞嫔（慈安）、兰贵人（慈禧）、丽贵人后宫三人领导班子之时，慈禧太后便是成员之一。她的遗憾只不过是不能从大清门迎入宫而已。事实上，由于咸丰帝是成年皇帝登基的，根本没有在皇宫举行大婚的机会。咸丰帝的皇后，包括在藩王府邸早死的萨克达氏、继福晋钮祜禄氏皇后（东太后慈安），均没有可能从大清门风光地抬入宫中。

慈禧太后雷嗔电怒地把阿鲁特氏皇后讲过的话学给慈安太后听。慈安听完阿鲁特氏皇后这样冷口冷心的一番话，从前护着阿鲁特氏皇后的一片热心肠陡然就水落归槽了。以后，慈禧太后与阿鲁特氏之间再起碟大碗小、磕着碰着的婆媳风波，慈安太后索性也就三缄其口，天高地阔地望到别处去，装着不晓得。这样一来，阿鲁特氏在宫中的日子便过得有一点点的凄凉寂静了。

❷圆明园重修风波

俗话说：断打没好手，断骂没好口。这同治帝的亲额娘跟新娶的皇后竟然针尖对麦芒地干上了，试想一下，这夹在中间做夹心饼干的同治帝能过上什么好日子？

于是，同治帝想出了一个讨皇额娘欢心的妙法子：重修圆明园。

慈禧撤帘归政后，待在后宫中一天到晚唉声叹气，诸事都觉得不合自己的心意。慈禧说：都是给皇帝那眼空心大的皇后给气的，她现在只要在宫中一看见儿媳妇阿鲁特氏的身影，就觉得心里面堵得慌！于是，慈禧便给同治帝念叨起了从前与咸丰帝在圆明园中度过的那些快活日子。慈禧还说：可惜圆明园被洋鬼子给烧了，否则，这时候她跟慈安太后一起搬出紫禁城到圆明园中去居住，把偌大一个后宫让给同治与他那妩媚的皇后去折腾，她们在外面园子中落得个眼不见心不烦，兴许还能多活几年。否则留在这紫禁城中，她迟早得被皇帝那个九尾狐狸精转世的皇后气死！

慈禧太后嘴巴上说得特别痛快，同治帝却暗自留了一个心眼：如果是把圆明园全部按原样仿盖出来，那工程是十分浩大的，工程费时不说，整个预算是一笔天文数字，同治帝也没本事弄来那么一大笔钱。如果是部分重建的话，同治帝让工程师作了一个工程预算，大约一千万两白银的财政支出。同治帝觉得：花这么一笔钱，把两宫皇太后打发到新修的圆明园中去，换来自己与皇后爱情生活的幸福与平安，这笔账算下来仍然是十分划算的。因此，同治帝对于这个部分重建圆明园的计划特别上心。

于是，同治十二年九月，同治帝下发了一道明谕：

“朕念两宫皇太后垂帘听政十一年以来，朝夕劳惕，倍极勤劳，励精以综万几，虚怀以纳舆论，圣德聪明，先被四表，遂致海宇升平之盛世。自本年正月二十六日，朕亲理朝政以来，无日不以感戴慈恩为念。朕尝观养心殿书籍之中，有世宗宪皇帝御制圆明园四十景诗集一部，因念及圆明

园本为列祖列宗临幸驻跸听政之地，自御极以来，未奉两宫皇太后在园居住，于心实有未安，日以复回旧制为念。但现当库款支继之时，若遽照旧修理，动用部储之款，诚恐不敷。朕再四思维，惟有将安佑宫供奉列圣圣容之所及两宫皇太后所居之殿，并朕驻跸听政之处，择要兴修，其余游观之所概不修复。即着王公以下京外大小官员量力报效捐修。着总管内务府大臣于收捐后，随时请奖，并着该王大臣等核实办理。庶可上娱两宫皇太后之圣心，下可尽朕之微忱也。特谕。”

说是说小范围重修圆明园，真正地把建筑图纸拿出来才发现，建筑范围其实并不小。当时，议定想重建的范围包括：属于原来圆明园的大宫门、贤良门、正大光明殿、九洲清宴殿、慎德堂、安佑宫、藻园、上下天光、万方安和、武陵春色、杏花春馆、同乐园、舍卫城、双鹤斋、西峰秀色、紫碧山房、北远山村、明春门等建筑群；原万春园计划重建的则有大宫门、天地一家春、蔚藻堂、清夏堂以及两园之道路、桥梁、船坞、河道、围墙、门楼等附属工程。长春园则先修复海岳开襟。整个工程完成后，光房间就有三千余间，气派不可谓小。

这么大一笔数目的工程造价单摆在年轻的同治帝御案上，年轻的皇帝一下子还真看傻了眼。同治帝的行政能力有限，忽然间让他到哪儿去筹备这么一大笔的资金呢？于是，同治帝想到了募捐这条路子。同治帝在圣旨中把话说得相当清楚，太后不是他一个人的太后，那是全国人民的太后，两位太后垂帘听政这十一年来，朝夕劳惕，为大清的中兴立下了汗马功劳。如今，两位太后终于光荣地从一线退到了二线，保证两位太后有一个幸福安康的晚年，那是所有大清臣民的共同心愿。因此，同治帝重修这么一个圆明园，一则是想给天下臣民树立一个孝道的光荣榜样；二则，也是想让洋鬼子们看一看，咱大清国人民是有志气的，他们有狗胆烧咱们的圆明园，咱大清国就有本事再造一个崭新的圆明园。所以，凡是捧大清国铁饭碗的众位老少爷们，都得量力而行，捐一点款项，捐款无论多少，爱意常在人间！

同治帝这一通广告词，琢磨了好几个夜晚，他自以为具有很强的感染力。恭亲王作为朝廷的首席大臣，他不好意思第一个站出来扫少年天子的兴致，于是便带头报捐了二万两银，又指令户部拨银二万两。刚开始的时候，恭亲王奕䜣听说这修园的事儿有慈禧太后的身影在其中，他可不想做扫同治帝兴致的出头鸟。

但是，朝廷上的言官可不是这样想的哦。国家养他们是干什么吃的？大清律法上规定他们就是专门挑行政的刺儿的。朝廷上其他部门的公务员，都讥笑言路上的御史是橡皮图章。事实上在大清国想要搞好舆论监督，原本就是技术含量很高的一门活计儿。政府下定了决心一定要做的事情绝不能触霉头，朝廷中来头很大的事情也不要去踩红线。同治帝是懵懂小皇帝，懵懂帝重修圆明园那必定是一件劳民伤财的糗事儿。这件事情如果看准了，那可是博取清誉的千载难逢的好时机哟。于是，言官们开始接二连三地上奏圣听，发出了反对重修圆明园的声音。

御史沈淮首先上折请缓修圆明园工程。同治帝览奏大怒，立即召见沈淮，严词申责。接着御史游百川再上疏谏阻，同治帝又下谕将游百川革职。

这样，重修圆明园的工程在同治帝的强硬坚持下，仍然跌跌撞撞地启动了。同治十三年正月，圆明园正大光明殿、天地一家春等处工程终于破土兴建了。天地一家春是慈禧年轻时在圆明园的寝宫，听说同治帝决定重修它，慈禧果真暂时不跟儿媳阿鲁特氏玩那些伶牙俐齿的口舌之争了，而是把兴趣转移到了天地一家春的修复上面。慈禧与同治帝共同审校天地一家春的设计图纸，母子就工程的一些具体细节展开了温馨的讨论。一时，慈禧与同治帝的母子关系似乎又回到了清正美好的童年时光。

同治十三年七月初六日，广东商人李光昭诈骗案揭穿，在朝廷上再次掀起轩然大波。

原来，就在圆明园工程开工后不久，发现工程所需的木材缺口太大，内务府只得通令湖广、闽浙、四川等地督抚，协助采买大件木料，运送至京，以备工程之需。于是，有一个叫李光昭的广东木材商，自告奋勇地找上内务府大臣诚明、堂郎中贵宝、候补笔帖式成麟等人，声称自己有多年购得的香楠、梓柏等上等木料，现存放于四川等地，价值十数万金，现可拿出来报效朝廷。内务府遂委托李光昭经办此事。五月二十一日，四川总督吴棠向中枢上报告：李光昭那厮有可能是一个江湖骗子，李光昭压根儿没在四川购买、存放过一根上等的木料。七月初七日，直隶总督李鸿章也称：李光昭以内务府的名义，向法国商人博威利签订了价值5.4万银两的木材，已经运到天津了。可是，李光昭却拿不出现银来付账，现今法国人已经把李光昭告到直隶总督衙门了，请示一下中央的各位大佬们，这事儿该咋整？同治帝大吃一惊：原来，李光昭订购的这批木料，在向内务府报价时，竟然报出了30万两银的虚价！同治帝十分生气，谕令李鸿章严办李光昭。于是，李鸿章在天津对李光昭实施了抓捕，并于八月十八日很利索地把他的脑袋割了下来。

于是，这件事在台谏方面再次一石激起了千层浪。言官群情振奋地上奏，要求迅速停止圆明园的修复。

同治帝的态度仍然是：修自己的园吧，让言官们号叫去吧。

因此，圆明园的工程并不为言官们所摇动。

可是，闹了“李光昭事件”这么大一个笑话出来，奕䜣、文祥、宝鋆、沈桂芬、李鸿藻这些中枢大臣再不给出一个明晰的态度，舆论界肯定要骂他们尸位素餐了。

于是，七月十五日，皇叔恭亲王奕䜣、醇亲王奕譞、惇亲王奕誴，科尔沁亲王伯彦讷谟祜、额驸景寿、贝勒奕劻，军机大臣文祥、宝鋆、沈桂芬、李鸿藻等十位重臣，联名上《敬陈先烈请皇上及时定志用济艰危折》：除请停园工以外，另有畏天命、遵祖制、慎言动、纳谏章、重库款、勤学向等六条，“宜培养元气，以固根本；不应虚糜帑糈，为此不急之务”。

朝廷十大佬此番显然是有备而来，劝谏内容除了那个已经成为众矢之的的圆明园，还有同治帝为政失德的种种弊状。同治帝哪里见过这种阵势，他额头冒虚汗，心跳加快，颤抖着手批了一个留中不发，便把折子撂过了。

同治帝的轻率之举激怒了朝廷十大佬！“三亲王、三御前大臣、三军机、一帝师”的联名奏疏岂是可以随便留中的！朝廷十大佬坚持向同治帝要一个说法。同治帝被逼无奈，只得于三日后集体召见朝廷十大佬。

重修圆明园之事经下面臣僚的集体起哄，同治帝显然已经了无兴趣了。因此，同治帝在召见十大佬的时候，采取了速战速决的对策。同治帝刚一见面便摆出了一副我很忙的姿态：有什么事呀，快讲！

惇亲王奕誴跨前了一步，不紧不慢地回答：没有其他什么事，还是上次那个停建圆明园的折子。臣等怕皇上遗忘了，重新又抄了一遍，请皇上明示！

奕誴这几个老东西还得理不饶人了呀。同治帝只得耐住性子把奏折接过去，装模作样地看了几行，然后把折子往御案上一放，不耐烦地说：好了，我停工便是，你们还有什么可啰唆的！

紧接着，恭亲王奕䜣却接过了话题：我们要讲的事情，当然不止圆明园停工一事，我们还发现了皇上的其他六条错误，希望皇上在今后的工作中能予以改正呢。说着，恭亲王奕䜣竟把奏折自御案中拈起，从容地给同治帝开读了。

恭亲王奕䜣此举颇有点打人打脸、揭人揭短的意味，年轻的同治帝哪里受得了这个？同治帝听了没多久，忽然脸色转青地大喝了一声：既然如此，你的本事好，我这个位子让给你如何？

皇帝讲这样的话，更加强词夺理，十大佬大惊失色。文祥当即伏地大恸，一口气接不上来，竟当场晕死过去，只得由太监扶了出去。

受同治帝抢白的恭亲王奕䜣不便再言。醇亲王奕譞开始哭谏。对付奕譞的哭谏，同治帝同样是反击无力，只能坐在御座上翻着白眼表示抗议罢了。后来，同治帝听到奕譞数落自己出宫“微行”一节之时，同治帝认为此事除了天知地知，便只有陪同自己“微行”的载澂知道，其他人等根本无从知晓。因此，同治帝当时得意地端坐了身子，指责醇亲王胡乱猜疑，要醇亲王拿出真凭实据来。孰知人家醇亲王奕譞连这一点也是经过缜密求证的。醇亲王指出同治帝“微行”的时间与地点与事实分毫不差，就差一个现场的人证了。同治帝为之心虚，“怫然语塞”良久。最后，方支支吾吾地说：停修圆明园一事，他这关是没有什么问题的。不过，最后定夺还要跟两宫皇太后通一个气，因为这毕竟是一个尽孝工程。但是，同治帝对“微行”泄密一事，显然耿耿于怀。

七月二十八日，同治帝单独召见了恭亲王奕䜣，不依不饶地穷追奕䜣：“微行一事，闻自何人？”

奕䜣被逼无奈，只能直说：“臣子载澂！”

同治帝至此再无话可说。但是恼羞成怒的同治帝却因为载澂没有替自己守住“微行”的秘密，而把怒火发泄到了奕䜣、载澂父子身上。

七月二十九日，同治帝忽然召见全班御前大臣与军机大臣，当众数落恭亲王“诸事跋扈，离间母子”，“欺朕年幼，奸弊百出，目无君上，天良何在”等罪名。随即朱笔诏书：将恭亲王“革去亲王世袭罔替，降为不入八分辅国公，并撤出军机，开去一切差使，交宗人府严议具奏”！文祥等重臣认为严诏难奉。当即求见。同治帝不见。全体军机递奏折请同治帝更改恭亲王的严谴，仍然不许。文祥等重臣再固执谏劝。同治帝有点吃不住劲了，递出来的片子说：“今日仓促，敬值，明日再定。”

第二日，同治帝大约请教了行政高手，重新下发的朱谕为：“着加恩改为革去亲王世袭罔替，降为郡王，仍在军机大臣上行走，并载澂革去贝勒郡王衔，以示惩儆。”

此时，同治帝尚未树立起自己的绝对权威，朝中没有一个自己的党羽，与两宫皇太后之间的权事也仍然还在缓慢的交接之中。同治帝却骤然间对朝廷大佬出此重手，这显然是一个心急的男孩子吃下了一块热豆腐！

当时，朝廷重臣们与同治帝之间的博弈，该说的理由已经说尽了，同治帝仍然高举起一支杀威棒。朝廷重臣绝不允许开了一个草率处理朝廷大

员的恶例。于是，被逼无奈的奕䜣、文祥等重臣，只得撇开同治帝，紧急请求慈禧太后召见，请慈禧太后出来做这一起争执的仲裁者。

慈禧对整个事情的来龙去脉，其实是了如指掌的。

伊始之时，同治帝要耍小皇帝的威风，在朝廷重臣面前撒泼逞能，慈禧也就由得儿子去胡闹算了。但是接下来，同治帝因为修园子的争论想严厉处分朝廷首席大臣，这就有辱于君德了。这样的事情，万万不可行。政治是什么？政治是一门奥妙无穷的领导学问，什么时候该大事小办，什么时候又该小事大办，什么时候该对某些官员下霹雳手，什么时候又该以无比的耐心跟下面的大臣们达成妥协，这里面的道道儿可是大有讲究的。同治帝吃亏就在一个年少气盛。

于是，慈禧太后当即把委屈得抽抽噎噎的恭亲王奕䜣、文祥等人着实劝慰了一番。慈禧太后首先得承认奕䜣、文祥等人是体识清远、言行有礼的国家重臣；俗话说：温语一句三冬暖，奕䜣、文祥起伏的心潮立即平静下来。慈禧太后还承诺让同治帝把那无厘头的行政处分改正过来。

接下来，慈禧太后的脸色忽然一凛，掏心掏肺地跟恭亲王奕䜣、文祥等人讲："其实，你们几个也是朝廷外固封疆、内镇社稷的股肱大臣了，在这件事情上，也不要就以为自己是有理走遍天下了。事实上，皇帝此番修复圆明园的理由，在法理上也不是完全站不住脚。首先，你们想一想呵，圆明园曾经'为列祖列宗临幸驻跸听政之地'，皇帝此番动议部分修复圆明园，完全可以打出恢复祖宗旧制的旗号。试问，如果是这样，你们拿什么去完全驳倒皇帝？这难道不是我们大清朝立国的一个基础理论吗？其次，皇帝修复圆明园，本性是为了尽孝，是为了让我这个母亲有一个安享晚年的去处，这是我们的个人家务事，大清国'以孝治天下'，这也不见得有多么过分的地方。当然，目前，大清国刚刚恢复一点元气，国家用钱的地方还很多，国库中积攒的这么一点钱，是应该好钢用在刀刃上，对于这个想法，我也是百分之百地赞成的。皇帝实在不应该在这个时候大兴土木，搞什么面子工程。但是，我查了一下，这次兴修圆明园、三海这边经过补盖、添建、粘修、揭瓦工序后，基本成型的殿阁亭榭等已经有 100 多座近 500 间的毛坯房了。现在把全部工程停下来，那就得变成烂尾楼，那也是一个极大的浪费。不如三海已经兴建的工程就继续完成下去吧，你们觉得如何呢？"

慈禧太后这一席话轻重缓急、里里外外该讲的东西，全部都讲透了。恭亲王奕䜣、文祥等人还能有什么话可说呢？唯有俯首帖耳地听命而已。

于是，群臣在乱哄哄说过一番诸如“太后说得极是”之类的恭维话之后，便依次跪安了。

于是，慈禧太后立即将同治帝召入弘德殿内，垂泪告诫年少气盛的载淳说：“十三年以来，无恭邸（恭亲王）何以有今日？皇帝少未更事（年少不懂事），昨谕着即撤销。”同治帝对于生母慈禧太后向来畏若天神。次日，同治帝只得令内阁明谕：

“朕奉慈安端裕康庆皇太后、慈禧端佑康颐皇太后懿旨，皇帝昨经降旨，将恭亲王革去亲王世袭罔替，降为郡王，并载澂革去贝勒郡王衔，在恭亲王于召对时，言语失仪，原为咎有应得。惟念该亲王自辅政以来，不无劳绩足余，着加恩赏还亲王世袭罔替；载澂贝勒郡王衔，一并赏还。该亲王仰体朝廷训诫之意，嗣后益加勤慎，宏济艰难，用副委任。钦此。”

至此，一场修园风波终于平息。

3 家花不如野花香，黑了宫中有宫外

同治想让两宫皇太后迁居到圆明园的计划落空了。

归政后的慈禧太后真的有了更多的空闲时间来监视同治帝的一言一行。从前，慈禧太后政务繁忙的时节，没有注意到同治帝还有这么多的怪毛病，现在却注意到了。这令进入青春期反叛阶段的同治帝更加觉得如坐针毡。

例如，有一天，慈禧太后忽然发现年轻的同治帝整天就只泡在阿鲁特氏皇后的闺房中，而很少到慧妃以及其他两位嫔妃的寝宫中去，慈禧太后的心里就很不高兴了。在慈禧太后的心目中，同治帝这做得不对，年轻的皇帝是在搞专宠呀。

从前年轻的皇帝，一旦被宫中的权威人士们贴上了“专宠”的有色标签，那对于皇帝本人以及被专宠的后妃可不是一件什么好事儿。因为帝王家中一向无隐私可言，皇帝家中再小的事情也可上升为国家大事。所以，像皇帝在深宫中跟女人亲近这样的个人隐私，皇帝除了获得生理上那点小小的快乐外，还必须在亲昵的过程中时时提醒自己：这可是繁衍皇家子嗣的一件大事，万万不可疏忽大意。因此，在一般情况下，皇帝在未获得自己的子嗣之前，宫中的长辈们大抵上会要求皇帝的临幸策略是雨露均沾式的。不管白猫黑猫，能够怀孕生子的即是好猫。年轻的皇帝最忌讳专宠。万一被皇帝专宠

的那个嫔妃是一只光会叫春不能受孕的猫，那不是惨了？如此，被专宠的女人，也很容易在后宫中落下“惑主狐狸精”的骂名，成为众矢之的。遇上这种情况，宫中强势的太后往往可以站出来大力予以干涉。

同治帝便很不幸地遇上了强势的慈禧太后。

慈禧太后对于同治帝房帷之事的干涉，在后宫而言，可以讲是一件大快人心的事情。

慈禧太后得知年轻的同治帝故意把宫中的其他妃子冷落在一边。便郑重其事把同治帝叫近前来，语重心长地教训他：“慧妃贤惠，虽屈居在妃位，宜加眷遇。皇后年少，未娴宫中礼节，宜使时时学习。帝毋得辄至中宫，致妨政务。”

同治帝当时的反应是：晕！我晕！百无聊赖的额娘，竟然干涉起他的房帷私事了。对于这一点，处于青春期成长的同治帝心中特别反感。

但是，同治帝绝对不敢公然与慈禧太后叫板。

同治帝只能采取消极对抗的态度：额娘骂他专宠皇后是玩物丧志，他索性罢工了。既不上皇后的寝宫中去，也不跟他没兴趣的慧妃亲近。同治帝就孤家寡人地睡在乾清宫中，这样一来，他的亲额娘该称心如意了吧？

但是，向广大的和尚弟兄们学习，那可是需要无比坚强的毅力哦。年轻的同治帝毕竟尝试过性爱快乐，那“灵犀灌顶、满腔春意”的性爱之乐，令同治帝一试之后便忘记不了。未几，年轻的同治帝即觉生理上的极度不快乐了。于是，有宫中的小太监为同治帝指点迷津：家花不如野花香，黑了宫中有宫外。万岁爷只要伺机杀出了这无趣的后宫，宫外的花花世界好玩得很哪。于是，风月场中的两大高手载澂与王庆祺，很快便来到了同治帝的身旁指点迷津。

载澂者，当然是上一节我们提到过的贝勒郡王衔载澂啦。他是恭亲王奕䜣的长子，实际上，京城的纨绔界弟子更习惯亲切地称呼他为“我们的澂贝勒”。他除了有一个郡王衔的贝勒，还在宫中兼任着内大臣兼正红旗蒙古都统，这为澂贝勒进出宫禁提供了莫大的便利。

事实上，澂贝勒其人不可谓不聪明。他的诗写得很漂亮，死后曾有《世泽堂遗稿》三册传世。他的同父异母弟载滢对于这位古怪精灵的大哥，充满了崇拜。后来，载滢曾写文怀念自己的长兄：“兄以皇孙之贵，秉光明俊伟之资，其习威仪，博材艺，精骑射……兄自束发受书，过目即能成诵。喜为诗，叉手而成。”载澂也喜爱曲艺，曾任著名的“赏心悦目”子弟八角鼓票房的“把儿头（票友老大）”，因此有“京城第一票”的称呼。

似乎载澂原本为一块好材料，只可惜恭亲王奕䜣不识得琢磨玉器，家教失败，载澂便被白白浪费掉了。

当时，载澂在晚清诸王的富二代子孙中，确实是以放荡顽劣驰名京城的。

清人张祖翼《清宫述闻》中记载有载澂这样一段荒唐往事：说是某年的初夏，载澂与一班富二代王孙吆五喝六地到什刹海游玩。当年的什刹海，地方十分空旷，四面荷塘，满海开着红白莲花，景色显得十分美丽。载澂是业余诗人，诗人嘛，闲来无事，就喜欢在沿海的茶店里一边品茶，一边张望来来往往的各色女子。这一日，也合该有事，载澂忽然望见邻座有一单身的美丽女人，不时地用眼光在他脸上扫来扫去。载澂天生就是一副拈花惹草的性情，于是，载澂上前调戏道："请问这位小娘子，刚才我发现你一双电眼不停地在我脸上探来照去，莫非你发现我脸上有苍蝇屎吗？"载澂讲话天生风趣，那女子一听之下，忍不住"扑哧"一声轻笑了。于是，载澂赶紧细看那女子，长得眉清目秀，鹅蛋脸儿，穿一身白罗衫儿，越显出细细的腰肢，高高的乳房来。载澂最喜欢这类型女子。当下两人眉来眼去、风言浪语谈得十分入港，两人便勾搭着到一家酒楼中去巫山云雨了。两人情好既久，那女子久已知其为京城大名鼎鼎的"澂贝勒"，载澂却一点不知那女子的底细。一日，云雨过后，那女子依然云鬓半堕，星眼微润的裸身躺在床上。载澂赶紧把自己新写成的一首艳诗给那女子看："细雨莺声桥畔路，夕阳人影郭边亭。腰肢渐展三分绿，眉样新添一抹青。"并涎起脸皮求那女子嫁给他。女子敛容正色回答载澂："那样是绝对行不通的，我是有家室的良家妇女。除非是半路上把我劫走。澂贝勒在京城劫个把子女子，那算什么事情！"载澂一听，果然是一条妙计。于是，依计而行。孰知京城一时舆论大哗。社会各界纷纷议论澂贝勒强抢良家女子的恶行。那女子的丈夫是一位潦倒的旗人，于是，有人便唆使着那男人到官府去告恭亲王府。一时闹出了很大的动静。

不久，有人调查出了那女子的底细，竟然是爱新觉罗皇家宗亲一个镇国公的老婆。

得知这个情况，恭亲王奕䜣把长子载澂恨得不得了。于是一气之下，便把载澂关入宗人府的高墙之内思过去了。依恭亲王的意思，是想把儿子关一段较长的时间，彻底整治一下载澂的臭毛病。谁知，过了没多久，奕䜣的嫡福晋桂良之女却去世了。载澂乘机向慈禧太后求情："当尽人子之礼，奔丧尽孝。"儿子给母亲尽孝，这动机是好的。于是，由慈禧太后特批放出。谁知载澂回到社会后不久，即我行我素，恢复了狗吃热屎的纨绔子弟本色。

奕䜣、载澂父子最终走到恩断情绝的地步，一个关键的因素，当然是载澂诱坏了同治帝。这对大清国而言是一种永远无法弥补的损失。虽然对于这件事情，慈禧太后从来没有公开指责过恭亲王，但恭亲王却不得不为此负疚终生。想一想，假如同治帝不因恶病而夭折，大清国的政局何至于恶化到后来的程度？事实上，关于载澂与同治帝这一对叔伯兄弟，流连于声色犬马之地的风言风语，恭亲王奕䜣应该很早就有所耳闻的。只是奕䜣不便声张，他怕这种事情一旦在社会上传开，一则对少年君主同治帝的光辉形象是一种莫大的玷污；二则恭亲王当时也不能确定，一旦被自己的政敌知悉是载澂把同治帝诱入勾栏烟花之地的事实，将会给自己的仕途带来如何不利的影响？因此恭亲王奕䜣当年容忍着，不敢将这种事情说出来。事实上，一直到最后，恭亲王想借着十大佬公开给同治帝上疏的机会，请醇亲王奕譞谏阻同治帝的"微行"，恭亲王始终不便将全部的事实真相抖出来。因为这种事情，一旦真正地爆发，清帝国可能因此承担的政治风险实在是太大了。

光绪十一年六月，同治帝已经死了很久了。恭亲王奕䜣也已经被慈禧太后免去了所有的官职，闲居在家。载澂忽然梅毒病迸发。病势极其凶险，未几，即进入弥留的状态。家人将载澂的病势汇报给奕䜣。奕䜣不以为忧，反以为喜，神色间露出了如释重负的模样。不过，奕䜣转念一想："毕竟父子一场，好歹自己曾经疼爱他许多年，还是看他最后一眼吧。"转念至此，奕䜣便急步入了载澂的卧室。但是，奕䜣看见奄奄一息的载澂，竟然换好了一身黑色的绉绸衣裤，上面用白丝线绣着百蜘蛛图。奕䜣一见之下，长叹了一声："终究是一个孽障，我不知前世造了什么孽！"说罢，转身退出。载澂当即气绝而亡。年仅 28 岁。

一开始，慈禧太后哪知个中原委！

惠亲王绵愉病逝后，惠亲王的两个儿子奕详与奕谟。即被辞退出宫中。慈禧见载澂长得唇红齿白、百伶百俐的。跟同治帝站在一起，恰巧配成了一对柔劲清和的美少年。慈禧太后当即心生喜欢，立即指定由载澂来接替伴读的位置。她哪里知道载澂是格调卑陋的。

后来，同治帝在载澂的诲人不倦下，很快学会了章台种柳、深巷栽花的本事。以后便从容不迫地穿梭于粉薮脂林，迅速成长为一个偷花的圣手。

另一个风月场上的引路人叫王庆祺。这个王庆祺，“顺天人，生长京师，世家子，美丰仪，工度曲，擅谄媚之术”。清代史料笔记《檐醉杂记》中细腻地描述了王庆祺与同治帝君臣知遇的过程：

“清穆宗御极时，春秋鼎盛，好微服冶游。然微行时从者仅一两内臣。京师著名之饭庄，曰宣德楼。一日，王景琦太史（指王庆祺）偕某部郎小酌楼中。王擅二簧，某部郎长昆曲，乃以红牙檀板各献所长。”

“一曲既终，隔座一客欣然至前，询太史等姓名官阶，曰：‘所奏曲良佳，盍为我再奏一曲。’太史视其人气度高华，口吻名贵，心知其异。乃如命为之再歌，歌未竟，蓦有两少年被玄服立帘外探望，见客则拱手肃然。”

这个央求王庆祺再次高歌的少年，即为同治帝。

同治帝与王庆祺一见如故。

王庆祺的官运从此平步青云，“初直南书房，帝爱之。至以五品官加二品衔，毓庆宫行走。宠冠同侪，无与伦比”。后来，有人特意撰联讽咏其事：“弘德殿宣德楼德业无疆，且喜词曹工词曲；进春方献春册春光有限，可怜天子出天花。”可见这事并不虚妄。

有证据表明，爱新觉罗皇家颇有嗜好男风的流风。小横香室主人之《清宫遗闻》中说，乾隆帝与和珅间曾经倍加怜惜，于是，乃成就了一段汉哀帝爱董贤式的风流韵事。同治的父亲咸丰帝更是一个天生的风流情种，他爱上了当时有名的小旦朱连芬，常常召朱连芬入宿于圆明园之中。

如此，同治帝继承乃祖乃父们的风流基因，呈现出双性恋的勃勃生机，这事情也没什么可奇怪的。王庆祺与少年皇帝的感情发展得很快。不久，“帝竟与王同卧起”。王庆祺曾和同治帝同看秘戏图即春宫画，“两人阅之，津津有味，旁有人亦不觉”。所谓的“夭夭桃李花，灼灼有辉光。悦怿若九春，馨折似秋霜。流盼发姿媚，言笑吐芬芳。携手等欢爱，宿昔同衾裳”。龙阳之好，佞幸宠臣，更增添天子风流景象。《李鸿藻年谱》中对此评价道：“因之宵小乘机诱惑引导，遂至日惟嬉戏游宴，耽溺男宠，日渐羸瘠，未及再祺，即以不起。”

清朝入关之初，曾将盗贼、赌博、打架、娼妓四种社会现象并列为社会“四恶”，政府发誓要花大力气将其根除。因此，自清顺治至雍正的年间，法律上是禁止卖淫嫖宿的。

至乾隆年间，由于风流皇帝乾隆帝在巡视江南时，绣帘红烛，弹筝侑酒，并且以身作则亲自召幸了女伶昭容与雪如，从此，娼妓男风的色情业便恰似春风中野草，一夜绿过了江南江北。到了慈禧垂帘执政的时期，政府干脆删除了《大清律例》中有关“京城内外拿获窝娼至开设软棚日月经久之犯”，“照例治罪”的内容，自此男风女色的色情行业便呈现出一种“忽如一夜春风来，千树万树梨花开”的繁荣昌盛了。

出卖男色的相公业，为晚清京城的传统项目。

清末上海《申报》中《赛金花遇贵二志》一文中则说：“名伶于庄儿之相好，如立侍郎、余御史等，皆以风流自命，自喜水旱并进者。于庄儿初为相公，乃‘旱路英雄’与立侍郎、余御史均有香火缘。”此处所谓的“旱路英雄”、“香火缘”均为当年男风的俗定专有名词。“立侍郎”则为当年的内务府大臣、户部尚书立山。像这样一个朝廷重臣，与名伶的男风爱情故事竟然作为一种风雅流韵登上了《申报》的畅销专刊，如此足以说明当年社会上的男风之盛了。

就首善之区的北京来说，进入咸丰同治年间之后，不仅是男风，妓风也炽旺得很。外地客从京城的红灯区路过，只见家悬纱灯，门揭红帖。每天只要下午的三四点钟一过，即呈现了香车络绎，游客如云，呼酒送客之声，彻夜震耳的繁花似锦。

陈莲痕《京华春梦录》中对此也有一段细腻入微的描述：“帝城春色，偏嗜余桃。胜朝来叶，风靡寰宇。今之韩家潭、陕西巷等处，皆昔之私坊艳窟。鼎革后，云散风流都成往事，于是娼家代兴。香巢栉比，南国佳人，慕首都风华，翩然莅止。越姬吴娃，长安道上，艳帜遍张矣。更考其由，则始于20年前之赛金花。”

“斯时南妓根蒂未固，僻处李铁拐斜街、胭脂胡同等曲径小巷，地势鲜宜。韩家潭、百顺胡同以东，似均为北妓根据地。鸿沟截然凛不可犯。然潜势既伏，来者益众。南之寓公，千里逢故，趋者麇集。而北人亦喜其苗条旖旎，与土妓之质朴浓丽，趣旨迥殊。其后南势东侵，北势渐绌。递嬗至今，则韩家潭且无北妓立足之地。百顺胡同、陕西巷亦南占优势。仅王广福斜街短巷数扉，犹树北帜，若石头胡同本北妓渊薮，比亦卧榻之旁，客人酣睡，喧宾夺主亦可异已。”

士大夫们养成了此种消遣习惯，很快即相袭成风，毫不为怪。

当时，年轻的同治帝被严母、爱妻夹击于中间，左右十分为难。

于是，年轻的同治帝便选择了出宫冶游，逃避家庭矛盾。

而当时的圆明园修复工程之开工，则赐给同治帝一个绝佳的机会。

同冶帝只要自己的冶游瘾发作了，他便会含糊其辞地跟身边人打招呼：哎，倘若太后或皇后找我，你们就说朕去视察圆明园工程进度了。话音未落，同治帝即“吱溜”一声，溜进宫外熟悉的勾栏人家寻乐子去了。

据高阳先生后来的考证：同治光绪年间的京城娼妓，上面《京华春梦录》中提到的八大胡同、西城砖塔胡同、口袋底一带地区，为高档的冶游去处。一般清朝内务府的司官以及其他部门的高官最喜欢在那一带流连。同治帝怕在那样的场所被政府高官撞破，颜面上不好看。所以，同治帝一般不太喜欢在那样的高档消费场所出没。另外，还有一路大众化的酒肆、戏馆、花巷等嫖妓的消费去处，集中于崇文门外以南、黄花院一带地区，那是专门为下里巴人们准备的。普通的劳苦大众，人人都知道大清朝有一个皇帝，但是，却没有人会真正地去关心谁是大清的皇帝。同治帝在那里玩得很放松。不过，崇文门外的那些闲花野草，卫生条件也实在是太差了。高阳先生估计那猴急的同治帝，就是在那种地方消费之时不幸被恶病击倒了。

于是，有许多的私人笔记体史料，留下了同治帝当年私生活不检点的证词。

有一份证词来自于勤于写日记的清海关总监罗伯特·赫德。他在笔记中谈到了少年同治帝混乱的性生活，语气间颇为沮丧：“看来，他的生活极其放荡。”“女人，小姑娘，男人和孩子——竭其所能地放纵自己，一个接一个。他从苏州弄来了60个男孩……60个男孩全部被送到北京，他们全都被阉割了。或许正是从他们身上，同治才染上了可怕的疾病。”于是，一位悄悄给同治帝看过病的西方医生，暗中向赫德透露：同治帝可能从15岁那年起就患上梅毒了，此后，曾经经过了并不系统的西医治疗。罗伯特·赫德对这一说法感到十分迷惘。

赫德掌控大清海关总税务司达45年之久

事实上，兵部尚书毛昶熙也曾撞破过同治帝的微服私行。同治帝穿行于烟花柳巷之中，喜欢假称自己是来自于江西的拔贡陈公子。有一次，同治帝与毛昶熙蓦然相遇于某酒肆之中。同治帝冲他点头一笑。毛昶熙大惊失色，赶紧走出酒肆，匆忙命令步兵统领把整条街道控制起来。数天后，同治帝特意悄悄召见毛昶熙，对于他的兴师动众表示出相当的不满。这种事情，毛昶熙在同治帝死后，终生都不敢向旁人提起，只能在日记中隐晦地记上了一笔。

另外一个相当有分量的见证人，则为惠亲王绵愉的第六子奕谟。慈安太后很早就听说过奕详、奕谟勤奋好学，因此，曾命令奕详、奕谟两弟兄侍读于弘德殿。奕谟因此跟同治帝之间十分熟悉。奕谟后来任镶蓝旗汉军都统，兼管火器营。奕谟有一次也在杂乱的勾栏之地看见微行出宫的同治帝，当即流涕固谏。帝敬谢之。奕谟在满洲富二代王孙中的人品不错。这样的事情他不敢乱编。

野史中说："伶人小六如、春眉，娼小凤辈，皆邀幸。"又记载了同治帝与太监杜之锡姐弟二人的关系："有奄杜之锡者，状若少女，帝幸之。之锡有姊，固金鱼池娼也。更引帝与之狎。由是溺于色，渐致忘返。"

当然，同治最喜欢的，仍然是在烟霭恍惚的黄昏时分，偕同载澂贝勒在外面游荡。许指严《十叶野闻》中指出：同治帝"与贝勒载澂尤善，二人皆好着黑衣，娼寮酒馆，暨摊肆之有女者，遍游之"。

如此，我们仿佛看见了幽静夜色中的一双黑色蝙蝠，无声地飞向了他们的猎物。

年轻时的慈禧

同治十三年十月初十日，为慈禧太后四十岁生日。同治帝率领王公大臣以下文武百官于慈宁门，为慈禧太后办了一个隆重的庆贺仪式，当众宣读贺表。又在午门搞了一个快乐的欢庆午宴。这个时候，同治帝的情绪是饱满的，母子间也洋溢着一份融融其乐的亲情。

可是，二十天之后，同治帝的身体却有了问题。十月三十日，同治帝出现高烧，全身出红丘疹。慈禧太后一夜未睡，忧心如焚。

经过一夜的病情演变，十一月初一日，同治帝身上的疹子开始有了明显的变化。御医于该日的诊疗记录中描述，"疹形透出，挟杂瘟痘"，"颗粒透出"。

于是，御医向慈禧太后汇报：同治帝有了"天花之喜"。

这样，从十一月初二日开始，慈禧太后下令：宫中必须依照满洲在关外形成的送痘神娘娘老规矩，严格办理。

首先，慈禧太后要求在十二天之内，大臣的奏折一律使用黄面红里，上朝穿花衣补褂。供送痘神于养心殿之中，递如意，宫内到处铺上红地毯、贴上红对联，营造出一片喜气。其次，慈禧与慈安两位太后为了祈求祖先保佑儿子的病此番逢凶化吉，还特意到供奉祖先画像的景山寿皇殿虔诚祭祀了数天。同时，安排宫内最好的御医李德全、庄守和二十四小时全程观察同治帝的病情。

果然，十二天的发疹期一过，同治帝身上的痘疹似乎已朝着好的方向转变，痘疹开始收浆结痂脱落。慈禧太后的脸上也露出了久违的笑容。

可是，十一月二十日过后，同治帝的病情再度面临着凶险，“湿毒流聚腰间，红肿溃破流脓水。痘后余毒湿盛”。接下来，同治帝的面颊出现肿硬，口喷臭气，虽然“痘痂俱落，而腰间溃孔，左右臀部溃孔……”

同治帝的病情陡然间便发生了落差如此之大的反复，宫中对李德全、庄守和两位御医当初的诊断有了怀疑的声音。有人了解同治帝从前的生活习性，于是便提出：莫非同治帝迸发的是梅毒症？

对于这种议论，当时，以两宫皇太后、恭亲王为核心的帝国领导集团，进行了认真的讨论。与会者统一了认识。于是，清领导核心作出了一个无比庄严的政治决议：同治帝为堂堂大清国的一国之君，为了大清国至高无上的荣誉，无论如何，他是绝不可以患上梅毒那种下流的疾病！如此，官方再次郑重地对外重申：同治帝得的是天花病。任何有关此病的猜测都是无耻的谣言！

这样，为了粉碎外界可耻的谣传，两宫皇太后特地安排同治帝于缠绵的病榻中坐起。同治帝镇定地向接受召见的大臣们轻轻地说：“朕于本月遇有天花之喜。”恽毓鼎、翁同龢等一大批帝国的贞干之臣，顿时眼眶中饱含了热泪。此后，恽毓鼎在创作《崇陵传信录》，翁同龢在写他的政治日记时，谈到同治帝的病情，便跟慈禧太后为首的清中央政府保持了高度一致。

事实上，当时，慈禧太后的宣传造势，尚未来得及完全拉开帷幕，年轻的同治帝却已经走到了他生命的尽头。

同治十三年十二月初五日之夜，雪下得很静，却整整下了一夜。同治帝终于溘然病逝于养心殿的病榻之上，年仅 19 岁。

其实，一个 19 岁生命的急促离去，无论用什么样的悼词去总结，都应该是处于群莺乱飞、杂花生树的茂盛生命阶段的。于是，清政府的官方发言人在谈及同治帝的倏然伤逝之时，便只能感叹生命的“灿若流星，转瞬即逝”了！

同治帝死后庙号为穆宗，谥号毅皇帝。翁同龢解释“穆”“毅”二字的由来：“德容静深为穆，英明有执就叫毅。”事实上，历史上没本事或者来不及施展本事的皇帝皆用这样的字眼来概括。

同治帝生前，常莫名地伤感：人生风月之事虽好，却不宜太老。又常说：人生若能于“莺花日办三春课”的盛时，闲寂地死去，其实也是美的。

慈禧太后满足了亡儿载淳的生前遗愿，于光绪五年的寂寞春时，静静地把同治帝连同自己的满怀希望，埋进了惠陵之中。

同治帝死后，慈禧太后痛定思痛，对相关责任人进行了追究。

第一个被追究的是行为不端的王庆祺。同治帝死后第九天，御史陈彝即弹劾王庆祺一本：声称“侍讲王庆祺，素非立品自爱之人，行止之间，颇多物议”。又说“去年王庆祺为河南考官，风闻撤棘之后，公然微服冶游，汴省多有知之者。举此二端可见大概。至于街谈巷议无据之词，未敢渎陈，要亦其素行不孚之明验也。”慈禧太后批准了陈彝的弹劾，给予王庆祺“即行革职，永不叙用”的行政处分。当时，京城的士林人人称快。

接下来，慈禧太后再追查内务府官员的渎职之罪。十二月二十五日，内务府大臣文锡、贵宝等人被革职。一时间，被追究责任的还有总管太监张得喜，服侍同治帝的太监孟忠吉、周增寿、梁吉庆、王得喜、任延寿、薛进寿等七人，俱发往黑龙江终身为奴，永不赎回。

慈禧太后突如其来的这一连串行政追责，却引来后世百余年间的历史学者对于同治帝的死因争论不休。

1990 年，中国中医研究院与中国第一历史档案馆合作出版了由陈可冀院士主编的《清宫医案研究》。这本书公布了同治患病期间清廷官方保存的全部医案，并且有细腻的医案分析。最后得出的结论是：“历来对其死因传说纷纭，多谓因微服冶游，‘杨梅上天’。现有同治十三年十月三十日至十二月初五日脉案表明，当系死于天花。”该书的学术价值有目共睹，于是，现代多数的史学倾向于“同治死于天花”的论断。

2009 年，复旦大学出版社出版了高晞博士的《德贞传：一个英国传教士与晚清医学近代化》。该书将同治帝的医案旧话重提，于是，有关同治帝之死因的讨论波澜再起。

德贞（John Dudgeon）是一位来自英国苏格兰的传教士外科医生。他于 1865 年在北京创办了第一所近代医院——双旗杆医院，也就是今天协和医院的前身。后来，德贞跟中国的上层政治人物，包括刑部尚书谭廷襄、武英殿大学士贾桢等以及像恭亲王、李鸿章、荣禄、曾纪泽那样的帝国风云人物均保持着不俗的关系，因而，在晚清北京的上流社会中建立起了广泛的人缘。

德贞曾留下“施医十余年间，活人无算，而绝不受一钱”的名言

当时，同治病死于天花的官方报告一经出炉，德贞就立即表示了自己的怀疑。

1875 年 3 月，德贞预备拟写一封质疑的医学报告。报告中开诚布公的第一句便说：同治病死于天花是不可能的，因为，同治帝的幼年“曾感染过天花”。另外，同治的许多病症“让人们质疑他疾病的真实性”，德贞坚持只有公布真正的医学病历才有真相。

同治帝死后 25 年，德贞在跟《泰晤士报》记者的谈话中，依然口气坚定地说：同治帝绝不可能死于天花，依据是还在同治帝幼童的时候，德贞曾经为他接种过牛痘疫苗。事实上，同治帝死因争执的焦点集中在两点之上：非天花即梅毒！但是，当年《泰晤士报》记者追问德贞：你认为同治帝的真正死因是什么？德贞却淡淡一笑，最终回避了同治帝的真正的死亡原因。

笔者于 1994 年北京大学出版社出版的《清代皇族的人口行为与社会环境》一书中，读到杜家骥《清代天花病之流行、防治及其对皇族人口的影响》一文。杜家骥在谈到有清一代天花病的流行与防治时，曾经以北京的皇室为例子，将其划分为三个时期。

第一时期，从清初入关到康熙十九年，这一时期的清皇室对于天花病的预防特别脆弱，像清初大名鼎鼎的人物顺治帝、豫亲王多铎等人，均死于天花。第二期，从康熙二十年至嘉庆二十五年，这时候，清皇室中开始推广人痘接种术，这种接种方式对降低成年人的病死率颇为有效，但是对于婴幼儿的效果则仍不太明显。第三时期，自道光元年一直到清亡：西方先进的牛痘接种术已经在清皇室中普遍推行，并且开始慢慢地推广到北京的民间。自同光年间以降，北京皇族的子孙只要接种过牛痘，基本上已无惧于天花病的侵袭。

因此，杜家骥得出自己的结论：在北京的皇室中，“自人痘接种术推广以后（康熙二十年至嘉庆二十五年），天花的危害对象，已缩小到主要是婴儿的范围内了，一部分婴儿也因为接种人痘得以保全”。而牛痘的效

果明显好于人痘，自同光年间以降，北京牛痘术得到推广普及，北京民间天花病的婴幼儿死亡率大大地降低，成年人死亡则已经十分少见。

如果，德贞医生真的于同治帝的幼年给他接种过牛痘，那么，不管别人信不信，反正笔者宁愿相信同治帝是死于梅毒的。

事实上，在一个专制的社会中，出于政治目的，没有什么历史资料是不可以精心再修饰的。对照故宫博物院出版的御医李德立撰写的同治脉案以及翁同龢斟字酌词、精心写成的政治日记，笔者宁愿相信给同治帝接种过牛痘的德贞医生。

❹同治帝的短暂生命终于走到了尽头

对于同治帝的突然离世，大清中央权力中心并没有表现出人们想象中的惊慌失措。因为这个时候，整个大清政权的幕后，仍然有一个政治经验相当老到的慈禧太后在支撑着。自载淳病情进入到危殆阶段后，40 岁的慈禧太后就强忍着巨大的痛苦，坚定地从幕后走向了前台。其他人根本无机会在即将到来的皇权嬗变过程中浑水摸鱼。

同治十三年十一月初一日至五日，同治帝因体力不支把皇帝至高无上的阅折权和批折权交给帝师李鸿藻与恭亲王奕䜣来代理。这是一个危险信号。在这之前，同治帝尽管病体沉重，却始终坚持带病批阅奏折。现在，同治帝竟然连批阅奏折都觉得吃力，慈禧太后立即敏锐地觉察到了皇权下移这个危险问题。

翁同龢说：十一月初八日，两宫皇太后忽然于同治帝东暖阁病榻前，紧急召见所有军机大臣、御前大臣。“巳正（早晨八时）叫起，先至养心殿东暖阁。先于中间供佛处向上叩首，入见又三叩首，两宫皇太后俱在御榻上持烛，令诸臣上前瞻仰，上舒臂令观，微语曰：谁来此伏见？天颜温晬，偃卧向外，花极稠密，目光微露。”

这是第一次召见。同治帝伸出两只长满斑疹的胳膊，给在朝重臣们观看。看起来皇帝这病势有点沉重。由于皇帝的精力不济，瞻仰完毕，大臣们依次退出外面等候。

休息了半个时辰。接下来，两宫皇太后在养心殿第二次召见群臣。慈禧太后这一次的谈话直奔主题：皇帝现今的身体状况，大家伙儿已经见到了。皇帝短期内绝不宜再操劳政事。国不可一日无君，有关奏折的批阅事宜，你们得拿出一个妥善可行的处理办法来。

这还有什么可考虑的，李鸿藻与恭亲王奕䜣只不过为小皇帝代批了五天的奏折而已，慈禧太后脸上的神色却已有点虎视眈眈的了。恭亲王奕䜣、李鸿藻两人赶紧跨一步向前跪下，恭请两宫皇太后立即“权时训谕”！同治帝可休病假到明年的二月一日，再重操权柄。

于是，十一月初十日，同治帝颁发明谕：

“再三吁恳两宫皇太后，俯念朕躬正资调养，所有内外各衙门陈奏事件，望请披览裁定。仰荷慈怀曲体，俯允权宜办理，朕心实深感幸。将此通谕中外知之。”

这里就是慈安、慈禧当年垂帘听政的坐榻

至此，清王朝的权柄，在同治帝的生前，即已稳稳地重新回到了两宫皇太后的手中，至于后同治时期皇位继承人的考虑，其实，大约在同治生前也已经开始了。

同治病危之际，同治帝“本着我的皇位我做主”的自由独立之人格精神，曾单独于寝宫召见自己最信任的帝师、军机大臣李鸿藻，遗诏指定最符合自己心意的接班人。这就是台湾学者陈致平在作《中华通史》时所说的：同治帝在世之前，因为自己没有子嗣，曾告军机大臣李鸿藻，拟令贝勒载澍（孚郡王奕譓之子）入承大统，令李鸿藻撰下草诏。鸿藻拟毕，先赴储秀宫谒见慈禧太后报告，慈禧大怒，将遗诏撕得粉碎，叱斥鸿藻出宫。

不过，这件事情的真实性值得推敲。载澍，原先的名字叫载楫，他的生父叫奕瞻，为康熙长子直郡王胤禔的后裔。载楫出生于同治九年十月十六日，当时也不过是一个四五岁小孩子。《光绪朝东华录（光绪四年八月甲辰）》记载着载楫改名载澍的过程：“朕奉懿旨，孚郡王之嗣子载沛现在溘逝，着以奕瞻之子载楫改名载澍，承继孚敬郡王为嗣。加恩封为多罗贝勒。”载澍长大后，娶了慈禧太后之弟叶赫那拉氏承恩公桂祥的三女儿为嫡福晋，这才慢慢地风生水起了。同治帝当年却跟那个还在叫着载楫的小屁孩八竿子打不着一起。

同治帝死后，清廷上下有过一阵子闹哄哄的慌乱期。也许有人萌生过趁乱重新瓜分政治蛋糕的想法。但是，慈禧太后却始终保持着一种从容自若的政治态度。只要政治中的慈禧太后保持了一个清醒的头脑，其他人等，大抵上便无机可乘了。

清朝的皇位继承制度经历了关外的汗位推选制、康熙的嫡长子皇位继承制、雍正的秘密建储制，最后是慈禧太后的懿旨确立嗣君制四次重大的变革。具体到本次为同治帝选择继承人，由于同治帝来不及留下子嗣，慈禧太后势必须选择非皇子入承大统，这在清王朝尚属首次。因此，慈禧太后为了表示郑重，避免外界的议论，便在同治十三年十二月初五日夜间八时（大约为同治帝死后一个小时）于养心殿西暖阁，紧急召开了一个有29人参加的推选国家领导人的高层扩大会议。他们分别是慈安、慈禧两太后以下的：惇亲王奕誴、恭亲王奕䜣、醇亲王奕譞，孚郡王奕譓、惠郡王奕详，贝勒载治、载澂，贝勒衔贝子奕谟，御前大臣伯彦讷谟祜、奕劻、景寿，军机大臣宝鋆、沈桂芬、李鸿藻，内务府大臣英桂、崇纶、魁龄、荣禄、明善、贵宝、文锡，直弘德殿徐桐、翁同龢、王庆祺，南书房黄钰、潘祖荫、孙诒经、徐郙、张家骧等29位重臣。

择立新君，既是爱新觉罗皇家的家事，也是大清国的头等大事。已故同治帝的几个叔父王爷分量最重，他们分别是：同治帝五叔惇亲王奕誴、六叔恭亲王奕䜣、七叔醇亲王奕譞、九叔孚郡王奕譓、承袭嘉庆帝第五子绵愉爵位的堂叔惠郡王奕详、堂叔贝勒衔贝子奕谟等六人。其次，宝鋆、沈桂芬、李鸿藻三位军机，在政府运作中居于枢纽位置，自然也有很大的发言权。另外，还有两个同治帝堂兄弟的列席，也格外地引人注目：一个是同治帝大伯多罗隐志亲王奕纬的承继子多罗恭勤贝勒载治，另一个则是已为读者熟悉的恭亲王长子多罗果敏贝勒载澂。大家猜测，未来的嗣皇帝最有可能从这两人的名下决出。

此外，在所有与会王爷中，以五皇叔惇亲王奕誴的次序居长。于是，惇亲王奕誴便理所当然地做了这个扩大会议的主持人。会议开始之前，两宫皇太后与惇亲王奕誴大致勾勒了一个候选人提名范围：必须为道光帝嫡系子孙方有候选资格，这样一来，便有了选举的方向性。

那么，在道光帝的直系子孙中，到底应该由谁来入承大统呢？按照传统的宗法传承次序：先帝驾崩，有子者子承父业，无子者自然于皇族近支子侄中选择接班人。爱新觉罗皇家，“载”字辈下面，是“溥”字辈。而“溥”字辈诸子侄中，真正属于道光帝系统的，便只有一个道光帝长房长孙载治名下的溥伦。这样讲起来，溥伦真是中了头彩了。但是，主持人惇亲王奕谅却第一个投了反对票。他说：溥伦的父亲载治，是咱大哥奕纬的承继子。扶载治的儿子做皇帝，听起来有点悬。我怕后面会出现一个前朝嘉靖帝的“大礼仪”之争，那咱们今天与会的每一个人都是历史罪人了。

原来，道光帝的长子奕纬死得早，还未来得及留下自己的亲生儿子。道光帝对于长子奕纬的早逝极为痛惜。因此，便把乾隆帝第三子永璋的孙子载治，过继在奕纬名下做儿子。载治生父奕纪与咸丰帝的血缘比较疏远，算起来，已经是出了三服的族兄弟关系了。

惇亲王奕谅所提及的前明“大礼仪”之争，是说明武宗朱厚照死后，没有自己的嫡系子孙。于是，便迎立了旁系兴献王朱祐杬的儿子朱厚熜来做皇帝。朱厚熜之父朱祐杬与明武宗生父明孝宗也是出了三服的远房族兄弟。按照传统宗法的规定，朱厚熜入承了朱厚照的皇位之后，就应该承祧明孝宗、明武宗这一系的血统，而将生父朱祐杬的名分降格为堂叔父。但是，朱厚熜大权在握之后，偏不。他一定要迎接生父朱祐杬的灵位“入继大统”。于是，整个嘉靖一朝便围绕着皇帝朱厚熜的名分问题，掀起了一场血雨腥风的政治斗争。

前车之鉴，殷殷血迹。惇亲王奕谅于敏感的政治时分，揭示这层典故。其他人等噤然无言。

这样，第一轮的海选，很快就把“溥”字辈的候选人淘汰出局了。

慈禧太后宣布中场休息5分钟。搞政治，慈禧太后讲究的是一种节奏感。下一轮的海选对象便是与同治帝平辈的“载”字辈弟兄们了。

事实上，恭亲王奕䜣的一生，对于这样的一刻，真是期待得太久了。

二十多年前，恭亲王奕䜣跟同治帝的生父咸丰帝之间曾经有过一次惊心动魄的政治对决。那一次，恭亲王奕䜣大意失荆州，为此，在幽静的夜色中，暗自失悔了二十余年。这一回，山不转路转，命运竟然再次把恭亲王奕䜣家族推到了一种抉择的三岔路口。

恭亲王奕䜣觉得自己的神思有点恍惚。

那光彩夺目的皇冠，二十余年前原本就该是他的。只是他在向上走的人生之途中不经意间失去了。本来恭亲王对于这等好事早已不抱有野心。谁知二十余年之后，命运竟然再次垂青恭亲王奕䜣家族：这一次的角逐，恭亲王这一代已成旧人，换上儿郎辈竞技。幸运的是，跟载澂一块儿冶游的咸丰帝之子载淳竟然死了，而自己的儿子载澂却依然活得好好的。刚才，竞争力很强的载治之子溥伦也已经被老五奕谅三言两语地否决掉了。

现在，整个会场上就只剩下了引人注目的儿子载澂了！

想到这里，恭亲王奕䜣的心跳忽然间像万马奔腾。

对于儿子载澂，在“载”字辈众弟兄间的实力恭亲王奕䜣应该还是有信心的。

道光帝儿子中，与恭亲王并列的弟兄有九人。顶大梁的是老四咸丰帝。老大奕纬这一房刚刚被 PK 出局，老二奕纲、老三奕继没有活到成年。老八多罗钟端郡王奕詥亦早死，现过继了恭亲王奕䜣的第二子载滢承祧香火。老九奕譓目前膝下仍然无子。那么，弟兄九人膝下真正有子者，便只剩下了老五奕誴、恭亲王自己以及一个闷葫芦老七奕譞了。

五王爷奕誴是一个产子大户。这家伙一口气整了八个儿子出来。后来，长大封爵的便有载濂、载漪、载澜、载瀛、载津五人。但是，在恭亲王奕䜣眼里，自己这位五哥从小就是一个倒霉蛋。当年，父皇道光爷在世，认定奕誴是一个赋性粗荒的坯子，因此把他过继到和硕惇恪亲王绵恺名下为嗣。这样，奕誴在二十余年前就没多少竞争力了。真正可供选择的，便只剩下恭、醇两府的嫡出子了。想到这里，恭亲王奕䜣偏起脑袋想了一下老七奕譞家的那个宝贝儿子。不久前，为同治帝搞加恩“冲喜”活动时，在花名册上见过。好像叫载湉，四岁不到的一个小屁孩，刚刚弄了一个辅国公的光荣称号。跟玉树临风的载澂两相比较，应该稍逊风采吧？

于是，恭亲王奕䜣与军机大臣宝鋆预备上演一出推载澂上位的精彩好戏。

休息时间一到，与会者赶紧入场。恭亲王奕䜣却落在后面，迟迟未入场。恭亲王奕䜣跟军机大臣宝鋆这是商量过的。军机大臣宝鋆在会场发言时，恭亲王奕䜣想制造自己不在现场的证据，以免多疑的慈禧太后联想到恭亲王与宝鋆在串通。对此，陈夔龙《梦蕉亭杂记》中说：休会一过，“两宫命文忠（荣禄）传旨。适恭邸已到，贸然云，我要回避，不能上去。不知其用意所在”。恭亲王奕䜣不小心泄露了自己的心思，荣禄却为恭亲王这没头没脑的一句话弄得莫名其妙的。

接下来，《翁同龢日记》中说，军机大臣宝鋆跟慈禧太后之间起了争执。宝鋆说：“宗社为重，请择贤而立，然后恳乞垂帘。”

只剩下载澂、载湉两个候选人对决。军机大臣宝鋆忽然口气很重地、要求慈禧太后确立贤者。贤者自然是长者，是载澂。对于载湉那种连鼻涕都还抹不干净的小屁孩来讲，根本无所谓“贤”与“不贤”的概念。可见，宝鋆为了预防慈禧太后打小皇帝牌，预先提出了为国立贤的口号，宝鋆这一步可谓老到。同时，宝鋆为了麻痹慈禧太后，故意提出：载澂虽然年纪较大，但却没什么执政经验，载澂上台后，慈禧太后依然可以在幕后垂帘听政，搞"传帮带"。慈禧太后不是一个三岁的小孩，当然明白宝鋆说的是骗人的鬼话。载澂当时已经年满17岁了。慈禧太后自己的儿子载淳满了17岁，尚且把她的话当成耳边风，何况奕䜣家的那个现世宝载澂？慈禧太后一边听一边在心里"嘿嘿"冷笑。

载澂的表现，我们前面已有所述说，这确实是一个欺男霸女、不学无术的"二世祖"。清朝的航船交给了这样的现世宝来掌舵，说不定折腾不了一个三年五载的，便闹了一个船毁人亡。这当然不是一个帝王的材料！

那么，慈禧太后当时是如何化解宝鋆的政治攻势呢？

恰在此时，恭亲王奕䜣施施然地走进了会场，重新站好。

于是，慈禧太后冲着他嘿嘿一笑，大声地说：要讲贤能，咱大清朝没有比恭亲王更贤能的亲王了，载澂能学到他父亲十分之一的本事，就应该烧高香了。我听说二十余年前，咸丰爷即位的时候，就有立恭亲王的传说。不如我们现在遵循贤能者上的原则，让恭亲王把这个皇帝做了得了！

我晕！皇嫂怎么能这样说话呢？恭亲王奕䜣一听之下大惊失色。这不是在骂我包藏祸心、图谋皇位吗？当时这形势，恭亲王奕䜣估计皇嫂慈禧对他的戒心很重。倘若慈禧再围绕着"为国立贤"这个话题敞开来讲，下一步慈禧恐怕就要将载澂"不贤"的证据一条条地罗列出来了吧？如果是这样，恭亲王情何以堪？

恭亲王奕䜣忽然觉得自己真是聪明反被聪明误。斗了一辈子始终逃不脱咸丰帝夫妇的手掌心。年轻的时候赢不了瘸子哥哥奕詝。人到中年了，却又输给了皇嫂慈禧。说起来，恭亲王奕䜣这已经是第二次成为皮笑肉不笑的慈禧太后的手下败将了。

恭亲王奕䜣忽然觉得自己喉咙间一阵咯咯乱响。嘴巴里发出一声"嘤"的哀叹声。恭亲王奕䜣真的晕倒在会场上了。这就是刘体仁《异辞录》中所描述的："慈禧皇太后问曰，'皇帝宾天，天下不可无君，孰为宜？'皆伏泣不知所对。慈禧目视恭邸而言曰，'奕䜣其为之。'恭邸悲痛绝于地。"

恭亲王奕䜣成为第一个昏倒后被太监抬出会场的亲王。

恭亲王奕䜣的退场实际上已宣布了其长子载澂的败选。慈禧太后打人不打脸，也就无意于在会场上公布载澂的秽事了。接下来，慈禧太后说了一段意味深长的话："文宗无次子，今遭此变，若承嗣年长，实不愿，须幼者乃可教育。现在一语即定，永无更移，我二人同一心，汝等敬听。”随即宣布了四龄童载湉的胜出。

慈禧太后话中的意思很明显：并不是不想立贤者，实在是恭亲王奕䜣家的大公子载澂就是一个扶不起的阿斗。所以，两者之中只得把那个大孬瓜放弃，选一个幼主精心地予以调教，这未来的清帝国才可能有希望。与会者听着慈禧太后这一番语重心长的话，只剩下连连点头的份儿。

但是，现场反应最奇怪的却是未来四龄小天子载湉的生父七王爷奕譞。一般的人听说自己升格做了皇帝的老子，欢喜还来不及呢。可这醇亲王奕譞听完慈禧太后字正腔圆的决定之后，却发出了公猪般的一声哀号，当即瘫倒在地上。刘体仁《异辞录》中说：“醇邸亦昏厥于地。”“内监扶置板上舁以出。”

呵呵，这一天很好玩。这是这一天第二位昏倒在会场后被太监们抬出的亲王。

慈禧太后把基调定了以后，懿旨便交由帝师翁同龢、南书房行走潘祖荫润色，内称：皇帝龙驭上宾，未有储贰，“不得已以醇亲王奕譞之子载湉承继文宗显皇帝为子，入承大统为嗣皇帝，俟嗣皇帝生有皇子，即承继大行皇帝为嗣。”这一段文字，为懂政治的公文高手看了，都称赞是一道极简洁老到的文字。潘祖荫之强调“承继文宗显皇帝为子”，意在防止后来的醇亲王奕譞以太上皇的身份把持朝政，重蹈前明“大礼仪”之争的覆辙。至于“入承大统为嗣皇帝”八字，则为翁同龢一生自诩于人前的神来之笔。据翁同龢后来在人前解释：载湉入承大统时不过是四龄小儿，前朝像这样的幼帝，立了来废、废了又立的事例数不胜数，因此，实际上无异于在走钢丝绳。但是，他搞了“嗣皇帝”三个字在诏书中，即等于为载湉的皇位买了巨额保险。日后即便是慈禧太后想中途换马，天下的悠悠之口势必共起护主，这太后就不能不有所顾忌。翁同龢这话传入了闷葫芦奕譞的耳中，醇亲王奕譞偏起脑袋想了一下：哎，果真有道理。因此，奕譞瞅着周围没人，便跟儿子皇帝载湉递悄悄话：有问题，找老翁。以后你遇上有什么难过的关坎儿，多跟帝师翁同龢沟通。

如此，这就定下了翁同龢下半辈子的穷通得失。

接着翁同龢又以幼帝载湉的名义，率领群臣上了一道奏折，恳请两宫皇太后垂帘听政。

两宫皇太后立刻欣然批复：“皇帝幼冲，时势艰难，不得不听从臣下之请，出而垂帘，庶国事有所秉承。”这慈禧太后第二次垂帘听政的政局，便算是走完了法律程序。

这样，4 岁的爱新觉罗·载湉别无选择地成为清王朝的第十一任皇帝。以明年（1875 年）为光绪元年。

这里有一个悲催的人物，不能不谈。

这就是同治帝的皇后阿鲁特氏。

有传说，同治帝驾崩时，阿鲁特氏皇后可能已有身孕。于是，恭亲王奕䜣在议立新帝之前，曾秘密地向慈禧太后建议：暂时对于同治帝的死讯密不发丧，等阿鲁特氏皇后分娩后再确立。若皇后产下皇子出生后即可立为幼帝；若为皇女，再议立他人也不迟。据说，慈禧太后对阿鲁特氏皇后充满了恶感，根本不想立皇后之子为帝。因此，慈禧太后以“今南方未靖，中朝无主，何以安镇人心？国本动摇，良非细故”为理由，否定了奕䜣的建议。

载湉入继到咸丰帝名下为嗣子之后，已故的同治帝成了皇帝哥哥，阿鲁特氏皇后自然成了皇帝嫂嫂。有人说，成了寡嫂的阿鲁特氏就没有了活路。这是什么逻辑呀。明末的崇祯帝接替的也是哥哥天启帝的印把子，人家崇祯帝的寡嫂张皇后不也有滋有味地活了十七八年嘛！这事儿关键得看阿鲁特氏皇后的心态。同治帝死后半月，慈禧太后仍然给了阿鲁特氏皇后一个“嘉顺皇后”的封号。阿鲁特氏皇后倘若想活下去，这今后的寡居生活待遇，倘若想跟婆婆慈禧太后看齐，这事儿恐怕难度相当大。但慈禧太后应该也没有必要再整死她。恭亲王奕䜣家的大公子载澂闯下那么大的祸事，慈禧太后也没有把他再弄进宗人府关起来。王庆祺、贵宝、文锡这几个导致同治帝病死的肇事者，慈禧太后也只不过是罢官而已，并没有对他们赶尽杀绝。这事儿如果是落在汉代的吕后、唐代的武则天手上，那恐怕得有一排排的人头被斫于地上了。

至于野史中流传：皇后阿鲁特氏怀孕，慈禧太后因害怕其生下男孩，将来继承大统，自己失去垂帘听政的资格，故将其逼死。这传说就更风马牛不相及了。一个政治女强人的形成，需要天时、地利、人和三者的磨合，更加需要后天政治阅历的锤炼。并不是说给了你一个皇太后的光荣称号，你就可以用它来托起整个地球的。以大清开国太后孝庄为例，幼帝康熙即位，幕后操纵大局的仍然是孝庄太皇太后，而不是顺治帝留下来的孝惠皇太后。正如钱穆先生所言：封建的专制政治至清王朝时期已臻于它的顶峰时期，并迅速地从顶峰堕落。清朝的政治最讲究的就是政治人物的一己实力，“朕即是法”；祖制也常常随实力人物的意志而转移。清朝的皇位承袭制度已经追随着强权人物的意愿，有过四次重大的改变。所以，以当年慈禧太后的政治威势来看，皇后阿鲁特氏生不生皇子，都撼动不了慈禧太后在朝廷中的权势。因此，我们不妨将阿鲁特氏皇后之死视为清末的董鄂妃；如果我们将之作为花开花落时节的一个凄美爱情传奇故事来说，这就更接近于事实的真相了。同治已去，情无可归，粉墙青天，窗竹摇影。黄金万两容易求，同治一去无处寻。在一种无可排解的忧心中，阿鲁特氏皇后选择了殉情自杀。

同治帝死后，阿鲁特氏皇后大恸大悲，不思饮食。于是，阿鲁特氏皇后的生父崇绮便很小心地进入宫中探望。当时，阿鲁特氏皇后的精神状态已有些恍惚，对未来的前途觉得十分的渺茫。崇绮入宫后，父女相对无言。于是，崇绮临走时，阿鲁特氏皇后便递了一个字条儿给父亲，上书三个大字："怎么办?"崇绮这家伙，性格上天生就比较偏执，他毫不犹豫地在字条上批了一个"死"字。果然，未过多久，阿鲁特氏皇后便自我了断了。

光绪元年（1875年）二月二十日，宫中传出了阿鲁特氏皇后"遽尔崩逝"的消息。《越缦堂国事日记》说："后即服金屑，欲自杀以殉，救之而解。"《李鸿藻先生年谱》则进一步解释："其后之崩，盖绝食也。"

阿鲁特氏皇后死后，两宫皇太后给了她很高的评价："嘉顺皇后于同治十一年作配大行皇帝，正位中宫，淑慎柔嘉，壸仪足式。侍奉两宫皇太后，承颜顺志，孝敬无违，上年十二月痛经大行皇帝龙驭上宾，毁伤过甚，遂抱沉疴，遽于本日寅刻崩逝，哀痛实深。"这就是说，阿鲁特氏皇后的一生，是短促的一生，光荣的一生，有益于清帝国事业的一生。

阿鲁特氏皇后死后，在晚清的官场上还引发了一阵子的政治余震。

光绪元年五月，御史潘敦俨以岁旱为题目发挥，请求更定同治后谥号，潘敦俨因此罢官。内阁侍读学士广安则请求慈禧太后召集王公大学士、六部九卿会议，将"皇上将来生有皇子，自必承继大行皇帝为嗣，接承统绪"的内容，"颁立铁券，用作奕世良谟。"从广安的奏折大意来看，跟太后当初懿旨中"承继文宗显皇帝为子，入承大统为嗣皇帝，俟嗣皇帝生有皇子，即承继大行皇帝为嗣"的讲话精神并无二致，慈禧太后不知道广安这家伙是吃饱了撑得慌，还是想借此吸引舆论重新关注这个话题。因此，慈禧太后骂了广安一声无聊，懒得搭理他。但是，光绪五年闰三月初，突然间冒出来的一个吴可读尸谏事件，却再一次将载湉继位后的继统之争推向了舆论的焦点。

吴可读竟然肯把自己的一条命像一盆水似的泼了出去，用来吸引公众视听，想来这吴可读也够执着的了。吴可读功名未就之先，特别执着于嫖妓。一般的举子进京赶考，最大的事情，就是下帷读书，“临阵磨枪”。吴可读来到京城却特立独行，一头扎进了陕西巷的一家“清吟小班”之中，跟一名叫翠花的妓女展开了九陌红尘之恋。这一年，吴可读春闱落第，盘缠用尽，却依然不以为意，准备向同乡借嫖资。在京同乡却不愿意救他的嫖急，而只愿意救助他的口腹之忧。因此要求他搬到广安门外的“九天庙”关中会馆去过一种简单生活，方可能资助他。吴可读敌不过饥肠辘辘，只得从命。当时，恰好四大徽班之一的四喜班，重新由余三胜掌班，有好事者便把余三胜、吴可读两人编成一副对子：“余三胜重兴四喜班，吴大嫖再住九天庙。”吴大嫖是外界给吴可读起的绰号。

受此刺激，吴可读发愤读书，即于道光三十年（1850年）中进士。此后，吴可读在朝廷做言官，关心时事，立意为朝廷政治树立一个弘扬正气的榜样。

吴可读“尸谏”的主题仍然选择于关注同治的继嗣、清朝的“继统”问题。这个体裁，之前的潘敦俨、广安两人已经挖掘过了，但却未能引起慈禧太后的足够重视。因此，吴可读此番“尸谏”，便举了宋太宗“传子不传侄”，明代宗、明英宗兄弟“夺门之变”两个前朝例子，希望慈禧太后明文宣布：“将来大统仍归我承继大行皇帝嗣子，嗣皇帝虽百斯男，中外及左右臣工，均不得以异言进。正名定分，预绝纷纭，如此则犹是本朝祖宗以来，子以传子之家法，而我大行皇帝未有子而有子，即我两宫皇太后未有孙而有孙。”写完这些，参加完同治葬礼的吴可读，便在同治陵寝附近的蓟州马伸桥三义庙中缳首自尽了。

慈禧太后听到了吴可读“尸谏”的消息，她觉得像吴可读这样的汉族读书人真是迂腐得要命！什么乱七八糟的“继统”、“继嗣”文字游戏，他难道不明白清王朝的历史，从来就是一部斗争的历史吗？枪杆子里面出强权！谁在斗争中胜出，谁便是王法。你只要在斗争中胜出，这世上一切的祖宗成例、传统的君权父权理念大纲，都可以为你而修改。这世界只要有她慈禧太后活着，这朝廷政治便由她绝对控制着。吴可读拿慈禧太后来跟宋朝的杜太后、明朝的孙太后两个弱女子相类比，这有可比性吗？慈禧太后心底觉得好笑。

于是，四月初一日、初十日，慈禧太后发动王公大臣大学士六部九卿翰詹科道的全体官员们就吴可读的奏折展开热烈的讨论。四月十一日，慈禧太后再颁懿旨：在“俟嗣皇帝生有皇子，即承继大行皇帝为嗣”的基础上，宣布继统的操作手法是，在皇帝“诞生皇子”后，将“慎选元良，缵承统绪”，“其继大统者为穆宗毅皇帝嗣子”。

于是，吴可读尸谏风波就这样轻轻翻了过去。

慈禧太后查了一下吴可读的简历。家世“自前明始迁祖以来，三百载椒房之亲，二百年耕读之家，十八代忠厚之泽，七十岁清白之身”。吴可读则名列于崖岸自高的“北清流”之“十朋”行列，与那个清贵耿介骄人的左宗棠也颇为意气相得。慈禧太后斯时，正有意将翁同龢、张之洞、陈宝琛等清流人士，引以为自己政治上的一大股有力的支援。于是，慈禧太后便格外褒奖了吴可读八字天语：“以死建言，孤忠可悯”。这评价自然是赞许的。

同治帝之死，留在母亲慈禧心灵上的创痛是深长的。

同治帝死后很久，人们在跟慈禧太后交谈的时候，都尽可能小心翼翼地避免谈及同治帝。因为那是她心头一块永远不能结痂的创伤。每当人们在谈话中不小心提到同治帝，慈禧太后的神情都会猛然间为之一怔，然后，是陷入一种长时间的、令旁人觉得压抑的沉默之中。

或许，慈禧太后在谈起自己时，有一段的心灵表白是对的。她有一次跟身边的宫女们说：你们别看我表面上无限风光，实则上，我只不过是在这个世界上煎熬罢了。入宫数十年来，真正属于自己的快乐真的太少，想起来只有两段特别短暂的快乐时光，一段是她与咸丰帝的浪漫传奇，不管在咸丰帝的眼里，那是意味着爱情也罢，肉欲也罢，总之，那一段男女奇缘，苍天给她带来了最好的礼物——小载淳。第二段的快乐那当然是看着小载淳的结婚、顺利登上皇帝的宝座。年轻的同治帝看上去是那样的带劲，雄姿英发，比他那个痨病早死的父亲帅气多了。

当时，人到中年的慈禧是坚定地相信年轻的同治帝，今生兴许可以活到100岁呢。可是这第二段的快乐时光比飞鸟飞得还快，年轻的同治帝竟然没有一点希望地病死了。这世上有什么事情比白发人送黑发人更令人觉得悲伤的吗？同治帝走后相当长的一段时间，慈禧太后只要一闭上眼睛，满脑子都是活着的同治帝的生动形象！而且令人觉得奇怪的是，全是同治帝14岁未成年前的纯真样子。那时候的同治帝跟慈安、慈禧两位太后的感情有多好，在她们的面前表现得有多么的孝顺而温驯！可是，老天却把她们给骗了。后来的同治帝毁坏得是那样的令她痛心。有时，她想：假若时间如果能够凝固，永远停留在同治帝14岁之前的恬静时光之中，那该有多好呵。

讲到这里，无处话凄凉的慈禧太后就静静地流泪了。

第二章 甲申之变与中法战争

晚清数十年的变革过程，最大的失误仍在教育。对于光绪帝的早期教育，翁同龢真正费尽了苦心。同治四年，慈禧取消了奕䜣议政王封号。李鸿藻、沈桂芬相继补入军机，但沈、李两位汉军机南腔北调互不和谐。于是，京城的汉官并以沈、李二人为号令，吆喝着打开了擂台赛。结果，倒霉的却是西太后跟前红透半边天的大红人荣禄。随着慈安太后的病殁，恭亲王奕䜣的政治生命便只有『冬天刮风落雪』的萧瑟，他与慈禧太后的明争暗斗最终导致『甲申易枢』。『甲申枢变』之后，慈禧便将『清流』健将们放到了一线官场大展身手。

❶光绪的早期教育“民为邦本，兢兢求治”

爱新觉罗·载湉，同治十年六月二十八日出生于北京宣武门太平湖畔醇亲王府的槐荫斋。不过，因为六月二十八日这一天，正值孟秋，孟秋时按照中国传统帝王家的规矩，要祭祀太庙，皇帝自己要斋戒三日。于是，后来，慈禧太后便把为小皇帝做万寿节的日子，提前到了六月二十六日。载湉的生父为读者朋友熟知的醇亲王奕譞，生母则是慈禧太后的胞妹叶赫那拉氏。同治十三年十二月初五日夜，载湉被送进皇宫，开始了他的皇帝生涯。

为了把年幼的光绪帝“教育”成理想的接班人，同治十三年十二月二十四日慈禧在一道懿旨中说：“皇帝尚在冲龄，养正之功，端宜讲求。所有左右近侍，止宜老成质朴者数人，凡年少轻佻者概不准其服役。”光绪元年十二月初二日，慈禧又发布懿旨，要钦天监于明年四月内选择吉期，让光绪在毓庆宫入学读书。派署侍郎、内阁学士翁同龢、侍郎夏同善以及孙家鼐、孙诒经等人充当皇帝的师父。不过，毓庆宫诸师中，夏同善后来外放为学政，并死在了外头；孙诒经历任工部左侍郎、刑部侍郎、户部侍郎等，官场没什么大风浪。翁同龢、孙家鼐两人，后来却成了晚清的风云人物。甲午之战时，孙家鼐反对为了朝鲜的宗主权而与日本开战，翁同龢则力主从日本人的后面干他一下，两位帝师吵成了一对好斗的公鸡。光绪二十四年时，孙家鼐一力创办京师大学堂（今北京大学），成为中国现代高等教育的一个开路先锋。光绪二十六年，义和团在北京城再起骚乱，孙家鼐随慈禧老太太西狩，还京后，就成为体仁阁大学士。三十三年，与溥伦同任资政院总裁，共同策划立宪事宜。宣统元年，病卒，享年82岁。孙家鼐在晚清官场的机缘应该算得上是一种奇遇。

刚入宫的光绪帝对于宫中的生活十分不习惯，因此有一段时间，光绪帝哭闹得相当厉害。慈禧太后无计可施，于是便请光绪帝的生父醇亲王奕譞依旧入宫来照料小皇帝。规定由奕譞负责光绪帝的课程以及毓庆宫的一切事宜。满文、蒙古语言文字及骑射等事，则由额驸景寿等御前大臣轮流照料。

翁同龢原为同治帝弘德殿时期的师父，本轮拥立光绪帝时，再度获得醇亲王奕譞、慈禧太后的赏识，由此，便把翁同龢选为光绪帝的总师父，这是一个相当光荣的任务。当初，翁同龢接替父亲翁心存入值弘德殿时，正是羽扇纶巾的36岁盛年，此番再入毓庆宫时却已是华发早生的47岁中年。翁同龢感叹时光的流逝，却也掂量出了肩上沉甸甸的担子。

如此，光绪二年四月二十一日，翁同龢便在毓庆宫开始了光绪帝的授学生活。

翁同龢儒学的底子是好的。

讲授儒家的修身、齐家、治国、平天下那一整套的治术，这翁同龢绝对是可以侃侃而谈的。不过，这时候的晚清，它的发展既然已经走到了近代史上的一个十分紧要的三岔路口之上，如果皇帝的老师仍然仅仅满足于传授一些如何做一个勤政爱民好皇帝的儒学知识，这从培养一个图发展、图生存的近代帝王的角度出发，知识面会不会狭窄了一点呢？之前，教学同治帝之时，恭亲王奕䜣曾经倡议在幼帝的教学课程中引入西方科学人文知识。这一次，光绪帝的教育工作由其生父奕譞总负其，奕䜣根本插不上嘴；何况，奕䜣家中现放着一个不肖子载澂，已经是一个路人皆知的事实。奕䜣本人在慈禧太后眼里，已经成为一个彻头彻尾的儿女教育失败者。奕䜣即便是有什么金点子，这时候的慈禧太后也未必肯信他。因此，翁同龢在毓庆宫中的教学，绝对以传统的帝德教育为主，翁同龢将《孔子家语》中所说的“君者舟也，庶人者水也，水所以载舟，亦所以覆舟”的论断，当作一种逢山劈山、遇水搭桥的锦囊法宝，反复地向光绪帝灌输。或者，翁同龢认为只有把这样的道理，在幼小的光绪帝心田中深深地刻下印记，未来的清王朝才可能有延续下去的动力。如此，在光绪帝早期的德育教育中，“民为邦本，兢兢求治”这种因袭了数千年的传统君主教育便占据了主导的地位。事实上，在一个仍然高度专制的封建体制社会中，从慈禧到翁同龢等一些参与到治理这个国家的人，都仍然在无比坚定地认为：做一个皇帝，只要做到了爱民，只要孜孜求治，就一定可以重现康乾盛世辉煌。翁同龢的这种想法，在面临着西方军事政治、文化经济全面袭来的一个晚清现实环境中，注定是不可能成功的。

所以，我们说晚清，说到它迁延达数十年的变革过程，一个最大的失误仍在于教育。这个教育失误，既包括最基础的国民素质教育，也包括士大夫阶层腐朽不堪的科举应试制度、长时间的僵而不死，当然也包括了皇帝在内的统治者的知识结构陈旧。这所有的因素叠加在一起，注定了晚清变革所能到达的高度。不是有句流行的话说：你思想所能到达的高度，决定你后来行动所能跨越的高度吗？

不过，翁同龢跟纯爷们倭仁仍然有很大的不同。

翁同龢的思想体系应该介于郭嵩焘与倭仁之间的交叉点上。当年，国内的许多士大夫，思想认识都长期徘徊于那样的交叉点之上。李鸿章也无力走出那样的交叉点。这是中国传统士大夫的一个弱点。

翁同龢没有郭嵩焘的激进。郭嵩焘强调不仅要学习西方的技术，还必须有计划地尝试西方的政治制度。翁同龢也没有倭仁的固执。倭仁坚持月亮只有中国的圆，喜欢在十五之夜，遥望南天吟唱：月亮代表他的心。翁同龢的思想，应该是长期围绕着曾国藩等人提出的“自强”、“求富”观点的同心圈旋转，也就是通常人们形容的那种“中国心、西洋皮”的自娱自大心态。

所以，光绪八年，当载湉长到11岁的英俊少年之时，他对于千篇一律的孔孟忠君爱民那一套的课本，已经有一点小小的厌倦啦。翁同龢便赶紧在他的课程中，试讲开了贺长龄、魏源的《皇朝经世文编》。两三年之后，翁同龢又接着给少年载湉增加了越南、朝鲜、日本、中国台湾等东亚地区的地理知识以及魏源的《圣武记》、《海国图志》，冯桂芬的《校口庐抗议》，郑观应的《救时揭要》等书。这果然再度提高了少年光绪帝的学习兴趣。

翁同龢曾经对光绪帝说：“知西法不能不用，大搜时务书而考求之。”光绪帝跟少年同治帝相比，乖巧了不知多少倍。光绪帝后来维新变法的思想雏形，便应该发轫于少年的求学时期。

1884年12月，翁同龢正在为光绪帝选讲汉代的“文景之治”。慈禧太后忽然想到抽查光绪帝的课程。当时，慈禧太后结合翁同龢的授课进度，出了一个以汉文帝的题目，让光绪即兴口占一首七绝；慈禧太后不许在场的师父们作出任何提示。于是，光绪帝在略加思索之后，即挥笔写下了“白虎亲临幸，诸儒议五经。惜哉容窦宪，谏诤未能听”。慈禧太后觉得这诗的立意不错，表现得很开心。并且称赞该诗为“真圣章第一篇”。

至光绪十二年，光绪帝已年届16岁，翁同龢总结自己十数年的辛勤教学成果，随即声音嘹亮地向慈禧太后汇报：皇上已具有“披阅章奏，论断古今，剖决是非”的能力啦。

虽然是这样，光绪帝在个人的性格上，却仍存在着难以克服的缺陷。

一生郁郁不得志的光绪帝

光绪帝4岁入宫。

光绪帝刚入宫时仿佛一根行将枯萎的幼苗，真的是太纤弱了。

慈禧太后默默地观察了小载湉许多天，后来，就忍不住地把眉头微微皱起了：这样脆弱的一个男孩，今后到底能不能把他抚养成人呢？想到这些，慈禧太后的心里便有一点点的难过了。毕竟，她刚刚失去了一个阳光灿烂般的儿子，她很不喜欢那种长期压在胸口阴霾的感觉。

信修明在《老太监的回忆》一书中讲：入宫后的光绪帝，身体的底子特别差，感冒头疼、呕吐腹泻之类的小儿常见病从来就没有消停过。对此，慈禧太后也有一个回忆：“皇帝入承大统，本我亲侄。从娘家算，又是我亲妹妹之子，我岂有不爱怜之理！皇帝抱入宫时，才四岁，气体不充实，脐间常流湿不干，我每日亲与涂拭，昼间常卧我寝榻上，看着天气寒暖，亲自为他加减衣衫，节其饮食。皇帝自在醇亲王府时即胆怯，怕听到大声特别是雷声，每有打雷下雨，我都把他搂在怀里，寸步不离。皇帝三五岁后，我每日亲书方纸，教皇帝识字，口授读‘四书’、《诗经》，我爱怜唯恐不至。”

光绪帝入宫，从法律上办理了过继在咸丰帝名下为子的手续，按规矩光绪帝就应该叫慈禧太后“额娘”了。不过，慈禧太后不是很喜欢光绪帝称呼自己为“额娘”，她更喜欢光绪帝叫自己为“亲爸爸”。“爸爸”中加一个“亲”字，威严的君权中，仍不乏一份母爱的脉脉温情。对此，慈禧太后身边一班随侍的女官们却觉得很不好理解。慈禧太后为此解释说：首先，那个曾经寄托过她全部希望的、叫她“额娘”的男孩子已经死了。做母亲的心太痛，从此，每次听到这个称呼，她都会不由自主地想到曾经阳光明媚的载淳，她的心有一种血淋淋的伤疤重新被揭开的受伤感。所以，她不允许这世界上有第二个人再叫她“额娘”。其次是这小载湉真的是太弱小，好像一股小火苗，风一吹随时都可能熄灭。宫中的阴气太重，像小载湉这样脆弱的男孩子处于一种内宫的纯阴环境之中，更加有一种随时要窒息的感觉。让小载湉叫她“亲爸爸”，是想增添一份宫中的阳刚之气，令小载湉的阳刚之气显得更充沛一点。

次子出生，醇亲王奕譞想给他取一个好听的名字。踌躇了很久，却不过选中了一个“湉”字，这却很可以反映奕譞的性格。因为“湉”字的本意，原本只是用来形容水面平静，如“白露烟分光的的，微涟风定翠湉湉”。载湉既已出身于皇室，物质生活方面的条件应该是相当不错了，奕譞压根儿就没有让载湉更上一层楼的想法，取这名字的原意，父亲只希望孩子的一生安顺幸福。

醇亲王奕譞名下竟出了两代帝王

醇亲王奕譞在属于他的那个时代中，看上去虽然抢眼。他名下出了两代帝王，一个是他的儿子光绪帝，另一个则为他的孙子末代皇帝宣统。但是，他的为人却十分低调。

例如，养心殿西暖阁议立新君之时，惇亲王奕誴提到了前明“大礼仪”之争，当时奕誴的用意虽然是阻击载治名下的溥伦，但是，光绪帝确立之后，奕譞发现自己仍然在“大礼仪”争议的范围之内，于是，奕譞赶紧给慈禧太后上了一个《豫杜妄论》的密书，把自己谦卑维护朝廷的一片拳拳之心，明明白白地讲出来。事实上，这件事情，潘祖荫、翁同龢两位文胆，之前所拟就的两宫皇太后懿旨中，也已经讲得很清楚了。或者有人觉得醇亲王奕譞多此一举，奕譞却认为小心驶得万年船。果然，没多久，朝廷上有一个叫吴大澂的官员闲极生事，忽然又向朝廷提起了这个问题。慈禧就把醇亲王奕譞写的这个表白书，拿出来给大家看。言路上见这个话题没得搞头，方一哄而散。

奕譞所做出的第二个谦卑的姿态，就是立即请求免去一切公职。按照规定，光绪帝继位，奕譞作为皇帝的生父必须辞去包括都统、领侍卫内大臣、御前大臣、管理神机营等职务。慈禧太后一开始跟奕譞客气，让他不用辞职。奕譞对叶赫那拉氏家族女子的性情了解至深。他再次申请，慈禧太后果然愉快地同意了。后来，醇亲王奕譞就在毓庆宫陪着儿子光绪帝读读书什么的，日子过得好不逍遥自在。奕譞一直休息到光绪十年的恭亲王奕䜣倒台，这才出来帮政府做事。

谨小慎微是奕譞性格中一个十分显著的特点。

醇亲王府正厅有一块横匾，叫“谦思堂”，奕譞给自己书斋的命名叫“退省斋”。醇亲王奕譞生前拟就一段治家格言：“财也大，产也大，后来子孙祸也大，若问此理是如何，子孙钱多胆也大，天样大事都不怕，不丧身家不肯罢。”这都在时刻提醒自己记住“满招损，谦受益”的古训。晚清时出任过吏部主事的何刚德后来回忆：“醇亲王薨，以其邸改为醇贤王庙……余时派往查估工程，见其房屋两廊，自晒煤丸，铺满于地，俭德殊不可及。”煤球为老北京寻常百姓为省钱，以煤粉掺水自制的廉价燃料，老一辈的中国人对此并不陌生。但是，醇亲王奕譞以皇帝生父家中不用上等煤块，而用燃烧不全的煤球，不管奕譞是不是作秀，至少，奕譞始终保持了一颗畏惧的心。

奕譞一生别无其他嗜好，独对于马匹怀有颇深的感情。1903 年，美国画家凯瑟琳·卡尔至颐和园给慈禧太后画像，慈禧让卡尔住进醇亲王生前使用过的一处隐蔽花园——蔚秀园之中。卡尔后来在《美国女画家的清宫回忆》一书中说道：“一天，我在马厩附近一个幽静的角落，看到一些小小的墓碑。后经询问，得知它们都是亲王为纪念自己死去的犬马而立。碑上刻着里面埋葬的狗和马的名字以及主人对它们的赞誉之词。醇亲王十分喜爱动物，在众多王爷中，只有他府里的马厩、狗舍最为豪华气派。”只有在这样的地方，奕譞才可能获得自己的私人空间。

奕譞的嫡福晋，光绪帝的生母叶赫那拉氏，在性格上则存在着严重的暴力倾向。

末代皇帝溥仪后来在谈到这位性情无常的老祖母时，曾经说到过：“她一生拜佛，成年放生烧香，夏天不进花园，说是怕踩死蚂蚁。她对蚂蚁仁慈如此，但是打起奴仆来，却毫不留情。据说醇亲王府一位老太监的终身不治的颜面抽搐病，就是由她的一顿藤鞭打成的。”叶赫那拉氏一生生育过四个儿子，抚育过一个女儿。其中四个都夭折了。叶赫那拉氏的长子载瀚，出生于同治四年正月，这时，叶赫那拉氏刚刚对孩子们试行一种饥饿保健法。只可惜载瀚这孩子十分不给力，不到两岁就营养不良夭折了。时隔六年之后，叶赫那拉氏这才又有了载湉。光绪元年，叶赫那拉氏生育了自己的第三子，只可惜这是一个未成品，生下来不久便死去了。叶赫那拉氏的第四子名叫载洸，这个男孩子的生命力颇为柔韧，出生于光绪六年，坚持到光绪十年才气绝身亡，在饥饿中坚持到5岁。后来，溥仪在谈及自己这位早死的四伯父是这样写的：祖母叶赫那拉氏“总不肯给孩子吃饱……结果第四个男孩又因营养不够，不到五岁就死了”。叶赫那拉氏一生信佛，她的日常生活环境也追求一种绝对的寂静，有时，孩子们会发出一种童真嬉笑。叶赫那拉氏往往会态度十分粗暴地训斥他们：“笑什么？没个规矩！”所以，一般人生活在醇亲王府中气氛是很压抑的，真正的是不敢多说一句话，不敢多走一步路，连咳嗽的声音也必须是轻轻的，令人感觉到岁月流走时的凛冽。

醇亲王嫡福晋叶赫那拉氏名下尚有一个女儿。这个女孩子的生母实际上是醇亲王的第一个侧福晋颜扎氏。颜扎氏为旗人来福之女，与醇亲嫡福晋叶赫那拉氏同期入宫选秀，又一同被赐婚于当时还是醇郡王的奕譞。颜扎氏人长得很漂亮，醇亲王奕譞一度很喜欢她。颜扎氏便有点恃宠逞强的意思，常常与嫡福晋叶赫那拉氏作对。提到两人的争吵，人们脑海中便会常常浮现出一个高声尖叫、神经质的醇亲王嫡福晋叶赫那拉氏，颜扎氏并不惧怕她。颜扎氏之女出生于咸丰十一年三月，颜扎氏自己大约于同治初年的一场大病中死掉了。于是，醇亲王便把颜扎氏留下的女儿，寄养在嫡福晋叶赫那拉氏的名下。事实上，颜扎氏之女落在叶赫那拉氏手上，其结局应该是可想而知的。颜扎氏之女死于同治五年十月。有人说，这个女孩是病死的，也可能为叶赫那拉氏进行饥饿保健法革新、第一例真正意义上的牺牲品。这种事情谁知道呢？反正醇亲王府中只要有醇亲王奕譞无怨无悔的大力支持，饥饿保健法尚未成功，叶赫那拉氏继续努力，庭院深深深几许的醇亲王府中，便仍然有孩子如烟花般的寂灭。

事实上，光绪的异母弟、溥仪的父亲醇亲王载沣，原本不是嫡福晋叶赫那拉氏所生。他的亲生母亲是五品典卫德庆之女、醇亲王奕譞的侧福晋刘佳氏。但是，嫡福晋叶赫那拉氏折腾上了瘾，一如既往地折磨载沣。后来，光绪、载沣由于童年时期的焦虑创伤，兄弟俩患上了相同的终生口吃。光绪4岁离家，口吃的程度稍轻一些。载沣则为醇亲王府唯一一位，真正在叶赫那拉氏阳光雨露沐浴下成长起来的男孩子；他的口吃有时便严重到了语无伦次的程度。

其实，有关慈禧的这位神经质的妹妹，本书第四册中也有所介绍。美国人斯特林·西格雷夫在《龙夫人：慈禧故事》一书中说：“慈禧之所以极力争取让她的这位侄儿兼外甥成为新皇帝的候选人，至少有部分原因是要将他从母亲的虐待中解救出来。慈禧当然知道光绪的兄弟们是怎么死的，而且，他是她下一代的亲属中硕果仅存的男性血脉。当光绪的母亲和奶妈到宫里来‘安慰’那个可怜孩子的时候，一种令人不寒而栗的前景使得慈禧很快就把她们打发走了。一些历史学家认为，正是慈禧的干涉，才使得她的妹妹嫁给了醇亲王。然而，根据她自己的供述，她和兄弟姐妹们相处得并不融洽，而且显然对于妹妹这样对待孩子，她也同样深感震惊。”

这样，我们分析长大后光绪帝的性格，可以清晰地看到他父母亲的影子。多数情况下，光绪帝表现出生父醇亲王的谨慎犹豫。可是，一旦光绪帝从沉默中爆发，也可以把生母遗传基因中暴躁、偏执、骄纵的成分暴露无遗。

实际上，光绪帝继位后不久，慈禧太后就患上了缠绵不愈的肝病。慈禧太后在国家的诸多大事方面，不得不更多地依赖于慈安太后，这也包括对于光绪帝的监管方面。

有人研究过《清宫医案研究》一书中记载的一些宫中女子脉案。发现有许多宫中女性都患有肝气郁结、脾胃不和的肝病。究其原因，当然是嘉庆、道光、咸丰等老中青诸位帝王驾鹤归西之时，他们生前曾经使用过的嫔妃，无论是多么的风华正茂，便成为处理品，一律从原先充满着期待的东西十二宫，搬迁到专为宫中寡妇们准备的院落——慈宁宫、寿康宫和寿安宫等，这就是紫禁城中名气很大的“寡妇院”了。从此，这些年轻美貌的女子便只能压抑住心中升腾的欲望，“伴青灯叩古磬，依经孤守”，过着冰冷寡淡的日子。时间一长，很多人便在无尽的寂寥中憋屈出疾病来了。

中医认为，“肝为将军之官”，喜条达，主疏泄，一旦情志抑郁，就会导致肝气不能通达，脾胃受累，肝脾失和，以致百病缠身。这大概就是“寡妇院”为何多发肝病的一个重要原因吧。

加拿大华裔学者邝兆江（Luke S. K. Kwong）在哈佛大学出版的《百日维新的碎片》一书中考证：同治帝死后不久，慈禧太后也染上了严重的肝病。这一疾病过程，持续了近八年之久。1875 年（光绪元年），美国驻北京公使馆在发回美国国务院的一份报告中，曾明确指出：“（慈禧）太后，两位摄政者中更有权势的一位，也病得很厉害。数月以来，慈禧病得如此厉害，以至于街头百姓中每天都有入预期她会死掉，甚至有好几次谣传她已经死了。”

光绪六年时，慈禧的肝病达到一个高峰期。当时，宫中的太医们束手无策。朝廷遂以光绪帝的名义，于该年的六月初七日下诏在全国范围内征召名医：“（慈禧太后）圣躬欠安，已逾数月，叠经太医院进方调理，尚未大安。如有医术高明者，尽快推荐，并迅速来京。”

浙江巡抚谭钟龄向朝廷推荐了江苏如皋的名医薛宝田。这一年，薛宝田年已届66岁，但是，他仍然冒着酷暑，于该年的七月底抵达北京，随即与各地应召而来的马培之、薛福辰、汪守正、程春藻、仲学辂等名医，对慈禧太后的病情进行了会诊。慈禧太后后来传谕赞扬薛宝田：“浙江巡抚谭（钟龄）所荐医生，看脉立方均尚妥。”之后，薛宝田将自己为慈禧太后治病的诊疗心得，写成了《北行日记》。

薛宝田说：当他为慈禧太后诊脉时，慈禧端坐于一坐榻前。榻外设有一张小几，几上安放一只小枕。慈禧太后便把手放在小枕上，手上盖着素帕，只露出诊脉的寸关尺三部。薛宝田屏息跪诊，太监侍立两旁。诊脉完毕，薛宝田立即向慈禧太后汇报自己的医案：“圣躬脉息，左寸数，左关弦；右寸平，右关弱，两尺不旺。由于郁怒伤肝，思虑伤脾，五志化火，不能荣养冲任，以致胸中嘈杂，少寐，乏食，短精神，间或痰中带血，更衣或溏或结。”

慈禧赶紧问：“我这病要紧吗？”薛宝田回答：“皇太后万安。总求节劳省心，不日就会大安了。”慈禧听过这句话，不由得深深地叹了一口气，说：“我岂不知节劳省心？无奈不能啊。”

鉴于这种身体状况，一直到光绪八年慈安太后病逝之前，慈禧太后基本上处于一种半休养、半工作的生活状态。一些与光绪帝相关的决定，实际上便由慈安、醇亲王以及帝师翁同龢组成的三人管理小组负责。醇亲王奕譞、帝师翁同龢在外面，主要抓毓庆宫光绪帝的教育工作。内宫中光绪帝的生活起居，则主要由慈安太后去打理。这时候，慈安太后可真成了一个大忙人。她每天要在朝堂上应付恭亲王军机处发出的大量公文，回到后宫还得安排小皇帝的生活事宜，可真的有点应付不过来。于是，有关小皇帝在深宫中的日常生活安排，有时，慈安太后便会忙里偷闲地托付给深宫的大太监们去放手处理。

这就引发了小皇帝与宫内太监们的一种对立情绪。例如，有一段时间，小皇帝对于外国的钟表机械产生了浓厚的兴趣，他已经拥有了数量甚巨的外国钟表，可是他却并不以此满足。这时候，负责监管光绪帝生活起居的太监们便害怕了。他们害怕光绪帝会重蹈同治帝玩物丧志的覆辙，最后连累他们被两宫皇太后严厉惩罚。于是，总管太监动手收缴光绪帝的全部玩物。光绪帝奋起抵抗。总管太监却下令把连哭带号的小皇帝关进了一间小屋之中，让他闭门思过。接下来的数小时，无论小皇帝如何的哭喊，叫骂，踢门，央求，全都无济于事，太监们在门外固执地对峙着。只有等到小皇帝哭喊累了，才有机会结束这一段令他十分惊悚的禁闭生活。

于是，美国人查尔斯·约翰斯顿在《中国的危机》一书中，便用一种忧郁的语调，谈到了这个在一点点长大的敏感男孩："光绪皇帝身材瘦小，身体虚弱，看上去几乎像个孩子。他的眼睛大而忧郁，面部微呈橄榄色。他的表情透着随和，更多是表明了梦想而不是将梦想付诸行动的力量。蒙古部落的后裔中有这么空灵的一个人是很奇怪的。不过光绪皇帝也许可以被当作运气不佳的东方圣人的典型。"

❷最具杀伤力的清流攻击手张佩纶，终于登台献艺了

光绪帝一生38年之路途，自出生至4岁的醇亲王府期与晚清政局毫无瓜葛，可忽略不计。此后，入承大统便可划分为三个时期了：从4岁至18岁的观摩期，18岁至30岁的亲自操刀期，最后是30岁至38岁的八年软禁期。光绪帝亲政前的京城政治，正处于一种由勤政走向窳败的衰退时期。

"辛酉政变"后，军机处最初确定的六大巨头为：恭亲王奕䜣、大学士桂良、户部左侍郎文祥、户部右侍郎宝鋆、户部尚书沈兆霖、鸿胪寺少卿曹毓瑛。

桂良、沈兆霖、曹毓瑛三人，后来或病故或因工作调动退出了军机处。

同治四年，慈禧太后借故取消了奕䜣议政王之封号，帝师、内阁学士李鸿藻作为一股重要的平衡力量补入军机。同治六年，再添署礼部右侍郎沈桂芬入军机。这样，自同治六年一直到光绪二年的文祥病故，军机处大抵上维持了奕䜣、文祥、宝鋆、李鸿藻、沈桂芬的五人格局不变。

李鸿藻为直隶高阳人，人称李高阳，在汉军机中属于北方人。沈桂芬则为江苏吴江人，为汉军机中的南方派；沈氏入军机，被梁启超说成"实为（清朝）汉人掌政权之嚆矢"。但是，沈桂芬、李鸿藻两位汉人一进入到军机处，即呈现出了南腔北调的不谐之音。此后，京城汉官以李、沈两

人为号令，依照个人的口味偏好不同，便各自站在了李、沈两位大佬的身后，吆喝着打开了擂台。因李鸿藻是北方人，史家为了称呼方便，便把跟李鸿藻抱成团的京官们称呼为“北党”，南方人支持他的政治主张，李鸿藻也并不是不欢迎。沈桂芬为南方人，跟他走的人，不管来自大江南北，也一律简称为“南党”。明清两代，南北党人竞争激烈，史家这么一划分，一般的人一听也就大致知道是那么一回事儿。

事实上，一场擂台赛能否打到波澜起伏，那关键还得看打擂双方后台赞助商的耐力。

沈桂芬进入军机处原本出于恭亲王奕䜣的爱才，沈是一个办洋务的人才。当时，军机处的倾向性很强，“盖沈于外交，颇主张持重，以保和局，李则较迫于士大夫清议，常主强硬。沈为南人，性阴柔；李则北籍，较质直，故彼此作风以常凿枘。恭亲王两用之，而外交事务则多依沈议，宝鋆尤与沈相契，文祥则较重李。”这恭亲王奕䜣在无形间便成为沈桂芬的一个幕后赞助商。而李鸿藻的后台老板，大家无须打听都知道是谁。飞舞轻扬的李鸿藻就只有慈禧太后一个靠山。开始之时，刚进入军机的李鸿藻颇有一种遗世独立的寂寥，于是，他主动地向恭亲王靠拢，“执政最最，又与恭亲王友善，门生故友广布中外。”奕䜣也喜欢在外面显摆“李公爱我”。但是，像李鸿藻这类理学名臣，有时爱惜起自己的名声来，比孔雀爱惜羽毛还矜持。他跟奕䜣始终都不可能是同路人。于是，李鸿藻自觉地充当起了慈禧太后牵制恭亲王奕䜣的一尊大神。

不过，在光绪四年之前，由于李鸿藻“北党”专好搏击恭亲王的特性尚未完全形成，政治上没有引起慈禧太后的特别注意，李鸿藻的政治格局并不大。同治六年，恭亲王奕䜣与倭仁的“同文馆之争”以及同治九年的曾国藩处理“天津教案”，李鸿藻均在台面下参与了搅局的工作，但是，未引发大的政治波澜。

同治三年九月，李鸿藻因丁本生母忧，再度守制回家。按照惯例，李鸿藻因守制所留下的空缺，应补充一个北方籍官员。但是，到了光绪四年二月时，沈桂芬说动宝鋆的支持，竟把自己的门生、原任湘抚王文韶补进了军机处。这就把“北党”结结实实地排挤出了军机处。于是，“北党”的翰詹科道言路文官只得冲到了官场的一线，与恭亲王奕䜣、军机大臣宝鋆、沈桂芬等手握实权的政治大佬在舆论上形成新的对峙。这就是中国近代史上广为人所知的“清流党。”

所谓的“清流”，是指京城以翰詹科言官为主体，地方上以某些督抚为后台的一批官员，他们以儒家传统观念为思想武器，以奏疏弹劾为政治手段，“连同一气，封事交上，奏弹国家大政，立国本末”，一人言事，众口相帮，互为声援，形成一股势力，颇能左右朝中舆论。因而有“清流党”的称谓。

最近数年，“清流”的声名，已经被学界弄得有点腥臭。可是，在光绪初年的民间舆论中，那可都是一些遇事敢言，不畏强权的响当当的汉子。当时，京城言路上，最负盛名的，有“四谏”、“四大金刚”、“十朋”之说。所谓的“四谏”指张佩纶、宝廷、陈宝琛、邓承修；“四大金刚”指张之洞、张佩纶、吴大澂、陈宝琛；至于“十朋”则是张之洞、张佩纶、宝廷、陈宝琛、黄体芳、张观淮、吴大澂、刘思溥、吴可读、邓承修等十人。另外，北京人向来诙谐，北京人又根据“清流”的谐音将这一批好斗的言官喻为“青牛”，并且依据“清流”人士各自的性情爱好者不同，把这一只“青牛”的零部件全部进行了命名，“呼李鸿藻为青牛（清流同音）头，张佩纶、张之洞为青牛角，用以触人；陈宝琛为青牛尾，宝廷为青牛鞭，王懿荣为青牛肚，其余牛皮、牛毛甚多。”“清流”人士一时成为京师范儿，人们爱他们到了爱屋及乌的地步，以至于张佩纶“喜着竹布衫，士大夫争效之”。

如此，自光绪四年至光绪十年间，北党“清流”便在北京政坛对操权柄的洋务派大佬发动了数轮政治攻势。

光绪四年十月二十七日，两宫皇太后忽然动议了将军机大臣沈桂芬外放为贵州巡抚的调动案。《梦蕉亭杂记》对于这一议案的来龙去脉是这样介绍的：

“恩诏、哀诏，例由军机恭拟。文定（沈桂芬）到稍迟，由文文忠（文祥）执笔拟旨，因病不能成章。文忠（荣禄）仓卒，忘避嫌疑，擅动枢笔。文定（沈桂芬）不悦，而无如何，思以他事陷之，文忠（荣禄）亦知之，防御尤力，两端遂成水火。文正（李鸿藻）与文定（沈桂芬）不相能，颇右文忠（荣禄）。党祸之成，非一日矣。某月日黔抚出缺，枢廷请简，面奉懿旨：着沈桂芬去。群相惊诧，谓巡抚系二品官，沈桂芬现任兵部尚书，充军机大臣，职列一品，宣力有年，不宜左迁边地，此旨一出，中外震骇。朝廷体制，四方观听，均有关系，臣等不敢承旨。文靖（宝鋆）与文定（沈桂芬）交最契。情形尤愤激。两宫知难违廷论，乃命文定照旧当差，黔抚另行简人。文定谢恩出，惶恐万状。”

从这一段文字来看，荣禄与沈桂芬间结怨的事由并不大。只不过是荣禄一时得意，动了沈桂芬的御用笔杆子罢了。但是，梁子既已结下，双方再见面，彼此也就不再客气，放手肉搏。

这桩案子，在一线打枪的是工部尚书、步军统领及总管内务府大臣荣禄，李鸿藻则隐身于幕后做一个操盘手。当时，总理各国事务衙门的事务实由沈桂芬全权负责，沈桂芬对日本侵占琉球、台湾案、崇厚与沙俄的伊犁交涉案尽有不尽如人意之处，于是，李鸿藻预先发动“清流”台臣，先在言论上大打一场舆论战。等到朝廷上下对于沈桂芬议论纷纷了，荣禄这才乘机在慈禧太后跟前讲沈桂芬的坏话。

这便是清人吴庆坻在《蕉廊脞录》中所讲过的：“孝钦一日语善化曰，‘荣禄用心太过，有时有偏处，我从前几受伊欺蒙。’善化因从容请太后详言之，太后曰，‘荣禄在内务府时，屡言沈桂芬之坏处，且言不将沈桂芬调开不好办事，吾亦疑沈桂芬太迂谨。一日贵州巡抚出缺，适沈桂芬未入直，我有旨放沈桂芬为贵州巡抚。而宝鋆坚不承旨，谓本朝从无以军机大臣、尚书出任巡抚者。沈桂芬在军机多年，并无坏处，臣等皆深知之。如太后不收回成命，臣等万不能下去。碰头者再，我乃允许之。此事实为荣禄欺我也。’”

荣禄曾经是慈禧身边的大红人

荣禄，字仲华，号略园，瓜尔佳氏，满洲正白旗人，出身于世代军官家庭，以荫生晋工部员外郎，同治初年，出任神机营专操大臣。神机营的缔造者是醇亲王奕譞。当时京城官场上有晋升的四大诀窍，说的是“帝师王佐，鬼使神差”。所谓的帝师，这个没什么可解释的，就是教皇帝读书之人；王佐则是为恭、醇两亲王跑腿的亲信；鬼使则为总理衙门或驻外使节；神差就是神机营的大小官儿。当时，京城中传说，只要把这四项差事中的一项弄到手，想不升官都难。醇亲王奕譞最喜欢从神机营中提拔亲信。像我们在第五册中提到过的枭勇陈国瑞，一经进入神机营，虽然陈国瑞行事甚是鲁莽，在“天津教案”中惹下天大的祸事，醇亲王奕譞仍然母鸡护崽式的罩着他。

荣禄挟如此厚重之靠山，虽一击不中，沈桂芬却已惊出了涔涔的冷汗。

不久，沈桂芬报复的机会来了。

光绪六年，荣禄因事跟醇亲王奕譞、军机大臣宝鋆彻底闹翻。沈桂芬因此挑动“四谏”之一的宝廷提意见：部院大臣的兼职实在是太多了呀，一下子就把荣禄的工部尚书、内务府大臣两项最有油水的差事拿掉了。接着，沈桂芬再查荣禄纳贿案，荣禄从九门提督直降为副将。荣禄这一阵子的运气可谓倒霉透顶了。

当时，有人觉得奇怪：荣禄是西太后跟前红透半边天的大红人，为什么不见铁腕西太后出来保他呢？于是，有人自作聪明地恍然大悟：哦，这时候西太后病得快要死了呢，朝廷上主事的是东太后。实际上，这个时候，荣禄是把东、西太后一股脑儿全惹火了。《慈禧外纪》中点破了这一节公案的本末：“慈禧行事，皆深资荣禄之臂助，故极其宠信，以总管内务之故，得以随时出入宫廷。光绪六年，荣禄与同治帝一妃，忽犯嫌疑，以此事言于慈禧者，为光绪帝之师傅翁同龢。当时宫中竞传，慈禧亲自于此妃房中查出，此为极大之罪，遂解荣禄之职，其后七年，皆投闲散。”

慈禧做事情，意志力极为刚强，从来不因为私人的喜好，而轻易干扰了自己的政治判断力。同治八年，山东巡抚丁宝桢计斩太监安德海，安德海是慈禧极喜欢的，但既然错在安德海一方，此后的慈禧太后也对于丁宝桢使用如常。出于同样的道理，荣禄虽然是慈禧使用起来极称手的私人，但已在众目睽睽之下闯下大祸，便无轻轻放过的道理。由此，荣禄被慈禧太后闲置近十年。我想，这也是慈禧能够成为晚清著名女政治家一个重要原因。

发生于光绪六年的“庚辰午门案”，说起来也是挺有意思的。

我们知道，光绪六年这一年，慈禧太后患有相当严重的肝病，并且一度差点因为肝病而死掉了。于是，在八月十五的中秋将近时，病后余生的慈禧太后忽然每逢佳节倍思亲，思念起她那怪癖连连的醇亲王嫡福晋妹妹了。于是，在八月十二日这一天，慈禧亲自检点了八盒食物，委派了一个15岁的小太监李三顺，大摇大摆地给她的醇亲王嫡福晋妹妹送温暖去了。太监出宫办事，按宫中的老规矩，照例是不允许走正门的。小太监李三顺不知宫禁轻重，这一回他仗着有老佛爷的懿旨护体，却想强闯正门。这一闯，是非便出来了。

王少航《方家园杂咏记事》中说起这事，口水多多：“慈禧遣阉人赴醇亲王府，出午门，凡阉人出入，例由旁门，不得由午门，值日护军依例阻之，阉恃势用武，护军不让。阉归告慈禧，摆脱护军殴骂。时慈禧在病中，遣返，请慈安临其宫，哭诉被人欺侮，谓不杀此护军，则妹不愿活。慈安怜而允之，立交刑部。并面谕兼南书房行走之刑部尚书潘祖荫，必拟斩决。”

“祖荫到署传旨，讯得实情，护军无罪。秋审处坐办四员提调，皆选自各司最精于法律者也，同谓交部即应依法，倘太后必欲杀之，则自杀之耳。本部不敢与闻。祖荫本刚正，即以司官之言覆奏。慈安转告慈禧，慈禧大怒。力疾召见祖荫，斥其无良心，泼辣哭叫，捶床痛骂。”

重病中的女子心理最脆弱。潘祖荫觉得自己有理跟这因肝病而虚火上升的女老板讲不清。于是，潘祖荫就把矛盾上交给群臣之首恭亲王奕䜣。奕䜣只得硬着头皮来劝这逆火犯肝的慈禧嫂子。于是，金梁便在《皇室闻见录》中接着王少航的笔墨继续往下八卦：

恭亲王接下这烫手的山芋之后，自然不敢怠慢，他赶紧入宫劝说慈禧太后：“护军失察，罪至交议，护军应斥革耳。”慈禧太后说：最少得当庭打屁股。恭亲王为难地回答：廷杖是前明的虐政，咱现在在搞同光中兴，这恐怕不太合适吧。慈禧听到这里，心里的一把无名火突突地又升了起来：“汝事事抗我，汝为谁耶？”奕䜣回答：“臣是宣宗第六子。”慈禧太后大声地说：“我革了你。”奕䜣口气很横地再答：“革了臣的王爵，革不了臣的皇子！”慈禧太后没词了。慈禧太后愤愤地想：这样子的恭亲王非走开不可！

这午门争吵案在一瞬间，便发酵成为一桩沸沸扬扬的有名案件了。

恭亲王奕䜣的孤傲是天生的。恭亲王奕䜣原本是来劝人的，可是他峥嵘毕露的几句话把慈禧太后那一股无名之火招惹得更加旺盛。这案子一时孤悬于高处，更无法收场了。

这时候，“清流”三大将张之洞、张佩纶、陈宝琛却决心站出来，为慈禧太后搭梯子，让她有一个体面转圜的余地。这件事情，胡钧通过重编《张文襄公年谱》，把三人的“隆中对”之个性，表现得灵活灵现：

“太傅（陈宝琛）拟上疏极谏。公（张之洞）谓：‘措辞不宜太激，止可言渐不可长，门禁不可弛，如是已足。我当助君言之，若言而不纳，则他事大于此者不能复言矣。’太傅（陈宝琛）以为然，改正义为附片，有云：‘皇上尊懿旨，不妨加重，两宫遵祖训，必宜从轻，出自慈恩，益彰盛德。’公（张之洞）犹虑其太峻，夜弛书，谓：‘附子一片请勿入药。’太傅（陈宝琛）以示幼樵侍讲（张佩纶）。侍讲（张佩纶）曰：‘精义不用可惜。’卒上之。公闻而叹曰：‘君友谏不纳，如何能企主上纳谏乎？’翌日以俄事遇太傅（陈宝琛）于值庐，问消息如何。曰：‘如石投水。’意谓留中也。”

“又数日，两宫视朝，谕枢臣此案可照原议，毋庸加重。公（张之洞）

闻之，折简与太傅（陈宝琛）云：‘如石投水，竟成佳谶。’”

事实上，慈禧太后的肝火，经御医几剂大剂量的柴胡汤之后，早已经浇灭了。陈宝琛附片中软中有硬的规劝，在慈禧太后看来已句句是诤言，这案子的完结自然是水到渠成的。

至此，张之洞、张佩纶、陈宝琛“清流”三大将在京城的名声大振！慈禧太后也认“二张一陈”为一股缓急时可以借重的力量。

此役中，张之洞的表现尤其令人寻味。张之洞身材短小，面瘦如猿。这个人向来的起居习惯就跟常人有点不同，可以一天不吃，一夜不睡，而保持旺盛的精力。又无论寒暑，卧不解衣带。熬成大佬级人物之后，“每观书，则睡眼蒙眬。或两三时，或一昼夜，左右屏息环立，不敢须臾离，侍姬辈亦于此时进御。从者反扃其扉，遥立而已。”张之洞这一份名士的异行异相，有很大的一部分是在自我炒作。为此，王湘绮先生总结张之洞的做官心得为“口舌为官”。三人中，确实以张之洞察言观色的本领最强。据说，他的做言大佬的诀窍是多建言，少搏击。少搏击者即少结冤家。多建言即树大招风，大树底下人人想乘凉，崇拜他的粉丝们多了，在中枢上自然就有了他的名分。

仅此一招而已，我们即发现，张之洞确实是深谙官场三昧的。

后来，“清流”一军尽皆覆没，独张之洞安然无恙。

这样，经过“庚辰午门案”的锤炼，李鸿藻北党所主导的“清流”已经为慈禧太后大为赏识。朝里有人好说话，“清流”言官们迅速拿下了朝廷中的舆论阵地。现在，“清流”健将们手握墨笔，眼观八方，这年头的朝廷命官，没几个是屁股干净的，“清流”健将们看谁不顺眼，逮住便是一阵口诛笔伐，一些过去不可一世的朝廷大官们，在一瞬间就“樯橹灰飞烟灭”。后来，许多朝廷大官，老远一看到“清流”健将们的影子，即屏息敛容、踮起脚尖儿悄悄地溜走。“清流”言官们真是快意极了。

慈禧太后也觉得很开心。她高兴地鼓励诸位“清流”言官：胆子再放壮一点，步子再迈大一点，最好隔一两个月就揪它一两条官场大鱼出来，在朝廷上下形成一种震慑的局面，看谁还敢在天子脚下再起那贪腐的念头！

光绪六年十二月二十九日除夕，素有“驴车宰相”的协办大学士、南党魁首沈桂芬，终于心力交瘁地走完了自己的一生。听到这个消息，慈禧太后正在宫中欢度新春佳节。慈禧太后心里怪怪的，觉得有点难受。慈禧回忆沈桂芬的一生，这个人的优点跟他的缺点同样地突出。量小难容，是沈桂芬的缺点；可是，他的优点却在于，“躬行谨饬，为军机大臣十余年，自奉若寒素，所处极湫隘，而未尝以清节自矜，人以为难云”。

身处于一种衰微的末世，只要是不爱钱的官，就是一个好官。慈禧太后给出的这个评价，实际上已经很高了。

沈桂芬一去，“南党”中再无帅才。“南党”只得匆匆地把王文韶推上了前台。王文韶这人，无论是资历、还是在中枢上的阅历，均比丧假期满后重入军机处的李鸿藻差了一大截。难怪王文韶要在沈桂芬的追悼会上，焦虑到青筋毕露地说：“吾将安仰！”熟悉南北相争这一段历史的京官们，都在私底下议论：王文韶这一回，怕是有难了。

沈桂芬一去，王文韶匆匆上台

云南报销案的由来并不复杂：云南自同治十三年一直到光绪七年的期间，财政开支一直未得到北京中枢的审查通过。光绪八年初，中枢上就出现了传言：慈禧太后将命阎敬铭出任户部尚书，切实整顿中央财政预算中的种种弊端。消息传开，当时的云南巡抚杜瑞联就心里发急了。阎敬铭“小阎王”的精打细算遐迩皆知，云南财政这七八年弄了不少的猫儿腻，一旦这开支审查的事儿落到阎敬铭手上，怕不是那么好过关。因此，为了抢在阎敬铭上任之前把云南的积年开支报销完毕，杜瑞联特派云南军务后路粮台崔尊彝、永昌府知府潘英章两人携巨款至京城打通关节。从当时的情形来看，崔、潘两人所找上的一个京城内线为军机处章京、太常寺卿周瑞卿。再由这个人说动仍然署理户部尚书的军机大臣王文韶、景廉迅速报销结账。当时，户部书办开出的好处费为 13 万银两，而崔、潘两人却坚持只给 8 万银两的贿款。就在双方讨价还价之时，这贿赂案却被江西道御史洪良品一眼就瞧出了端倪，于是，洪良品一纸弹劾告到了慈禧太后那儿，就把这弊案公开在阳光下了。

“清流”们等这样的机会自然是很久了。邓承修在“四谏”之中，素有“铁汉”之称，又一向以高阳李文正公羽翼而自豪。九月一日，邓承修吹响了“打倒王文韶”的第一声号角：“景廉素称谨饬，不应晚节而顿更……至于王文韶，赋性贪邪，为曹郎日即以奔竞著名。即跻枢要，力小任重，不恤人言，贪秽之声，流闻道路。议者谓前大学士沈桂芬屡行清洁，惟援引王文韶以负朝廷，实为知人之累。”景廉是“北党”一哥李鸿藻郑重引入军机处的，在北党“清流”中均具有广泛的人脉。所以，邓承修此折中，将景廉、王文韶两人做了一个小心切割。

十月十五日，最具杀伤力的重量级“清流”攻击手张佩纶，终于登台献艺了。他先上了一个《请罢斥枢臣王文韶折》，提出了王文韶的“贪位恋权，依违不去”，这实际上是张佩纶重拳出击前的一个热身。接下来的十月二十七日，张佩纶顺应朝廷中有关王文韶的质疑之声，“一日三奏”，一口气搞出了“两折一片”，强烈要求罢斥王文韶：“文韶在官日浅……其所承者，沈桂芬应付之法耳。”“今文韶甫被慰留，地气即不安靖。臣不必谓文韶足致地震，然亦适然而相值矣。因思文韶以光绪四年二月入值枢垣，其时直豫告灾；该侍郎乞假迎母，由运河入都，供张甚盛，民以怨咨。数年以来，水旱之灾，彗孛之异，无岁无之；于是纠劾文韶之疏，亦无岁无之。验之天象则如此，考之人事则如彼。”张佩纶这奏章夹荤夹素、亦真亦假，天文地理，无所不及，慈禧一读之下，心旌为之摇曳。在张佩纶之笔下，这王文韶简直成为一匹害群之马了。

于是，十月三十日，王文韶不得不离开了军机处。

这样，慈禧太后对于云南报销案的调查开始积极起来。她组织了一个行政级别相当高的专案组。以惇亲王奕谅为组长，帝师翁同龢为副组长，专案组成员有麟书、阎敬铭、潘祖荫、薛允升等人。潘祖荫中途逢父丧，慈禧太后准予张之万顶潘祖荫刑部尚书遗缺，入专案组。整个调查时间，自光绪八年七月御史洪良品的揭发开始，至光绪九年五月底方结案，整个过程持续十余月。最后，对相关涉案人员处理如下：户部云南司主事孙家穆革职、赔赃、徒三年；太常寺卿周瑞清革职、赔赃、流三千里；潘英章，户部主事龙继栋，御史李郁华等也革职、流放。王文韶、景廉等失察属员，亦难辞咎，王文韶、景廉、奎润、董恂均降两级调用；王文韶出军机处，景廉着仍在军机大臣上行走。云贵总督刘长佑，云南巡抚杜瑞联均降三级调用。

云南报销案在晚清的政治史上，也算得上是一桩肃贪的大案。云南报销案的成功，象征着北党“清流”们意绪风流之昙花盛开时节的突然降临。

十一月五日，慈禧太后谕令：王文韶开缺后所留下的军机遗缺，着翁同龢、潘祖荫两人一并入值军机。

翁、潘两人具有许多的相似之处：翁、潘同为江南名士，潘祖荫来自苏州府的吴县，翁同龢则来自常熟，两者相距并不远，这是第一层。两人又是科甲出身的同年，咸丰六年这一年的科甲，翁同龢弄了一个一甲一名的状元，潘祖荫是探花，两人仍然比翼双飞。最后，《凌霄一士随笔》中还记载了潘、翁两人同为天阉的隐私："潘祖荫有洁癖，不与其妻同寝处。顷阅陈庆溎《归里清谈》，则潘氏乃天阉也。据云：尚书天阉，与翁常熟同。一门生不知，初谒时，询问老师几位世兄，尚书曰：'汝不知我天阉乎？'同光间潘、翁齐名，号为京朝清流宗主而竟复同为天阉，斯亦奇矣。"清末三个著名的天阉，除了翁、潘，还有一个却是番禺的梁鼎芬。潘祖荫对此的态度却颇是豁达。潘、翁在南派"清流"中的声名，应在伯仲之间，私底下，潘祖荫对翁同龢的评价却不高："叔平（翁同龢）虽为君之座师，其人专以巧妙用事。"

了解到这种情况，李鸿藻大力将翁、潘两人俱推荐进入了军机。如此，李鸿藻既表示了对南派"清流"的尊重之意；又知道翁、潘两人因政见并不步调一致，对自己不构成威胁。短期内，李鸿藻便将军机的权柄牢牢地紧握在了自己的手中，这是李鸿藻的如意算盘。

本轮肉搏，"牛角"张佩纶获得了最上镜头之"清流"的光荣称号。慈禧论功行赏，于光绪八年岁末，擢升张佩纶署左副都御史，次年再提拔侍讲学士，三年内，张佩纶乘坐热气球由正七品热腾腾地升到了从四品，可谓顺风有术。

有人研究过张佩纶的弹劾奏章，厌恶张氏风格的人自然骂他是"搏击务名，诳语多事"。张氏自己也颇以李鸿藻理学弟子自居，仗义未必屠狗辈，直谏皆是读书人。张佩纶颇以"往还五千里，咒骂十三家"的气盛自矜。但是，张佩纶的弹劾奏章却仍然是具有自己的鲜明特点的。沃丘仲子《近代名人小传》一语道破了他的玄机："其奏疏深文周内，恒以诸臣恣纵、蔑视两宫为言。适如孝钦（慈禧太后）意，故所言无不行，往往劾人不待覆按，即罪之，旧所鲜有也，言路益发扩，朝士多持清议，辄推佩纶为主盟。"张佩纶打倒政敌的撒手锏仍在于，当他确定要打倒某个人之时，会皱眉跟两

年轻时的张佩纶据说千字文章一挥而就

宫皇太后讲：这个人什么都好，就是有一项不好，不太尊重英明的两宫皇太后。而且有意见不在办公会议上提出，喜欢在背后讲两宫皇太后的牢骚坏语。

这样的臣子，慈禧太后岂能容忍其待在工作岗位呢？所以，张佩纶的命中率相当高。

本轮政治洗牌，“清流”健将一时获得重用的人员还有：“二张”中张之洞，于光绪七年十一月，由国子监司业外放为山西巡抚。宝廷于光绪七年升礼部右侍郎。黄体芳于光绪八年十月升兵部左侍郎。一时，李鸿藻北党“清流”的形势，诚所谓的“到处莺歌燕舞，更有潺潺流水，仕途入云端，险处不须看”。

所谓的险处，是慈禧太后不显山、不露水地在当时安排了礼亲王世铎出来到御前大臣上学习行走。这成为后来“甲申易枢”重要的一着。

❸“甲申易枢”与中法之战

“甲申易枢”与中法之战的进程互为表里。不过，要讲清楚中法之战的缘由，先得弄清楚清政府当时仍坚守的一种“宗藩贡封对外体系”。这个话题，在国内的学者中，也渐渐地有了争议。

数千年来，中国文化形成以中国为中心的传统地理观。在这种传统的文化理念中，一向自负地认为：中国居大地之中央，拥有最先进的文化，而周围生活着的则是尚不开化的民族，所谓的“夷蛮戎狄，围绕中土”，讲的就是这个意思。那么，古代中国人就认为，既然自己是世界上最聪明的，就应该承担起教化统驭四方蛮夷的责任，中国的皇帝为天下共主。于是，历史上一些生活于中国周边的少数民族氏族组织以及一些较小的国家，例如越南、琉球、朝鲜、缅甸等近邻诸国，出于本身政治与经济上的考虑，便会跑来向中国表示藩服，有时也请求中国皇帝的册封。这些向中国示好的国家与地区，因此就成为中国的藩国与属国了。这就是目前史界所流行的一种以宗藩制度为理论基础的“宗主国—附庸国”体系。

其实，中国当初用“贡”与“封”的政治手段所网罗的一大批藩国与属国，只不过是一种面子工程而已，中国对这些国家的具体情况毫无兴趣。相反，倒是周围国家对于中国的“贡、封”兴趣高昂不退。因为中国既无法插手他们的具体内部事务，他们又可以拿了中国的封诰，去吓唬其他更弱小的国家与地区；何况每次的朝觐，在经济上均有一笔不小的回报，何乐而不为呢？

这样，进入有清一代，清政府对于属国便有了明确的划分。这就是钱实甫先生所说的："一切和清政府发生关系的国家中，只能分为两类：一是具有'朝贡'义务的'属国'，其国王一般须受清政府的敕封（遣使往封；或不遣使，只予'敕谕'）；二是只有通商往来的'外国'，其国王完全不受清政府的敕封（虽然清政府常是片面地予以敕谕）。"朝贡的应酬开支很大，清政府对各朝贡属国的资格与次数作出了严格的规定。例如，素称大清国老朋友的暹罗国，后来仅允许三年一贡，缅甸十年一贡，老挝五年一贡，苏禄五年一贡。道光朝时，荷兰的东印度公司急于跟中国通商，癯瘦的道光帝支颐深思了一下，允诺：还是每八年跑一趟吧，毕竟从荷兰国大老远地跑到中国，"道里悠长，风波险恶……朕皆不忍"，道光帝实在不忍心让荷兰人受这颠簸之苦！另外，清朝自乾隆朝以降，对于外国使团的随行人数也作出了严格限制。东南亚诸国贪图清朝的回报，常常超派很多的使团人数入贡，入关时就会被边检清朝官员拒之国门之外。东南亚诸国贡使便会满脸委屈地大吵大闹：咱千万里跑来向大清皇帝献忠心，凭啥不让咱献忠心的使团成员全体入关呢？

由此可知，清王朝在两次鸦片战争前，并没有跟周边所有"贡封属国"维持一种战略伙伴关系。当时关起门来称老大的清王朝，需要的只不过是一种万国来朝的光环效应罢了。清王朝进入嘉道守成时期之后，嘉庆、道光两位帝王一个比一个抠门。清政府的意愿是"宗藩贡封"这层外衣穿得越薄越好，以减少财政上的负担以及不必要的交际麻烦。

但是，在清王朝逐渐疏淡的"宗藩贡封"诸国中，有三个国家跟清王朝的感情是始终如一的，它们就是越南、朝鲜与琉球。这三个国家与清王朝之间，存在着大量的军事、政治、经济、文化诸方面的互动。光绪朝《大清会典》说："凡四裔朝贡之国，曰朝鲜，曰琉球，曰越南，曰南掌，曰暹罗，曰苏禄，曰缅甸，余国则通互市焉。""凡敕封国王，朝贡诸国遇有嗣位者，先遣使请命于朝廷。朝鲜、安南、琉球，钦命正、副使奉敕往封；其他诸国，以敕授来使赍回，乃遣使纳贡谢恩。"可见清王朝待越南、朝鲜、琉球三个国家，是与众不同的。

越南位于东南亚的中南半岛东面，与中国山水相连，关系十分悠久。进入19世纪之后，西方列强将越南划分为三个部分：南部十省称为南圻，即交趾支那（Cochinchine）；北部十六省称为北圻（Tonkin），即东京，当时西方列强称北部湾为东京湾。中部四省称为中圻（Annam）即安南，国都设在顺化。其时的越南王朝是1802年（清仁宗嘉庆七年），阮福映重建的阮朝。阮福映改称“安南”为“越南”。

清王朝经过两次鸦片战争之后，国家实力进一步下降。而法国在大革命之后，则一跃成为西方列强中与英国并驾齐驱的军事强国。英法两国在远东地区的角逐重新展开。

1867年，法国人侵占越南的南圻地区，越南与法国签订第一次《西贡条约》，允许法国战船自由来往于湄公河上。不久，法国人发现南圻附近的湄公河不宜航行，而北圻附近的元江却可以入红江通航出海。

于是，1873年，西贡总督派安邺（Francois Garnier）率远征队攻陷河内。安邺在随后的进攻北圻战事时，被留居于越南的中国黑旗军阵斩。法国人被迫议和。

1874年3月，法越两国签订第二次《西贡条约》（《法越和平同盟条约》），这个条约对于越南人来说，显然是一个不平等条约。但是法国人在该项条约中，第一条开门见山地就讲道：法国“面对一切国家，不论哪一个国家”，承认越南国王的“主权”和“完全独立”。这就为后来与中国方面展开宗藩属国与保护国的争端，埋下了一个伏笔。

起先，阮王朝并没有把法越两国间签订的条约通报于清政府。清军受越南方面邀请，仍驻扎于越南的谅山、高平一带，协助越方剿平黄崇英、李扬材的叛乱。越南也于1876年、1880年两次水波不兴地派出使团赴北京进贡。中越双方的宗藩关系，似乎地久天长。

但是，后来，中法之间最终因为那个《法越和平同盟条约》打开了口水战。

1877年，法国人因为普法战争惨败而经历的精神创伤终于慢慢修复了。法国资产阶级共和体制得以确立。1879年年初，共和党人格理维担任法国总统。至此，法国人已经把自己的内部事务全部理顺，法国人开始把政治的焦点调整到海外殖民地的争夺上，越南是法国在远东殖民的一个重要据点。

《法越和平同盟条约》遵循的是一种西方近代殖民化运动的游戏规则。在这个近代殖民游戏规则中，只要越南成为法国的被保护国，法国人就要恃势废止中越既往的宗藩关系。可是，清政府却真生气了。他们顽强地坚守中越间既往的宗藩关系，就像从前传统的男女坚持一种事实结婚。清政府振振有词地说：哎，你这法国鬼子，还要不要脸皮呢，咱跟越南人的宗藩情感有一千多年了，你还进来插一杠子！咱跟越南人缔结的是一种传统的旧式婚姻，咱跟越南人虽然没签订那劳什子条约，可是，咱跟越南人夫妻般的厮守在一块儿已经一千多年哦，你能否定咱们的夫妻关系？

法国人就发出了呱呱呱的粗野怪笑，他们奚落清政府：我们不懂你们那些乱七八糟的宗藩关系，现在流行国际法。按照国际法之规定，一对男女在一起生活再久，只要没领过结婚证，那便是同居关系，是得不到国际社会承认的。所以，现在你们那宗藩关系是非法的，我们这有条约保护的法越关系是正式的。哎，你们再在这里吵闹，小心我发火打人哦。

其实，按照现代联合国宪章精神，晚清所坚持的“宗藩贡封”属国制度，为较古老时代国与国之间不平等关系的产物。而法国人所坚持的保护国制度，则为近代西方殖民化运动的产物。这两种制度均不符合现代正义与公平的国际交往准则，因此，也就不存在所谓“先进”与“落后”的价值观判断。

而作为一种可行参考的解决中法争端的办法，丁韪良在翻译惠顿《国际法基础》一书时，倒是提供了当时欧洲的一个成例：“欧罗巴更有半主数国，为公法所认者，即如摩尔达、袜拉几、塞尔维三邦，凭俄国保护，而听命于土耳其，此土俄历历有约，而定为章程者也。”这就是说，在摩尔达、袜拉几、塞尔维三个城邦之中，土耳其奥斯曼帝国的封建宗藩宗主权，与俄国的近代殖民保护权是同时并存的。

鉴于这种情况，清王朝对于自己的宗藩属国权力似乎志在必争。

光绪七年十月十五日，仍处于肝病休养期的慈禧太后，代表光绪帝发了一道上谕：法人谋占越南北境，并欲由红河通商云南，“计殊叵测，该国（指越南）积弱已久，若任其侵削，则滇、粤藩篱尽为他族逼处，后患不可胜言”。如此，慈禧太后命令李鸿章、左宗棠、张树声、刘坤一、刘长佑、杜瑞联等地方实力大佬，抽时间聚在一起好好地帮她合计一下，看这事儿到底如何跟法国鬼子们周旋。从这个时候开始，慈禧太后对于法越间的政治变化，态度变得积极起来。她确立了一个“保藩固边”的方针，准备采取一边备战、一边与法国人耍嘴皮子谈判的两手应变策略。

起初，慈禧太后备战的一个重点项目，就是鼓励黑旗军在越南甩开膀子大干。之前，由于黑旗军曾经为一支广西天地会的反清武装，大家还不是一个战壕中的战友，所以，慈禧太后对于黑旗军的支持是悄悄进行的。

光绪七年十二月十三日，广西巡抚庆裕亮起嗓门向慈禧太后请示：俺已经命令提督黄桂兰率大队进入了越南境内，并且与刘永福取得联系。现请示太后，是否应与黑旗军大张旗鼓地合作？慈禧太后赶紧冲着大嗓门儿庆裕打了一个手势，让他把声调降低，同时，向庆裕面授机宜：刘永福那边，你就不要敲锣打鼓地跟他们搞什么鱼水联欢了，你只需悄悄地给他们送枪送粮就行了。另外，黄桂兰部到了越南之后，也不要穿上正式军装，应该以游击队的身份跟法国人玩躲猫猫，你明白啵？

庆裕傻头傻脑地望着慈禧太后，半天回转不过神来。

如此，慈禧略微思忖了一下，觉得庆裕这样的循吏办疆防却未必顺手，便开始为“保藩固边”计划调整人手。光绪八年正月，慈禧太后将广西巡抚庆裕调任漕督，任命倪文蔚为广西巡抚，徐延旭担任广西布政使。四月，以直隶总督李鸿章丁忧，调两广总督张树声暂署直督，以陕甘总督曾国荃署理两广总督。

至于外交谈判方面的事宜，慈禧太后才不管李鸿章丁忧不丁忧，都让他跟恭亲王奕䜣合计着去完成。据说，他俩是当年中国最具有前瞻性的外交家。两位大佬一致认为：法国在西方列强诸国中，实力雄居于第二，中国想要跟他们硬拼，怕是讨不到多少好处。当时的中国虽托祖宗之福，搞自强运动积累了一点财富，但这点家底子来之不易，更应格外珍惜。当时的中国，远未积累到在外面抛头露面的实力，所以应该继续留在家中韬光养晦。切忌与法国人正面拼消耗。

事实上，当时的国际大环境对于清政府而言也确实不是很好。

进入 19 世纪 80 年代，中国的外部国际环境再度发生险恶的变化。西方列强在欧美的内部纷争暂时告一段落。列强诸国在远东地区，再次掀起了一轮惊涛拍岸的瓜分浪潮。

具体到中国这块大蛋糕，西方列强诸国已不满足于两次鸦片战争期间，所获得的市场准入条件与范围。他们又尝试着凭借手中强大的军事实力，再次强行打开中国的内陆市场，将中国所有的内陆省份，均纳入到他们的市场体系之中。

所以，当时的李鸿章就用了“一国生事，诸国构煽”八个字来形容西方列强们的居心叵测，这是一个相当经典的概括。于是，就在中法战事一触即发之际，其他的西方列强国家也纷纷想趁火打劫。例如，当年在蒙古、新疆窥视不去的沙俄人，集结于缅甸、西藏境内的英国人以及在东边海面上觊觎台湾、朝鲜的日本、美国两国。其中后来者居上的日本，堪称为清王朝的一大劲敌。于是，李鸿章竭力向慈禧太后推销自己的外交思想：“中国真正的劲敌是日本。”权衡利弊，为“制驭日本”，首先，得“谋创水师不遗余力”；其次，就应该迅速平息与法国人在越南的争端，以免日法南北同时发力，造成局势的崩裂！

1882 年 2 月 11 日，李鸿章派出秘密使者唐廷庚等人抵达越南的都城顺化。当时，唐廷庚与越南嗣德帝阮福升的全权谈判代表协办大学士阮文祥秘密达成三项共识：“一、我国（越南）朝贡于清，诸国皆知，清国设有总理衙门，公论所在，倘他（指法国）生心悖约，则清认为属国与诸邦争辩，则他亦不敢违公论以独行其意，仍许我国设官于清都驻侯，若有何事得于总理衙门控诉；二、广东现闻诸国领事多于此住，欲赖东督奏准我国设一领事于此，以便往来商卖通报信息，因与诸国交游，得以通达情意；三、我国欲派人遍往各国如英、俄、普、法、美、奥、日本等国探学，未得其便。清国有船常往诸国，欲赖搭行无碍。”

另外，中国方面针对法国以及其他西方列强国家，则开展了更多直接的外交斡旋活动。

1882 年 11 月 27 日，李鸿章派马建忠与法国公使宝海商定越南事宜，达成初步意向三条：中国将滇桂兵退回，通商事件，中法分巡红河南北。

李鸿章还有一个外交企图，就是想把欧美诸国一起拉入到中越法的三边谈判之中，趁机把水搅浑，这也未尝不是一种遏制法方独占越南的好方子。例如，早在 1881 年 12 月，李鸿章就游说英国驻华公使威妥玛，“越南与缅甸、印度毗连，如越为法吞并，亦于英土不利”，“派使与越南议立通商条约，以牵制法人，使勿进步”。但是，威妥玛觉得法国人在越南的势力已经很雄厚，英国人插一腿进去捞不到实惠。1883 年 6 月，李鸿章再指示中国驻德公使李凤苞在德国高层活动，试图让德方“派使与华、越订通商之约”。可是，德国人对于中方的“华、越通商”之请求装聋作哑，却趁机在中法之间兴风作浪，李鸿章拉德国人下水的计划也告吹。于是，进入到 1883 年之后，法国茹费理（Jules Ferry）内阁断然推翻了不久前法国公使宝海与马建忠达成的三项共识，在越南问题上采取了更加鹰派的姿态。

1883 年 3 月，法国兵舰向越南的南定要地发起了新一轮的攻势。越王派特使范慎遹到天津，请求李鸿章派兵船支援顺化城防。其时的北洋水师基本上还是一个婴幼儿，跟法国海军干，相当于用鸡蛋去碰石头。因此李鸿章婉拒了越方的请求。不久，南定城失陷。

但是，接下来，慈禧太后立即采取了补救措施。光绪九年四月十三日，慈禧太后委派吏部候补主事唐景崧至刘永福部做特派员。黑旗军将士在唐景崧的激情鼓动之下，上下效力，直前猛攻，将法军阻击于纸桥。侵略军司令李威利当场被击毙，法军200余人丧命，这就是在中法交战史上值得一书的纸桥大捷。战后，慈禧太后觉得黑旗军的士气可用，便加大了支持的力度。八月初四，清廷以唐景崧联络刘永福有功，赏四品衔。慈禧太后改称黑旗军为“刘团”，这俨然把黑旗军看成自己人了。九月二十二日，慈禧再颁谕旨，划拨刘永福军饷十万银两，这样，黑旗军便成为慈禧太后“保藩固边”计划中的一个组成部分。

但是，黑旗军的胜利，却无法改变越王阮福升政府的软弱状态。1883年7月30日，侵越法军三巨头何罗芒、孤拔、波滑召开军事会议，决定攻占越南的首都顺化城。

老资格的殖民军队将领孤拔

8月19日，法水师提督孤拔攻占越南首都顺化城的外围屏障顺安炮台。新近嗣位的越王阮福升被迫于1883年8月25日与法方签订了第一次《顺化和约》，该条约中规定：“越南承认并接受法国的保护权。法国管理越南政府对一切外国的关系，包括中国的关系在内。”越南对于法国人的态度由先前的抵抗，一变而为柔顺。1883年9月，法国人改派德理固来华与中国重开谈判。德理固傲慢地向中国人宣布：越南人不爱你们了，喜欢我们法国人，因此，入越清军必须撤走，法国人将占有越南全境，中国方面必须中止对刘永福抗法的军事援助！

但是，这个时候，在中国的朝堂上，要求采取更加激烈“保藩”措施的议论却蓦然炽烈起来。朝廷上以恭亲王奕䜣为首的纯粹言和派逐渐丧失了政治话事权。

事实上，如果《顺化和约》是早出现于二十余年前的第二次鸦片战争期间，或是太平天国期间，中国人或许是忍气吞声的，因为那个时节，清王朝确实是力不从心，人不能做超出自己能力以外的事情。可是，《顺化和约》的签订之时，已经是光绪九年，这个时期，清王朝经历了近二十年的自强运动，朝廷已积累了一定的军事实力。何况，当时，朝堂上还有张之洞、张佩纶、陈宝琛这一班“清流”党人清健豪横的身影。“清流”健将们代表时舆，发出了那个时代的最强音：法国佬太欺负人了！是可忍，孰不可忍！这法国鬼子是不是真的以为我堂堂中华没得热血男儿了！

在张之洞、张佩纶、陈宝琛这一班摇旗呐喊之“清流”健将后面挺立的还有左宗棠、彭玉麟、张树声、刘铭传等一大批栉风沐雨走过来的国之栋梁人物！这些人都赞成跟法国人碰碰硬。是这样一批音节清苍的国士，其他人的影响力我们且不去说他。大家只要想一想我们这精忠报国的左宗棠大人的影响力吧，人家曾在谈笑间，即收复了新疆的一百二十余万平方公里的国土。左宗棠大人慷慨激昂地向慈禧太后请战：“法人欺弱畏强，夸大喜功……近时国内党羽纷争，政无专主，仇衅四结，实有不振之势。吾华果示以力战必不相让，持之期年，彼必自馁。况虚悬客寄之师，劳兵数万里之外。炎地烟瘴异常，疫疠流行，死亡踵接，有此数忌，势难持久。”左老大人甚至表示，只要祖国需要，他时刻保持着一颗戎马倥偬的雄心，他可以再出昆仑关“纠集旧部，添造水师船只，会同王德榜、札饬刘永福挑选熟习海战弁丁为其管带驾驶……收安南仍列藩封而后已”。

慈禧太后虽然做不成大男人。可是“八千里路云和月”的大志向谁心里没有呀。慈禧太后正襟危坐地听着左宗棠大人那一席无比煽情的演讲。慈禧太后觉得自己的心田“呼”的一声，腾起了一朵幽蓝色的小火苗儿。那火苗顺着她的血流燃烧于周身，仅一会儿的工夫，便“突突突”地蹿到了嗓子眼儿。慈禧太后的心底滚过了一声呐喊：“打倒法国鬼子!”然后，慈禧太后任命徐延旭、唐炯为广西、云南两省的巡抚，务必将法国人用铁帚一扫而光！

其实，徐延旭、唐炯这两位宝贝蛋的名字，慈禧自个儿也是新近才听说。那是不久前蹿红的政治新星“二张一陈”（张之洞、张佩纶、陈宝琛）拍着胸脯，举荐给慈禧太后的大能人。

徐延旭的履历是：长期在广西、越南交界的一个小县城做知县，县里的鸡鸣狗盗之辈无论是躲在本县，或是跑到对面越南的任何一个旮旯儿，均一抓一个准。后来，徐延旭就根据自己捉贼摸熟的路径，写出了《越南世系沿革》《中越交界各隘卡略》《越南道路略》等一系列与越南有关的论文。由此，徐延旭大名远扬，成为大清官场上说一不二的一位越南通。此番中法战事在即，找一个习地理、知边兵的官员做前敌大将为当务之

急。于是，翰林院侍讲学士陈宝琛、张佩纶联衔推荐徐延旭："在粤有年，威惠及于僚属。任襄阳道数月，政绩已彰，兼资文武，洵堪大造。"于是，徐延旭在祖国最需要的时候，便破格被提拔为援越桂军的最高军事指挥官。

唐炯则为湘军宿将唐训方之子。这人长期浸润于军旅之中，不可谓无军事经验。只是搭配上一个倒霉蛋徐延旭，自然也就走霉运了。

事实上，陈宝琛、张佩纶均被徐延旭的纯爷们做派给骗了。徐延旭这老哥儿，最在行的，也就在饮了半斤黄酒之后，饱含深情地吟咏"半个月亮升起来"之类的诗歌；真正要讲到一线用兵的体会，那可真是两眼一片茫然。

光绪十年二月，中法双方重兵聚集于北宁，准备大干一场。当时，中方参战的援越桂军多达两万余人，加上刘永福黑旗军的增援，兵力不为少。而法方参战法军则为两个旅团约一万人。

中法北宁决战，有两个奇怪之处：一个是中法双方在越南的土地上大打出手，越南官方却作壁上观。越南这时候的态度是破罐子破摔，法国人赢了，就接受法方的保护，中国方面胜了，就恢复与中方的宗藩关系，反正就是那么一回事儿。另一个是像这样吸引国际视听的一场主力决战，老衰翁徐延旭竟然一直躲在后方，没有上火线。因而，徐延旭这老衰翁便发挥自己的想象力，信口向慈禧太后瞎掰一线的军事进展。结果，自然可想而知，两军交战，法军仅以死 26 人、伤 25 人的轻微代价，就轻松攻下了据说是清军苦心经营多年的北宁重镇。随即清军兵败如山倒，相继放弃太原、谅山、郎甲等战略要地。云贵总督岑毓英见势头不好，急忙把滇军拉回到中越边界的河口、保胜一带。清军败得体无完肤！

败讯传回北京，慈禧太后气得七窍冒烟！她觉得大清朝祖宗十八代的颜面统统被前线的那一班废物将领们给丢尽了。

于是，徐延旭、唐炯两人立即被停职严办。慈禧太后急令张凯嵩署云南巡抚，李用清暂理贵州巡抚，潘鼎新署广西巡抚。潘鼎新督办前线的一切军事事宜。

接下来，朝廷中要求穷追战争失败责任的呼声一哄而起。

张佩纶前一阵子指东打西，想弹劾谁便弹劾谁，纵横捭阖，真是快意恩仇极了。这一回却轮到张佩纶被别人弹劾。组织这场弹劾者为张佩纶的一个冤家，也是"清流"中的一条好汉，他就是江湖上传说的"牛靴"张华奎。

张华奎是淮军大佬张树声家的公子。后世有一个华裔叫金安平，写了一本叫《合肥四姊妹》，感叹他的四个孙女儿一个比一个嫁得好。张华奎当时混迹于“清流”，是得到父亲张树声明确指示的，张树声让他为张家开辟一条跟“清流”健将们直通的快捷通道，张华奎这才悠然濯洗于“清流”。

光绪八年初，李鸿章丁忧守制，慈禧太后请两广总督张树声暂时替李鸿章照看一下直隶总督兼北洋大臣的印把子。张树声代班数月，自己平平安安地代班就得了。可这张树声却偏偏静极生事，他打听到李鸿章与张佩纶是交情非同一般的世家之交，张树声想拍一下李鸿章的马屁，就奏请把张佩纶调动到北洋来帮办军务。这对于张佩纶来讲，自然是一件好事儿。可是，奏折送上去，李鸿藻坚决不同意，说张佩纶这人中央用得着，不能放他走。朝廷上就有人议论张佩纶抱张树声的大腿，是假“清流”。张佩纶听到这种议论，有点怨恨张树声，他在私底下跟其他人埋怨张树声：没有金刚钻，就别揽那瓷器活！于是愤愤不平的张佩纶就让亲密的战友陈宝琛狠狠地参了张树声一本，骂说：“擅调近臣，实属冒昧”，算个什么玩意儿嘛。

张佩纶、张树声从此再见，已为路人。

听到张佩纶保举匪人的消息，张华奎自然不肯放弃这个复仇的机会，于是，他联合“清流”中的王仁堪、王仁东两兄弟，撺掇南派“清流”中的盛昱出头参劾张佩纶。

爱新觉罗·盛昱那可是一个有来头的主儿。他的祖先是那个天不怕、地不怕的肃武亲王豪格。祖父敬征，做过协办大学士。父亲恒恩，为左副都御史。因此，盛昱从小就养成一种硬邦邦的敢想敢说精神。盛昱对于张佩纶那一副牛皮哄哄的名士做派早就看不顺眼了。王仁堪为新近补入军机的帝师翁同龢的得意门生，自然打听到许多内幕消息。于是，四人合计着，用盛昱一人的名义上了一本参奏。盛昱先骂张佩纶、陈宝琛两人辜负了慈禧太后的一片深情厚谊，“滥保匪人”；接着，再快意地谩骂以奕䜣为首的军机处袒护张佩纶。

盛昱的本意是想在奏折中提到过军机处那一班大爷们之后，他们就不便出头为张佩纶说好话了。盛昱在暗中得意地等待着，张佩纶在朝堂上被慈禧太后骂得像一个龟孙子！可是，盛昱并没有等来期待中的慈禧太后之雌威大发。却等来了一场气势更大的政治风暴。

4 慈禧与恭亲王奕䜣的政治纷争，最终导致“甲申易枢”

慈禧太后跟恭亲王奕䜣之间的瓜葛由来已久。

实际上，人们只要回顾一下恭亲王奕䜣与慈禧太后这二十余年来的联合执政史，就不难发现：其本质上，原本就是一种既相互斗争又相互妥协、从暗礁险滩中闯过来的一部政治纷争史。

咸丰十一年，两宫皇太后与恭亲王奕䜣联手发动“辛酉政变”，双方各自得到了期盼中的胜利果实，当时的恭亲王是俣俣自大的。但是，同治四年，两宫皇太后突然发功修理奕䜣，使奕䜣失去了权力殿堂上那一颗耀眼的明珠——议政王的头衔。恭亲王奕䜣这才深深地理解了“政治斗争中没有永恒的敌人，也没有永恒的朋友”这句格言的正确性。同治八年，在斗争中成长的奕䜣与慈安太后、同治帝秘密结盟，计斩安德海，巧妙地扳回了政治失分。此后的后同治帝时期，慈禧太后断然打碎了恭亲王奕䜣企图推立长子载澂为接班人的梦想。但是，不久，奕䜣却利用慈禧太后的肝病迁延不愈、政治上处于半退休期的天赐良机，试图重现自己最璀璨的议政王时期。于是，慈禧太后再推出喜欢中流击楫的北党“清流”健将们，成为自己阻击恭亲王奕䜣趁机坐大的一股新兴力量。

其实，有关恭亲王奕䜣的评价，笔者总会不由自主地想起现代作家沈从文讲过的一句话：“北平的地方非常好，历史为她保留下一些有意义极美丽的东西；物质生活极低，人极和平。春天各处可放风筝，夏天多花，秋天有云，冬天刮风落雪，气候使人严肃，同时也使人平静。”

恭亲王奕䜣大约相当于那易折的萑苇。萑苇之所以长久未折，则由于旁边有磐石可倚靠。而所谓难动的磐石，指的却是慈安太后与军机大臣文祥两人。

熟悉清代政治制度的读者们都明白，清代的宗室亲王们自康熙朝一过是必须谢绝臣僚的。这主要是防止以后的亲王们学习睿亲王多尔衮，与朝廷大臣相互呼应，威胁到至高无上的皇权。所以，恭亲王奕䜣的执政，军机大臣文祥的作用极其重要。他是恭亲王奕䜣与朝廷百官联结的一道桥梁。文祥不仅自己是一个智勇双全的人才，他的为人还极平和，在朝廷同僚中具有十分强大的亲和力。后世所谓的“恭党”务世人才，都是凭借了文祥独特的人格魅力，而感召在恭亲王奕訢的政治光环之下。单凭恭亲王奕訢自己，他绝对没有屈尊去结交群臣的机会，清代的政治制度决定了他只能摆出一种亲王的凉飙袭人的政治姿态。实际上，光绪二年，文祥死后，恭亲王奕訢的两个重要政治助手宝鋆与沈桂芬，均已无法再现文祥的政治厚重与政治慈悲。文祥之后，世上已再无文祥。慈禧太后正是利用这样难得的时机，鼓励李鸿藻在政治上坐大。从此，恭亲王奕訢的政治颓势再也无法挽回。

另外，谈到慈安太后的政治作用，她也是慈禧太后与恭亲王奕訢政治风波中的一个很好的平衡器，笔者在第五册中已多有论述，此处不再赘言。有人讲：慈安太后是晚清政治中，一种有意义、极美丽的存在。这话大抵上是不错的。其实，自光绪七年三月慈安太后病殁之后，剩下恭亲王奕訢独自与慈禧太后明争暗斗；他的政治生命中，即已很难感受到“春天各处可放风筝，夏天多花”式的宁静，一年三百六十天感觉到的便已只有“冬天刮风落雪”式的萧瑟。如此，进入到光绪八年十一月的草木结霜秋深季节，王文韶被踢出军机处，恭亲王奕訢即产生了一种“秋风起，归去来兮”的深深倦怠。

晚清政治姐妹花之慈安太后

具体到光绪八年之后，处理中法之战的政治态度，慈禧太后与恭亲王奕訢之间已经有了很大的政治分歧。

慈禧太后的对敌策略由言和转向以战促和。奕訢的态度则仍然坚持全力促和。双方的对敌之策，以后来的历史进程结果来评判，似乎也很难用绝对的是非观去衡量。

奕訢的“全力促和”外交方针，当然不能说是一无是处的。假如奕訢这偌大一盘和局能从头至尾、完完整整地做下来，这对于当年强敌伺窥的清王朝而言，那也未尝不是一件功德无量的好事。或者，中国的近代史将为之改写。

中法之战别的话题我们且不去讲它，光是中国军费的开支便是一笔令人咋舌的大数目。《清财政考略》一书讲，“法越军务用款，甲申年一年即一千五百万，合计亦在三千万”。这笔军费，倘若移用于对付日本人的海防，那可以再增加一个南洋舰队与一个北洋舰队。如果交给慈禧太后去修园子玩乐，那么，中国现在申报世界文化遗产，一口气可以申请三个颐和园。但是，徐中约《中国近代史》中，对于中方的整体损失估计更大："1885 年 6 月，李鸿章和法国驻中国公使签订一项正式条约：中国承认法国和安南缔结的全部条约，法国则撤走在台湾和澎湖列岛的军队。中国没有支付赔款，但它却在经济上损失一亿多两，并欠外债约两千万两。"清军辛辛苦苦在越南打了几年仗，真正是一无所获。唯一的心得体会，就是就把三千万甚至可能是一亿多两的银子打了水漂。1885 年 6 月 13 日，《申报》刊登了一篇《论详约与草约之异同》的文章："法国谋取越南之初，即希望中国承认越南并非中国藩属，战事连绵两年有余，朝廷自谓和议不失体面，但和议之中，却有承认越南脱离中国藩属之语。既然如此，中国参与这场战争的目的究竟何在?"

这篇文章被慈禧太后看过。慈禧太后想想讲得也蛮有道理：政治上许多事情，有时候都是只有苦劳，没有功劳哦。慈禧太后因此没有为难非议时政的《申报》。

不过，光绪八年十一月之后，由于云南奏销案的发动，王文韶被撵出军机处，军机处与恭亲王奕䜣长期合作的老一辈务实的南党官僚确已凋零。新补进军机的新一代南派"清流"翁同龢跟老派的沈桂芬、王文韶等南党在政治上并无传承关系。因此，北党领袖李鸿藻挟持着陈宝琛、张佩纶、张之洞等"清流"健将的舆论，在军机上占据了优势的发言权。李鸿藻是百分之百的主战派。

如此，恭亲王奕䜣夹在一个对自己不信任的慈禧太后与一个鼙鼓喧天的李鸿藻之间，位置便有点为难。于是，恭亲王奕䜣玩起了韬匮藏珠的政治把戏。他支支吾吾地向慈禧太后诉说：人近半百，精力大减，我太累了，也病了，想在家里休养一段时间。于是，恭亲王奕䜣赌气把所有的军机大事，一下子全撂在了老书生李鸿藻的身上。宝鋆对此心领神会，景廉则因前阵子被点名批评心里仍在闹情绪，这两人也趁机躲在家中装病。而帝师翁同龢必须分一半的精力在毓庆宫光绪帝的教育之上。于是，偌大一个军机处，就只剩下李鸿藻一个人忙得在搞连轴转了。

躲在家中的恭亲王奕䜣乐得嘿嘿直笑：他就等着看李鸿藻的洋相了。

但是，恭亲王奕䜣枉自与慈禧太后合作了二十余年，他忽略了慈禧太后性格中刚强的一面。慈禧太后最讨厌手下人向她要大牌。国家用人之际，某大员却忽然哼哼唧唧地给她撂挑子、谈条件，她觉得这涉及人品问题，她一般都会坚决地摒弃不用。恭亲王奕䜣也在关键的时刻走了一步臭棋。

依恭亲王奕䜣的设想，慈禧太后在面临一个半瘫痪的军机处之时，一定会和言细语地托人来恭请自己尽早出山。到时候，奕䜣就可以向慈禧太后说说心中的委屈，发泄对于李鸿藻其人的不满。

但是，慈禧太后却没有顺着恭亲王奕䜣的思路来走。为了应对恭亲王奕䜣撂挑子之后，军机处的失平衡状态；光绪九年五月二十九日，慈禧太后忽然下了一道懿旨：命令在藩王府潜居近十年的醇亲王奕譞，就中法越外交纠纷发表看法。

这对于恭亲王奕䜣而言，当然不可能是什么好兆头。因为这可能是中枢上“倒恭用醇”人事布局的一种先声。于是，恭亲王奕䜣为了护住自己的政治底盘，疾病矍然而愈。

奕䜣恢复了军机处的正常入值。

不过，复出的恭亲王奕䜣心里有情绪，他的政治表现就未免太失水准。事实上，有时，政治场上的激烈竞争，跟体育场上的巅峰对决颇有几分相似之处。如果你是抱着热爱的态度加入的，你就可能发挥出完美的竞技状态；如果你在加入的时候就心有旁骛，那么你的竞技过程中就可能表现得犹豫不决，从而无情地被你的对手淘汰。

光绪九年之后重新回到领导岗位的恭亲王奕䜣十分迷茫。

因为一个战士，如果仅仅只是为了不甘心而战，他就再也不能找回同光早期的那种激情燃烧的政治状态了。

光绪十年三月初四日，军机上已获悉越南北宁、谅山失守的确实消息。慈禧太后立即召集有王公大臣、军机大臣、御前大臣参加的高级会议，商讨应对之策。

可是，在这次会议之上，恭亲王奕䜣却误以为自己在政治上反击李鸿藻的时机到了。

恭亲王奕䜣大约认为北宁、谅山之败，完全是北党领袖李鸿藻执意主战惹下的祸，必须先追究李鸿藻的行政责任，再谈前线的善后。于是，会议开始后，奕䜣便故意偏离了会议的主题，大谈特谈该年十月为慈禧祝寿进献的琐碎事情。

慈禧太后知道恭亲王奕䜣在讥讽她，因为“以战促和”的基调是她定下来的，慈禧的脸色很不好看。慈禧不想恭亲王奕䜣由此引申出其他的话题，因此，慈禧便果断地打断了恭亲王奕䜣的话头，正色说：今年的国事艰难，我早已宣布不搞什么生日“进献”了，请恭亲王就中法战事多发表一些有益的见解。但是，恭亲王奕䜣却摆出一副得理不让人的姿态。翁同龢日记中形容恭亲王，“犹剌剌不休，竟跪至六刻（一个半小时），几不能起”。其他人插不上嘴，慈禧太后只得休会再议。

但是，第二天的会议恭亲王奕䜣做得更绝，他拉来了惇亲王奕誴。奕誴对于奕䜣的政治遭遇颇为同情，于是，两位王爷兄弟竟然在中法的军事会议上唱开了双簧戏，“所对皆俗语，总求赏收礼物”。似乎慈禧太后不就前一阵子的行政失误来一个自我批评，奕誴、奕䜣就把会议的主题纠缠在旁枝末节紧紧不放。

慈禧太后气坏了，她声音颤抖地说了一句话：“心好则可对天，不在此末节以为忠心！”说完，慈禧太后即拂袖罢会。

正值高层政治争斗到纠结难分的时分，三月初八日，盛昱雪中送炭地给慈禧太后递进了弹劾奏章。慈禧紧急召见了盛昱。据说，慈禧跟盛昱说过几句话，便流下了眼泪。慈禧问盛昱：“枢臣如此，教我们如何是好？”盛昱无言以对，只好陪着慈禧流泪。然后，慈禧代盛昱回答：“然非更动不可。”

于是，从那一刻起，慈禧太后已立意军机全班出枢。

三月十三日，慈禧太后突然将全体军机处成员晾在一边，径直召见御前大臣、大学士、六部尚书以及军机章京宣读预先拟定的谕旨：

“钦奉懿旨，现值国家元气未充，时艰犹巨，政多业脞，民未敉安，内外事务，必须得人而理，而军机处实为内外用人行政之枢纽。恭亲王奕䜣等，始尚小心匡弼，继则委蛇保荣。近年爵禄日崇，因循日甚，每于朝廷振作求治之意，谬执成见，不肯实力奉行。屡经言者论列，或目为壅蔽，或劾其委靡，或谓簠簋不饬，或谓昧于知人。本朝家法綦严，若谓其如前代之窃权乱政，不惟居心所不敢，亦实法律所不容。只以上数端，贻误已非浅鲜，若仍不改图，专务姑息，何以仰副列圣之伟烈贻谋？将来皇帝亲政，又安能臻诸上理？若竟照弹章一一宣示，即不能复议亲贵，亦不能曲全耆旧，是岂朝廷宽大之政所忍为哉！言念及此，良用恻然。”

于是，为了让亲贵耆旧们不在错误的泥潭中越陷越深，慈禧太后只得挥泪砸烂这个风雨如磐追随了自己二十四年的旧军机处。慈禧颁下懿旨：免去奕䜣、宝鋆、李鸿藻、景廉、翁同龢在军机处和总理衙门的一切职务。其中，奕䜣本来就重病在身，现在正好免去一切职务并撤去恩加双俸，专心致志回家养病去了；宝鋆原行政级别退休；李鸿藻、景廉免去中枢的一切职务，降两级使用；翁同龢退出军机处，回到毓庆宫去认真培养皇帝。

奕䜣、李鸿藻两人真正是哑巴吃黄连——有口难言。他们怎么也没有想到这一场有声有色、旷日持久的南北派官场之争，最终却由慈禧太后断然使出霹雳手段，把南北两派的老底一并抄掉了。

唉！这事儿闹的。真是早知如此，又何必当初呢？

同一天，慈禧太后新起的炉灶出来了。

慈禧公布新军机处人员任命名单："礼亲王世铎着在军机大臣上行走，毋庸学习御前大臣，亦毋庸带领豹尾枪。户部尚书额勒和布、阎敬铭，刑部尚书张之万，均着在军机大臣上行走，工部侍郎孙毓汶着在军机大臣上学习行走。命世铎主持军机处，庆郡王奕劻主持总理衙门。"次日，又颁布懿旨，命军机处若遇紧急要事，着会同醇亲王奕譞商办。这个新政府运作，军机处由世铎担着个虚名儿，总理事务衙门则由庆郡王奕劻坐了一个主要席位，这是两条平行的行政道儿，跟奕䜣执政时期的一手遮天已有所不同。

军机处班子中，首席军机大臣礼亲王世铎，为大清国"八大铁帽子王"礼烈亲王代善的九世孙。世铎虽地位崇高，从前却跟同光朝的政治无缘，此番慈禧把他拈来，不过是想他在中枢上为醇亲王奕譞看住首席的位子罢了。因此，世铎很守本分，"每日入直最晚，散直最早""从不自出一谋，但观望徘徊"。另外，世铎既然做的是一个空架子的首席军机大臣，他也就懒得摆亲贵"王爷"的排场了。史书上说他，"终身无疾言厉色，对内侍尤恭谨"，有时，在路上遇上李莲英给他行跪拜大礼，世铎也还以下跪之礼。因此，世铎虽然年迈平庸，宫内上下人等也无人故意为难他。世铎最著名的一个段子是，晚年有子侄辈自欧洲游历归来，世铎弱弱地问了一个问题："洋鬼子的国家也下雪吗？"子侄掩口偷笑，良久，复正经地回复："中国与外国同处一个天地之间，所以都有风霜雨雪。"世铎听后，嘿然一声，再无别语。户部尚书额勒和布、阎敬铭、刑部尚书张之万这几个人，则为慈禧督办云南报销案期间所熟悉。慈禧觉得这几个人都还本分，实则额勒和布、张之万两人也是胸无成竹之人，入军机跟世铎凑成了一个伴食三人小组。

醇亲王奕譞虽然碍于宫廷制度，只有一个"商办"的名义，实则为整个军机处的灵魂。奕譞以太上之尊不便入宫理事，慈禧太后便想出了一个变通的办法，她想辛苦军机上打帘子的末席军机孙毓汶每天将军机上的疏牍呈送醇亲王府阅览，再由孙毓汶将醇亲王奕譞的想法反馈回军机处。慈禧太后当时还曾经语气亲切地询问孙毓汶：愿不愿意受此苦累？这有什么不愿意的！孙毓汶通过这番奔波，很快便成长为光绪朝中枢上，居慈禧太后、醇亲王奕譞之后，最具政治实权的人物之一。

孙毓汶成为慈禧扳倒奕䜣的枪手

孙毓汶，字莱山，山东济州人。其祖上的家世颇显贵。祖父孙玉庭为清大学士，父亲孙瑞珍为尚书，堂兄孙毓桂为道光二十年状元。孙毓汶自己则为咸丰六年的进士。咸丰六年的科举，出了三个近代史名气很大的人物，翁同龢为状元，孙毓汶为榜眼，潘祖荫是探花，这是晚清科举史上的一段趣话。但是，孙毓汶却跟恭亲王奕䜣的关系很差。咸丰十年时，丁忧在籍的孙毓汶在为地方上协办团练时却抗捐，这引起了恭亲王奕䜣的很大反感。奕䜣觉得既然孙家世受国恩，孙毓汶理应做清王朝的孝子贤孙。但是，孙毓汶怎么能在地方上率先跳出来抗捐饷呢？他不知道这影响有多恶劣吗？孙毓汶的人品真是太差了。于是，当年奕䜣点名把孙毓汶革职遣戍。这算是恭亲王奕䜣给予未发达之孙毓汶的一份见面礼。

扳倒恭亲王奕䜣的折子是孙毓汶起草的。

因此，目前史界的看法普遍认为："倒恭用醇"之计策，是由慈禧太后、醇亲王奕譞以及孙毓汶三人共同完成的。之后，慈禧太后对于孙毓汶的"权奇饶智略"颇为欣赏，孙毓汶得以把持军机处十余年。光绪二十年，恭亲王东山再起，重掌军机处。孙毓汶眼望着恭亲王奕䜣吟咏古诗翩翩而来："百亩庭中半是苔，桃花净尽菜花开。种桃道士归何处，前度刘郎今又来。"孙毓汶见不是路数，遂以病乞休。

这个新班子中，还有一个阎敬铭，近代史家对于他的印象也是好的。

阎敬铭，字丹初，身高不足五尺，脸如枣核，眼睛一大一小，但识相书的达人却说阎敬铭天生一对理财眼，因而以理财高手扬名天下。刚开始的时候，慈禧太后对于"救时宰相"阎敬铭也是好生敬佩的。据说，新班子运行后，有一次宫中议事，慈禧让孙毓汶询问醇亲王奕譞：今后的财政预算有何打算？醇亲王传话回来说：“此事丹翁最清楚，太后可以问他。”于是，慈禧赶紧认真地询问阎敬铭：“丹翁作何打算？”阎敬铭一时感动莫及，赶紧跪下磕头。原来阎敬铭字丹初，因为在朝廷中的人望很高，大家便尊称他为“丹翁”。但是，以慈禧太后地位之尊，她是绝少称呼臣下的昵称的。当时，既然慈禧太后也用上了阎敬铭的尊称。于是，阎敬铭的知遇之隆，便真正是“一时无两”了。但是，与阎敬铭曾经同为一个战壕之中战友的张佩纶，对于阎敬铭却有过不同的看法。他曾经在私底下议论阎敬铭说：“丹老于洋务隔膜，于治理苛碎，断非救时宰相。”后来，慈禧太后也领教到阎敬铭的琐碎，只是阎敬铭是她一手树起来的典型，她心中不悦却不愿说破。

其实，新军机处领导成员全部到位之后，慈禧太后大致把每个人的个性在心底过滤了一遍。她也担心外界对新班子的评价是：太孱弱了。于是，再添入刑部右侍郎许庚身入军机处学习行走；光绪十年五月二十五日，力邀气象闳壮的左宗棠再度“入赞纶扉”。左宗棠曾于光绪七年正月入京担任过军机大臣等要职，当时，左宗棠的“豪迈之气，俯视一切”，曾给慈禧留下了很深的印象。本次慈禧再请左宗棠“襄赞”中枢，自然希望左公能“壮中朝之气”！只是，不久，马尾之战爆发，福建沿海局势严峻。老当益壮的左宗棠主动向慈禧太后请缨，于七月二十六日离开京师，以钦差大臣的身份督办福建军务。光绪十一年七月二十七日，73 岁的左宗棠竟然病逝于福州指挥部。慈禧太后为此动真情地发文痛悼，“大学士左宗棠学问优长，经济闳远，秉性廉正，莅事忠诚”，“叠着战功”，“运筹决胜”，“底定回疆，厥功尤伟”，“尽心民事，裨益地方，扬历中外，恪矢公忠”。

后来，慈禧太后在想起了左宗棠的时候，就会轻轻地跟人家说：这世上没有了左文襄公，令人辄生寂寥。

发生于光绪十年三月的军机处大换血，因这年的干支纪年为甲申年，因此，史家称之为“甲申易枢”。

这当然是晚清史上的一个大事件。

事件的起末却有着其自身的必然性与偶然性。说“甲申易枢”的必然性，所有的史家都可以指出这是慈禧太后与恭亲王奕䜣长期政见不合的必然结果。但是，如果谈到这大事件的偶然性呢，以慈禧太后那样老练的一位政治家，假若恭亲王奕䜣没有因为权力与李鸿藻闹到了不像话的程度，慈禧太后也绝不会仅仅为了相互间的恩怨而罢黜了恭亲王。

张謇后来曾评价“甲申易枢”的后患：“自恭亲王去，醇亲王执政，孙毓汶擅权，贿赂公行，风气日坏，朝政益不可问。自此而有甲午朝局之变，由甲午而有戊戌政局之变，由戊戌而有庚子拳匪之变，由庚子而有辛亥革命之变，因果相乘，昭然明白。”

在张謇眼中，这“甲申易枢”实为晚清政治从自强运动走向堕落幽暗，开了张本。

在“甲申易枢”之前，慈禧的权力是有约束的，因此，慈禧太后必须时时保持一颗敬畏的心。当时的慈禧太后，尽管在磕磕绊绊的行进中也犯下过不少的错误，可是，她却与奕䜣、曾国藩、左宗棠、李鸿章等一大批中兴名臣共同创造了“同光中兴”，因此，此时的她仍不失为中国政治史上一个有进取心的铁娘子。但是，“甲申易枢”之后，朝廷上曾经有效制约着慈禧太后的政治框架被慈禧太后无情打碎了。绝对的权力产生了绝对的腐败。慈禧太后由此逐渐地沉沦为一个独断专横、活力不再的“老佛爷”。这是那个时代的悲剧。

但是，究其成因，张謇说：恭亲王奕䜣、李鸿藻等人意气用事，“以三数人两立之恩怨，眩千万人一时之是非，动机甚微，造祸甚大”。奕䜣、李鸿藻等人真的是难辞其咎。

❺“大无畏”的清流闯将们

“甲申枢变”之后，慈禧太后用人有一个显著的变化，就是把“清流”健流们更多地放到一线官场去磨砺。当时，慈禧之所以做此打算，实际上是想借“清流”健将们的忠清鲠亮之风格，冲击一下地方官场上由来已久的老手颓唐之沉闷气氛。

光绪十年五月初九日，慈禧太后发布了一系列引人注目的任命：任命通政使吴大瀓会办北洋事宜，内阁学士陈宝琛会办南洋事宜，翰林院侍讲学士张佩纶会办福建海疆事宜，均准其专折奏事；数日后，再升任山西巡抚张之洞为两广总督。

这四人读者并不陌生，这是北党“清流”中的顶尖人物。其时，四人中的张佩纶、陈宝琛、张之洞三人正因为不久前的“滥保匪人”，承受着巨大的政治压力。现在慈禧太后将四人全部晋升到地方上去手握兵权，一

则可以缓解朝廷言路对于他们的穷追猛打，二则慈禧太后也期望四人在基层能学到实际的行政本事，以打破中枢上一直攻击“清流”为“书生好为大言”的流言。

遇事敢言向来是“清流”们的最大优点。但具有大无畏精神的“清流”闯将们，其自身的缺陷也相当明显。例如，光谈理论没有实践，这未免给人一种书生论政的蹈空之感。如此，地方重臣李鸿章曾经向慈禧太后提议说：“近日廷臣中如二张、黄、宝诸君，皆鲠直敢言，雅负时望，然阅历太少，自命太高。局外执人长短，与局中任事者不同，恐图有虚名而鲜实济。倘若能使在外历练，所成当未可限量，实为当今储才切要之图。倘朝廷欲陶铸人才，不妨使诸君出而扬之。始计资格而授以司道，继课成绩而任封圻，似亦实事求是之一法。”李鸿章讲这番话心术是好的，没有一点矫情味儿。此后，张佩纶、陈宝琛、张之洞、吴大澂“清流”四健将的外放，应该与李鸿章的建议有关。

后来，两广总督张树声评价“二张一陈一吴”的外放，曾经说：“丰润（张佩纶）现与清卿（吴大澂）、伯潜（陈宝琛）同被新命，自是朝廷磨砺成全之意。”两江总督曾国荃对于陈宝琛的到来，则有一点期待：“极盼伯潜（陈宝琛）星使早来，得藉就正一切。似此又当稍需时日，翘首旌麾，不胜饥渴之隐。”“清流”四健将的外放任命书，与左宗棠的内调“襄赞”中枢通知书差不多是先后下达的。左宗棠对“清流”健将们感情上尤觉得亲切。当时他高兴地跟慈禧太后说：“沿海各省设防有年，早有准备。近复奉谕旨，命吴大澂会办北洋，陈宝琛会办南洋，张佩纶会办福建，布置更为周密，诸大臣才智均足以当之。”

桐花万里丹山路，雏凤清于老凤声。毕竟像左宗棠、李鸿章、张树声、曾国荃这一批干国之器，都还是跟着曾国藩平乱出来的一代老人了。大家为国献身之志虽然不减当年，但却均已是垂垂老矣的迟暮之人。国家政治急需要补充一大批新鲜血液。否则，老一辈的人才已呈昔日的黄花，新一辈的栋梁却未成长起来，清帝国的事业将何以为继？

因此，对于张佩纶、陈宝琛、张之洞、吴大澂的奔赴一线，我们现代的史家，与其将他们设定为慈禧太后“瓦解清流”的牺牲品，还不如将其视为慈视太后的明星锤炼工程。真金不怕烈火炼，放手让张佩纶、陈宝琛等言官到一线去熬资历，经过三年五载的行政锻炼，新一代的政治大鳄就出来了。

这话题我们不妨敞开一点来讲。

首先，慈禧太后的书生点兵有什么错？清王朝的江山，被洪秀全那一班混世魔王打得七零八落之时，不正是曾国藩、左宗棠、李鸿章这一代老书生站出来重整河山的吗？其实，清代的师傅，有明一代，其最大的政治特色便是书生点兵。进入有清一代之后，汉族传统的读书人在高压的政治气候下，伤感地沉默了一百余年。可是，再进入晚清，满洲人传统的八旗劲卒、故臣骁将相继凋残渐尽。于是，以曾国藩、左宗棠、李鸿章为首的一代汉族书生于乱世中啸然再起。其后曾国藩这一代士子终以书生犯大难成功名，在晚清历史上吐出了绝大的光芒。由此可见此立论的谬误。如此，慈禧太后再请张佩纶、陈宝琛、吴大澂、张之洞这一代书生鞅掌军旅，实期望张佩纶之辈能重现曾国藩们当年的绝大气魄！

其次，张佩纶等书生会办海防的任命是在光绪十年四月十四日，李鸿章与福禄诺谈判已达成基础和约、中法和谈曙光已现的前提下颁发的。于是，清王朝的朝野上下都认为，中法战事大约已经结束了。慈禧太后交给这批文官钦差的主要任务已不是指挥作战，而是巡查、整顿。当时，中央新近执掌枢纽的醇亲王奕譞，地方上左宗棠、李鸿章等重镇人物要求加强海防的声音开始高涨起来。慈禧太后让张佩纶等书生到地方去的一个真实目的，是想把清王朝的海防力量摸一个实底儿，为后来的海防建设作参考。因此，张佩纶临行前，慈禧太后给他的指令是："前因福建海疆紧要，谕令张佩纶前往会办，以资整顿……所有该省濒海各处，张佩纶抵闽后，自当周历巡查，会商该将军督抚妥筹布置，期于周密。"工作的重点主要集中于查看台湾防务和台湾镇道是否得力以及马尾造船厂的生产等情况。相当于一个中央督导大员的作用。但是后来，张佩纶来到地方后，局势发生了变化，中法兵衅再起，张佩纶主动请缨，慈禧太后这才让张佩纶承担起了指挥作战的重任。

最后，以慈禧太后当时在政治上的老辣，她如果真想抛弃张佩纶这样的宠臣，根本无须使用像"使书生典兵，以速其败"之类的计策了。像张佩纶、陈宝琛之类的言臣，其政治能量根本无法与树大根深的恭亲王奕䜣等人相提并论。张佩纶、陈宝琛等人是凭借慈禧太后一人的信任上位的。朝廷里布满了"清流"健将们的宿敌。有慈禧太后力挺张佩纶、陈宝琛等人的一天，"清流"健将们的宿敌们便对于他们忌惮三分。一旦慈禧太后收回了对于张佩纶、陈宝琛等人的支持，朝廷上光"清流"健将的宿敌就可以把他们踩一个稀巴烂。慈禧太后又何必把辛辛苦苦办洋务近二十年的胜利果实——福建船政局垫上呢？

除非在那样的一瞬间，慈禧太后真正是神经错乱了。

北宁、谅山战役失败，宣告了慈禧太后之前“示形慑敌，援越抗法”决策的失利。

于是，光绪十年四月十四日，李鸿章与法国总理茹费理的私人代表福禄诺在天津签订了一个《中法简明条约》的草案。该条约规定：法国同意保全中越北圻边界，不索军费赔款；中国将北圻清军撤回边界，法越之间已订条约中国均不予置问，允许越南北圻边界法越货物可与中国内地通商。

当时，慈禧太后有鉴于越南政府已经完全投降了法方，过去“保藩固边”的法理基础已失去；便在条约的草案上批了“与国体无伤，事可允行”数字，这实际上已为该条约的实施放行。

但是，不久，中法双方却因为清军的撤军时间表摩擦再起。法方要求清军立即撤军，中方则坚持必须延迟到是年年底，全体清军方可如数撤回到中国的滇、粤关内驻扎。光绪十年闰五月初一，中法军队在谅山观音桥摩擦交火，法军死伤近百人。刚刚签署的《中法简明条约》很快就面临了撕毁的境地，茹费理决心把事态扩大，于光绪十年闰五月二十一日向中国驻法大使李凤苞提出了“赔留兵调船费二亿五千万法郎”的要求。

于是，茹费理决定对清政府实施“一面会商，一面踞地索偿”之策。

光绪十年闰五月初四，茹费理任命海军中将孤拔为舰队司令，预备从海上入侵中国。

六月十五日，孤拔命令他的助手海军少将利士比，率领三艘战舰前往攻打基隆。督办台湾事务大臣刘铭传率军进行了坚决阻击。

孤拔评估法军这时占领基隆的难度有点大。于是，茹费理给当时已停泊于福建马尾军港的孤拔下达新的作战指令：伺机全数歼灭与法国军舰一同停泊于马尾军港的福建水师，将马尾船政局锁定为法国“踞地为质，勒索赔款”的下一个军事目标。

这时，驻防于马尾的中方主将，一个是大名鼎鼎的张佩纶，还有一个是曾经担任过驻日公使的福建船政大臣何如璋。大清国在指导两人展开对法国的军事部署之时，充满了一种后现代主义的黑色幽默感。

1884 年 7 月 13 日，法国海军中将孤拔率领着一支拥有 8 艘战舰，总排水量达 1.4 万余吨的舰队，耀武扬威地来到了闽江口。他郑重其事地向何如璋、张佩纶两人提出了欲驶入福建水师基地马尾军港停泊的要求。

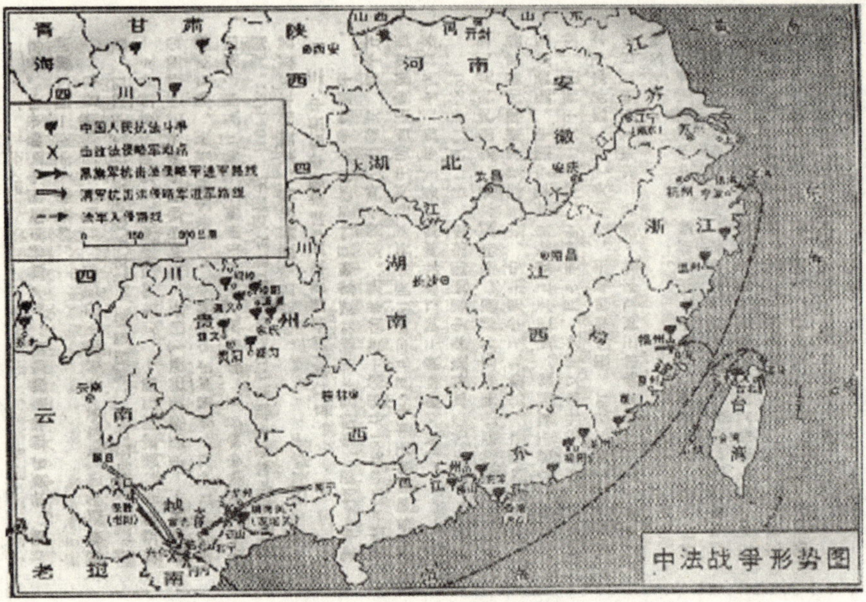

马尾海战形势图

其实，马尾军港的先天地理条件是相当不错的。首先，闽江口外是一片汪洋大海，其中布满了岛屿礁石，不熟悉这片水域的船只贸然驶入，还真是步步惊心的。其次，自闽江口进入马尾港的一段水道呈狭长状，最窄处不到300米，两边群山伟岸，地形险峻，清军沿两岸修筑有七八座炮台，外敌如果贸然从外面强攻，想要突破这炮台的密集火力网，势必付出很大的代价。因此，孤拔来到闽江入海口之后，并不鲁莽硬闯。孤拔援引了第二次鸦片战争后，清廷与英法诸国签订的口岸开放条款，要求将战舰驶入军港补充给养。

当然，按照当时的国际惯例，国与国之间签订的口岸开放条款，大抵应该在一种和平的环境下方予以承认。一旦两国间重新处于一种交战状态，即可不予理睬。但是，福建的地方大员们对于这棘手的外交难题仍然无从下手。于是，闽浙总督何璟、福州将军穆图善以及张佩纶、何如璋等人便坐下来开了一个圆桌会议。何璟、何如璋找出了大能人李鸿章于四个月前就法舰入港所给出的一段建议："各国兵船应听照常出入。惟法船进口，若只一二只，尚未明言失和，似难阻止；若进口过多，似应派员询其来意，劝令速去，宜避嫌疑，免致民情惊惶。"清总理各国事务衙门在孤拔到达的十天前，也曾经两次谆谆电告何璟：镇静，千万要镇静，"仍宜持以镇静，不得稍涉张皇”，“彼若不动，我亦不发”。中国人连死都不怕，干吗要先发制人呢？

上海《申报》细腻描写了孤拔舰队渗入马尾军港的整个过程：“闰五月二十一日，法船进口两支。二十七日，又进口两支，有请照万国公法，进口兵船不得逾两艘，停泊不得逾两礼拜，违法即行驱逐出口。不肯出口者，立即开仗，未蒙允许。六月中旬，法又进大船二、水雷二。各营闻基隆信，以法人起衅，请以开仗，不许。末旬，又进两艘。”张佩纶、何如璋的福建水师在总理各国事务衙门的钳制下，慢慢地成了人家口中的一只肉鸡。

孤拔海军舰队采取的是孙悟空钻进铁扇公主腹中的战术。法舰进入马尾军港之后，立即抢占有利水面，严密监视港内停泊的福建水师船只，不许他们乱说乱动，一旦发现清军舰在港内布置队形，孤拔战舰就会大声地以炮轰相恫吓。于是，停泊于军港内的福建水师舰只就像一只只搁浅的鱼，零乱地抛锚于港内。

中法海军对峙之际，中国海军仍处于一种起步的阶段。虽然清政府自同治年间开始就有一个组建北洋、南洋、广东、福建四支新式海军舰队的雄伟计划。可是，到了孤拔法军舰队驶入福建马尾军港之时，北洋、南洋、广东三支水师却只不过弄了一个雏形，只有福建水师的实力稍微强一点。但是，福建水师停泊在法国战舰旁边，那感觉便仿佛是十几个小矮人在挑战八九位大力金刚。

张佩纶意识到福建水师的危险处境，便开口向北洋大臣李鸿章、南洋大臣曾国荃求救。李鸿章回答：救不了，不能救。李鸿章分析中法海上力量的实力悬殊：“鸿等前在烟台，曾上法铁舰看操，其船坚炮巨，实非南北各船所能敌。今法两铁甲驻闽港口以堵外援，我船铁板厚仅五分，易被轰沉；即曰尾缀勿战，若开衅彼必在海面寻战，倘挫失，徒自损威，于事何济？”在敌人优势太明显的情况下，清军无论往马尾军港中投入多少只战舰，都只能是肉包子打狗——有去无回。因此，李鸿章、曾国荃不仅拒绝增派战舰深入绝境。李鸿章还给张佩纶出了一个金蝉脱壳之计：把福建水师的主力战舰悄悄地调出来，仅留少数羸弱淘汰舰只与敌周旋，“两害相形取其轻，事急莫若腾空船厂，撤全军，以顾省城根本为第一要义。”“总以勿呆守马尾，避其锐气，伺隙而为方妙。”留得青山在，哪会没柴烧？事实上，李鸿章此计未尝不是自我保全的一条上策。

但是，张佩纶是带着慈禧太后满腔的期盼来到火线的。张佩纶太想赢了。

张佩纶承认自己不懂海战。不过，张佩纶这一辈子就爱认死理。张佩纶却不知哪根神经搭错了，他认准了“舰多力量大”这么一条死理儿：“彼（指法舰）深入，非战外海，敌船多，敌胜。我船多，我胜。”张佩纶调不来北洋、南洋、广东三支水师的舰只，可是，张佩纶却有权力把福建水师的十一艘战舰统统集中到马尾军港中跟法舰死磕。

福建水师的命运便在那样的一瞬间被定格了。

七月初三日，孤拔舰队按照预定计划，对停泊于马尾军港的福建水师实施了攻击。整个轰击过程仅持续了40分钟左右，福建水师所有舰艇被击毁，近800名清水师官兵不幸阵亡。下午，法军舰队再对马尾船厂发动炮击。致使马尾船厂，这座清政府于自强运动期间发展起来的、规模最大的新式造船厂遭到重创。福州船政局由此一蹶不振。

这就是沽名好胜之张佩纶的可悲之处。于是，从这个时候开始，曾经气吞山河的张佩纶便彻底告别了官场，被发配到祖国的边疆劳动教育，喝了五年清又纯的泉水。刑满释放后，李鸿章即将之招入幕府混日子。后来，李鸿章发扬人道主义精神，竟然将一个如花似玉的妙龄小女儿许配给走背时运的半老张佩纶做填房。两人婚后生下一个儿子叫张志沂。张志沂有一个倔强的女儿，便是民国的临水照花人张爱玲。不过，这已经是很久之后的余绪了。张佩纶成为辜负了慈禧太后的国家罪人，因此，终光绪一朝，张佩纶的运气始终弥漫着一种“世味年来薄似纱”的冲淡。

另外，还有一个天生的倒霉蛋陈宝琛，这家伙上任不久就因为顶头上司两江总督曾国荃拒绝增援张佩纶而跟曾国荃闹翻了，陈宝琛悄悄地在慈禧太后跟前告御状：“曾国荃自奉命督防以来，初尚踊跃，一人直境，日就颓废，老病日增，志气日挫。每接见将佐或寓书亲知，自居于束手无策，战不能战，防不能防，且事权不重，时怀不平，怯懦之间，怨望之语，昌言不讳，远近流闻。见宾客则卧榻而呻，谈戎机则涕泣而道，观其愁苦龙钟之态，几若旦晚就木之人。”昔日杀人如麻的曾国荃，虎须岂是那么好捋的！后来，曾国荃借事给陈宝琛整了一个“降五级调用”的纪律处分。陈宝琛羞愧难当，此后，终光绪一朝不敢出来做官。

但是，慈禧太后对于北党“清流”的追究却到此为止。她并没有因为张佩纶、陈宝琛等人的书生意气，便全盘推翻了“清流”官员们的净化社会风气之作用。以李鸿藻、张佩纶为旗帜的北党“清流”们意气阑珊之后，以翁同龢、潘祖荫为首的南派“清流”在慈禧太后的小心呵护下，仍然葱葱郁郁地生长着。这一派中的中坚力量像盛昱、王仁堪、文廷式、志锐、黄绍箕、丁立钧、张謇等人一直到清代的消亡、民国的兴起，始终是清政府中阻击那些品格有污点之所谓能臣的中流砥柱。

总理各国事务衙门那些个大臣竟然连基本的国际法规都没弄清楚，致使福建水师在两国交战之际，开放闽江口水道，引法国舰队进入马尾军港，导致了福建水师的全军覆没，慈禧太后喝令周家楣、吴廷芬、昆冈、周德润、张荫桓、陈兰彬六位总理各国事务衙门大臣集体下岗，回家帮老婆带小孩去了。福建军事撤下何如璋、张佩纶之后，换上左宗棠为钦差大臣，督办福建军务，以漕运总督杨昌浚为帮办。马尾惨败，把慈禧太后再次惹怒了。

三天之后，慈禧太后断然下诏，宣布对法开战。诏书把法国人痛快淋漓骂了一顿：“该国专行诡计，反复无常，先启兵端。若再曲予含容，何以申公论而顺人心！”然后命令沿海各口岸，只要发现法军兵舰的身影，即可在不请示的情况下，当即发动攻击。至于中越边界屯守的清军各部，可于现在开始积极筹划反击。刘永福至此已正式纳入正规军编制，以提督记名简放。于是，慈禧太后电令：由广西巡抚、淮将潘鼎新率领东线桂军，云贵总督岑毓英统领西线滇军合刘永福黑旗军，唐景崧募勇与马盛治部组成中路军，“各统率所部出奇制胜，将法人侵占越南各城，迅图克复”。三路一齐向驻越法军发动反击。

先期作战清军却是失利的：1885 年 1 月初，王德榜军首败于丰谷。不久，驻守于谷松的苏元春军顶不住法军的压力亦退。2 月中旬，潘鼎新自谅山败退入镇南关，再退至龙州。至此，法军自谷松至谅山数百里中越交界之边地，尽为法方所有，“关内大震”、“南宁戒严”。战场局势一度对清军颇为严峻。

在这种情势之下，两广总督张之洞再次举荐，七旬老将冯子材率“萃军”出山。

1885 年 3 月 24 日，法军前线指挥官尼格里在援军未到的情况下，指挥 2000 余名法军与 3 个炮兵连，向镇南关清军长墙主阵地与东岭炮台发起进攻。冯子材传令部下诸将：“有退者，无论何时，将遇何军，皆诛之！”当法军接近长墙主阵地之时，冯子材持长矛大喝一声，率先领着两个儿子冲入了敌阵。所部官兵为冯子材所激励，士气大振，纷纷呐喊着冲向法军。是役，冯子材部击毙法军 1000 余人、军官数十人。尼格里不支，败退

谅山镇。冯子材趁势发起反攻，26 日收复文渊州，29 日力克谅山，尼格里于谅山身负重伤。法军在溃逃中竟然把价值 58 万多法郎的辎重以及四门大炮全部抛入了河中。与此同时，西线刘永福黑旗军亦于临洮大败法军。这就是中国近代史上有名的“镇南关—谅山、临洮大捷”。

清军一举扭转战局，前线将领集体痛饮三大碗烈酒，大呼痛快！

于是，清军全体将士摩拳擦掌地向中央请战，预备一举攻占河内，把法国人从越南赶出去。法国知悉法军在越南失利，举国哗然，纷纷要求茹费理内阁下台。

不过，这个时候，慈禧太后对于全局已有冷静的分析。

于是，光绪十一年二月二十三日，慈禧太后果断向一线指挥官下达了停战撤兵的命令。

中国人与西洋兵对阵，获胜的概率是小的。现在，冯子材忽然闯出了一个胜局，一线的将官神情都很亢奋，大家都不愿意收手撤兵。特别是老英雄冯子材，其时正杀得上瘾，如此，他首先上疏朝廷：请朝廷杀议和者以谢国人，痛痛快快地再跟法国人大干三百回合！“停战则可，撤兵则不可”；“和可许，兵不可先撤”。

慈禧太后神态坚定地回答：杀什么杀，主张议和的人是我！

于是，不管朝野间如潮的非议声，慈禧太后仍然坚定地把再战的言论压了下去：“此事关系重大，倘有违延，朝廷固必严惩。”这样，慈禧太后就毫不动摇地把中央的“以战止战、以战促和”战略意图认真地落实到了实处。

于是，慈禧太后就给后世的史家们留下了一个百年的悬念：假若当年慈禧太后在取得镇南关、谅山大捷后，不是戛然收手，而是乘胜追击，慈禧太后真的可能在这场中法之争中大获全胜吗？

首先，我们不妨分析一下那场威震中外的镇南关、谅山大捷。那实际上只是一场局部战役的胜利而已，而非影响全局的战略性胜利。法国人后来在面对国会的质疑时，提交了一份战场报告：当年，法军摆在越南北方的主力部队是“北圻远征军”，下辖第 1 旅和第 2 旅，全军约 7000 人。参加镇南关之役的，是尼格里指挥的第二旅 1500 人以及 10 门大炮的火力支持。而清军参战部队高达 4.5 万人。后来，茹费理面对国会严厉的指责，提交了一份详细的战场伤亡报告：法军阵亡 74 人（含 7 名军官），受伤 213 人（含 6 名军官）。损失较大者为法军第 111 营（31 死 58 伤）、第 143 营（17 死 48 伤）、第 2 海外营（12 死 68 伤）、第 3 海外营（12 死 34 伤）。

茹费理按规定向国会呈送了每个阵亡军官的姓名籍贯简历。而中方的伤亡人数为1500人。冯子材为此战实际上已经竭尽全力了。

我们当然可以怀疑这份资料的准确性，因为这份资料是法帝国主义提供的。事实上，这份资料只不过为我们提供了换一个角度想问题的思路而已。

其次，我们不妨看看法国方面的反应。无论茹费理如何为自己辩解，法国国会仍然对茹费理投了不信任票，因此，1885年3月，茹费理内阁倒台了。但法国议会紧接着便通过了一个增加北圻军费1000万法郎以及下一年增加4300万法郎军费的提案。法国人的侵越政策并没有因茹费理的离开而有所改变。当时，法国议长李播在议会发言中明确声称："更换内阁不是说要放弃我们士兵用鲜血胜利取得的东京阵地。放弃这些阵地不但是一种国家所不能宽恕的懦弱畏葸，抑且使我们在交趾支那殖民地的荣誉与安全不能保持。"法国人丝毫没有退缩之意，增加军费议案启动之后，法国人随时可以把更多的军人增派到越南、台湾两个战场上，战争势必成为一个迁延的不了之局。

事实上，台湾海防的后继动力一点都不容乐观。刘铭传的沪尾大捷被描述为第二次基隆大捷，但是基隆在敌方手中无力夺回，这大捷的兴奋便始终有点淡淡的。法军远东舰队在孤拔指挥下，从光绪十年九月初起，对台湾实行封锁，并于光绪十一年二月攻占澎湖，台湾给养全部断绝。1885年3月25日，刘铭传告急说："闽省久无信来，亦无兑款，若一日后无大批饷至，兵必溃散。毛瑟枪子、饷项二事最急，若无接济，束手待毙。"南洋水师尝试派出五只战舰给台湾运送给养，中途遇到法海军强力阻击，三沉两返。于是，弱小的北洋水师为防止第二次鸦片战争悲剧重演，守住天津海面，寸步不敢离开。

如此下去，清王朝确实伤不起。

1885年4月，清政府授权中国海关驻伦敦办事处的英国人金登干（Campbell）为代表，在巴黎与法国人秘密订立《停战协定》。6月份，李鸿章与新任法国驻华公使巴德诺（Patenotre）再订《中法新约》。这个条约重申了一年前，李鸿章与福禄诺在天津签订《中法简明条约》时所强调的，中国放弃了越南屏障，开放了滇、桂边境通商等各项条款。难怪英国学者霍尔（Hall）会惊呼："富有讽刺意味的是，条约中达成的协议同一年前李和福禄诺取得的协议几乎是一模一样的。"法国人之后的诓诈行动并未得逞。

评价慈禧太后的本轮签约，我们都必须谨记“弱国无外交”的警言。衡量当年中国可以斡旋的有限国际空间以及清军海陆两方面的整体军事实力，慈禧太后可与法国人继续纠缠下去的本钱确实不多。慈禧太后当时能以打打停停、且战且和的蘑菇战术获得法方对台、澎湖列岛的撤兵，收回对中方的索赔的承诺，已然把本轮战争的损失降到了最低。

【第三章】甲午之战，决定中日百年浮沉的博弈

光绪十五年正月二十日，慈禧太后再次着手为生命中另一个极其重要的男孩子安排了盛况空前的豪华婚庆。归政后的慈禧太后为了让光绪帝放开手脚处理政事，选择了重修颐和园为自己下半辈子的安身之地。接下来，日本的明治维新围绕着军国化这个目的来展开，结果，慈禧太后、奕䜣、李鸿章这一批童话中的喜羊羊们被彻底『杯具了』。李鸿章，作为晚清官场上的一代政治强人，却错用了外行丁汝昌来领导清帝国的海上长城——北洋舰队。最终，毫无还手之力地完败在碰运气的日本联合舰队前。

❶重修颐和园妙计：明修栈道，暗度陈仓

1885 年 4 月，中法《停战协定》签订之后，国家政治运行暂时走在一个相对平稳的轨道上。慈禧太后这才开始腾出手来处理皇家的内务大事。

光绪十二年一到，光绪帝已经年满 16 岁了。按照祖宗留下的规矩，清朝的幼帝，只要年龄过了 14 岁，都必须得有一个亲政的仪式。入关后的顺治、康熙两代明君都是 14 岁举行亲政典礼的，只有贪玩的同治帝延迟到 16 岁。所以，光绪帝至 16 岁，举行亲政仪式，以清王朝的礼法祖制来论也是势在必行。

果然，到了光绪十二年六月十日，慈禧太后偕光绪帝召见醇亲王奕譞等人，发出了一道明确的懿旨：

“前因皇帝冲龄践阼，一切用人行政，王大臣等不能无所秉承，因准廷臣之请，垂帘听政。并谕自皇帝典学有成，即行亲政。十余年来，皇帝孜孜念典，德业日新，近来批阅奏章，论断古今，剖决是非，权衡允当。本日召见醇亲王及军机大臣礼亲王世铎等，谕以自本年冬至大祀圜丘为始，皇帝亲诣行礼。并着钦天监选择吉日，于明年举行亲政大典。”

但是，慈禧太后的懿旨发布后，包括醇亲王奕譞、帝师翁同龢以及礼亲王世铎、伯王伯彦讷谟祜、庆郡王奕劻、在京大学士、军机大臣、御前大臣、六部九卿翰詹科道等，所有有发言权的朝臣们均上折子，恳请慈禧太后别走，别自个儿躲到颐和园去享清福，没有了太后这盏明灯，这未来往哪走，大家心里没底呀。

帝师翁同龢的意思是光绪帝天性柔顺懦和，当时还没有做好接班的心理准备，请太后再顶一两年，暂缓归政。以军机处领班大臣礼亲王世铎为

首的诸臣工奏折和醇亲王奕譞的奏折颇具代表性。醇亲王奕譞的吁请虽然有一种为自己免祸的意思，可是，他讲出来的话，一听就有一股假假的酸味儿："王大臣审时度势，合词吁恳皇太后训政。敬请体念时艰，俯允所请，俾皇帝有所禀承。日就月将，见闻密迩，俟及二旬，再议亲理庶务……臣愚以为归政以后，必须永照现在规制，一切事件，先请懿旨，再于皇帝前奏闻。"醇亲王奕譞建议光绪帝最好等到 20 岁以后再亲政，即使是亲政之后，光绪帝也只能坐在副驾驶的位置，而由慈禧太后坐在舵手的位置上，当时的国内外形势瞬息万变，只有慈禧太后那样的老精怪才有本事作出及时反应。

最后，还是礼亲王世铎的训政主张讲得最堂皇，在祖制上有据可查：康熙帝虽然是 14 岁那年亲政的，但是，之后的孝庄太皇太后，为了保障康熙帝的身心发育，却仍然请辅政大臣鳌拜等人"仍行佐理"了两年。其次，是乾隆帝于乾隆六十年内禅之后，他老人家为了手把手地传授嘉庆帝治家的绝招儿，也仍然老骥伏枥地再训政了四年。

所以，别看礼亲王世铎平时笑呵呵的，乐得像一个傻蛋。关键时刻，人家礼亲王世铎这金点子还就说到了慈禧太后的心坎上。

于是，慈禧太后不再忸怩作态，发布正式懿旨："皇帝初亲大政，决疑定策，实不能不遇事提撕，期臻周妥。既据该王大臣等再三沥恳，何敢固守一己守经之义，致违天下公论之公也。勉允所请，于皇帝亲政后再行训政数年。"

为了使训政有据可依，慈禧太后还责成礼亲王世铎起草了一个法律文件式的《训政细则》，诏告于天下臣民。这个《训政细则》的主要内容为：

一、凡召见引见，皇太后升座训政，拟照礼臣会议，暂设纱屏为障；

二、中外臣工呈递皇太后、皇上安折，应请恭照现式预备，奏折亦恭照现式书写；

三、乡会试及各项考试题目向例恭候钦命者，拟请循照旧制，臣等进书恭候慈览，择定篇页，请皇上钦定题目，仍进呈慈览发下，毋庸奏请派员拟题……

四、内外臣工折奏应行批示者，拟照旧制均请朱笔批示，恭呈慈览发下……

如此，国家政治由垂帘听政时期顺利过渡到太后训政的特殊阶段。这个阶段持续了大约两年的时间，由于采取的是中国传统式的师父教徒弟的"手把手传、帮、带"之传授方式，话语权基本上仍握在慈禧太后的手中。

光绪十三年正月十五日，光绪帝在太和殿如期举行亲政大典。帝师翁同龢对于是日的好天气印象鲜明：“晴朗无风，竟日天无纤翳，入夜月如金盆，入春第一日，亦数年来第一日也。”

光绪十四年六月十九日，慈禧太后下达了光绪帝大婚以及亲政的懿旨：“前因皇帝甫经亲政，决疑定策，不能不遇事提撕，勉允臣工之请训政数年。两年以来，皇帝几余典学，益臻精进，于军国大小事务，均能随时剖决，措置合宜，深宫甚为欣慰。明年正月，大婚礼成，应即亲裁大政，以慰天下臣民之望。”

慈禧决定为光绪帝大婚后，选秀工作自然便在后宫中紧锣密鼓地展开了。经过反复筛选，至九月二十八日，有五人杀入终极决赛。黄浚《花随人圣庵摭忆》中记载了一段宫中太监的回忆：

“西后为德宗选后，在体和殿，召备选之各大臣小女进内，依次排立，与选者五人，首列那拉氏，副都统桂祥女，慈禧之侄女也（即隆裕皇后）。次为江西巡抚德馨之二女，末列为礼部左侍郎长叙之二女（即珍嫔姊妹）。当时太后上坐，德宗侍立，荣寿固伦公主（恭亲王长女）及福晋命妇立于座后。前设小长桌一，上置镶玉如意一柄，红绣花荷包二对，为定选证物(清例，选后中者，以如意予之。选妃中者，以荷包予之)。西后手指诸女语德宗曰：‘皇帝，谁堪中选，汝自裁之，合意者即授以如意可也。’言时，即将如意授与德宗。德宗对曰：‘此大事当由皇爸爸主之。子臣不能自主。’太后坚令其自选，德宗乃持如意趋德馨女前，方欲授之，太后大声曰：‘皇帝’，并以口暗示其首列者（即慈禧侄女），德宗愕然，既乃悟其意，不得已乃将如意授其侄女焉。太后以德宗意在德氏女，即选入妃嫔，亦必有夺宠之忧，遂不容其续选，匆匆命公主各授荷包一对与末列二女，此珍嫔姊妹之所以获选也。”

黄浚这人有时八卦起来就有点口无遮拦。这段资料读者不妨将之作为饭后摆龙门的闲话。事实上，为少年皇帝选后这类事情，放在封建时代的任何一个朝代中，只要有强势的太后亲侄女入场，其他人等的落选都应该是情理之中的事情。这件事情，慈禧太后并没有做得十分过分。

于是，光绪十月初五日，慈禧太后无比庄重地下发了两道懿旨：

一道是皇后的任命书：“兹选得副都统桂祥之女叶赫那拉氏，端庄贤淑，着立为皇后。特谕。”

另一道则给皇后配备了两个姊妹花副手：“原任侍郎长叙之十五岁女他他拉氏，着封为瑾嫔；原任侍郎长叙之十三岁女他他拉氏，着封为珍嫔。”

光绪十五年正月二十日，19岁的光绪帝举行了一个隆重的大婚典礼。

我们知道过去的时代流行早婚。所以，光绪帝一直等到19岁才有一个婚姻，这于当年的人物而言，俨然已是一位晚婚晚育的模范了。

事实上，光绪帝的晚婚有其不得已而为之的原因。本册第二章我们曾提到过光绪帝那个神经质的生母醇亲王嫡福晋叶赫那拉氏，她对于幼童载湉的一种炼狱式的磨砺造成了光绪帝终生的紧张与忧郁气质。所以，光绪帝小时候是遗尿，进入到青春期之后，就成为精神紧张性遗精了。斯特林·西格雷夫《龙夫人：慈禧故事》中对此描绘说：后来，慈禧太后知悉光绪的肾病后，便为他请来了法国医生。“所有见到过光绪和他姨妈在一起的人都认为，她对待他还是很和善的，即使是法国医生在给他做体检的时候，她也是如此。”慈禧太后一直等到光绪帝的肾病有一个明显的好转，这才着手为光绪帝准备一个盛大的婚礼。

当然，这也是慈禧太后在十五年前为自己深爱着的儿子同治帝举行过一个结婚仪式之后，再一次着手为生命中另一个极其重要的男孩子安排一种盛况空前的豪华婚庆。本次筹办光绪帝大婚，慈禧太后令户部准备的婚礼费用为500万银两，实际使用数目可能有所突破。

对于这次婚礼，倘若慈禧太后问光绪帝有何不满意之处，光绪帝一定会向慈禧抱怨：亲爸爸推销给我的这个叶赫那拉氏皇后也长得太对不起观众了。叶赫那拉氏皇后比光绪帝大三岁，日后有人形容这位隆裕皇后，一口气用上了容貌丑陋、马脸高额、瘦弱驼背、突眼露齿十六字贬损，整个一个进化未完成的类人猿。实则上后来的隆裕皇后未必如此不堪，人的心肠也不坏。《列朝后妃传稿》中曾经称赞这位年轻皇后说：“后性纯孝，贤明淑慎，工书绘，未尝预外事。”

清代后宫中选皇后，从来不以沉鱼落雁之貌为唯一的标准。太后给年轻的皇帝们选嫔妃，一般也只把握两个标准，一个是人品要好，另一个是门第要光大。漂亮当不得饭来吃。咸丰帝当年那么狂热地追求美女，他当上皇帝后所册立的皇后钮祜禄氏，也不过是一个长相大抵上只对得起观众的病秧子。可见，年纪轻轻的光绪帝事业未立，根本就不应该在老婆靓不靓的枝叶小节上跟慈禧太后怄气。再说了慈禧太后也不是蛮不讲理，她知道自己的内侄女在长相上是有点对不起光绪帝，但是，慈禧太后采取了补救措施。当时，慈禧太后见光绪帝望着珍嫔两姐妹一副炯炯有神的样子，于是，就皇后不靓妃子靓，慈禧允许光绪帝把珍嫔两姐妹一同纳入了嫔妃的行列。慈禧太后还是蛮通情达理的嘛。

瑾嫔与珍嫔他他拉氏，满洲镶红旗人。她们的祖父是前湖广总督裕泰，父亲是礼部左侍郎长叙，伯父为广州将军长善，长善与恭亲王奕䜣各娶了大学士桂良的一个女儿，因而具有连襟之情。瑾嫔、珍嫔自幼随伯父长善在广州长大。珍嫔10岁那年，长善广州将军卸任，两姐妹伊始返回北京。瑾、珍二嫔入宫后，瑾嫔居于东六宫的永和宫之中，珍嫔则居在景仁宫。

据说，瑾嫔、珍嫔初入宫时，均为慈禧太后所钟爱。尤其是妹妹珍嫔，口齿伶俐，活泼美丽，在慈禧太后跟前颇能讨巧，因此，慈禧太后曾命在内廷供奉的缪嘉蕙女士教习她书画。但是后来，慈禧太后发现光绪帝所宠信的这位小美人，作风颇为出位。珍嫔竟然与光绪帝在宫中互换着男人服装来嬉戏玩乐，这些是慈禧看不惯的。后来，珍嫔又挑唆光绪帝去欺负慈禧太后那位性情有点木讷的内侄女皇后，这也是慈禧太后所不允许的。《悔逸斋笔乘》中曾记载有这么一件事：说是光绪十八年仲夏之时，被光绪帝与珍嫔合伙欺负的隆裕皇后跑到慈禧太后跟前哭诉告状。慈禧太后终于发怒了，她一字字地跟身边的人说："皇帝是我所立，实乃忘恩之举，隆裕是我的亲侄，辱骂皇后就是对我最大的不敬，实在难以忍受。"此后数日，光绪帝入宫请安，慈禧一言不发。

皇室之中，既然已"床第之间有勃豀，萧墙之内生龃龉"，此后，大清政治中的帝党、后党之政治纷争即由此衍生。

光绪十五年二月初三日，慈禧太后为光绪举办了一个亲政典礼，"上诣慈宁宫行礼，御太和殿亲政受礼"。随后，慈后太后便正式搬移到颐和园中颐养天年去了。光绪帝则保持每月至少两次到颐和园中给亲爸爸慈禧请安的习惯。

在未搬入颐和园之前，慈禧太后在紫禁城中的生活轨迹大致为：同治年间，两宫皇太后垂帘而治，两宫皇太后为了政事的通达运行，均住在长春宫中：慈禧住的是平安室，慈安则住在配殿履绥殿之中。慈禧之所以选择长春宫为居住之处，据说主要是看中了长春宫前殿门匾额上的"心正性"三字，为咸丰帝生前亲笔题写。这时，两宫太后均振作，很想在国事上有一番作为，每日进出，看着先夫咸丰帝所留下的遗墨，大约也有求咸丰帝于九泉之下保佑国家尽早走出战争磨难的意思。

至同治十年之时，同治帝已为成人，按照宫中规矩，两宫皇太后必须搬出长春宫给同治帝一个私人的空间。慈安太后搬居于东六宫中的钟粹宫，慈禧太后则搬迁到西六宫六宫中的储秀宫。宫中后来流行称呼慈禧为西太后，慈安东太后的说法，大约开始于这段时期。

慈禧后来允许一位西方外交官的妻子参观自己储秀宫寝宫。这位外国女子回到自己的国家后，为慈禧太后写了一本传记。她从自己的角度描述了储秀宫中的那一股子的勃勃生机：

“慈禧的正式寝宫位于内廷的西区（因此人称西太后）。她的寝宫也有着高高的红墙，嵌着小小的窗户。院子里栽满了火红的石榴、香气扑鼻的洋槐、绚烂盛开的桃、李和樱桃树，还有迟开的菊花。到处都是笼养的小鸟，啁啾的鸟声在空气中传播。北京狮子狗刚一出现忽又消失不见，像是有什么紧急的使命，紧追其后的太监们辫子飞扬。她的寝宫里还有一把不高的乌檀木御座，这个年轻的女人就在那儿接受随侍女官们和儿皇帝的请安。她的房间按照西方的标准布置得疏疏朗朗的，有铺着垫子的长椅、低矮的桌子以及硬邦邦的红木椅子。窗户上装着蓝绸窗帘，即使在寒冷的天气里也敞开着。”

“她的卧室里有一张雕刻精细的乌檀木橱式卧床，或者叫‘炕’，三侧很高，一侧敞开。床面上，放着一张厚厚的毡垫子和三层柔软的填充床垫，覆盖着黄缎织锦。每样东西都是明黄色的，床单是黄色丝绸，床帘是黄色的织锦，床罩是黄缎被子，绣着金龙和蓝云。有很多绣花枕头散布各处，不过她最喜欢的还是一只装满茶叶的枕头，人们相信枕这样的枕头对眼睛大有好处。另一只枕头塞满干萎的鲜花和香草。雕木床架的顶部，垂挂着一些小巧的丝带袋子，里面装满了麝香。虽然她不喜欢别的香味，但却很喜欢麝香，这激发了她的批评者的灵感，他们到处散布谣言，说她有‘狐臭’。而狐狸是神奇的东西。像许多满族女人一样，她也吸水烟，白天的时候啜饮金银花茶，晚上临睡前喝一杯热糖水。”

外国女子总喜欢猎奇，这位外交官夫人大约从慈禧太后联想到了有狐臭异味的唐代美女杨贵妃，所以，便硬在慈禧身上加入一点异样的气味，这也是人之常情。

慈禧垂帘听政时，有三座喜欢居住的内宫宫殿：一个是储秀宫，一个是紫禁城东部的宁寿宫，另一个则为“西苑三海”之中的中南海丰泽园。

晚年归政后的慈禧太后忽然对于“红墙黄瓦黑阴沟”的紫禁城萌生了

深深的倦怠。于是，醇亲王奕譞与光绪帝父子便鼎力为慈禧太后修复了过去“三山五园”［（所谓的“三山”指万寿山、玉泉山、香山；五园为圆明园（含长春园、绮春园）、畅春园、清漪园（颐和园）、静明园、静宜园］中著名的夏宫御园——颐和园。

颐和园原名清漪园，位于圆明园之西，这是乾隆帝为庆祝他生母钮祜禄氏六十大寿而兴建的一座皇家园林。咸丰十一年时，英法联军火烧圆明园时，这座皇家园林也一同遭受劫难。至光绪年间，这座皇家园林实际上已成为一片杂草丛生、野狐出没的荒凉之地。王闿运为此曾经咏叹：

玉泉悲咽昆明塞，唯有铜犀守荆棘。

青芝岫里狐夜啼，绣漪桥下鱼空泣。

其实，刚开始之时，慈禧太后曾经真心实意地设想，归政后的自己可以开始一段安逸闲适的生活。毕竟在过去的时代里，一个54岁的孤家女子已经是一种老去的女子了。慈禧太后久在杀伐倾轧的男性政坛摸爬滚打，身心俱产生了一种透支过度的疲惫感，那是一种很正常的心理状态。为此，自光绪十一年四月起，慈禧太后即开始令人修复“西苑三海”，这是她所想到的归政后第一个颐养天年的去处。不过后来，慈禧太后又想：以自己纵横捭阖政坛二十余年所养成的挞伐性格，如果自己居住于紧靠着紫禁城的“三海”之中不走，外面肯定会有人讲自己恋栈权位。而光绪帝的性子真的是过于内敛、谨慎了呢，假如有一个强势的亲爸爸慈禧近在眼前，只怕光绪帝这一辈子都可能放不开手脚来处理政事！这样的结果，应该是与慈禧太后当年培养接班人的意愿背道而驰的。因此，慈禧太后考虑再三，这才把距离更远的颐和园定为自己下半辈子的另一处安身立命之地。

慈禧太后将这项工程交给了跟这件事情利害攸关的皇帝生父醇亲王奕譞去完成。这实际上也是在向大清的舆论界，宣誓了自己归隐南山的决心。

由此，醇亲王奕譞成为慈禧重修清漪园的最有力的支持者。

当时，醇亲王奕譞为了避免颐和园重修工程重蹈同治十二年“修复圆明园、改修三海计划”半途而废的覆辙，便想出了一个明修栈道、暗度陈仓的修园妙法子。

光绪十一年九月，清政府成立了海军衙门，慈禧任命醇亲王奕譞担任总理海军事务大臣。光绪十二年八月十七日，奕譞呈上了《奏请复昆明湖水操旧制折》："查健锐营、外火器营本有昆明湖水操之例，后经裁撤。相应请旨仍复旧制，改隶神机营、海军衙门会同办理。"

昆明湖水操是清朝祖宗们立下的规矩。它的首创人是那个喜欢搞事的"十全武功老人"乾隆帝。当年，乾隆帝为了表示皇家警钟长鸣的意思，曾经仿照当时福建、广东水师的做法，把京营中的一部分健卒弄到颐和园的昆明湖中来练习水战。以后的嘉庆、道光、咸丰历朝，便形成了每年夏天操练一次的定制。咸丰末年，英法联军焚烧圆明园，昆明湖被烧成了一片废墟，水操自然无人再提。

光绪十二年，醇亲王奕𫍽建议恢复在昆明湖进行水操的惯例，那是恢复老祖宗的优良传统，言路上谁敢再吱声反对！于是，醇亲王奕𫍽得寸进尺地趁机再建议：重修一下沿湖的建筑设施便亦在情理之中了，"因见沿湖（昆明湖）一带殿宇亭台半就颓圮，若不稍加修葺，诚恐恭备阅操时难昭敬谨……拟将万寿山暨广润灵雨祠旧有殿宇台榭并沿湖各桥座、牌楼酌加保护修补，以供临幸。"

由此可知，醇亲王奕𫍽这人实际上还是蛮善于动脑子的。只是这个人一生的大部分时间，均隐身于一种幽暗静默的背景之中，人们甚少有机会认识他的真面目。

目前的档案记载中，已很难找到醇亲王奕𫍽修葺颐和园的完整经费支出记录。但是，大致的费用情况仍然可以估算。四代承办皇家园林工程设计的总工程师雷思起，后来家藏一份经他手兴建的56项工程资金明细账，合计开支为三百一十六万六千六百九十九两八钱三分三厘银。雷思起这份工程资金表，是研究颐和园修复历史的第一手原始资料。当时，雷思起所承办的这56项修复工程已占颐和园总工程的六成左右。由此估算颐和园修复的总费用在五六百万银两上下浮动。

后来，因为这个颐和园，慈禧太后在历史上受到很大的非议。一个流行的观点是：醇亲王奕𫍽主管海军衙门的九年时间中，北洋海军竟然没有添置过一艘新舰。此外，北洋海军七艘主力舰——"定远"、"镇远"、"济远"、"来远"、"致远"、"靖远"、"经远"的购买经费，不过区区的七百七十八万银两。因此，有人开始假设，如果慈禧太后能够把修复颐和园的六百万左右银两的经费全部投入到海军的国防建设中去，后来的北洋海军一定可以庞大到把日本人吓死的程度。

事实上，这是一种假定了慈禧太后为毁坏北洋海军罪魁祸首的有罪推断。

目前关于慈禧太后私自挪用海军衙门经费、用于修葺颐和园的证据，主要来源于光绪十七年二月十六日奕劻所上的一个奏折：“查颐和园自开工以来，每岁暂由海军内腾挪三十万两拨给工程处应用。复将各省督抚认筹海军巨款二百六十十万陆续解津发存生息，所得息银专归工用。惟每年拨工之款原属无多，各省认筹银两亦非一时所能解齐。钦工紧要，需款益急，思维至再，只有腾挪新捐暂作权宜之计。所有工程用款即由新海防捐输项下暂行挪垫，一俟津存生息集有成数，陆续提解臣衙门分别归款。”

这样，我们不难得出这个结论：颐和园重修工程款，实际上是由海军经费的划给、督抚认筹海军巨款息银、新海防捐垫款以及户部每年划拨修建经费四大块组成。台湾的王家俭先生研究北洋海军的经费最有心得，他后来考证得出：上述四项修园经费中，至少督抚认筹海军巨款息银、户部每年划拨基建经费两笔主要款项，跟北洋海军军费是没一点关系。整个“三海工程”与颐和园基建工程，海军衙门有案可查的借拨款数额为232万两白银。其中，“三海工程”的兴建单位为内务府的奉宸苑。海军衙门跟他们是分灶吃饭的。奉宸苑借出的数十万银两，海军衙门一定会不依不饶地向他们追讨回来。这样算下来，颐和园挪用232万两白银的说法仍然需要打一个很大的折扣。如此，修建颐和园所挪动的海军经费对于偌大一个北洋海军预算来讲影响已经很小了。

海军衙门的领导除了总理醇亲王奕譞，另外还有四个管事的大佬，分别是：会办奕劻、李鸿章，帮办善庆、曾纪泽。因此，有人视之为中国的第一个海军部。不过这个概念是不完全准确的。因为海军衙门虽然因重点创办北洋海军而设置，但是它根本不插手海军具体的军事指挥职能。另外，海军衙门还兼营着两项跟海防建设毫不相干的杂活儿：一个是颐和园的修复，另一个则是中国铁路的修建。姜鸣在《北洋海军经费初探》一文中说：海军衙门始终与修复颐和园工程、北洋海军共兴衰。北洋舰队玩完了，后来，颐和园的修复工程以及海军衙门这个临时性机构也寿终正寝了。“光绪十三年至二十年，这是北洋海军史上的重要时期。舰队在此期间基本编练成军。随着《北洋海军章程》的制定，海军额支除个别大工程外，基本稳定下来。各主要军港要塞旋即亦相续完工。尽管这一阶段李鸿章依然不断指责各地拖延协饷，但北洋海军的岁入经费平均保持在130万两上下，基本能够满足支出的需要。这种局面，维持到甲午中日战争爆发。”好像这期间，北洋海军的营养供给并没有什么不正常的地方。

事实上，有一个长期被人们所忽视的事实，以当年主管北洋海军的北洋大臣、直隶总督李鸿章的能捏会算，北洋海军并不真正地缺钱。李鸿章主持直隶的时间很长，其间，办洋务、办工矿、搞通商，为北洋、淮军赚得了不少的银子。据后来出任北洋大臣、直隶总督的陈夔龙回忆：李鸿章北洋卸任时，曾经将直隶小金库中的800多万两现银移交给继任的王文韶。这说明北洋海军的真正症结所在并不单单只因为一个钱字。北洋海军的问题，如果真发生在钱方面，以李鸿章当年对北洋海军的疼爱、护犊心切没理由让800多万两现银躺在银库中发霉，而让北洋海军白白地牺牲掉。

北洋海军的失败，用帝党领袖翁同龢的话来讲：主要败于北洋淮军的暮气已深。这一点后来，光绪帝在指挥北洋淮军跟日本人进行那一场关系到中国国运进退的甲午之战时，便深有体会了。

❷穷兵黩武的日本明治维新

要讲清楚中日间的甲午之战，首先必须得搞清楚发生于日本的明治维新。这明治维新究竟走的是一条富国强民的正路子呢，还是一条损人不利己的军国扩张主义道路？

1854年，美国海军准将、东印度舰队司令佩里率舰进入日本神奈川港口，强迫日本签订《日美和好条约》，随即又与英、俄、荷诸国签订了通商条约，这是日本打开国门的开始。当时在位的日本天皇为孝明天皇，掌握实权的却是德川幕府。德川幕府在签订上述开放条约时，并未征求孝明天皇的意见，于是孝明天皇瞅准国内普遍不满的时机，忽然站出来号召大家反对幕府的横行。日本开始了长达十六年的倒幕运动。

孝明天皇所完成的倒幕运动，一个最重要的成果，在于使日本避免了沦为欧美诸国的殖民地，保持了国家与民族的独立，建立了一个统一的国家；客观上也为日本的近代天皇制以及随之而来的明治维新做好了政治与思想上的准备。

1868年，14岁的睦仁太子即位，是为明治天皇。“明治”取自中国

《易经·说卦篇》的“圣人南面听天下，向明而治”。1868 年 1 月 3 日，日本明治天皇颁布了《王政复古》诏书。自此，由明治天皇主持进行了一系列效仿西方的改革，史称明治维新。

明治天皇无疑是近代亚洲最成功的一位帝王

中国自强运动开始的时间跟日本明治维新的时期大抵上同时起步。慈禧太后、奕䜣、李鸿章这些中国的自强派，所提倡的口号为强兵、富民、再强国。而日本明治维新的一切经济政治活动，均围绕着加速战争机器运转这个目的来展开，他们的目的是军国化。结果，慈禧太后、奕䜣、李鸿章被彻底“杯具”了，而日本却在侵略东亚各国的道路上走出去更久、更远。

世界近代史上弱肉强食的丛林法则，就是这样充满了一种幽默而又辛酸的讽刺。

少年明治天皇即位后，首先确定下来的明治宪法体制，规定了“天皇、内阁、议会”三足鼎立政治形式。但是，黑田清隆、伊藤博文、山县有朋、松方正义、井上馨、西乡从道、大山岩、桂太郎、西园寺公望等元老派在政治上也享有很大的发言权。明治天皇在 25 岁以前，尚不具有执政权。世界史上著名的日本明治维新最初便由上述元老们与内阁中的岩仓、大久保利通、大隈重信等实力人士共同制定。

明治维新经历了“废藩置县”、“四民平等”、“地税改革”、“殖产兴业”、“君主立宪制”等一系列渐进的政治经济变革过程。1885 年实行内阁制，1886 年开始进入到制宪的实质阶段。1889 年，明治天皇正式颁布国家根本大法——明治宪法，1890 年召开第一届国会。至此，历经三十余年的明治维新似乎画上了一个圆满的句号。可是，我们在追踪明治维新步伐之时，却意外地发现，明治维新起先宣布的一切变革措施，却并未给普通的日本民众带来期盼中的社会安宁与财富。

明治维新实行之后，西方列强在一个相当长的时间内，依据之前订立的关税协定，仍然在日本国内享受着超国民待遇。一般的民众仍然为经济的重负压得喘不过气，民众生活并未得到合理有效的改善。换一句话来说，普通老百姓并没有实实在在地分享到明治维新的胜利果实。普通老百姓参政议政的政治概念依然淡漠，当年日本4200万总人口之中真正享有选举权者不过区区46万人而已。国家政治实际上仍然被少数政治精英、政治寡头们牢牢地控制于手中。

日本农业所取得的最大的维新成就，是于1879年完成的农业“地税改革”。该项农业税收改革规定：把过去各藩不统一的地税改为不论农业收成的丰歉，每年以货币的形式统一以地价的3%征收税率。这个“地税改革”实际上是为政府未来的发展积累原始资金。因为地方官在核准地价时，并未根据当地土地买卖的真实价格来核定，而是普遍把征税的地价定得很高。这就使得农民的税赋负担跟改革前没有什么二样。明治维新的前二十年，日本政府支出的七成款项主要依赖于农业地税的支撑。农民被迫将一年收入的70%用来缴纳政府的税收。这就导致了日本农村自耕农的大量破产，大量农业人口沦为佃农或者流向城市成为产业工人甚至是流氓无产者。

至于日本工业的最初起步，明治政府便在“殖产兴业”的口号下兴办了一批造船、钢铁、纺织、金属矿、煤矿等近代工业。这批企业的雏形起先跟中国自强运动时曾国藩、李鸿章等人兴办的企业性质大抵相仿，基本上为官方或半官方的；当时，日本人曾借鉴中国的“官督商办”经营模式，短期内为明治政府吸纳了大量资金。后来，才逐渐转为民营。事实上，在日本工业草创的最初数十年间，日本的产业工人基本上挣扎于极端的贫困之中，人民生活毫无保障可言。例如，我们不妨以当年日本内务省在缫丝、纺织工业树立的官营模范工厂之员工待遇为例子：1890年纺纱工人的日平均工资只有1角7分。女工最高工资水平仅相当于英国女工最低工资的十分之一。而工人每天的工作时间却长达12小时以上。更严重的是，这一年，由于世界性的经济危机，导致了国际棉纱生产的过剩，引起纱价暴跌，日本国内发生了第一次严重的经济危机。自1890年至甲午战争发生的前夕，日本国内民众穷困潦倒，“抢米风潮”自农村席卷到城市，渐渐地发展为一股潮流。社会各阶层贫富距离的加大，导致了日本社会的持续动荡不安。佃农农会、佃农同盟之类抗租、对抗政府的组织纷纷出现，城市中工人的罢工运动规模也越来越大。

在野党趁机利用民间的普遍不满情绪，组织了一轮又一轮的倒阁活动。针对政要的暗杀活动有增无减，政府的改组有如走马灯，令人眼花缭乱。在当时那种严峻的政治经济情势之下，日本国内局势再度走到了分裂与崩溃的边缘。

于是，当时的日本政客、政治元老以及学界大佬级人物，为了增强日本国内一般民众对于政府的认知感，便开始故意地在社会舆论中营造一种“内安外竞”的东亚扩张的政治思想，这就为日本的军国主义滥觞张本。

其实，日本的政治家们在明治维新开始后不久，就已经在暗中把邻近的清帝国锁定为未来的主要敌对国之一。此后，日本近代军国主义的许多措施，均围绕着彻底战胜清帝国这一军事课题来展开的。

1871 年，维新政府废藩置县，成立新的常备军。

1873 年，西乡盛隆内阁开始在日本全国实施义务兵制和改革农业税。决定试用法国与德国的兵制来建设陆军，试行英国的军制来建设海军。

1878 年西南战争结束后，日本第二年直接出兵吞并了琉球群岛。

1878 年 12 月，日本政府设立了直属于明治天皇的参谋本部，日本开始大力推行德国的军制。1880 年，第一任参谋本部长山县有朋写成《邻邦兵备略》，主张：为了跟清国陆军对抗，扩军为政府的首要之选，“兵强，国民志气始可旺，国民自由始可言，国民权利始可论，交际平行始可保，互市始可制，国民劳力始可积，然后国民之富贵始可守”。提出了军备压倒一切的政治主张。

不过，真正导致传统大清国与日本这个新兴帝国发生第一次正面交锋的，却是因为各自在朝鲜的攸关利益。日本自 1876 年与朝鲜签订《日韩修好条规》之后，对于朝鲜廉价的大米与黄金即形成了严重的依赖。进而，日本人对朝鲜产生了强烈的政治企图：“是我国对亚洲近邻间在权威上直接感受的‘政治的’和‘战略的’重要关系。”此后发生的中俄间新疆伊犁地区的严重外交纠纷，更令中、日两国清晰地意识到了沙俄帝国步步入侵东亚的危机感。于是，朝鲜成为中日两国遏阻沙俄前进步伐一个重要的桥头堡，双方对朝鲜的争夺开始加剧。当时，中日双方似乎都希望朝鲜当局能开国图强，以增强各自在朝鲜的影响力。

于是，在朝鲜国内，采取“尊华攘夷”政治态度的儒生们便与国王的父亲大院君联合起来，跟亲美日的采取开国姿态的闵氏王妃政权形成了政治对立。

当时，闵氏王妃政权有感于旧式军队对自己的忠诚度不够，便请求日本驻朝公使花房义质训练一支洋式新军。旧式军队的士兵们既害怕自己今后被淘汰，又对王室的腐败行为感到愤怒，便于 1882 年 7 月发动了兵变，哗变的朝鲜军人们包围了王宫，杀掉了为朝鲜王室训练新军的日本少尉堀本，同时，也袭击了日本公使馆。这就是在中朝日三角关系史上名气很大的“壬午兵变”。

事变发生后，日本公使花房义质率四只战舰，三只运输舰，1500名日本陆军来到了朝鲜的首都汉城，提出了严重的交涉。当时，借这次兵变重新掌握了政权的大院君，一方面拒绝了日本人的无理要求，一方面请求驻扎于朝鲜马山浦的清军马建忠部予以支持。马建忠秉承李鸿章“大事化小，小事化了，坚决不与日方开衅”的处理原则，把对日强硬的大院君绑架到了天津，恢复了亲日的闵氏王妃政权。8月30日，日朝签署《济物浦条约》，闵氏满足了日方的大部分要求。当时，英国公使巴夏礼害怕清日间因此发生正面冲突，给俄国人的入侵朝鲜打开方便之门；英国人曾经在中日两国之间充当调停人的角色。这也是甲午战争前夕，中、英、日三国为了各自在朝鲜的政治利益，所存在的一种既冲突又合作的外交特色。

日本政府与军方充分地利用了这一国际事件，在国内大造战争的舆论。1882年8月参事院议长山县有朋，11月海军卿川村纯义分别提出扩军的议案。结果，维新政府通过了陆军三年内扩军一倍、海军八年内再造四十八艘战舰的扩军计划。为压制不同的声音，维新政府采取了专制的手段。

接下来就是1884年中法战争期间，发生于朝鲜的“甲申政变”。

“壬午兵变”之后，清政府对朝鲜改变了传统的“宗藩贡封”观念，转而采取更加实用的控制手段。当时，李鸿章为了跟日本人争夺朝鲜，改派马建忠与德国人穆麟德为朝鲜国的外交顾问，令袁世凯代朝鲜人培训新军，同时往朝鲜派遣更多的中国军队。随后，在1882年10月签订的《清韩商民水陆贸易章程》中，更直接把朝鲜纳入到中国的属邦范畴。不过，李鸿章对于野心勃勃的日本人仍然是心有余悸，于是，便劝告朝鲜国于1882年至1886年期间，跟当时主要的西方列强诸国像美、英、德、意、俄、法等国建立起外交关系，结果，朝鲜在一瞬间向西方开放了。

但是，日本人为了在与中国的争夺中抢占先机，却采取了更加阴狠的一招，他们把活跃于朝鲜政坛的开化派首领金玉均争取了过去。1884年12月4日，趁着汉城举行新建邮局的开幕宴席，金玉均、朴泳孝及其党人与日本公使竹添进一郎、井上角五郎等人相互配合，发动了武装政变。于是，金玉均控制了国王，建立了开化党人的政权，并且宣布了一系列的亲日政策。但是，国王向驻朝鲜清军发出了救援的信号，清军大队出动，少量日本军无力抵抗，竹添进一郎与金玉均共同导演的开化政权仅存在了三天便融化在了阳光之下。

对于“甲申政变”的发生，由于当时正值中法交涉的敏感时刻，李鸿章担心日法两国联合起来对付中国人，李鸿章对于朝鲜的事态仍然采取了息事宁人的态度。1885年1月9日，朝日签署《汉城条约》，朝方向日方赔礼道歉并赔偿经济损失。1885年4月，李鸿章与伊藤博文再签署天津条约，规定中日双方四个月内一起从朝鲜撤兵；将来朝鲜国再发生变乱，中日两国如需向朝鲜派兵，必须预先告知对方，一俟事变平息立即从朝鲜撤兵。

这个时期，日本国内的知识精英以及主张民权的党派已经懂得如何把国内的侵略欲望调动到欲罢不能的程度了。

福泽谕吉享有“明治维新之父”的称号

福泽谕吉在日本一向享有“明治维新之父”的荣誉称号，但是，福泽谕吉为了促使日本摆脱国内的困境，却在其启蒙名著《时事小言》中发表了赤裸裸的对华侵略论：对中国与朝鲜“必须以武力保护之，以文物诱导之，使之以我国为榜样，迅即进入近时文明的境地。在不得已的情况下，也可以实力强迫其进步。”立宪改进党的骨干藤田茂吉、犬养毅、尾崎行雄则鼓吹，日本应趁此“干涉朝鲜内政，努力实行吞并”，“与中国之纠纷，乃吾等为国家所最希望者也”。

当时，俄国正谋求占领朝鲜东岸的永兴湾，英国人则捷足先登地抢占了朝鲜南岸的巨文岛；加上英俄在阿富汗对立的加剧，中法之战的爆发，朝鲜的“甲申事变”等一连串国际纠纷的出现，西方帝国主义试图瓜分东亚的意图已经很明显。日本国内当时有一个流行甚广的观点：你想要摆脱一种任人宰割的东方小绵羊的命运，就必须努力使自己看上去像一匹来自西方的嗜血饿狼！日本的朝野上下竟这样为维新政府的帝国主义扩张政策唱起了嘹亮的赞歌！

1891年，俄国王储尼古拉在访问日本期间遇刺。当时，日本人害怕俄国人借机报复，便在中日之间营造出了一种同文同种的友好盟邦氛围。

日本人再次正式邀请中国的北洋舰队出访日本。

光绪十七年五月二十一日，北洋大臣李鸿章在写给光绪帝的一份军事汇报中说："日本屡请我兵船往巡修好，现派海军提督丁汝昌统'定远'、'镇远'、'致远'、'靖远'、'经远'、'来远'铁、快船，于五月二十日开赴日本之马关，由内海至东京。"

"定远"舰当时是亚洲的海上霸主

丁汝昌抵达日本东京之后，在舰队的旗舰"定远"号上接待了登舰参观的日本议员。后来，参观过"定远"号的日本法制局局长官尾崎三良回去在报刊上发表文章写道："巨炮四门，直径一尺，为我国所未有。清朝将领皆懂英语。同行观者在回京火车上谈论，谓中国毕竟已成大国，竟已装备如此优势之舰队。反观我国，仅有三四艘三四千吨巡洋舰，无法与彼相比。皆卷舌而惊恐不安。"当时，北洋海军中的"定远"、"镇远"两艘主力铁甲舰，因为其各自拥有十四寸的装甲，配备着十二寸巨炮以及总吨位达7000吨的惊人实力，日本人一直到甲午海战的爆发，始终未制造出比"定远"、"镇远"两舰更具有威慑力的主力战舰。

据当时世界军事年鉴统计，大清帝国这支海上武装居世界海军的第八位。排名仅次于英、美、俄、德、法、西、意七大列强。此时日本亦雇有大批欧美专才，订购船舰，锐意发展海军。然在甲午战争前夕，日本海军全部吨位炮位及海战潜力实远落后于大清，在世界排名仅为第十六位。按照表面上的军事资料综合得分，一旦中日间发生海战，北洋舰队仍然拥有一定的优势。

实际上，至1893年上半年，日本军方已大致完成了他们的近期扩军计划。至甲午战争前夕，日本陆军的力量为拥有一支7个师团6.3万的常备军以及23万的预备役作战部队。

至于日本的海军，自1883年的此后八年间，共投入了2600万日元的资金，至甲午战争前，日本已拥有大小军舰31艘，武装商船4艘，鱼雷艇24艘，总排水量达7.26万吨。其中，吨位达3000吨的“松岛”、“严岛”、“桥立”、“三景舰”是日本人专门用来对付北洋舰队的“定远”、“镇远”两艘海上巨无霸的。“松岛”、“严岛”两舰为法国人所造，“桥立”则为日本人自制，三舰各配备一门32.5厘米口径的巨炮，时速则比“定远”、“镇远”要快两节。但是，当时，国际上的评价，这三舰整体上的战斗力仍然要逊于“定远”、“镇远”两舰。因为这三舰都有一个致命的弱点，那就是舰小炮大，有点头重脚轻，每发一炮舰体都有一个较大角度的倾斜，且炮身巨大，旋转困难，发炮的速度远逊于“定远”、“镇远”两舰。因此，日本试图在速度上压倒北洋海军，特地向英国人定制了当时在水面上跑得最快的巡洋舰“吉野”号。但是，巡洋舰始终无法跟铁甲舰相媲美，铁甲舰相当于现代的战列舰。另外，日本海军中名气较大的舰队还有3100吨的“秋津洲”以及“高雄”、“八重山”两艘2500吨的战舰。

如此，日本军界大佬估计，一旦中日双方的海军在海上交手，孰胜孰败，仍然要看命运女神垂青于哪一方。一直到1893年10月，山县有朋仍心事重重地表达出了他对于日本海军的担心：“陆军组织已大体就绪，一旦有事，数万之兵不难出动，念及今日东洋之形势，经再三审议，扩张陆军固在必行。然而，海军则不如陆军，就现有舰数、兵员而论，以之防卫各重要港口尚感不足，何况处于东洋危急之际而欲保持平衡于天下乎。古今之最大急务，在于整顿海军。”

不过，山县有朋的担心也是白搭。日本军方于外界的军事挑衅已经是箭在弦上，不得不发了。

1892年8月，伊藤博文组成了由山县有朋、黑田清隆、井上馨、大山岩一起加盟的“元老内阁”，确定下军国主义至上的执政方针。

1893年5月，成立直属于明治天皇的海军军令部，其目的自然在于减少战时日本议会对于军事的干涉。为了进一步明确事权，伊藤内阁又通过了直属于明治天皇的战时大本营条例，明确规定大本营由陆海军军官组成，文官不得干涉作战方案的制订，这保证了后来的中日甲午战争军令始终畅达无阻。

1894年年初，日本国内的经济社会局势更加严峻。3月，日本外相陆奥宗光在给日本驻英国公使青木的一封信中忧心忡忡地说：“国内形势日益紧迫，政府若不能完成一个惊人的事业，便不能安定骚动的人心。”

于是，1894 年 6 月 2 日，伊藤内阁从朝鲜方面得到了一个完成惊人事业的机会。

这天，日本代理公使杉村汇报了中国出兵镇压朝鲜“东学党”之乱的消息。陆奥宗光外务大臣取得阁僚同意之后，请求军方出动一个混成旅团把事态搞大。陆奥宗光兴奋地对明治天皇说：“此时已非议论如何可以使事态和平解决，而是商议如何发动战争，如何可以制胜了。”于是，6 月 5 日，军方成立了直属于明治天皇麾下的对中国作战军事大本营。

中日甲午之战，由此变得不可避免。

这里，有一段来自日本的史料颇值得人玩味。《明治天皇纪》记录了明治天皇发布甲午战书后的一段心理纠结：

“宣战诏书公布后，宫内大臣土方久元子爵侍于御前，就赴（伊势）神宫并先帝陵之奉告敕使之人选恭候圣旨。天皇曰：无须如此。此次战争素非朕之本愿，只因阁臣等奏称战争乃不得已，故许之。将此奉告神宫并先帝陵，朕甚为难。久元为事之意外惊而极力谏之。奏曰：先已裁可宣战之诏敕，然于今又有如此之御旨，或无误乎？忽触逆鳞，曰勿再言，朕不欲复见汝。久元惧而退出，归官邸后熟思：宣战诏敕已公布于中外，陆海军已上出征之途，战局之将来实不堪忧虑。然圣旨如此。欲谋之于伊藤总理大臣，若总理大臣闻之，事将愈益困难。烦闷苦恼，终宵不能眠。然翌日清晨侍从长德大寺实则侯爵来久元邸，传圣旨日：速选定敕使之人名而奉呈之。久元急遽参内，候于御座所。龙颜端丽，毫无异于平常，立允所奏。久元感泣而退。”

事实上，一直到甲午战争的爆发，明治天皇对于这场战争的胜负内心均没有一点的底气。因此开始的时候，他对于战争的态度一点都不积极。他希望能再等上数年，等日本的海军强大到有克敌制胜的把握，再跟中方一决雌雄。只是当时的日本内阁与议会以高票通过了开战的决议。依照当年日本君主立宪的政治制度，一旦内阁和议会作出决定，天皇即便内心有自己的看法，也必须无条件地执行。

如此，1894 年，日本海军竟然出人意料地完胜了中国海军。

1904 年，日俄战争，日本再次获胜，被誉为“立宪国战胜专制国”的典范。

不过，令人觉得难以置信的是，日本从两场赌性命的战争中挺了过来。从此，穷兵黩武的明治维新在近代的口碑中成为文明强势的代表，而以民生为本的中国自强运动却在本国被后人黯然地贬值为一种“维护腐朽制度的尝试”。

原来，历史在推论的时候，有时也只崇拜强权。

然而，日本却不可避免地在军国主义的邪路上越滑越远。这就像一个吸食海洛因上瘾的瘾君子，刚开始的时候，飘飘然，有一种豪迈感。然而，一个国家在江湖上行走，欠了人家，抢了人家，终究要落在他们的后代身上来偿还！

日本人当初自诩：他们在数十年之内，便聪明过人地完成了西方人花了两百年才走完的现代化之路。实则上，日本人的“脱亚入欧”之旅真的有点生吞活剥。他们在明治维新之后，根本无法真正领会西方文明的科学与民主之理念。这就有点类似于金庸武侠小说中的欧阳锋，谁都知道他是一个聪明人，把《九阴真经》速练成了阴险恶毒的白骨爪，走火入魔了。

于是，最终酿成了1945年的日本人完败！

第二次世界大战结束后，日本本土被扫荡为一片废墟，直接战死于异国他乡的日本军人达数百万人，数十年间奠定起来的日本基础国力荡然无存。日本精神象征的裕仁天皇不得不宣布放弃了自孝明、明治数代天皇所确立起来的神威。这一切曾使得战败后的日本国陷入了一场崩溃的大危机之中。

❸可惜李鸿章戎马一生，却错用了丁汝昌

那么，甲午战争前夕，中方的军事又是一个什么样的状态呢？

先说说陆军，当年虽然仍存在八旗、绿营、防军、练军等五花八门的兵制，但是，勉强能拉得上战场的，却只有防军、练军两支军队，其总人数大约在35万人。不过，甲午陆战时，真正投入一线的，却只有东北、山东、直隶的部队。约五分之三的队伍配备有各式来复枪，其他人则使用古老的抬枪与滑膛枪，部队的士气与装备均比不上日本陆军。

清廷真正可寄予期望的仍是它的海军。早在19世纪70年代筹建海军之时，李鸿章、彭玉麟等军中大佬们就提议：“必有铁甲船数只，游弋大洋，始足以遮护南北各口。”并且认为在当年国内造船技术低下的情况下，自己造船不如“在国外定造为省便”。因此，自1875年至甲午海战前，清廷曾斥巨资从国外购入大量当年堪称国际一流的先进舰只，其中有7000吨

的铁甲舰2艘、钢甲舰1艘、巡洋舰8艘、炮艘13艘、鱼雷艇22艘。当时，国内有北洋、南洋、福建、广东四大水师的说法，合计拥有军舰78艘，鱼雷艇24艘，总吨位达83900吨。日本的明治天皇为省钱造军舰，饿了一个半死，最终其海军的总吨位仍赶不上清朝海军。

光绪十一年中法战争结束之后，慈禧太后饬令各大臣督抚就海军的未来发展进行大讨论。九月初五日，慈禧太后总结各家的意见，形成了自己的结论："与其长驾远驭，难于成功，不如先练一军，以为之倡。此后分年筹款，次第兴办……查北洋屏蔽畿辅，地势最为扼要，现有船只亦较他处稍多，拟请先从北洋开办精练水师一支。"至此，集中资金全力打造北洋舰队成为清海军的重点。

光绪十一年九月，海军衙门的成立应视为北洋海军建设史上的一个里程碑。事实上，这个海军衙门的一个主要任务，就是为李鸿章的北洋海军发展驶上快速道助威呐喊而来了。

"镇远"号是当时世界上最先进的铁甲舰

至光绪十四年，北洋海军中，已拥有"镇远"、"定远"铁甲2艘，"济远"、"致远"、"靖远"、"经远"、"来远"、"超勇"、"扬威"巡洋舰7艘，"镇中"、"镇边"、"镇东"、"镇西"、"镇南"、"镇北"炮艇6艘，鱼雷艇6艘，"威远"、"康济"敏捷练船3艘，运输船1艘。合计大小舰船25艘。北洋舰队中，最值得人骄傲的就是"定远"、"镇远"两艘铁甲堡式铁甲舰。当时，还没有出现航空母舰，像这样大吨位的铁甲舰就已经相当于海军中的重型军舰了。"定远"、"镇远"的设计综合了当年号称世界最先进铁甲舰英舰"英佛勒息白"与德舰"萨克森"的长处。轮机和炮塔外均以钢面铁甲围绕，形成铁甲堡。对于两座采用"露台旋炮"的双联主炮塔，通过巧妙的对角布局，能使四炮一面并放，有力地加强了同向火力。在首尾各设置口径炮一门，并有火炮四门，机关炮十余门，鱼雷发射管三具，舰载鱼雷艇两艘，这是一座武装到了牙齿的海上钢铁长城。至于其速度较慢的缺陷，铁甲舰的速度跟日本的"吉野"巡洋舰的快速不具有可比性，清末海军手册中说："快船（巡洋舰）者，专以巡海，亦能深入敌口，佐铁甲战舰之用。"巡洋舰是铁甲堡的"跟班"。按照当年的海军建设观点，一支舰队，如果没有一两艘重型铁甲舰做重心，无论它的表面上如何的耀武扬威，始终是上不了档次的。

北洋海军官兵总数约4000人，以淮系将官丁汝昌为北洋提督，林泰曾、刘步蟾为左右翼总兵。北洋海防协饷二十年中的总支出大约为2130余万两。按历年海防报销折粗率统计，二十年中购买船炮军火的总开支达800万两，占各项开支的首位。光绪十七年，李鸿章与山东巡抚张耀检阅北洋海军之后，在奏折中扬扬自得地向光绪帝报告："综核海军战备，尚能日异月新，目前限于饷力，未能扩充。但就渤海门户而论，已有深固不摇之势。"有人说，当时的北洋海军在亚洲排第一，这种说法并不是没有根据的。

光绪二十年春，朝鲜方面爆发了大规模的"东学党"起义。

朝鲜国王请求清政府出兵予以镇压。于是，清廷于五月初一日从李鸿章淮军中抽调了太原镇总兵聂士成900人；五月初六日，再加派直隶提督叶志超所率的700兵驰援至朝鲜的牙山。海军方面则有北洋舰队的"平远"、"济远"、"扬威"、"操江"数舰跟进。

很快，日本方面便获悉了中国方面的一切军事布置，日本迅速设置了一个由明治天皇直辖的军事大本营，全面负责朝鲜战事的扩张。

日本此番借"东学党"事件把事态彻底搞大的战略目标相当明确。

其海陆军作战的要求是，借机将陆军主力从海上输入渤海湾地区登陆，于直隶迫使中国军队进行决战，然后乘胜进攻北京，迅速压迫清廷签订城下之盟。

至于日军的具体作战计划，则是摸索着分两步来走。第一步，为朝鲜与海上的争夺战：日本陆军入朝后，先把中国陆军困厄于朝鲜境内。然后，日本海军联合舰队出海，在中国北洋舰队可能增援朝鲜的海路上伏击，争取消灭中国的海上力量，以夺取黄海、渤海湾的制海权。这是最关键的一着。第二步，则得依据海战的不同结局，拿出了三套不同的行动方案：第一套，日本在海战中完胜，日陆军主力立即于渤海湾登陆，在直隶平原与清军主力决战。第二套，若海战跟北洋海军打成了平手，日本海军不能拿到制海权，日本陆军主力则拼死完成对朝鲜的占领。第三套方案是最差的，日本人在海上输了，制海权被北洋海军掌握，日本人只能全部收缩本土防御，准备二十年后再做一条好汉。

所以，接下来本文便将甲午战争的重点放在海战的介绍之上。

日军入朝的速度很快。

光绪二十年五月初七日，日本大使大鸟圭介率400名日军抵达朝鲜都城汉城，五月初九日，再有800名日军入汉城。接下来，是4000名配备精良士兵的日本混成旅登陆仁川。至五月二十四日，入朝日军已达8000余人，海上战舰增至7艘。双方于仁川一线形成对峙。日军入朝陆军的数量已形成绝对优势。

其实，中国之所以将中朝宗藩关系看得比中越宗藩关系更重要，也是出于一种实在的边防战略需要。大清国发轫于辽东。清朝的太祖努尔哈赤、太宗皇太极两代开国之君龙椅尚未捂热，即急切地先后用兵于朝鲜，起的即是“卧榻之旁，岂容他人打鼾”之用意。此后的历代清朝君主，莫不将朝鲜视为东北龙兴之地的一个重要藩篱。因此，现代史家蒋廷黻对于清廷与朝鲜的关系有过一段高屋建瓴式的论述：“在中国的藩属中，从国防上看来，最要紧的是朝鲜，因为这个缘故，李鸿章对伊犁及越南问题都主张消极，以便集中力量来保卫朝鲜。”

不过，这一次，清廷面对朝鲜一点即燃的军事势态，却缺乏一种及时有效的应变机制。

清廷的核心领导班子，自光绪十年三月至十六年之冬，曾有过一个醇亲王奕譞实际操纵军机处权柄的时期。在这六年执政期间，醇亲王奕譞为了减少光绪今后亲政后的行政阻力，对于慈禧太后的态度相当之敬谨小心，曲意奉迎。因此醇亲王奕譞在海军、铁路的新政方面也取得了很大的成绩，只可惜外拙内秀。颇善于平衡外廷与太后间关系的醇亲王奕譞病逝于光绪十六年十一月。外廷剩下了一个万事不上心的礼亲王世铎，还有一个凡事小心翼翼、不肯担待的庆郡王奕劻。醇亲王奕譞过去所挑过的那副海军衙门总理的担子竟然由敷衍塞责的礼亲王世铎一并兼去，这就增加了朝廷中办实事的难度。

亲政后的光绪帝是一个热心的主战派，只可惜他绝不是什么雄才大略的君主，对于军事方面的布置，他也指不出一个明确的方向，因此，他只能寄希望于礼亲王世铎、庆郡王奕劻所分管的军机处、总理各国事务衙门，能就未来的朝鲜战事提供一个合理的分析。但是，世铎与奕劻这一对哥们儿哪有这种才情呀。大清国进入到她的晚期，军机处、大学士一级的朝廷要员跟清初那班金戈铁马的宗室亲贵们已经有了很大的不同。这一期的朝廷大员们基本上是不知兵的。自曾国藩、左宗棠、李鸿章这一批湘淮军的大佬们崛起后，国家每逢有大的战事，已经习惯于交给湘淮军那一班地方大佬去处理了。刚刚亲政的光绪帝想要借中日的朝鲜纠纷案树立起自己的威信，那真还只能瞧北洋大臣李鸿章的信心如何。

当然，朝廷中撺掇李鸿章不计后果、大胆跟日本人干一架的声音还是挺豁亮的。不过，这些声音多数都是只能在岸边上摇旗呐喊，却不能上战场近身搏战的言官们发出的；其中，最有名者为御史褚成博、张仲炘两人。开始之时，朝堂之上，所谓的帝党、后党之分，还没有后来那么的泾渭分明。大家都觉得国家休战养兵已经十年，区区一个小日本鬼子，竟然敢骑到大清国爷们的脖子上来撒尿了，难道咱大清国没有怒发冲冠的纯爷儿们吗？

这么一想，在翁同龢、李鸿藻身边，便再次聚集起了像翰林院侍读学士文廷式、张謇、汪鸣銮、志锐、沈曾植、丁立钧等一批言战的“清流”们。两代帝师翁同龢既是慈禧太后、光绪帝母子倚重甚深的重臣，也是这一班南派“清流”们的精神领袖，在这一期的分量尤重。翁同龢竭力鼓动慈禧太后、光绪帝母子跟日本人放手一搏。当时，国内的舆论普遍比较乐观，以为李鸿章只要把他那犀利无比的北洋舰队往朝鲜海面上那么一放，小日本即刻就吓得跪地求饶了。慈禧太后、光绪帝母子为这种乐观的氛围所打动，于是，母子俩满含快乐地对望了一眼，相互轻轻地鼓励说：那么咱就教训一下日本人吧？

其时，慈禧太后虽然已然撤帘归政，但是，慈禧太后在大清的政坛摸爬滚打二十余年，她的人气指数在当时无人可以逾越。慈禧太后只要给出一个态度，于是，主战的声音便响动了神州各地。

事实上，有关甲午战争，有三个人的态度曾经决定着这场战争的走势。一个是帝师翁同龢，一个是慈禧太后，最后一个是手握军事外交实权的李鸿章。这里，有两个与翁同龢有关的传言，笔者想借此来一个澄清：

一个是翁同龢领导帝党反慈禧的问题。事实上，无论后来的翁同龢在政治上走到了如何一种秋风秋雨愁煞人的窘境；但是，书生翁同龢对于慈禧太后始终只有期盼，而没有发出过一句恶言。事实上，翁同龢的骨子里，是中国那种很传统的载文载道的读书人。

想当年，翁同龢的父亲翁心存就曾经授读过咸丰帝，因此在咸丰一朝受到过人们的广泛尊敬。但是，进入到肃顺专政时期之后，却被肃顺在户部舞弊案中抓到了翁心存的把柄。当时，手腕毒辣的肃顺想一巴掌把翁心存拍死。可是，咸丰帝念旧，他不想把事情做绝，翁心存这才死里逃生。翁心存免职赋闲回家。祺祥政变后，慈禧太后于百忙之中第一个想到的便是为受到肃顺迫害的翁心存落实政策。这令一辈子心冷口冷的翁心存感动得泪如雨下。因此，后来，当慈禧太后决定把幼小的同治帝交由翁心存去栽培时，翁心存即已对天发誓，这一辈子即便是肝脑涂地，也要矢志不移地跟着慈禧太后走！不久，翁心存意外惊吓而死亡，慈禧对于翁氏一门的宠信却始终不减，她命令翁同龢接过父亲翁心存遗下的教鞭，一定要把同治帝培养成治国明君，这把翁同龢感动得浑身直打哆嗦。此后，同治帝、光绪帝两棵小幼苗都是在园丁翁同龢的辛勤浇灌下，慢慢成长起来的。由此，可见慈禧与翁氏一门的知遇之深。后来，据翁同龢日记中的记载，自1865年到1894年的三十年期间，慈禧太后曾经单独召见过翁同龢达十六次之多。有时，是为了征求国事的处理意见；有时，却什么事也没有，纯粹是老朋友式的唠家常，而且一唠就是天南海北的好几个时辰，因此，只要提到慈禧，翁同龢的感觉只能是，虽九死也不足以报答她如大海般深厚的恩情。

另外，则为晚清社会间流传甚广的，翁同龢对李鸿章公报私仇问题。

翁同龢之兄翁同书在闹太平天国时，曾出任安徽巡抚。咸丰十年，翁同书自告奋勇去招降寿州团练苗沛霖。当时，苗沛霖跟寿州地方上另外三家团练孙家泰、蒙时中、徐立壮等人互相仇杀。苗沛霖开出受降条件：只要翁同书能把孙家泰、蒙时中两人首级交付他祭灵雪耻，他立马归附。翁同书觉得这交易自己没什么损失，便照办了。殊不知，苗沛霖得孙、蒙二人首级后，叛逆依旧。曾国藩由此大怒，仍决定上疏弹劾翁同书。可是，翁同书为帝师翁心存之子，如何措辞，才能促使皇帝不顾情面，从而一举扳倒翁同书，却令曾国藩大为踌躇。于是，师爷李鸿章主动为曾大帅捉刀。据说，李师爷这一段文字："臣职分所在，例应纠参，不敢因翁同书门第鼎盛，瞻顾迁就。"深得奏议文字之辛辣三昧！咸丰帝看后，不可回避，于是，翁同书卒以此遣戍新疆，翁心存竟因此呜呼哀哉。李鸿章寥寥数笔，竟给喜欢做云中白鹤姿态的翁家带来父死兄徙的奇耻大辱！从此，翁、李间遂结下不解之仇。传说，翁同龢得势后，曾经处处刁难掣肘李鸿章的北洋海军。翁同龢因此留下了"好蓄小怨"的骂名。

有关北洋海军军费这段公案，目前有另外一种说法。1887年，翁同龢担任户部尚书时，黄河发生特大洪灾。当时，翁同龢为集中资金全力堵住黄河郑州段决口，曾经在内阁会议上提出：随后的两年，各省暂停向外国购买船舰的议案。这个议案在清廷的高级会议上获准实行。但是，黄河工程结束后，李鸿章北洋海军却不再向中枢提出购船的申请，大约李鸿章觉得手中的武器仍可凑合使用。一直到甲午年中日关系出现紧张时，李鸿章这才在中枢会议上提出增加军费的要求，翁同龢领导户部立即做好了增拨650万银两，支持北洋海军扩军的财政预算。这笔资金当时只有半数入了北洋海军的账户，这事儿却不能全怪翁同龢所主管的户部，因为我们前面已说过，李鸿章自己就有近800万两的银钱，躺在淮军的小金库中安静地睡觉，当时，李鸿章却不急于投钱到甲午战事之中。

此后，英国驻华公使窦纳乐根据自己接触到的翁同龢，得出一个大致的印象：人有点固执，思想观念上趋于保守。但是，翁同龢于个人修养方面的一种清鉴贵要之风度，却使其受到了广泛的尊敬，窦纳乐称之为“一位守旧的中国政治家最优美的典型”。

慈禧太后最初的心不在焉，对于这场战争的走势也起着颇为重要的作用。

假如光绪二十年这一年，不是慈禧太后的60大寿，也许慈禧太后的精力能更多地放在政治上，因为慈禧太后天生就是一个工作狂。可惜的是，光绪二十年，恰好遇上慈禧太后“一轮花甲”的本命年。按照中国传统的观念，非寻常的生日可比。对于这次生日，慈禧非常重视。早在光绪十八年二月初二日，就委派礼亲王世铎、庆郡王奕劻等总办万寿庆典。光绪十九年春，又成立庆典处，专门负责庆典事宜。为了在颐和园接受祝贺，慈禧对颐和园的修建工作抓得非常紧。主管修建的官员每五天要向她作一次工程进度的书面报告，甚至在春节期间也照常施工。仿照乾隆年间为皇太后祝寿的成例，自紫禁城西华门经西安门出西直门、由石路至颐和园东宫门跸路所经，有60个景点点缀，分别建造各种造型各异的龙棚、经坛、戏台、牌楼和亭座。将这一段装点得五彩纷呈。慈禧的六旬庆典，成为清廷内宫中压倒一切的头等大事。日本政府的情报很准，他们选准的时间正是政治老人慈禧太后政治上打盹的时机，“日知今年慈圣庆典，华必忍让”。

按照原先的设想，为庆祝慈禧太后十月初十日的寿诞，宫中从十月初三开始，一直要热热闹闹地大操大办到十月十七日。设定中所安排的庆寿仪式有：

“光绪二十年十月初三日申刻，皇帝率领王公百官诣仁寿殿筵宴，皇帝进爵。初四日巳刻，皇帝率领妃嫔等位公主福晋命妇等诣仁寿殿筵宴，皇帝进爵。初五日辰刻，还宫。初六日午刻，诣寿皇殿行礼。初八日午刻，还颐和园。初十日巳刻，御排云殿受贺。十二日卯刻，皇帝率近支王公百官等诣仁寿殿筵宴，进舞。十三日申刻，皇后率领妃嫔等位公主福晋命妇等家宴。十七日辰刻，还宫。皇帝在万寿寺进膳。”

日本人在朝鲜闹事的消息传来，慈禧虽然赞同光绪帝主战的观点，但是，她的心思显然还没有完全放到日本人在朝鲜搞事这件事情上来。因此，当有人小心翼翼地请示慈禧太后，是否停止颐和园工程时，缩小祝寿的规模时，慈禧太后觉得相当扫兴。她的心思受当时“清流”言官们的影响，其实是颇为小看日本人的能量，当时一个普遍乐观的看法是：十年前的中法之战，号称世界第二大军事强国的法国人都没有从我大清国身上占到一点便宜。现在一个蕞尔东瀛小日本能掀起什么风浪呢？因此，慈禧太后的心里是轻视日本人的，她认为自己已经处于半退休状态，这种常规的外交风波，有光绪帝、翁同龢、李鸿章这些人顶住就已经进退有余了，不要事事都得烦劳她亲自出马处理。因此，她生气地对请示者说了一句很重的话：“今日令吾不欢者，吾亦将令彼终身不欢。”八月十五日，光绪帝按既定的祝寿仪式入慈宁宫，给慈禧太后敬献徽号，在她原先的“慈禧端佑康颐昭豫庄诚寿恭钦献”之徽号后面增添“崇熙”二字。但是，第二天，入朝清军在平壤失利，第三天，再传来北洋海军于黄海受挫的不利消息。

慈禧太后大吃一惊。她操办豪华寿庆的兴致顿消。八月二十六日，发布上谕：“所有庆辰典礼，着仍在宫中举行，其颐和园受贺事宜，即行停办。”此后，在中日战事的一片风声鹤唳中，慈禧太后在宁寿宫心境颇压抑地度过了她的60岁寿辰。

晚清名臣李鸿章

至于李鸿章在这场干系百年国运之战所应定位的角色，最近的史家大抵上均把他视为一种此才无力可补苍天式的悲愤人物。这是史家对于李鸿章的一种怜惜。事实上，大清国的国防事业自左宗棠之后曾有过一个李鸿章横槊啸歌十年的独行侠时代。慈禧太后将全部的海防重担交给李鸿章，并且曾从财力物力人力诸多方面不遗余力地予以大力支持；后来，李鸿章却把差事办砸了，李鸿章绝不能摆出一副事不关己的漠然姿态。作为晚清官场上的一位政治强人，当年的李鸿章率领的可是亚洲实力最强的北洋舰队。可是最后，李鸿章却毫无还手之力地、完败在了碰运气的日本联合舰队跟前；李鸿章怎么能把所有的责任全推给了东家慈禧太后以及像翁同龢那样的本色书生呢？

李鸿章在中日的军事实力对比方面，一向存在着一种悲观的看法，他深知自己的北洋淮军内部弊病重重，短期内根本凝聚不起一种强有力的击技能力，因此他倾向于一种对日的绥靖主义外交政策。一开始，李鸿章曾把大部分的精力，放在与俄、英、美、日诸国的合纵联合外交权术之上，他希望能通过自己折冲樽俎的外交手段化解掉朝鲜半岛的这一场迫在眉睫的军事外交危机。

于是，李鸿章调动各方面的力量主动跟日本展开谈判。朝鲜方面，李鸿章给驻朝鲜办事大臣袁世凯发去急电：要他利用一切渠道，迅速跟日本驻朝公使大鸟圭介谈判，短期目的集中讨论中日两国相互从朝鲜撤兵的事儿。北京的总理各国事务衙门也与日本驻北京临时代理公使小村寿太郎进行了多轮磋商。

而对于国际列强方面，最初的李鸿章则幻想俄、英两大国能出面干涉，从而迫使日本人放弃干涉朝鲜内政的野心。日本出兵朝鲜，沙俄方面起先表态认为，日本人损害了他们在远东太平洋地区的利益。为表明俄国人的愤怒，沙皇政府曾通过其驻华公使喀西尼第一时间知会清廷："俄韩近邻，断不容日妄行干预。""如倭不遵办，恐须用压服之法。"俄驻华公使喀西尼甚至暗示李鸿章：俄国在远东港停有十艘大兵船，一旦形势危殆，俄国人向仁川运兵甚是方便，摆出一副俄国人立马就可以当胸打日本人一拳的姿态。6 月 25 日，沙俄驻日公使希特罗渥也真的出面敦促日本赶紧从朝鲜撤兵。但是，不久，俄国驻华公使喀西尼却躲起来，不肯见李鸿章的联络人。李鸿章不依不饶仍然派人去找喀西尼讨一个说法。喀西尼躲避不过，最后只得打发手下参赞巴福禄知会李鸿章：俄只能以友谊力劝日撤兵，未便用兵力强勒日人。李鸿章大呼俄国人是一个鬼人，但却无可奈何。英国籍打工仔、总税务司赫德对此嘲笑说："俄国人在天津挑逗了一番，过了两星期，忽然又推却了。李鸿章讨了偌大一场无趣。"

于是，李鸿章只得转而求助俄国在朝鲜的竞争对手——英国公使欧格讷。7 月 1 日，英驻华公使欧格讷派领事宝士德访问李鸿章，声称曾"屡电外部，与驻英倭使商令撤兵，再议善后，又电驻倭英使与说，皆未允。"末了，宝士德吞吞吐吐地问了李鸿章一句："闻俄廷出为排解，有诸？"李鸿章想挑起英国人的竞争心，便故意回答说："有之。但俄虽韩近邻，未能无故动陆兵。若英水师雄天下，如我前在烟台看大铁甲船，实为东海第一，应请欧转电外部，速令水师提督带十余铁快舰径赴横滨，与驻使同赴倭外署，责其以重兵压韩无礼，扰乱东方商务，与英大有关系，勒令撤兵，再议善后，谅倭必遵。而英与中倭交情尤显，此好机会，勿任俄着先鞭。”于是，宝士德向李鸿章提到了，由英国外交大臣金伯利所提出的，“英、俄、法、德、美五强联合调停中日冲突计划”。这给李鸿章带来了无穷的遐想。不过，英国政府为了遏制俄国，最终决定暂时把日本人放在一个共同防俄的盟友位置。英国人在给日本政府的一份正式外交照会中说：“今后中日若发生战事，中国之上海，为英国利益之中心，希望取得日本政府不在该地及其附近作战的保证。”日本外相陆奥宗光得到这份照会后，喜不自胜，他向明治天皇报告说：由此可见，与其说是英国政府有坚决采取一切手段维护东亚和平的决心，毋宁说是英国政府认为中日两国的战争已经不可避免，而且抱着无从制止的看法。

俄英两国分别在私底下跟日本人达成了秘密协议，李鸿章实际上已经被国际列强们骗了。如此，李鸿章企图弭兵息战的外交努力可谓是没有一点的成效，且白白浪费了近两月的备战时间。最后，李鸿章仍得增调卫汝贵、马玉昆、左宝贵各部进军平壤，与先期驻防于牙山附近的叶志超部形成南北掎角的形势。

日本大本营则于 1894 年 7 月 17 日，由明治天皇主持了御前会议。决定以鹰派的海军中将桦山资纪为海军军令部部长，以伊东佑亨为联合舰队司令官。大本营命令伊东封锁朝鲜的丰岛、安眠岛附近海域，已经在朝鲜的陆军大岛义昌做好一级作战准备，两人均享有径自开战的权力。由此可见，朝鲜的事态已是“黑云压城城欲摧”了。

但是，李鸿章的备战情况却远远落后于日本的速度。

对此，清人经元善对李鸿章有一段评价，讲他这个人前半生建功立业，后半辈子则宴安偷惰，“未来之事不思，既往之事不追，当境付物”。经元善此论甚是中肯。的确是这样的，李鸿章年龄越大，政治上所表现出来的惰性也越大。他晚年不求有功，但求无过，在外交政治上完全丧失了壮年时的锐意进取精神。事实上国际上任何超一流的外交高手，在进行外交斡旋时，都会事先做好扎实的军事基本功，这是外交成功的可靠保障；否则便是花拳绣腿，贻笑于国际社会。于是，张謇在分析李鸿章这一阶段外交对策时，便不客气地批评他：“合肥（李鸿章）生于中国，故智勇学识不能与东西外交政治家颉颃，有时操权术以制人而反为人制，此不足为合肥病，而实我中国朝野无人材之羞也。”“推李合肥之意，不过年老耽逸，视朝鲜为一嵩，委诸各国之喙，冀其断断相持，而我得袖手偷安于旦夕，而于朝鲜关系中国之利害不暇计也。”

但是，李鸿章在这一段的外交斡旋中之所以一味的委曲求全，宴安偷惰却不见得为其内在的原因。李鸿章也想“老夫聊发少年狂”。但是，李鸿章却不敢。其中，一个真实的原因仍在于北洋淮军的士气败坏，奸贪巧猾之徒布满军中。李鸿章已失去言战的底气。

李鸿章北洋海军除了冲在一线的北洋舰队，另外还有三个配套部门：一个是李鸿章直隶总督与北洋大臣衙门以及直属于北洋衙门的天津军械局，另一个是北洋军港，最后还有为军港布防的陆军部队。我们且看李鸿章在天津办洋务的两个最得力的助手盛怀宣与周馥，这两个人海防的知识便很薄弱。至于李鸿章派在天津军械局任总办的外甥张士珩，他的幕后老板实际上是李鸿章的儿子李经方。而李鸿章的心腹李凤苞后来被人揭发，这家伙仅在“镇远”、“定远”两艘铁甲舰的采购中就吃进了近60万银两的回扣。

至于李鸿章在北洋海军中所委任的几个军头，李鸿章幕府中最得力的幕僚袁保龄，在跟丁汝昌打过一年交道之后，就告诫过李鸿章：“现在任事者，黄呆而坏，丁浮而贪，恐非徒无益而已。”“水师丁统领恐不胜任。”李鸿章戎马一生，军事上一个最大的败笔仍在于错用了外行丁汝昌来领导清帝国的海上长城——北洋舰队。

丁汝昌，字禹廷，也作雨亭，号次章。安徽庐江县人。少年家穷，只有三年私塾文化。1854 年入太平军陈玉成部，1861 年安庆被围，丁汝昌与程学启一同投入曾国荃的吉字营。1862 年，编入李鸿章新成立的淮军，入刘铭传的铭字营。1868 年，剿东捻军有功，丁汝昌授总兵，加提督衔，赐协勇巴图鲁称号。1874 年清廷裁减淮军，丁汝昌致书刘铭传抗议上级拟裁自己部属，刘铭传大怒欲杀之（应为误传，此时刘铭传赋闲在家），丁汝昌星夜弃官回乡，始免杀身之祸。1875 年李鸿章筹建北洋水师，丁汝昌再往投靠。1882 年，朝鲜发生“壬午兵变”，丁汝昌率北

丁汝昌对于海军军务始终处于懵懵懂懂之中

洋水师舰船入朝，将朝鲜大院君李是应绑架回中国天津，避免了事态的扩大，从而为李鸿章所赏识。1888 年，北洋水师整编成军时，丁汝昌因对于李鸿章个人的忠诚度，而获得海军提督的重要任命。

总结丁汝昌其人，这实际上只不过是一介武夫而已，干专业知识要求很强的海军，绝对有点赶鸭子上架的味道。他的部将中，有许多人是从福州船政学堂出来的福建籍专科人才，其中有些人还是到英国留学深造回国的海军高才生，丁汝昌想要带好这一支队伍，确实有点难度。军中有关丁汝昌的段子流传颇多。据说，丁汝昌在威海北洋水师大本营中生财颇为有道，他曾自建了一批干部宿舍出租给手下的管带（舰长）级干部使用。来自广东的管带邓世昌执意不肯入住丁汝昌提供的高租金宿舍，丁汝昌后来对待邓世昌的表情便甚是冷淡。新科状元、翰林院修撰张謇，在写给户部尚书翁同龢的密信中评价丁汝昌："提督丁汝昌本陆将，且淮人，孤寄群闽人之上，遂为闽党所制，威令不行。""丁常与将士共博，士卒习玩之，亦不能进退一士卒。"呵呵，丁汝昌这提督也做得真够呛。

丁汝昌对于海军之事务，始终处于一懵懵懂懂的状态。总兵刘步蟾乃趁机"结党营私"，暗中挟制丁汝昌。《甲午中日海战见闻记》中披露："刘步蟾，总兵兼旗舰管带而为实际上之提督者。"在"镇远"舰上打工的洋员玛吉芬则说："凡丁汝昌之欲左者，若辈即共右之，欲右者，即共左之，不论其事之是否也。"

这种状况的出现跟李鸿章平时的放纵部将也存在着莫大的干系。李鸿章领兵，一向有一个颇为错误的观点：认为武夫难拘绳墨，在和平时期不必苛求纪律。"不肖者，碍情不加处治，故众多效尤。上有所好，下必有甚。相习成风，视为故态。"如此，晚清官场上的种种陋习，很快就在北洋海军中流行开来。北洋海军完败后，有些北洋将领痛定思痛地指出："我军无事之秋，多尚虚文，未尝讲求战事。在防操练，不过故事虚行。""徒求其演放整齐，所练仍属皮毛，毫无裨益。此中国水师操练之不及他国者，弊在奉行故事耳。"这样的军队一旦进入实战状态，很容易露出怯战畏敌的本色。

当日本兵大举向朝鲜会集时，李鸿章曾经私下征求过心腹爱将丁汝昌的意见：假若让他跟日本人干他娘的一下，海军有几成的胜算？

丁汝昌望着自己顶头上司，眼神很无辜、很清澈：有个屁胜算！北洋海军根本就不是日本人的对手！但是倘使临战时，能把海军将士们同仇敌忾的杀敌雄心激发出来，跟日本舰队决一死战，也不是没有绝路逢生的希望！

李鸿章听罢丁汝昌的回答，不由得在心底很粗鲁地骂了丁汝昌一声：用兵的时候，你来讲不行？李鸿章只能暗自叫苦不迭。

④“金玉其外，败絮其中”的北洋海军

1894 年 7 月 25 日，清廷为改变陆军在朝鲜不利之态势，高价聘请了英国的“爱仁”、“飞鲸”、“高升”三艘商船向朝鲜的牙山增兵。一开始，李鸿章十分得意，他自忖日本人绝对没胆子攻击英国商船，日军舰击沉中国运兵船，中日战争爆发。所以奉命护送的北洋海军“济远”、“广乙”、“威远”三艘战舰走得大摇大摆的。

但是，“济远”、“广乙”行驶至牙山湾外的丰岛水面时，跟日方的“浪速”、“吉野”、“秋津洲”三舰发生了遭遇战。“济远”不敌脱离战场，“广乙”重伤被逼自沉。接下来，日本战船对英籍运兵船“高升”号展开了残酷的攻击，船上 1000 余清兵全部随“高升”号沉没于大海。

随即，日本联合舰队检讨丰岛海战的得失，吃惊地发现李鸿章的北洋舰队，虽然总喜欢大吹大擂自己的配备为亚洲第一，海军指挥官竟然没有海军作战的制海权之基本概念，李鸿章及其海军军官的海上军事指导思想落后于世界先进的海战指导思想不啻十万八千里矣。观察李鸿章北洋舰队的使用原则，不过是细碎烦琐地服务于运送陆军兵员，给朝鲜陆军巡岸壮胆。海军的梦想应该是在碧波万里的大海中劈波斩浪、耀武扬威，李鸿章的做法不过是是令北洋舰队这匹千里马苟且偷安地从事着一些驽马的运输工作。此中日双方海军不过掠水一战，日方已尽窥伺了北洋舰队的缩手缩脚了。

另外，李鸿章在未取得朝鲜近海制海权之前，即孤注一掷地把三万能战淮军中的一半兵力摆放在平壤附近，摆出一副随时准备拼命的样子，本来就是“苗而不秀”的一种虚张声势。

果然，日本海军于偷袭清军运兵船的同时，日军大岛义昌 4000 名陆军率先向牙山的清军叶志超、聂士成部发动攻击。7 月 29 日，聂士成率 2000 名清军与优势日军驳火于牙山附近的成欢驿。事实上，丰岛海战为中日交

战的第一枪，胜负对后来战局的影响颇大。胜方因此勇气大增，败方则会在后来的战事中产生畏难情绪，影响作战水平的正常发挥。聂士成部即受丰岛海战失利之影响，心理上的挫折感甚大。日军以伤亡88人放倒聂士成部500官兵的较低代价赢得了这场战役的胜利。随后，叶志超、聂士成率残部撤出朝鲜的南部，于一月后与聚集于平壤城下的清军大队会合。

1894年8月1日，中日两国同时发布宣战诏书。

8月上旬，李鸿章自国内紧急增调朝鲜的淮军卫汝贵盛字军6000人、马玉昆毅字军2000人以及左宝贵奉军3500人、丰升阿东北练军2000人在平壤附近集合完毕。但是，卫汝贵淮军盛字军的军纪极差，“盛军奸淫抢掠，在义州因奸枪毙韩民一，致动众忿。定州又枪毙六人，义尹电由平安道清汝查办，置不复”。致使义州至平壤数百里间，朝鲜的官员商民均惧，清军强奸烧屋，定州烧屋几及半里，锅损碗碎，牵民牛数千条。李鸿章对于卫汝贵的军佚志淫，已经愤怒得双眼冒火了：“卫汝贵懦怯无能，性情卑鄙，平日克扣军饷，不得军心，沿途骚扰……现闻盛军在平壤，兵勇不服，惊闹数次，连夕自乱，互相践踏……汝临行时，吾再三申诫，乃不自检束，敌氛逼近，若酿成大乱，汝身家性命必不能保，吾颜面声名何在?”但是，卫汝贵对于李鸿章的三番五次来电训诫却置若罔闻。于是，败军之将叶志超率领2000残军辗转来到平壤之后，竟然意外地被任命为这支乱哄哄清军的主帅。

日军担任攻击平壤任务的指挥官为日本政界威信很高的前内阁总理大臣山县有朋。这个人在日本军中曾享有“陆军之父”的盛誉，这时的职务为第一军司令官，全军约1.6万人。山县有朋给麾下一线指挥官下达进攻令时，有一个简洁的训令：“万一战局极端困难，也决不为敌人所生擒，宁可清白一死，以示日本男儿之气节，保全日本男儿之名誉。”

日本全军大受刺激，于9月15日夜对平壤发起强攻。

是役，以坚守于牡丹台的左宝贵奉军打得最有血性。左宝贵见战场形势危殆，穿上皇帝御赐的黄马褂，肃容冲上了一线督战。奉军士兵们见统领来到了火线操枪射击，一时士气大振。最终，左宝贵被一片飞弹击中咽喉，顿时战死于前沿阵地。而清军中表现最怯懦无耻的，却是那个全军主帅叶志超。就在战斗打到白热化的时候，叶志超竟然作出了弃城逃走的决定。此举直接导致了清军的大崩溃。日军于9月16日顺利进入平壤城。

而叶志超率清军自平壤出逃后，沿途马不停蹄、人不离鞍，一口气逃过了鸭绿江，一直回到了清国的边地，这才惊魂未定地停了下来。

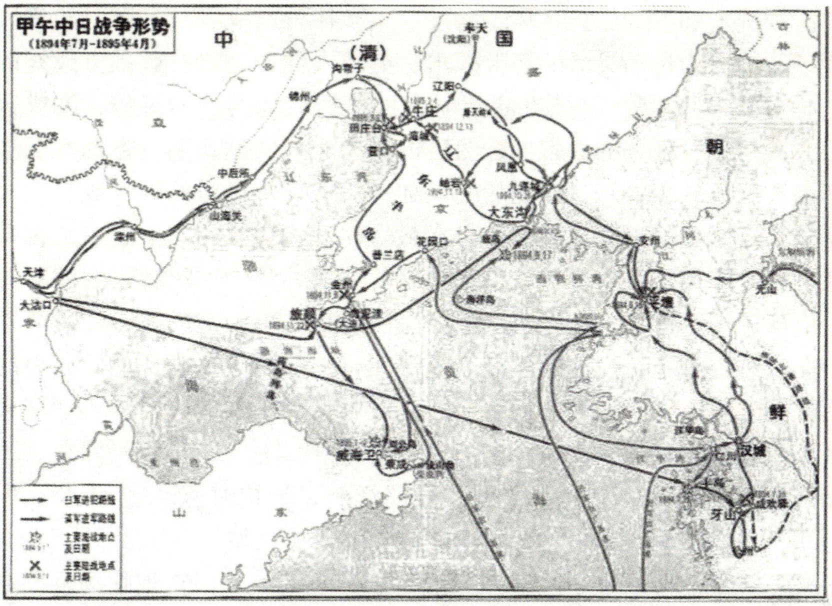

甲午战争形势图

甲午战争中，中日海军发生过三次交锋。其中的丰岛海战揭开了甲午之战的序幕；黄海海战为整个战争进程的着力点；最后的威海卫之战，只不过黯然神伤地为晚清中国的崛起之梦画上了一个休止符号。

1894 年 9 月 17 日，北洋舰队与日本侵略者的海军舰队在黄海的大东沟海面发生了激烈的海战，史称黄海海战。

黄海大海战开战之初，北洋舰队曾以“定远”、“镇远”、“致远”、“靖远”、“来远”、“经远”、“济远”、“广甲”、“超勇”、“扬威”等 10 艘战舰，迎战 12 艘日舰。这是一场猝然相逢的遭遇战。一个小时之后，中方的“平远”、“广丙”两艘战舰以及多艘鱼雷艇也闻讯加入战团。双方参战的总舰数基本相当。不过，海战并不单纯是双方海军武器装备数量与质量的简单对比，更重要的是检验双方官兵的海上作战技能，其中，舰队指挥官一级的较智较勇对一场海战的胜负更具有决定性的意义。

据说，一开始，海军提督丁汝昌排出的“夹缝雁行阵”迎敌。只是驶近到敌舰黑洞洞之炮口射程后，有部分舰的指挥官却犹豫了，两翼各舰多数没有及时开进到指定位置，最后中方的舰队摆出了一个散漫“人”字形；日本舰队则讲他们所见到的是一种中国人独创的“凸梯阵”。事实上，这都不一定是最重要的海战因素。

海战进入到19世纪初中叶之后，对于刻板的队形战术已不甚重视，而出现了一种更为机动灵活的海上战术，英国人称之为“打破敌方战线的战术”。其基本要点是：舰队在实战时，可根据战场的具体形势，编成数个可独立承担战斗任务的战术群，然后迅速大胆地穿插切割对方的舰队战斗队形。一般以较少的舰只钳制敌舰大部，然后集中已方的优势舰只猛攻被切割于包围圈中的孤立敌舰，务必在最短时间内将之击沉。然后，再转身群殴其他被隔离的敌舰。这就是集中优势战舰、各个歼灭敌人的海军速战原则。实际上，海战进入到蒸汽舰的海战时代，再漂亮的海上作战队形都已经是一种浮云了，海战的焦点已集中在一支舰队的正确机动与火力的准确搭配了。日本人于黄海一役中，即充分领悟到了各舰只灵活机动与火力合理搭配的战术精髓。其时，参加海战的12艘日舰中，装备质量极其不平衡。既有亚洲跑得最快的“吉野”号巡洋舰，最快时速高达23节；也有航速不到10节、全亚洲跑得最慢的蜗牛战舰“赤城”号。此外，日本人“松岛”、“严岛”、“桥立”、“三景舰”上，装备的三门重炮临场发挥之时根本不堪使用，笔者在前面介绍过“松岛”、“严岛”、“桥立”、“三景舰”在装上重炮之后，有头重脚轻的毛病。现在，“三景舰”每发射一炮，便会像老人打喷嚏般的前后摇摆不定。数炮之后，“松岛”、“严岛”、“桥立”、“三景舰”已经不敢随意使用重炮了。而只敢贴近了皮厚肉多的“定远”、“镇远”两舰，用两舷的速射炮猛攻。当时，“定远”、“镇远”两舰在战场上的表现颇似两只笨重的大象被狼群围住撕咬；日舰的来势虽然汹汹，但却必须注意规避“定远”、“镇远”舰上四门重炮的轰击，一旦被其一口咬定，便可能是致命的打击。

黄海海战为中日海军间的主力决战。是役从中午12时50分开始打到下午5时45分结束，历时5个小时。日本人率先脱离战场。海战的结果，北洋舰队却损失了军舰5艘：“致远”、“经远”、“超勇”三艘巡洋舰被当场击沉，“扬威”号被“济远”撞沉，“广甲”号随“济远”舰先行退出战场，返回途中于大连湾外三山岛搁浅，后自毁沉没。日本舰队则一舰未沉，仅有4舰重伤。相比之下，北洋舰队为是役的失败者。

事后，检讨北洋海军于黄海失利的重要原因，竟然是关键时刻炮弹用完了。一个十分典型的战例就是“致远”舰受伤后，弹药也用尽，已难以在战场上支撑下去，于是，杀得性起的该舰管带邓世昌就说：“倭舰专恃‘吉野’，苟沉是舰，则我军可以集事。”遂加大马力向日舰主力舰“吉野”撞去，中途为日舰鱼雷所击沉，邓世昌落水后拒绝救援，从而与爱犬

“太阳”一同壮烈殉国。于是，京中清誉公卿纷纷上疏弹劾李鸿章的外甥、天津军械局总办张士珩，控告他私售军火给日本人，这是一种相当恶劣的资敌卖国的汉奸行为。于是，直隶候补道徐建寅奉光绪帝手谕，进入北洋海军中进行实地验勘。事后，徐建寅给光绪帝写了一份准确的查验报告，其中的一份“各船大炮及存船各种弹子数目清折”显示：当时北洋海军全部13艘军舰上，共存有开花弹、双层开花弹、钢弹、凝铁弹、子母弹、群弹等5084枚。另外，还有一份徐建寅所写的“存库备用各种大炮弹子数目清折”结果显示：在威海基地的弹药库中，亦存放着各种规格的开花弹1673枚。存舰、存库两项合计，黄海海战之后，仍结存各种炮弹6757枚。其中，参加过黄海海战的“定远”、“镇远”、“靖远”、“来远”、“济远”、“平远”、“广丙”诸舰的存舰、存库炮弹，仅开花弹一项即达3431枚。这就说明，北洋舰队一直到它的集体沉没大海，一直不存在弹药缺乏的问题。只是这批开花弹绝大多数没有用在黄海海战中，而是一直安静地躺在旅顺、威海基地的弹药库里。甚至于丰岛海战失手后，李鸿章仍然推行绥靖避战的方针，他始终顽固地认为，只要北洋舰队在，日本人对中国即心存三分顾忌，“驰逐大洋，胜负实未可知”，“倭尚畏我铁舰，不敢轻与争锋”。一旦把北洋海军这张王牌拼完了，日本人只会对中国更加的肆无忌惮。因此丰岛海战失利后，李鸿章仍规定北洋舰队只能游弋于大同江口至威海卫之间的海岸线之间，这就是李鸿章传授给丁汝昌的“惟须相机进退，能保全坚船为妥”之锦囊妙计。于是，外行丁汝昌为了防止北洋舰队的中下层军官一时热血沸腾跟日本人在海上拼一个鱼死网破；每次舰队外出执行任务时，便给各舰只配备数量有限的开花弹。丁汝昌的设想是这样的，只要北洋各舰的弹药有限，即便是在海面上跟日舰发生了交火，那也是规模有限。他给各船只配备的弹药只够海战三四个小时左右，一旦弹药打完，北洋各舰就可以主动脱离战场，这样就可以有效地避免把整支舰队拼完的大海战发生，从而有效地贯彻李鸿章的“保船制敌”方针。呵呵，丁汝昌这人很逗吧？

在黄海一役中，丁汝昌两个重要的军事副手林泰曾与刘步蟾表现也甚为恶劣。泰莱（William Ferdinand Tyler）原为一名英国海军下级军官，1894年加入北洋舰队为志愿兵，黄海海战时出任旗舰“定远号”的副管带。泰莱在他的回忆录《甲午中日海战见闻记》中评价刘步蟾这个人：右翼总兵、“定远”舰管带刘步蟾的畏葸懦怯是一贯的。黄海之战时，先是擅自改变舰队以铁甲舰“定远”、“镇远”为重点的“单横阵”接敌队形。

之后，刘步蟾又不顾丁汝昌的安危，盲目下令发炮，致使舰队最高指挥官丁汝昌在海战的开始即重伤退出指挥。北洋舰队曾经在群龙无首的状态中盲战了数小时。因此，黄海之战后，文廷式、张百熙等言官曾奏劾林泰曾、刘步蟾两人“怯懦昏庸，情尤可恶”，刘步蟾“自调遣赴援之始，该总兵即战栗无人色，开轮后即匿伏内舱不出”。在“镇远”舰上参加作战的英国人玛吉芬则说：当海战开始后，“镇远”舰立即开炮应战，而舰长“林泰曾却匍匐而口求佛佑。林，官也，全舰之司命也，乃胆小如鼷，效乳臭小儿之啼哭”。如此看来，林、刘两人确是一对贪生怕死的家伙。

黄海海战之后，北洋舰队蛰伏于港湾之内，不再出海迎战，日本海军轻松获取了制海权。

北洋海军的士气低迷却已经是一个不争的事实。据当时在“定远”舰差遣的原“广甲”管轮卢毓英记述，北洋海军在旅顺基地修舰期间，“诸君皆以虎口余生，每以公余日驰逐于酒阵歌场，红飞绿舞，虽陶情荡魄，亦触目惊心。谁无父母，孰无妻子，寄身炮弹之中，判生死于呼吸，人孰无情，谁能遣此，所以作醉生梦死之态者，亦知身非金石，何可日困愁城？不得不假借外物，庶有以遏制此方寸地也”。大敌当前，如此醉生梦死的放荡正好用来掩饰内心的极度恐惧与绝望。李鸿章也知北洋这一班将领是绝对不能指望了，但是，他仍然希望北洋舰队能出到外面海面来游荡，多少摆摆男人的样子，不要让朝廷上“清流”言路们指着他李鸿章的鼻尖骂：你这样的人活在世上真是造孽哦，竟然浪费国家的钱，养活了一群无胆的鼠类！

黄海海战惨败后，丁汝昌伤重休假，北洋海军的指挥权即由刘步蟾暂时署理。丁汝昌的黄海海战报告便由刘步蟾实际操刀。如此刘步蟾便在代笔的丁汝昌海战报告中，趁机大肆铺陈自己的战功，抹去自己怯战的可耻行径。刘步蟾害怕朝廷再逼战，于是，在海战报告中刻意渲染各舰的损坏程度，“‘定远’、‘镇远’两舰共中大、小弹两百余处……平远中弹二十余处”。“定、镇两舰……巨炮均经受伤，定远只有三炮，镇远只有二炮尚能施放”。由于作战时“敌弹霰集，每船致伤千余处，火焚数次”。但是，朝廷却看穿了刘步蟾试图以修理为借口，长期躲避出海作战的怯懦用心。清廷在给李鸿章的一份电报中直接指出：“汉纳根，马船主及管轮洋人皆谓定、镇择要修理如炮台等，其木板舱房各件可缓，则数日便能出海。”鉴于海军提督丁汝昌的无能，徐建寅在完成对北洋海军的调查之后，曾经给中枢上推荐了一个新的海军提督人选，当时在海军提督营务处当差的马复恒。

但是，不到最后一刻，李鸿章绝不能承认自己经营北洋淮军的惨败。因为李鸿章心里很清楚，丁汝昌被撤职后逮京问罪，那必将在淮系北洋海军中引起一场巨大的地震，并可能动摇李鸿章经营数十年的官场根基，这是李鸿章所不能接受的。如此，李鸿章为整个淮系官僚集团的利益考虑，必须让丁汝昌留在海军提督的位置上。另外，李鸿章心里盘算，只要这仗还在打，这北洋海军理论上便可能有翻盘的一天。即便是深深地被套牢在谷底，只要这北洋海军能熬到中日议和的这一天，这北洋淮系便多少还存留着几分的颜面。如此，李鸿章便婉言谢绝了更换丁汝昌的提议。北洋海军自黄海之战一过，毫无作为。此后的北洋海军留给世人的印象只不过是一只硕大无比的陪练沙袋而已。小日本围绕着它不停地跳跃出拳。北洋海军硬是保持了打不还手、骂不还口的谦谦君子风度。最后，小日本凌空一脚，硕大的北洋海军终于“轰”的一声跌倒在地，跌了一个稀巴烂。这是李鸿章大人精心打造十余年之北洋海军遗留在这滚滚红尘中的最后绝响。

黄海海战后，丁汝昌率领舰队留在威海卫基地疗养。

事实上，如果丁汝昌这支舰队试图有所振作的话，应该还有报仇雪恨的时机。1894 年的深秋，日军试图在山东半岛实施登陆计划。李鸿章截获了这一重要情报，但是李鸿章却因为丁汝昌的得过且过，迟迟拿不出海军的抗登陆作战方案。10 月 24 日，日本第二军在联合舰队掩护下，选择辽东半岛南岸的花园口开始登陆，日军的这个运兵计划持续了半个月之久，李鸿章在日军开始运兵后的第三天即有了准确的情报。这本来是一个绝佳的打击机会，我们都知道为一支陆军运兵船的海上舰队的脆弱之处。如果丁汝昌能趁势击沉一两艘日本的运兵船，来一个丰岛海战的北洋海军梦幻版。那后来的战场形势绝对有很大的改观。只可惜丁汝昌抱定了死挨的主张。

1895 年 1 月 20 日，日本山东作战军 3 万余人在荣成湾再次登陆成功。日军陆战部队于 1 月 30 日即攻至威海南岸。2 月 2 日，威海及南北两岸即全部失守。此时，日本联合舰队司令长官伊东佑亨率日舰大举而至，北洋海军的刘公岛由此成为一座孤岛。伊东佑亨开始郑重其事地向丁汝昌喊话劝降。丁汝昌不降也不走。

随即，伊东佑亨联合舰队从威海卫海口向港内的北洋海军实施了鱼雷偷袭。混战中，“定远”号被日军鱼雷屡次击中，失去行动能力，丁汝昌下令将其炸毁。2 月 11 日，北洋海军部分水师官兵开始持械要挟残余舰只向日本投降。丁汝昌服鸦片自杀，终年 59 岁。丁汝昌副手刘步蟾、刘公岛护军统领张文宣、“镇远”号管带杨用霖均拒绝向日本人臣服，一一自杀。北洋水师余部缴械投降。至此，辉煌一时的大清国北洋海军全军覆没。

伊东佑亨后来用商船将丁汝昌的遗体送回中国。

这是同光中兴二十余年，海上强国之梦的一个终结。

其实，大约在黄海海战失利之时，慈禧太后即已经把北洋淮军“金玉其外，败絮其中”的底子看穿了。

中日战事一时半会儿虽然不一定停得下来，但是，慈禧太后对于李鸿章这一批迟暮的老军头能否把中日战事进行到底，却产生了信任危机。作为一个成熟的政治家，任何时候都不要把鸡蛋全部放在一个篮子之中，慈禧这时的信念也开始在和战之间摇摆。于是，作为另一股政治风向的发轫，慈禧太后伊始在朝堂之上释放出了和谈的试探气球。

1894 年 9 月 27 日，慈禧太后忽然委派翁同龢到天津去面告李鸿章：请李设法再说动俄使喀西尼与中国同保朝鲜。

慈禧此举，从表面上看，似乎不过是一个漫不经心的举动，实则却蕴含着很深的政治用意。当时，朝堂上所有的人都知道翁同龢是主战派的主心骨，慈禧太后事先向翁同龢透露口风，是想在政治上获得翁同龢等主战派的谅解。但是，翁同龢的反应太激烈。翁同龢竟然当面把慈禧的话题顶了回去：“臣为天子近臣，不敢以和局为举世唾骂也。”慈禧在这个话题上无法跟翁同龢沟通，只好敷衍了事地回了翁同龢一句：“吾非欲议和也，欲暂缓兵耳。”实际上，慈禧太后意志力坚忍不拔，已暗暗下定重开和局的决心了。

9 月 29 日，慈禧太后、光绪帝接受南书房师父兼署工部右侍郎李文田等人的共同推举，决定起用闲置十年的恭亲王奕䜣，“管理各国事务衙门事务，并添派总理海军事务，会同办理军务”。此番慈禧太后起用恭亲王奕䜣的功利性很强。她让奕䜣好好地想一想，如何把“将现任枢臣们粉碎了的杯子修补完整”，也就是暗启与日本的和谈之门。

此时，奕䜣年老多病，单凭奕䜣一人的精力很难把这项工作做下来。于是，奕䜣又要来慈禧信得过的两位大臣荣禄与吉林将军长顺，帮忙促成此事。荣禄风尘仆仆自西安赶回北京，人殊瘦，满脸憔悴。奕䜣顾不上跟荣禄寒暄，立即把慈禧的政治要求讲给他听：“惟审量彼己之势默揣当今之局，和则犯千古之不韪，战则尤兵将之不可恃。此中应如何安危定倾，非出自宸断，将无有以轻言进者。”战既已不足恃，战局一天天坏下去，即一点点地增加了后来的求和成本。奕䜣心里确实挺着急的。

不过，慈禧、奕䜣、荣禄这一班人当时想要把偌大一盘和局做下来，首先，必须得说服仍然一力求战的光绪帝降心相从；另外，还得迫使把战局打坏的李鸿章把战败求和的屎盆子接受下来。这差事要办好，政治上有很大的难度。

接下来，清廷高层的政策却在和战之间走得摇摆不定。

黄海海战失利，心里面最不舒服的是翁同龢、李鸿藻两人。

翁同龢预感到日本人在朝鲜得手后，下一步的目标即是向中国境内扩张，“鸭绿江一线可危，即渤海亦可危”。因此，1894 年 10 月 21 日，翁同龢在中枢上提出：“宜调东三省兵，而急设大粮台，派大员经理，又于鸭绿江岸筑土炮台等数事。”

于是，清廷紧急调遣帮办北洋军务、四川提督宋庆至凤凰城，令其与黑龙江将军依克唐阿两人共同负责鸭绿江沿线的军事防御。

10 月 24 日，日军第二军开始其在辽东半岛花园口的登陆计划。日军第一军则强渡鸭绿江，风卷残云地拿下安东、凤凰城、长甸、宽甸、岫岩、海城等边境要地，形势再度紧张起来。

翁同龢见情势危急，10 月 27 日，遂向慈禧太后、光绪帝推荐了一个德国能人汉纳根。汉纳根之前为德国陆军的一个工程师，中日关系紧张时，一度被李鸿章聘请为北洋海军提督丁汝昌的副手。当时，汉纳根向慈禧、光绪母子提出了三条锦囊妙计：第一，撤退宋庆部；第二，尽快购买智利快速巡洋舰 7 艘；第三，聘请 3000 名德国军官，训练 10 万中国新兵。整个项目做下来，汉纳根预计需要 3000 万银两。当时，光绪、翁同龢师徒对汉纳根笃信不疑。恭亲王奕䜣、荣禄却看出了汉纳根计划的可操作性很差，因为在很短的时间内，清政府根本无从筹集这样偌大的一笔军费。荣禄提醒光绪、翁同龢师徒“小心驶得万年船。”光绪帝却生气地批评荣禄：“不准掣肘。”光绪帝雷厉风行地派出一个叫胡燏棻的前知府与汉纳根躲在天津小站，着手开展这项野心勃勃的练兵计划。事情果然不济。

光绪、翁同龢两人被慈禧太后大大地哂笑了一回。

但是，光绪帝、翁同龢师徒这个训练新军的计划也不能讲没有一点用处。汉纳根的十万德式新军计划虽然流产，胡燏棻却在天津小站悄悄地建立起了一支十营的配备有清一色德国先进武器的新军。后来，荣禄接手京畿的一切正规军事武装时，便把它命名为定武军。不久，荣禄就把这支军队交给了在“督办军务处”协助工作的一个懂军事的军官袁世凯去打理。

这是一个对中国近现代史影响很大的决定。

1894 年 11 月 2 日，慈禧太后采纳庆亲王奕劻的建议，决定成立一个处理中日军事的最高行政单位——“督办军务处”，任命恭亲王奕䜣为督办军务，庆亲王奕劻帮办，李鸿藻、荣禄、长麟会同商办，“所有各路统兵大员，均归节制；如有不遵令者，即以军法从事”。至此，恭亲王奕䜣终于再次取得了风雨飘摇中的清帝国的军事外交之最高指挥权。其时，慈禧太后为了安抚光绪帝与翁同龢两人，次日，即建议将翁同龢补授入军机大臣。这时，翁同龢在光绪帝跟前的地位可谓炙手可热，翁同龢曾面有得色地跟同事们说：“每递一折，上必问臣可否。”慈禧太后的此番安排，自然令翁同龢颇为遂心。

11 月 3 日，恭亲王奕䜣召请英、美、俄、德、法五大国驻华公使至总理各国事务衙门会谈。会谈中奕䜣公布了总理各国事务衙门请美国驻华公使田贝带给日本人的一个照会。照会中中方承诺：“中国同意将朝鲜将来独立，中国将赔偿战费，数额由各友邦共同决定，并且在一定期内付清。”不过，西方诸国却不能协调各自的态度，英国答应调停、却不愿意为首，俄、法可以做一个调和人，德国则认定这时的调停无功，美国仍然愿意单独行动。各国的分歧太大，恭亲王奕䜣想促成五大国联合干涉的愿望自然落空了。

11 月 5 日，日军在中国境内继续向纵深推进。日军第一军第一师团第一旅团攻下辽东半岛雄镇金州。11 月 7 日，日军第二军不战而得大连湾，旅顺告急。

于是，慈禧求和的心情更加急迫。12 月 4 日，慈禧补授奕䜣为首席军机大臣，名列礼亲王世铎之上。

这样，奕䜣忽然间成为平衡慈绪太后、光绪帝两派政治势力的一个结合点。首先，奕䜣建议光绪帝颁旨，命两江总督刘坤一为钦差大臣督办东征军务，从这个时候开始，刘坤一名义上取代李鸿章，成为前敌的最高军事长官。12 月 10 日，奕䜣再接受翁同龢、李鸿藻两人提议，调湘军将领魏光焘、江苏按察使陈湜两军，出山海关支援辽东的宋庆。刘坤一自光绪六年以来，一直代表湘系军头跟李鸿章淮军明争暗斗，不过，此番接手李鸿章的军事，刘坤一脸上却毫无一点喜气。他知道以当时的局面，清王朝在军事上已没有很大的回旋空间，除非慈禧、光绪真的下决心暂时放弃北京，跟日本人打持久战。故此，刘坤一再三请求朝廷收回成命。奕䜣跟刘坤一说了不少为国争光的好话，刘坤一提出请湖南巡抚吴大澂、云贵总督王文韶在一线为其帮办军务，这才勉强来到了山海关，为吴大澂等人打气。

1895年1月27日，吴大澂率新老湘军出关，抵达田庄台。

其实，吴大澂这人还是比较可爱的，他是翁同龢的老乡，甲午战端开启后，他忧虑于前方将士的不努力，常愤激于色。吴大澂不是一个傻瓜，当时的军事糜烂到刘坤一已不敢接手，他并不是逞能，以为自己有比老军头刘坤一更大的本事。只是翁同龢向他诉苦，一线的军事糜烂到这样的程度，总得有一个人出来收拾烂摊子。吴大澂是抱着我不入地狱、谁入地狱的慨然心情来到一线的。果然，2月21日，吴大澂联合黑龙江将军依克唐阿、吉林将军长顺以及宋庆等部约六万余人反攻海城。六日之内，吴大澂连失牛庄、营口、田庄台三重镇，吴大澂羞愧自责，“自请严议”。光绪帝给了他一个革职的处分，并不愿意过分为难他。吴大澂在晚清的书法界名气很大，革职后的吴大澂日子过得一点也不好，后来，他便靠给人家写写字画赚点润笔费，两袖清风地过日子。

战争打到这种程度，实际上已经难以为继了。于是，1895年1月26日恭亲王奕䜣在取得光绪帝的授权书之下，推动总理各国事务衙门大臣、户部侍郎张荫桓、署湖南巡抚邵友濂前往日本会议和局。但是，日方的谈判前提是在未彻底击败中国海陆军实力之前绝不言和。所以，日本人以张、邵二人没有“全权证书”为名，将二人驱逐回国。2月12日张、邵二人于长崎登船回国。这一天，李鸿章的北洋海军也彻底玩儿完了，丁汝昌自杀，北洋海军水路营务处牛昶昞等人在威海卫向日军举起了降旗。日方直到这个时候，才嘱托张、邵二人给慈禧太后带一个口信，下一次来日本的谈判代表必须是“从前能办大事，位望甚尊，声名素着之员，给予十足责任者”。满朝文武只有恭亲王奕䜣与李鸿章两人符合日本人的条件。

这时的李鸿章本身已经处于万夫唾骂的尴尬境地。于是，“泼皮不怕虱子缠身”的李鸿章别无选择地接下了慈禧所交给的“光荣”任务。

当时的李鸿章因为军机失职，已经受到革职留用的行政处分。奕䜣根据慈禧太后的懿旨，以军机处名义电告李鸿章：赏还花翎和黄马褂，任命为头等全权大臣，“着星速来京请训，切毋刻迟”。

这样，1895年3月14日，李鸿章带领一支135人的和谈队伍，从天津出发到日本商谈和局了。3月19日到达马关。李鸿章下榻在引接寺。日方全权代表为日本首相伊藤博文与日本外相陆奥宗光。

《马关条约》现场谈判

李鸿章与伊藤博文应该是谈判桌上的老对手了。1886年，日本乘中法交战之际，派伊藤至天津与李鸿章签订条约。时中方的局面占优，李鸿章在与伊藤的谈判中颇为自负。为此，伊藤后来对人说："前在天津见李中堂之尊严至今思之犹悸。"不过，此番风水轮流转，李鸿章竟然作为甲午战败一方的使臣赴日本谈判，难怪李鸿章听说日方的全权代表竟然是被自己折辱过的伊藤博文时，要"击案大呼，绕室狂走"了。

3月20日，双方正式开始谈判。果然伊藤博文一开口便提出占地、缴械、承担军费等相当苛刻的谈判条件。奕䜣指示李鸿章尽量以多赔款换得日方的即刻停战。伊藤博文、陆奥宗光两人竟然在谈判桌上声音很大的恫吓李鸿章，威胁说，下一步要把战火烧到北京去。

3月24日下午3时，双方第三次和谈会议结束，李鸿章乘轿，由李经芳、罗丰禄、马建忠、伍建芳等人陪同着返回引接寺宿处。这一天，李鸿章穿着一件非常华丽的天鹅绒上衣，戴着一副金丝眼镜，神情颇为落寞。但是，当李鸿章一行走过外滨町二十号江村仁太郎开设的一间杂货铺门前时，突有一人冲到李鸿章轿前，举枪便打。现场所有人均惊慌失措。子弹从正面右侧打进轿内，击中李鸿章左眼下面颊。《中东战纪本末（文牍）使相遇刺纪实》一文中说："中堂被刺之三日，众医既不能决伤之致命与否，乃共议割取枪子……然恐年迈创剧，流血已多，震动全体，终归无益，于是定议，暂缓数日，以观其变。"故击进李鸿章面部之子弹后来一直无人敢出，以后便随着李鸿章一起葬入了棺材。

小山丰太郎行刺李鸿章事件引起了当年国际社会的震惊。西方列强开始有人谴责日本人的暴力行为。伊藤博文、陆奥宗光两人这才改变先前的顽固态度，答应无条件停战。从这一点来看，日本暴徒行刺李鸿章事件对于谈判桌上举步维艰的李鸿章而言反而是一个利好消息。因为自此日方谈判的态度有所收敛，无形中就加快了谈判进程。

李鸿章伤愈后，于4月9日下午至春帆楼与伊藤、陆奥进行第四次会见。

日方提出和谈全部条件：第一，承认朝鲜独立；第二，将盛京省南部地方、台湾、澎湖让与日本；第三，赔偿军费三万万两；第四，添开北京、沙市、湘潭、重庆、梧州、苏州、杭州为通商口岸等。共十款。日方威逼李鸿章：限三日之内答复，但有允、不允两句话！

李鸿章至此被逼心酸垂泪，仍对随从人员说：“这条件我不敢答应，两国惟有苦战至底！万一谈判不成，只有迁都陕西，和日本长期作战。日本必不能征服中国，而中国可抵抗日本至无尽期，日本最后必败和。”伊藤博文担心李鸿章真的冲动回国，中日和谈就此冻结，中日战局就此变得无穷无了。于是，伊藤博文降低了谈判要求：赔款缩减为两亿两白银；缩减辽东半岛割让范围（由北纬41度线改为鸭绿江口—安平河口—凤城—海城—营口—辽河口一线）；减去顺天、湘潭、梧州三处通商口岸。李鸿章就此请示恭亲王奕䜣主持的总理各国事务衙门，奕䜣请训慈禧太后之后回电：奉旨再与日本议商，“争得一分有一分之益，如竟无可商改，即遵前旨与之定约”。这样，1895年4月17日（光绪二十一年三月二十三日，日本明治二十八年），中日两国全权代表李鸿章、李经方与伊藤博文、陆奥宗光在春帆楼二楼，签署了《日中媾和条约》，即《马关条约》。

《马关条约》既定，李鸿章当即无奈地发出了一声哀叹：“日本将成为终世之患！”同时，李鸿章也在内心黯然地伤怜自己：他签署了这么一个丧权辱国的条约，这一辈子只怕是跳进黄河也洗不清了。

《马关条约》签署后第六天，俄国、法国、德国要求日本归还中国的辽东。史称“三国干涉还辽”。俄、德、法三国把军舰摆在日本海附近，摆出一副准备与日本开战的样子，日本人当时哪里惹得起这三位祖宗，于是，1895年11月8日，中、日再签订《中日交还奉天省南边地方条约》，日本被迫同意归还辽东半岛，清廷另付3000万白银的“赎辽费”以为代价。

在世界帝国主义殖民浪潮的大历史背景下，发生于1894年的中日甲午之战，对于此后中日两国的百年国运，是一个分水岭式的事件。当时，中方与日本在东亚为朝鲜的属国权而战，这是经过二十余年同光自强运动，积累了相当财力军力之后的大清国所作出的必然选择！

倘若这场战争中胜利的是中国方面，中国将在晚清即跻身于亚洲第一强国的地位，从而赶上了世界近代化的末班车，后来的晚清或许能较顺利地渡过君主立宪的关隘。

可惜，历史没有假设，失败的是中国。

战后中方赔付给日方的款项达二亿三千万银两，折合日元约三亿六千多万日元。而当时，日本的年国民经济收入总值也只不过是八九千万元。于是，日本的全体军政界欣喜若狂："从未见过这么多钱，政府、私人顿觉无比富裕。"日本初次尝到了侵略扩张所带来的甜头，日本决定不把这笔巨大的战争用来改善民生，而是用来进一步扩军备战，深化日本帝国的军国主义侵略体制。所以，现代有史家指出：甲午战争的胜利，对于日本国民而言，并不是一个福音。战争使日本成为一个"暴发户"，更加刺激了日本政府的侵略欲望。此后，日本军国主义恶性膨胀，军部凌驾于日本政府的一切部门之上，日本整个社会思想均病态地沉浸于一种军国主义的狂妄情绪之中。这为日本在第二次世界大战之中的灭顶之灾埋下了种子。

事实上，中国经甲午重挫之下，国民也没有在绝望的泥潭中沉沦下去。几乎在《马关条约》签订的同时，来自于中国南方的康有为、梁启超等一批士子在北京城发动了要求清政府"拒和、练兵、迁都、变法"的政治运动，这个政治运动后来发展为在中国推动君主立宪的维新运动。另外，还有一批南方人士主张更激烈，他们提倡推翻清朝，建立共和政体，他们的首领有一个响亮的名字叫"孙中山"。所以，我们在解读甲午战争这一段惨痛历史之时，应将其视为大时代走过时的一道黑色闪电。龚自珍在1839年即有两句预言式的诗句："九州生气恃风雷，万马齐喑究可哀。"

暴风雨就要来了！

【第四章】维新变法，出没于风波中的一叶小舟

甲午战争前夕，出现两个天字第一号牛人，孙中山和康有为。甲午战败后，李鸿章签订了丧权辱国的《马关条约》，于是，康有为策划了『公车上书』示威活动，拉开了晚清新一轮变法图强的序幕。随后，梁启超的悄然离去，最终导致湖南革新派的维新变法化为一泡幻影。『甲申易枢』后，朝廷政治形成礼亲王世铎为面具，醇亲王奕譞暗中操作的格局。孙毓汶试图把持军机，慈禧看穿孙的野心，将『清流』『翁门六子』重新引入枢纽。清军溃败平壤，清廷形势严峻。国危思良臣，慈禧决定对中央枢纽进行调整。于是，恭亲王奕䜣这只垂老的雄狮再次复出。

❶牛人修理工，康有为

甲午战争前夕，中国广东出来两个天字第一号的牛人：一个是力志把一盘散沙的晚清社会推倒重来的孙中山；一个是具有殉道情结的晚清社会修理工康有为，他希望能更换清帝国已陈旧的零件，使清帝国这辆破车重新驶回正轨。事实上，修理工康有为跟大清的裱糊匠李鸿章在学术理念上是有所不同的。李鸿章的裱糊，愈往后愈像是一种屎壳郎的表面光，徒劳无功，旁人随手一戳，就露馅了。

康有为，字庆夏，号长素，广州府南海县（今南海市）银塘乡人。如此，因为他的自号长素，很早便有人骂他狂妄，“比素王（孔子）专精”。康有为自己则觉得委屈，他讲，此本原来引于颜延年的一句警言：“懦弱且不贪玩，虽专精实在素心也。”他何必要专跟孔夫子老先生过不去呢？所以，变法失败，东渡东瀛之后，康有为立即把自己的称号改为“更生”了。

晚清社会修理工康有为

康氏家族中，对康有为影响很大、功名颇显赫者，是一位叫康国器的叔祖。这个人是靠镇压太平军起家的，曾追随左宗棠楚军转战浙闽粤诸地，同治五年，因一箭射杀了太平军骁将汪海洋，而一举成名。不过，康有为自称康家的诗文渊雅，却是从嘉庆年间的高祖康辉手中萌芽的。康氏家传的朱子学说，即起源于康辉之手。康家的祖父赞修为道光二十六年举人，据说陆陇其那粹美的朱子学说，一传于冯成修，二传于何朴园，第三棒便交到了康家的祖父康赞修手中，所以，康赞修很早就成为广东的地方文化名人。年轻的康有为得祖父康赞修秘授先儒高义甚多。有一段时间，康有为全身心地浸润于圣贤学问的暖流中，每开口必说“圣人是”，村里的少年们就顺势为他取了一个“圣人为”的绰号。

康有为的父亲康达初常年追随康国器在外面南征北战，于康有为11岁时即去世。如此，祖父康赞修对于生长期的康有为而言，便成为一种亦师亦友的亲人。祖父去世时，康有为哭哀甚痛，一如迷失于荒野的幼儿：“吾幼时为孤，自八岁时依靠祖父，饮食起居，一切教诲，均由祖父照料爱顾。相依为命二十余年，一闻噩耗不堪哀伤，三天不沾一滴水，百日间不食咸菜，待叔父将灵柩扛回来便不再哭，埋葬于象园。”

康有为对于寡母的感恩也是浓烈而又持久的。康有为幼年年弱多病，有赖于母亲的呵护，他活了下来。丧父后，有一段时间，康有为兄弟姐妹的生活颇艰难，母亲便拿出她的私房钱贴补家用。母亲的坚韧与柔弱对于康有为一生的影响甚大。民国二年（1913年）康母去世后，康有为仍深情地回忆道：“为少读书无宦情，不欲就科举。母强之日，‘汝祖以科第望汝，汝不可违。’及光绪乙未成进士，则曰，‘宦途多危，吾欲常见汝，不可仕也。’”

康有为5岁由伯父康达芬开蒙学唐诗。8岁那年随着当训导的祖父到广州的学府学习经书。至11岁时，康有为的诗文已达到可以随意书写的程度。但是，由于康有为厌恶八股文，十四五岁时，两次参加童试都失败了。康有为17岁时，偶然读到徐继畬《瀛寰志略》以及魏源《海国图志》，康有为这才了解到世界大势，并由此眼界大开。光绪二年，19岁的康有为乡试失败，康有为“愤恨学业未成”，乃投拜于乡里硕儒朱次琦（朱子襄）门下为入室弟子，这是康有为学问上一个崭新的开始。斯时，康有为形容自己的心情为“如旅人得宿，如盲人见光”。

康有为入西樵山静坐，遇上了他生命中的第二个贵人叫张鼎华。张鼎华为一位特立独行之士，终身不娶，述而不著。张鼎华将其生活圈子中的一些名士，诸如邓承修、崔夔典、陈逸山、梁鼎芬、陈树镛等人介绍给康有为，这极大地拓宽了他的政治视野。如此，康有为曾颇为自负地说：吾学30岁已成，此后不复有进，亦不必有进。确实，康氏的思想体系是堂奥阔大的，而政治实践却常常陷于幼稚的发热病。难怪有人评价康有为一生的维新活动，将之形容为，思想上的巨人，行动上的矮子。此言甚佳。

后来，康有为学术思想的衣钵传人梁启超，在做《清代学术概论》时，谈到康梁学派的思想渊源，便顺手来了一个归纳总结：

“吾师南海康先生，少从学子同县朱子襄先生，朱先生讲陆王学于举世不讲之日，而尤好言历史法制得失，其治经则综糅汉宋今古，不言家法。康先生之治公羊，治今文也，其渊源颇出自井研（廖平先生），不可诬也。然所治同，而所以治之者不同，畴昔言公羊者皆言例，南海则言义。惟牵于例，故还珠而买椟，惟究于义，故藏往而知来。以改制言《春秋》，以三世言《春秋》者，自南海始也。改制之义立，则以为《春秋》者，绌君威而申人权，夷贵族而尚平等，去内竟而归统一，革习惯而遵法治，此南海之言也。畴昔吾国学子，对于法制之观念，有补苴，无更革，其对于政府之观念，有服从，有劝谏，无反抗。虽由霸者之积威，抑亦误学孔子，谓教义固如是也。南海则欲对此种观念，施根本的治疗者也。三世之义立，则以进化之理，释经世之志，遍读群书而无所于闻，而导人以后来之希望，现在之义务。夫三世之义，自何邵公以来，久阁愦焉……南海以其所怀抱，思以易天下，而知国人之思想，束缚既久，不可以猝易，则以其所尊信之人为鹄，就其所能解者而导之，此南海说经之微意也……”

“南海尊《礼运·大同》义，谓传自子游，其衍为子思、孟子。《荀子》非十二子篇，其非思、孟之言曰：‘以为仲尼子游，为兹厚于后世。’是其证也。子夏传经，其与荀卿之渊源，见于《汉书·艺文志》，故南海谓子游受微言以传诸孟子，子夏受大义以诸荀子，微言为太平世大同教，大义为升平世小康教。因此导入政治问题，美孟而剧荀，发明当由专制进为立宪共和之理。其言有伦脊，先排古文以追孔子之大义，次排荀学以追孔子之微言。此南海所以与井研异也。井研为无意识之排古。南海则有所为而排之，以求达一高尚之目的也。”

康有为一生有三大著作，《新学伪经考》、《孔子改制考》、《大同书》，这奠定了康有为作为中国一生求道之大思想家的学问底子。康有为自年轻时即苦苦思索着这样的问题：什么是孔子的原道？孔子在自己的时代以什么作为人生的目标？是什么因素阻止了孔子的实践？康有为说：这就仿佛“打坐时，忽然见到天地万物与我皆为一体，大放光明，自认为已成圣人，欣喜而笑，忽想苍生困苦，就难过得哭了”。

光绪十四年，康有为第二次入京参加顺天府乡试，并且写出了他著名的“上清帝第一书”，这是康有为政治生命的开始。

光绪十五年至光绪二十年的五年间，康有为回到广州，以万木草堂为宣传阵地，讲学著书，宣讲复原孔教政治理论。万木草堂五年间三迁，由广州长兴里一迁卫边街邝氏祠，再迁至广府学宫仰高祠，培养了一支维新变法的“康门”子弟兵。

清光绪二十一年，康有为偕“康门”子弟，浩浩荡荡地入京参加会试。

这一年，正值甲午战败，4 月 17 日，签订丧权辱国的《马关条约》。在京各省举人纷纷联名上书都察院反对签订《马关条约》。自 4 月 22 日到 5 月 5 日，先后有广东、湖南、奉天、江苏、山东、湖北、江西、四川、贵州、广西、福建、江南、河南、浙江、顺天、陕西等 16 省（各省的顺序按上书的时间先后排名）的举人共计上书 30 起。当时，举人们的上书由都察院接受并分批转呈上去。其中，影响较大者有：康有为志同道合的朋友御史王鹏运、给事中洪良品两人于 4 月 17 日最先呈送的奏折。其次是 4 月 22 日康有为得意弟子梁启超领衔的，由广东 81 名举人签名的联合上书。这个活动一开始就充满了康有为、梁启超师生忙碌的身影。

不久，康有为发现这种分散的举子上书行为在社会上形成的舆论压力其实很小。于是，天生的鼓动大师康有为便于 5 月 1 日（农历四月初七）策划了一个有 18 省 1300 名余举人参与的“公车上书”示威活动。康有为原本拟定于 5 月 2 日将写好的《上皇帝书》与广大举子一道游行到都察院衙门投递。但是孙毓汶令人在暗中恐吓各省举人：这是一种反政府行为，请三思哦。于是，一些举人心生惧怕，要求撤回签名。最后，实际在《上皇帝书》中坚持署名者就只剩下 603 人。

最终，康有为策划的这次“公车上书”计划是失败了。因为都察院最后并没有把《上皇帝书》接下来呈送光绪帝。大约因广大举子闻清廷已于 5 月 2 日将《马关条约》送到烟台去换约了，生米已经煮成了熟饭，再争下去便没有这份心思了，因此，举人们就一哄而散。

不过，这件事情却拉开了晚清新一轮变法图强的序幕。

康有为“公车上书”计划流产之后，在国内的社会，渐渐地萌动了一种人人讲变法的思潮。诚如梁启超所言：“吾国四千余年大梦之唤醒，实自甲午战败割台湾偿二百兆以后始也。”甲午战争一败，这东亚大佬的交椅，中国是没指望了。国内社会各阶层的民族危机以及清廷统治集团内部的忧患意识却再次加强起来。于是，以 1895 年 5 月的举人上书为契机，从社会各界、到政府的各级官员，言学、言兵、言财，渐渐地成为一种时髦。

《马关条约》既已签订，深感屈辱的光绪帝当即下发了两道诏书：要求内外臣工团结一致，痛除积弊，尽力研求，详筹兴革。于是，朝廷内外大员们，纷纷上疏贡献自己的锦囊妙计。五月，新疆巡抚陶模有一个折子是专门阐述人才培养重要性的；顺天府尹胡燏芬很快便弄了一个变法自强十大提要出来；钦差大臣刘坤一《策议变法练兵用人理饷折》讲的是军事改革事宜；两江总督张之洞笔杆子最了得，他一口气就练兵、筑路、设厂、兴学、举办商政、工政的各个方面谈了自己的看法。

在这种趋势之下，正如唐才常后来所指出的那样，谈不谈变法，实际上已经成为一个衡量官员忠不忠于朝廷的硬指标。如此，唐才常谈道："自吴中丞（吴大澂）狼狈牛庄而后，介胄之夫，稍稍知旧法之不能用，而向之读书谈忠愤、攘臂诟詈、弋乡愿名者，则亦开通其耳目，充浚其知识，幡然求之中西图籍，一洗从前迂骄之气，雍雍彬彬，怀瑾握瑜，庠序之士靡然向风矣。"在这种走势之下，甚至对三十年洋务运动黯然无语的李鸿藻、孙家鼐、翁同龢、徐桐等理学名家也开始夸夸讲到了洋务救国。

这样，一开始，朝廷内外那些只提倡洋务、不提倡政改的实权大佬，差一点把搞维新变法的康有为、梁启超这一批激进分子误以为洋务自强派中的后起之秀。所以，刚开始的时候，包括慈禧太后在内的政治实力派都愿意在变法的造舆论时期大力地提携维新人士，跟他们互通信息。

慈禧太后对于康有为、梁启超这一帮维新党在地方上搞的维新试点，只要下面不出现大的动荡，基本上持默许态度。

不过，地方上的维新试点工作，却要以梁启超的成效最好。

❷革新派的维新图强，终化为一泡幻影

张之洞很早便出来扶持维新

地方大佬中，第一个站出来扶持维新运动者为政治嗅觉相当灵敏的张之洞大人。1895年11月，维新大师康有为到上海筹建强学会，曾专程拜访过两江总督张之洞。张之洞在孔子改制等学术观点方面，虽然跟康有为存在着重大分歧；但是，康有为是一个新潮人物，张之洞发现最初的清中央政府对于康有为的变法宣传持默许的态度，他便也就愿意与康有为之间暂时把学派间的成见放下，相互间展开一些有利的互动。如此，在康有为羁留南京的二十余天时间中，康、张"隔日一谈，每至夜深"，宾主

间的气氛十分融洽。当时，张之洞为了表达自己对于维新运动的一种支持，当即捐资1500银两，复令幕友梁鼎芬、黄绍箕等人与康有为一同过上海去，协助康创办上海强学会。上海强学会成立后，吸引了黄遵宪、汪康年、黄体芳、张謇、沈瑜庆、章太炎等一大批风云人物加盟，于是，再出《强学报》。

但是，北京强学会的活动却出师不利。康有为倡立北京强学会之后，翁同龢、李鸿藻等京城大佬相继插足其中，试图壮大自己势力。1896年1月，御史杨崇伊弹劾北京强学会有“植党营私”的嫌疑，慈禧太后便封禁了京师强学会以及《中外纪闻》报。张之洞闻讯，应声关闭了上海的强学会和《强学报》。

上海的《强学报》虽然因规避风险而停刊了。不过，号称洋务后进的张之洞对于维新这个话题却是意犹未尽。不久，张之洞发现慈禧太后并没有禁止大家谈维新、谈变革的意思。于是，张之洞的心思又重新活络了。只不过这一回，张之洞对于维新变法的支持却已经由前台的大力鼓吹转向了后台的默默捧场。

梁启超被公认为是清朝最优秀的学者

于是，康有为返回广东后，张之洞的得力幕僚汪康年却与康门的得意弟子梁启超携手合作，希望在上海创刊另一份鼓吹变法的报纸。

关于梁启超，张之洞并不陌生。

梁启超，字卓如、任甫，号任公，广东省新会县人。其早期的读书经历，跟恩师康有为大抵上相仿，也是来自于一种半耕半读的乡村人家。父亲梁宝瑛考秀才屡试不第，便将读书的希望全部寄托在儿子身上。梁启超自幼聪颖过人，时人视之为“神童”，“八岁学为文，九岁能缀千言”。光绪十年，11岁的梁启超参加省院试，以第一名的好成绩补博士弟子员，成为秀才，成为当年一大新闻。光绪十三年，入读广州的最高学府学海堂，因成绩优异，“季课大考，四季皆第一”，而获得奖学金。光绪十五年七月，梁启超与姑表兄谭镳参加广州乡试，正考官为内阁学士李端棻，副主考为翰林院修撰王仁堪，试后，16岁的梁启超中第八名举人。当时，正副主考李端棻、王仁堪均十分赏识少年梁启超之文字的活泼且有风致。本来，王仁堪打算将梁启超招赘为婿。但是，王仁堪话尚未出口，李端棻已先请王仁堪做媒，欲将其正处于春水春花妙龄的堂妹李蕙仙许配给梁。当时张之洞正出任两广总督，这是当年广东文坛的一段佳话，张之洞自然耳闻目睹。1890 年春，梁启超首次赴京会试落第，同年秋，经陈千秋介绍入广州万木草堂，成了康有为的弟子。1891 年夏，康有为《新学伪经考》一书正式出刊，此书仿佛于无声处的一声惊雷，惊世骇俗。作为康氏最得力的助手，康、梁的政治组合，后来便广为人知。

不过，上海《时务报》却是由张之洞幕府中的一个热心的维新人士汪康年创刊。上海强学会终结后，汪康年手中掌握有上海强学会的部分结余款与财产，汪康年颇愿意利用其重新兴办一个叫中国公学的民间维新团体以及一份以介绍国内外变法经验为主的《时务报》。为此，汪康年诚请自己志同道合的同志梁启超搭手相助。汪康年、梁启超曾经先后就学于儒家石星巢的门下，因此具有同门师兄弟的情谊。甲午战败后，曾彼此约定“广联人才，创开风气”。至此，梁启超的自京南下，便是一件顺理成章的事情了。

但梁启超初入上海，却跟汪康年的另一个合伙人黄遵宪闹了一个满脸通红。梁启超说：“公度（黄遵宪）亦岂惟初不知兄，即弟初与彼相见时，彼亦绝不知弟，故一见未及数语，即举茶逐客，又越三日，然后差片回拜，神情冷落异常，弟彼时愤极，穰兄知之。此亦不相知之故也。”如此，梁、汪、黄组成办报三人行，汪康年视即将出生的报纸为自己的“性命身心”，梁启超也心存忌惮，有三分缩手缩脚，只有黄遵宪是勇往直前的。后来，梁启超与汪康年由亲密走向陌生，而梁启超与黄遵宪却成为喜忧要可担待的朋友。

黄遵宪参与办报的动机相当简单。张之洞把《强学报》停了，黄遵宪一些大胆出位的话语便无处发表了，黄遵宪真是郁闷死了，于是，黄遵宪“愤学会之停散，谋再振之，亦以报馆为倡始”。于是，1896 年 8 月 9 日，《时务报》在黄遵宪、汪康年、梁启超、邹凌翰、吴德潇五人筹备下，正式于上海创刊。汪康年任该报经理，梁启超为主笔。梁启超以其新颖见解和生花妙笔，宣传维新变法，提倡新文化和改革旧习俗，抨击封建专制制度，一时博得了满堂的喝彩。为此，《时务报》先后登载了梁启超的《变法通议》，汪康年的《自强策》、《参用民权》、《论中国求富强宜筹易行之法》等战斗性颇强的变法文章。倡导自上而下的中央变革，与地方政府上下相连的改革措施相结合。

刚开始的时候，张之洞并不看好汪康年的办报计划。不过，汪康年总是不遗余力地向张之洞宣传：湖北在全国的布局偏小，“唯上海局面为中国最

要之地”。张之洞回任湖广总督后，发现《时务报》的社会效果特别好，张之洞这才佩服汪康年目光的独到。于是，张之洞便发动湖北全省的文武大小衙门、书院学堂订阅《时务报》，共计288份，经费可由公款报销。这对于《时务报》的开拓局面是颇为重要的。《时务报》创办半年，刊登“谢启”感谢社会各界的鼎力支持：“本馆草创半岁，迭承中外大府，各省同志提倡保护，顷助款至一万三千余金，派报至七千余份，非籍诸公大力，何以及至。将以明岁力图推广并加整顿，惜才力绵薄，弗克任耳，伏望海内君子更有以导之。”半年内报纸的销量每期已突破7000份，其发展确实可用高歌猛进来形容。如邹代钧于湘省经销《时务报》，伊始的订数是100，半年后即暴增至700余份。这样，《时务报》在山西、湖南、湖北、安徽、浙江、江苏、贵州、江西诸省广泛行销，这就使得《时务报》成为一份在全国颇有影响的报纸。在《时务报》的影响下，光绪二十三年，在各地陆续兴办了一批以宣扬维新为宗旨的报刊、学会与学堂。如，广州由康有为万木草堂支撑的《知新报》，王修植、夏曾佑、严复创办的天津《国闻报》，与《时务报》关系密切的《农学报》、《萃报》、《蒙学报》，湖南的《湘学报》、《湘报》，四川的《渝报》、《蜀学报》等。影响较大的学会则有：罗振玉的“务农会”、“不缠足会”、“蒙学公会”、“圣学会”、“知耻学会”。

1897年1月18日，为梁启超生命中颇为风光的一日。梁启超至武昌湖广总督衙门答谢曾经大力支持过自己的张之洞大人。王伯恭在《蜷庐随笔》中写下：“当戊戌变法之前，梁启超过武昌投谒，张令开中门及暖阁迎之，且问巡捕官曰，可鸣炮否？巡捕以恐骇听闻对，乃已。定制钦差及敌体官往见督抚者，始鸣炮开中门相迎，若卿贰来见，但开门而不鸣炮，余自两司以下，皆由角门出入。梁启超一举人耳，何以有是礼节。盖是时已有康梁柄国之消息，香翁特预为媚之耳。启超惶恐不安，因着籍称弟子。”

当时，张之洞试图以极优厚的待遇拉劝梁启超入其幕府，梁婉言辞谢了。不过，这次春风得意的会晤，却令张、梁间有了一个令人无限惆怅的师生名分。

其实，张之洞与康梁学派做学问的底子，是有很大的不同的。张之洞崇尚古文经，为学兼师汉宋，“平生学术最恶公羊之学，每与学人言，必力诋之”。康梁二人则崇奉今文经，讲孔子的“微言大义”，恰好是公羊学的忠实“粉丝”。张之洞与康梁的弦调颇为不协调。张之洞曾多次劝说康梁放弃孔子改制说，又称提倡民权为“奇怪议论”。康梁师生对于张之洞的议论，多番公开表示绝不苟同。

光绪二十三年二月，《时务报》给梁启超配备的两位“佐理撰述”麦孟华、章炳麟走马上任。麦孟华为梁启超的私人。崇奉古文经学的章炳麟则是张之洞推荐给汪康年的。这时，康党门人梁启勋、韩昙首、徐勤、康广仁、欧榘甲等人，经梁启超、麦孟华两人引见，开始大量进入《时务报》中。章炳麟与他们门庭各异、自然常相抵牾。三月十四日，章炳麟倚仗三分醉力，斥喝康门弟子为教匪。康党一派哪里受得了这样的辱骂，于是，便仗着人多，一拥而上，让章炳麟饱尝了一顿老拳。章炳麟受此打击，愤而回武昌替张之洞主持《正学报》。张之洞交给章炳麟一个光荣的任务，“以其尚左氏而抑公羊”，务必在笔仗中将康、梁今文经学一派打他一个落花流水。事实上，章炳麟所引爆的“斗殴门”事件令《时务报》内部的团结不再，坊间纷纷传说，今后的《时务报》“将尽逐浙人而用粤人”。这令汪康年与梁启超之间的相处陡然间生分了不少。后来，梁启超在回忆自己与汪康年之间的摩擦与意气用事时，曾留下了这样一段文字：“离心力，虽日相处，而情意远不如去年之浃洽也。弟气质极犯狷急之病，弟甚自知，当其愤愤之时，则辄自言，‘人既不愿与我商量，则我亦不愿干预。’故报馆中事一概不欲过问，稍唯诺而已。心目中亦觉得其有不妥之处，而皆不欲言，恐徒增意见，此所以离心力日重也。”

在这种情形之下，黄遵宪、汪康年、梁启超三大发起人只得再次坐下来，商讨《时务报》的重组事宜。当即议定十二董事责任制，他们分别是：黄遵宪、吴德潇、谭嗣同、陈三立、邹代钧、熊希龄、张謇、郑孝胥、汪康年、梁启超，另外还有两个湖北张之洞的代表。但是，进入光绪二十三年七月，黄遵宪忽然联合谭嗣同、陈三立、邹代钧、熊希龄等湘籍董事，力劝梁启超、李维格两人到湖南去主持时务学堂。

这样，梁启超便趁机脱离了已闹得不太愉快的《时务报》，于十月下旬抵长沙，开始了自己的另一段教育生涯。

再交代一下张之洞与康、梁间的关系，当康、梁的百日维新运动在京城发起之时，张之洞却写下了《劝学篇》，以示跟康、梁的泾渭分明。对此，张之洞的两个幕僚见解甚明。刘禺生讲：“张之洞本新派，惧事不成有累于己，乃故创学说，以别于康、梁。”辜鸿铭则说：“文襄之作《劝学篇》，又文襄之不得已也，绝康、梁并以谢天下耳。”

1898年9月21日，戊戌政变发生。张之洞获悉后为洗刷自己与康、梁的关系，立即致电孙家鼐：“康已得罪，上海官报万不可令梁启超接办。梁乃康死党，为害尤烈。”

自此，张之洞、梁启超反目成仇。此后的近二十年，张、梁间唇枪舌剑，间或可有高潮兴起。

湖南新政的实施则为戊戌维新运动在地方上开出的一朵奇葩。它的产生，除了康有为、梁启超等人的变法理论支持外，更重要的是有湖南本省官、商、开明绅士的通力协作。

光绪二十一年九月，陈宝箴担任湖南巡抚，提出了“开化湖南，锐意维新”的施政目标。而开化一省之风气，又以教育为根本之计。陈宝箴的改革方案得到了湖南学政江标的大力支持。光绪二十二年秋冬之际，湖南缙绅蒋德钧、熊希龄、王先谦、黄自元、张祖同、张程初等人，议立宝善成制造公司；大家一不做二不休，临时起意添办一所“时务学堂”。后来，熊希龄回忆时务学堂的诞生，乃说：“王益（王先谦）吾师、张雨珊（张祖同）、蒋少穆（蒋德钧）与希龄议立宝善成制造公司，本有请拨借公款三万两之禀。嗣因老伯（陈宝箴）批语有‘公极则私存，义极则利存’二语，王益吾师、张雨珊大不满意，以为未办事先受申饬，复改为少领公款。嗣少穆（蒋德钧）嫌其迹近谋利，乃创为添设时务学堂之议。”

这个学堂甫始成立，即得到抚台陈宝箴的大力支持。关于时务学堂后续的支撑经费，陈宝箴允许每年从湘省矿务利润中拨3000银两为一部分经费。后来，又援引天津、湖北公办武备学堂的成例，允许每年于省财政预算中立项1.2万银两，为湖南时务学堂及武备学堂的教育经费。湖南时务学堂的首任主管为熊希龄，此后再聘请黄遵宪、谭嗣同协助日常教学管理。

光绪二十三年八月，湖南时务学堂自4000名报考人员中，录取了首批40名学生。十月二十日，中文总教习梁启超与教员韩文举、叶举迈，西文总教习李维格从上海来到了长沙。十一月初六日，时务学堂便正式开学了。受梁启超影响，不久，康有为万木草堂的另外三位弟子欧榘甲、周大烈、唐才常也加入到时务学堂的教学工作之中。

梁启超搞教育颇有心得。他来到长沙之后，很快拟就了《时务学堂学约》，学约有立志、养心、治身、读书、穷理、学文、乐群、摄生、经世、传教十项要求，以“宣传新学、鼓吹变法”为办学宗旨。十一月二十一日，刊发的《湖南开办时务学堂大概章程》提出了“学生所学，中西并重”的办学方针。学生课程划分普通学与专门学两大块。普通学为经学、诸子学、公理学、中外史志及格算诸学的入门课程。专门学则分公法学（宪法、民律、刑律为国内法，交涉、公法、约章节为国际法）、掌帮学、格算学三个专业。一般学生经过六个月的普通学基础学习之后，就可以选修自己喜爱的专业了。

后来，唐才质于《湖南时务学堂略志》一文，回忆师从于梁启超的求学经历时仍说："时务学堂成立，师生情谊融洽无间，诸生有事求教，可往教习室个别谈话，听取教诲，或数人集体会谈，亦无拘束，其获益一也；学堂功课以写札记为常课之一，忆梁先生初至主讲，甚为振奋，每日在讲堂四小时，夜则批答学生札记，每条或至千言，往往彻夜不寐。诸生阅报听讲，看书自习，遇有心得，可抒意见，教师亦随时批答指导，其获益二也；戊戌春，吾省士夫创设南学会讲学，假孝廉堂为会所，以第星期日为开讲期，或谈学术，或论政治，或研讨国内外时事，延揽学者名流，轮流讲演，是年夏历二月初一日为开讲期，官绅士民集者甚盛，时务学堂诸生多往听讲，在学问上与思想上取得极大转变，其获益三也。"

时务学堂因之后的戊戌政变而撤销，存在的时间不到一年。但是，它对湖南一省的影响却是很大的。当时，时务学堂开通了社会风气，推动了湖南一地的维新运动的开展。时务学堂培养的一批青年学子，后来，都作出了不俗的成就。如后来著名的讨袁护国军首领蔡锷、民国的教育部部长范源廉、文学家杨树达均是时务学堂的学生。

湖南虽深处于内地，但是，在中国的近代史上它却并不闭塞。诚如梁启超后来所指出的那样："湖南以守旧闻于天下，然中国首讲西学者，为魏源氏郭嵩焘氏曾纪泽氏，皆湖南人。故湖南实维新之区也，发逆之役，湘军成大功，故嚣张之气渐生，而仇视洋人之风以起，虽然，他省无真守旧之人，亦无真维新之人，湖南则真守旧之人固多，而真维新之人亦不少，此所以异于他省也。"在这里，梁启超有许多可堪一谈的朋友。除了熊希龄、黄遵宪、谭嗣同、唐才常几个肝胆相照的变法同志，还有易实甫、蒋德钧、江标、皮锡瑞、陈三立、陈笠唐等朋友，他们曾一起游览岳麓山，饮酒橘子洲头，共谈天下大事。此外，像长沙士林的红人王先谦、叶德辉等人，也很喜欢跟梁启超一同宴请游玩，湖南官绅士林的气象确实与众不同。

这样，在陈宝箴、陈三立父子的全力支持下，谭嗣同、唐才常诸人又创办了南学会、《湘报》。陈宝箴、黄遵宪等官员还在湖南推行实业，如兴办矿业、电报、轮船；仿照西方警察制度创办保卫局使新政渐具规模。梁启超后来回忆说："湖南民智骤开，士气大昌，各县州府私立学校纷纷并起，学会尤盛。人人皆能言政治之公理，以爱国相砥砺，以救亡为己任，其英俊沉毅之才，遍地皆是。"当时，黄遵宪、谭嗣同、梁启超等人注意到日本明治维新，首先在萨摩、长州、土佐、肥前四个封建领地取得了成功，这才推广全日本的成例。因此，黄遵宪、梁启超等人鼓励陈宝箴，把湖南建设成像日本的萨摩或长州那样的模范省，为全国变法大潮的到来做一个时代的弄潮儿。

至于后来时务学堂的衰落，清人荻葆贤将之归结于王先谦、叶德辉等湖南学界大佬们对于梁启超的攻击，使之离湘赴京。事实上，梁启超在湘期间，跟王先谦、叶德辉等学界宿儒关系一直不错，熊希龄后来回忆说："梁卓如（梁启超）在湘，叶德辉与之极洽，酒食往来……何以卓如一去，遂变初心？"又说："卓如于二十四年春抱病回沪时，未及向各外辞行之恨也。使卓如久于湘中，必不有此变动矣。"巡抚陈宝箴后来怃然而叹："上年创设时务学堂，兼讲中西之学，总教习所定章程，明通正大，刊刻传布，无人指以为非，亦无异端之谤。乃自梁总教去后，中学物论繁兴，本部院始渐有所闻。"

光绪二十四年二月，梁启超离湘入京参加会试。梁启超此前已在大力宣扬废除科举的主张，此番却再次遵父命进京赶考，梁启超难免有自己打自己嘴巴的难堪。因此，此番梁启超离湘，未向各方面辞行，走得静悄悄的。

梁走后，湖南新旧两派围绕着时务学堂的教学方向波澜再起。于是，以唐才常、谭嗣同、熊希龄、樊锥、易鼐和等为代表的维新派与以王先谦、叶德辉、张祖同为首的守旧派开始尖锐地对立。陈宝箴、陈三立父子以及黄遵宪、徐仁铸、皮锡瑞等官场人士，起初则试图调和两派的争论。但是，陈三立素来不喜欢康氏学说，此后，甚至因学术门派之争，与唐才常、谭嗣同翻脸。如此，湖南的维新运动到了光绪二十四年，四月光绪帝诏定国是之时，却反而出现了走下坡路的状态。四月初十日，南学会举行了最后一轮演讲，随即关闭了，皮锡瑞离开湖南。《湘报》自六月初一日划归商办，不再发布变法消息。时务学堂自光绪二十四年三月即不再为社会热捧，该年春季招生时，仅 150 人报考。五月，熊希龄等一批维新派教员相继离职，至此，时务学堂的变法精神即已不复存在。

戊戌政变后，光绪二十四年八月二十一日，慈禧发布懿旨："湖南巡抚陈宝箴，以封疆大吏滥保匪人，实属有负委任。陈宝箴着即行革职，永不叙用。伊子吏部主事陈三立，招引奸邪，着一并革职。"同时革职者还有补四品京堂江标、庶吉士熊希龄、原湖南按察使三品卿黄遵宪。至此，革新派试图在湖南维新图强，"营一隅为天下昌"的美好愿望终化为一个幻影。

③袁世凯，一只潜伏的猛虎，睛光四射

行文至此，我们或许应该将甲午战争之后，清政府高层的一个政治走势，作一个简单的介绍。

1884 年“甲申易枢”，奕䜣、翁同龢、李鸿藻等政治大佬俱倒，朝廷政治形成礼亲王世铎为面具，醇亲王奕譞暗中操纵的格局。在这个格局中，孙毓汶因在打倒恭亲王的政治斗争中出力甚大，后来所占的政治分量也重。特别是醇亲王奕譞去世后，首席军机世铎仍然是一种万事不上心的糊涂状态，孙毓汶善弄权术，渐渐地试图把持军机。慈禧很快看穿了孙毓汶的野心。但是，慈禧却不想把这一层窗纸捅破。她只是为恢复醇亲王奕譞去世后被打破的政治均势，仍接受了光绪帝的建议，将翁同龢、李鸿藻重新引入枢纽。于是，翁同龢率领“清流”中名声大振的“翁门六子”：张謇、汪鸣銮、志锐、文廷式、徐致靖、沈鹏等人，另外还有对翁同龢高山仰止的沈曾植、丁立均两人，开始在朝廷中掀风鼓浪，再造风流。

这对孙毓汶而言，是一个巨大的威胁。

于是，孙毓汶为了避免自己在枢府会议中被边缘化，除了在政治上与北洋大臣兼直隶总督李鸿章相互呼应外，又于 1894 年 7 月 28 日将徐用仪引入军机，作为自己的一个帮手，这些都是得到慈禧太后所许可的。

接下来，以翁同龢南派“清流”的主战派，针对孙毓汶、李鸿章的对日绥靖主义展开了一轮火力很猛的政治攻势。

8 月 11 日，日舰扰袭威海卫港的消息传开，翁同龢开始策划打倒孙毓汶。8 月 16 日，礼部右侍郎志锐上奏章弹劾军机大臣孙毓汶、徐用仪：“方日人肇衅之时，天下皆知李鸿章措置之失，独孙毓汶悍然不顾，力排众议，迎合北洋。孙毓汶秉政十年，专权自恣，在廷卿贰，无不受其牢笼，各省督抚得其一书，至有相传为‘小圣旨’之说者。窃弄威福，劫持上下。徐用仪起自章京，性情柔滑，事事仰承其意。”因此，志锐提出解决问题的办法：“应将孙毓汶罢斥，退出军机，朝政必有起色，军事必有转机。”慈禧不想把刚刚建立起来的政治均势打破，就把志锐的弹劾奏章转给光绪帝去处理。光绪帝明白慈禧太后的用意，只得温语将孙、徐二人抚慰一番，南派“清流”的罢孙攻击于无形间化为乌有。

于是，翁同龢再策划易李（鸿章）。湖南巡抚吴大澂的请缨北上，应该是翁同龢很厉害的一着政治布局。倘若吴大澂能在军事上立于不败之地，则李鸿章的下台之日屈指可数。只可惜，吴大澂是一个军事盲，无法完成翁同龢的预期目标。最后，翁同龢只得与李鸿藻等“清流”文官携起手来，共推闲置了十年之久的恭亲王奕䜣，试图一举把李鸿章压垮。

因此光绪二十年，恭亲王奕䜣的复出，对于慈禧太后本人而言纯粹是一种意外，甚至到最后一刻，慈禧仍不能确定自己是否真下了决心把恭亲王奕䜣这只垂老的雄狮放出柙！

光绪十八年岁末，慈禧按规矩给宗室王公送“福”、“寿”字共贺新春，慈禧在浏览宗人府报送的名单时，竟然把奕䜣的名字划去了。光绪二十年三月，庆亲王奕劻再次要求准许奕䜣参加拟定于这年十月举行的太后60大寿庆典。慈禧扶额皱眉说：“予闻其名且头痛。”似乎慈禧与恭亲王奕䜣间的宿怨此生是难以释怀的了。

但是，进入1894年9月17日之后，清军溃败于平壤的消息传入紫禁城，战争的形势对于清廷已十分严峻。自9月17日至20日，慈禧太后连续数日召见礼亲王世铎、庆亲王奕劻，密议应变大计。世铎、奕劻两王却支支吾吾，讲不出个所以然来。9月27日，慈禧与光绪同坐，于颐年殿东暖阁召集全体军机大臣再议军事，因为翁同龢的嗷嗷言战，仍未议出结果。至此，慈禧太后才恍然感觉：朝廷中已经许久缺少一位能撑得起局面的大臣了。

所谓的家贫思贤妻、国危思良臣。恭亲王奕䜣之复出，便再次成为慈禧太后的必然选择。

恭亲王奕䜣之复出，自光绪帝到翁同龢、李鸿藻两位老资格的汉臣，再到南书房、上书房李文田、陆宝忠、张百熙、曹鸿勋、高庆恩等一班子的先生，一直到翰林院的李盛铎、叶昌炽、文廷式等言官，莫不把嘴皮子说得山响，大家争夸自己在恭亲王奕䜣复出一役中所立下的汗马之劳。实际上，恭亲王奕䜣自己闷声吃馄饨儿——心里有数。关于自己的复出，那心比天高的慈禧太后不是逼到迫不得已的情境，自己这一辈子绝无再出的可能。

不久，朝廷上的各色人等对于复出后的恭亲王奕䜣却从最初的一致盼望，分化出了神态迥然各异的面部表情。

光绪二十年九月初一日，慈禧与光绪联合召见恭亲王奕䜣时，慈禧派给奕䜣的差事是管理总理各国事务衙门、添派总理海军、会同办理军务，这个安排的功利性很强，其实，慈禧最初只想让奕䜣出来替她收拾甲午战败后的这个烂摊子。而窦宗一《李鸿章年谱》中则说：光绪帝对于恭亲王奕䜣的复出并不快乐，因为他担心如果奕䜣跟慈禧站在了同一个阵营，自己就更加不能放手做事情了。翰林言路最初对于恭亲王的期望是，“内整朝纲，外御强敌”。不过，恭亲王奕䜣复出后，却一力支持李鸿章的求和。“清流”言官们心生惝恍，为此，文廷式曾无限寂然地嗟叹：“恭邸复用之后，惟设督办军务处，授宋庆帮办军务，余无所建白。李约农（李文田）言，在书房闻太监语，恭亲王起用之日，李莲英率同党诸人跽哭于太后前曰：恭邸得政，奴辈必死，愿乞命于老佛爷……年已老，又迭经废置，且一时在事将相多非所习，遂因循焉。上始向之殷，久之乃毫不足恃，天下之望亦愈孤。”

恭亲王奕䜣之复出，立即在朝廷的许多重大事情方面发挥出了特殊的影响力。首先，中日战局发展到当时的程度，已经无法再打下去了。恭亲王奕䜣决心附和慈禧太后的主张，全力促进和谈的进行。以后，中日和谈的主线便是内倚奕䜣，外靠李鸿章。这个组合的实力太强，无人能够撼摇，至此，慈禧太后的对日和谈方次第展开。

恭亲王奕䜣复出后，军机处人员组成为礼亲王世铎、额勒和布、张之万、孙毓汶、徐用仪等五人。这个班底仍然为醇亲王奕譞时期布下的格局，与当时的时局已有点格格不入了。

九月下旬之后，日军从鸭绿江、辽东半岛两个方向同时侵入中国。慈禧太后对中枢领导班子调整的步子也开始加快。这时，恭亲王奕䜣为了防止李鸿章赴日谈判后，中央与直隶两个方面的军权落在翁同龢、李鸿藻“清流”派的手中，便向慈禧太后推荐了两个重要人选，一个是云贵总督王文韶，李鸿章赴日谈判后，便由他署理直隶总督兼北洋大臣。另外一个是自西安赶来为慈禧太后祝寿的荣禄。荣禄跟醇亲王奕譞之间，由爱生恨，后来被醇亲王奕譞打压沉沦十余年。奕䜣与荣禄此番相见，颇有一种曾为天涯沦落人的知音之感，所以恭亲王奕䜣仍举荐荣禄出任了步军统领的重要岗位。

光绪二十年十月初五日，成立“督办军务处”，以恭亲王奕䜣督办军务，各路统兵大员，均归节制，以庆亲王奕劻帮办，翁同龢、李鸿藻、荣禄、长麟会同商办。

十月初六日，翁同龢、李鸿藻以及广东巡抚刚毅奉旨补入军机。

十月十九日，光绪帝以额勒和布“才欠开展”，张之万“年逾八旬”为理由，将两人从军机处开缺。

十一月初八日，恭亲王奕䜣亦入军机，并且很快名列为首席军机大臣。至此，慈禧对中央枢纽的调整已基本到位。慈禧也已在两个月内，恢复了对恭亲王奕䜣的全部信任。十一月十九日，荣禄再奉旨入总理各国事

务衙门。于是，至甲午年岁末，除了恭亲王奕䜣，李鸿藻、荣禄两人，遂成为该年收益最大的政治明星。

朝廷领导班子既已调整到位，中枢上自恭亲王奕䜣至军机处的孙毓汶、徐用仪（两人同时兼职总理各国事务衙门）、总理各国事务衙门的张荫桓已组成一个行之有效的议和班子。不过，以翁同龢为后盾的主战派文廷式、志锐等言路，撺掇着光绪帝跟他们站在同一战线，仍然发出很大的反对之声。于是，文廷式、志锐等人除了进言痛斥议和为卖国求荣，猛攻枢臣、北洋的昏庸误国外，在国策上却无甚建树；光绪、翁同龢欲战无能，唯有高唱迁都再战，也不过图一时口舌之快罢了。

于是，为了减轻议和的阻力，慈禧突然向光绪帝身边的人出手了。

光绪帝所宠爱的珍嫔，事实上在很长一段时间内已经成为一个“问题女子”了。慈禧太后掌握了珍嫔颇多的劣迹，之所以在很长时间内不动声色，是因为慈禧太后觉得火候未到。慈禧是一个政治中的女子，办什么事情都讲究前因后果。

按清后宫的制度，皇后每年的零花钱控制在1000银两左右，像珍嫔这样的皇妃级别，一年则最多300两银子。珍嫔喜欢照相，玩一些从国外引进的新奇玩意儿，这些都是花钱的祖宗。于是，开支上闹饥荒的珍嫔便与胞兄志琮、奏事处太监们串通一气，干起了受贿卖官的买卖。当时宫内太监中受李莲英信任的郭小车子、奏事太监文澜亭以及在慈禧身边的掌案太监王俊如诸人，均有份儿参与。珍嫔景仁宫太监们自然是必不可少的。干这类卖官鬻爵的无本买卖，实际上比买彩票炒股还容易上瘾，珍嫔一发而不可收。最后，搞出一个鲁伯阳被弹劾案，在外间传得沸沸扬扬。这就是胡思敬在《国闻备乘》中所说的：“鲁伯阳进四万金于珍嫔，珍嫔言于德宗，遂简放上海道。江督刘坤一知其事，伯阳莅任不一月，即劾罢之。”

光绪二十年四月间，珍嫔为玉铭搞定的四川盐法道一案，终于穿帮了。四川盐法道在清代已属于中高级干部，按照惯例，上任前必须由光绪帝亲自接见，勉励一番。接见到玉铭时，光绪帝亲切地问：你从前在哪个衙门当差呀？这玉铭是没有见过世面的，当即老老实实地回答：木厂。什么？木厂的木匠也能做国家的高级干部？光绪帝大吃一惊。立即命令玉铭当场写一份个人简历上来，玉铭却期期艾艾地，久久不敢落笔。原来，这玉铭竟然是一个文盲！光绪帝迟疑了一下，他记得这家伙，好像是珍嫔推荐给自己的。不过像玉铭这等货色，光绪帝即使是有心通融，却也不敢用了。有人把这件事情悄悄地捅到慈禧那里，于是，进入光绪二十年的十月，慈禧太后陡然间便变得怒气勃发了。胡思敬在《国闻备乘》中继续说：“初太后拷问珍嫔，于密室中搜得一簿，内书某月日收入河南巡抚裕长馈金若干。”慈禧在仪鸾殿召见枢府诸臣，宣布对玉铭一案的处理结果：“瑾、珍二妃，有祈请干预种种劣迹，即着缮旨降为贵人。”事败之日，珍嫔之兄志琮预先听得风声，逃到上海，由此躲过一场杀身之祸。本来，珍嫔如果是知趣的，态度谦卑地向慈禧太后认一个错，或许慈禧太后未必想把珍嫔一系一网打尽。可是，慈禧太后在批评教育珍嫔之时，珍嫔态度特别强硬，当面顶撞慈禧。珍嫔当即受到“褫衣廷杖”的严厉处分。慈禧太后为此痛斥珍嫔，“语极多，谓种种骄纵，肆无忌惮”。于是，珍嫔受贿一案的性质迅速升级了。景仁宫管事太监高万枝处死。珍嫔乃禁闭于宫西二长街百子门内牢院中面壁思过，从此想要再见光绪一面，难于上青天。

这样，珍嫔受贿的案子便继续在发酵。当时，珍嫔的堂兄礼部右侍郎志锐奉光绪帝之命，正在热河招募团练，练兵设防，为光绪帝秘密训练一支皇帝本人的嫡系部队。十月二十九日，慈禧太后便趁机把志锐贬到乌里雅苏台做参赞大臣去了。盛怒之下，慈禧想起曾经教过珍嫔、瑾嫔念书的文廷式，那也是一个不安分的主儿，慈禧太后曾经在公开场合骂他“语涉狂诞”，并且发誓一定要逮个机会好好地整治他。光绪二十二年，御史杨崇伊弹劾翰林院侍读学士文廷式结交内监，有玷官声，光绪帝下令：“着即革职，永不叙用，并驱逐回籍，不准在京逗留。”文廷式心中的委屈，黄秋岳在《花随人圣盦摭忆》一书中讲得极分明：“文以新进勾结妃侍，获得高科，取非其道，又处帝后猜忌之际，其取祸被谤，宜也。”

文廷式被逐出官场后，感到百无聊赖。无事时，就会坐船到武昌去看看老朋友梁鼎芬，有时遇上张之洞在场，大家便一起吹吹牛什么的。光绪二十四年戊戌政变案发，慈禧有密谕给张之洞，对文廷式可格杀勿论。张之洞做事向来不按常规出牌，却私底下塞了一笔钱给文廷式，让他逃到日本避难去了。不过，千万不要误会张之洞是倾慕文廷式的，张之洞有一首诗评价文廷式的蝇营狗苟：“射策高科命意差，金杯劝酒颤宫花。斜阳烟雨伤心后，仅得词场一作家。”对于文廷式的人品很不以为然，对于文廷式的亡命天涯却又抱有很大的同情。这大约便是从前士大夫之间的一种惺惺曲谅之情吧？

事实上，当时，朝廷清议经慈禧太后如此寒风凛冽的一番伺候，早已慌作一团。帝师翁同龢害怕惹火上身，多次在公开场合声称：甲午中日交涉无论和战，他管不了，也不敢管了。

光绪二十一年二月十八日，李鸿章乃得携员东渡日本展开艰难的和谈。

不久，《马关条约》签订，中央阶层就必须有人牺牲，为此背黑锅了。

首先，对于大清国两位顶级选手慈禧与光绪帝而言，慈禧是母，光绪帝是子，做儿子的本来就应该把荣誉留给母亲，把困难留给自己。慈禧在临近签约的阶段，忽然跟光绪帝说：儿子，亲爸爸生病了，这事儿恐怕得辛苦你在前面顶住。得，光绪帝为了大清国的事业，便义无反顾地顶在了舆论的风口浪尖之上。

至于中枢方面的替罪羊呢，易顺鼎在《盾墨拾余》中信手写来："（光绪二十一年）四月初八日，四小枢（指恭亲王奕䜣、庆亲王奕劻、军机大臣孙毓汶、徐用仪）劫之上（光绪帝），合词请批准。上犹迟疑，问各国回电可稍候否？济宁坚以万不可恃为词，恭邸无语，乃议定。众枢在直立候，上绕殿急步约时许，乃顿足流泪，奋笔书之。"孙毓汶为山东济宁人氏，官场上喜欢用他的籍贯称呼其"孙济宁"。在皇帝批准和签的过程中，孙毓汶的态度焦急过新郎官入洞房，恭亲王奕䜣可什么话都没有说。最后，慈禧太后勒令孙毓汶、徐用仪两个倒霉蛋先后退出了军机处。事实上，自从上一年，额勒和布、张之万两位老干部光荣地退休之后，孙毓汶、徐用仪对于这个结局也是可以预期的。醇亲王奕谖的荣光时代早已过去，而今再度轮到恭亲王奕䜣这位老黄忠意气风发，世事本来就是一代新臣换旧臣的嘛。

李鸿章签罢《马关条约》回国，他的表情也颇为尴尬。因为不知从什么时候开始，朝堂间便有人给他起一个"汉奸李二"的绰号。光绪二十一年六月初九日，李鸿章一回到北京，赶紧入宫去觐见光绪帝注销差事。光绪帝这时正因手签了一个丧权辱国的《马关条约》，郁闷得不得了。光绪帝一见这白发飘飘的"汉奸李二"，立刻把他骂了一个狗血喷头："身为重臣，两万万之款从何筹措，台湾一省送予外人，失民心，伤国体。"

这时候的李鸿章死猪岂怕开水烫，不过引咎唯唯罢了。

说实在话，慈禧太后把李鸿章从天津弄到北京之后，一时也不知如何安排李鸿章。因此，慈禧与恭亲王奕䜣商议之后，只得令李鸿章以一个光头大学士的身份暂且入阁办事。当时的李鸿章确实有一种破帽遮颜入闹市的窘态。

甲午一战，除了李鸿章苦心经营十年之北洋海军化为乌有，则李鸿章三十年时时注意改良的淮军陆师也一朝为风霜所欺凌，声名狼藉。于是，军队的整训与改编，便再度成为朝廷政治的焦点。

于是，"督办军务处"由翁同龢主稿，拿出北洋军的整顿方案：建议已入直隶地面的湘、淮、毅三军，各留三十营，由魏光焘、聂士成、宋庆三人为总统。湘军驻山海关，淮军驻津沽，毅军驻锦州，着力予以训练。

不过，在督办军务处的恭亲王奕䜣、庆亲王奕劻、翁同龢、李鸿藻、荣禄、长麟六条好汉之中，恭、庆二邸以亲王之尊，不便亲自抓军权，其他三位则为军事盲。于是，这军权便被荣禄轻巧地拿去了。

光绪二十一年六月二十一日，荣禄授兵部尚书，仍兼步军统领与总理各国事务衙门大臣差事。后来，荣禄认为最值得倚重的四支军队则是：聂士成武毅军、宋庆毅军、与荣禄在西安结下深厚友情的董福祥汉回族甘军以及袁世凯在天津小站练成的北洋新军。

晚清政治枭雄袁世凯

袁世凯，字慰亭，号容庵，河南项城人。袁家于道光年间开始出人才。袁世凯的从叔祖父袁甲三为咸丰年间的中兴名将，为淮军的创办者之一。祖父袁澍三则为地方名流，父亲袁保中曾任候补同知。叔父袁保庆则在袁甲三的军中扛枪打仗，深为袁甲三所器重，后来，做到二品江南盐道道台的大官。袁世凯自幼过继给叔父袁保庆为嗣子，少年时随嗣父走南闯北，见了不少的世面。袁保庆死后，又跟随袁甲三之子、族叔、户部侍郎袁保恒至燕京就读。1876年和1879年，袁世凯两次参加乡试落第。于是，袁世凯写了一首诗：“眼前龙虎斗不了，杀气直上干云霄。我欲向天张巨口，一口吞尽胡天骄。”颇有一种少年牛气冲天的架势。此后，袁世凯便把全部的精力放在了戎马生涯之中。1881年5月，袁世凯投奔嗣父袁保庆的拜把兄弟吴长庆，在“庆军”中任营务处会办。1882年，朝鲜发生壬午军乱，袁世凯随吴长庆“庆军”入朝。由此，23岁的袁世凯为李鸿章所赏识，命其以“通商大臣”驻藩属国朝鲜。1884年，朝鲜金玉均“开化党”发动“甲申政变”，试图推翻闵妃的“事大党”政权，驻朝日军亦蠢蠢而动，袁世凯指挥清军从容击退日军。1885年，袁世凯被封为清朝驻朝鲜大臣。事实上，袁世凯的才干是多方面的。他在朝任职期间，凭借个人的威望与智力，严格维护中国的宗主权，积极干预朝鲜的内政与外交，例如藩属的正名、干涉遣使，把持邮电、阻滞借款、控制关税、防止美朝关联、大力发展中国商务等，俨然为朝鲜的监国大臣。1894年，中日甲午战争全面爆发之后，袁世凯方随清军撤回天津。观察袁世凯早期的功业，先鉴赏于“庆军”提督吴长庆，后知遇于直隶总督李鸿章，其中尤以李鸿章的挺举之力为大。

袁世凯归国后，为军机李鸿藻所保荐，入督办军务处差遣。如此，袁世凯逐渐为督办军务处的另一位大佬翁同龢所认识。翁同龢对袁世凯的第一印象为“开展见诚实”，以后演变为“此人不滑，可任”。不久，袁世凯又明白，自己想要在军界有一番作为，必须获得军中的灵魂人物荣禄的赏识。于是，光绪二十一年九月十九日，袁世凯乃向督办军务处的实权人物兵部尚书荣禄，递呈了训练新军的条陈。袁世凯在这个条陈中讲得宜风宜雨：“窃查此次军兴，往往易为敌乘迭见挫败者，虽由将领调度之无方，实亦军制练法之未善，若不权时度势，扫除更张，参用西法，认真训练，则前车鉴，殊足寒心。”袁世凯建议采用德国陆军的训练办法以练成一支新军，这应该是中国近代在陆军观念上的一大突破，亦为近代军制改革之嚆矢。

据说，袁世凯这个条陈的出炉是花费了一番心血的。

王修植做过翰林院编修，一向以笔杆子自负。最重要的是王修植这人精通科技知识，对新政也有研究，写出来的疏陈颇能切中时务。袁世凯一心想请王修植做枪手，为自己写一个军事条陈，但起先王修植却不太看得起袁世凯。袁世凯却并不灰心。他打听到王修植、张锡銮、孙宝琦、潘克俊四人结为至交，便屈意去奉承四友中的任何一位。又知道王张孙潘四友闲暇时，最喜欢流连于北京侯家巷的沈四实、花媚卿、花宝琴、林枝笙、赛金花等五大名妓的花巢之中。袁世凯遂大把地销金，逐日于沈四实、花媚卿、花宝琴、林枝笙、赛金花五大名妓的香阁中，宴请王张孙潘四人。渐次地，王修植认袁世凯为一个性情中人。王修植不仅为袁世凯写成了《练兵要则十三条》，更成为袁世凯事业发展阶段一个难得的知己。这便是严复为杭辛斋《学易笔谈》作序时所谈到的：“在光绪丙申、丁酉间，创《国闻报》于天津，实为华人独立新闻事业之初祖。余与夏君穗卿主旬刊，而王菀生太史（王修植）与君任日报。顾余足迹未履馆门，相晤恒于菀生之寓庐。时袁项城甫练兵于小站，值来复之先一日必至津，至必诣菀生为长夜谈。斗室纵横，放言狂论，靡所羁约。时君谓项城，他日必做皇帝，项城言：‘我做皇帝必首杀你。’相与鼓掌笑乐。不料易世而后预言之尽成实录也。”

袁世凯的军事条陈，荣禄一遍读罢，果然击掌叫好！

当时，有现代陆军知识的人才难得，至十月初三日，督办军务处的恭邸庆邸两亲王、翁同龢、李鸿藻、荣禄、长麟六人遂在一起碰了个头。决定把原本已在天津与塘沽之间的小站练兵的胡燏棻弄出去督造津芦铁路。由袁世凯替代胡在小站练兵。荣禄伊始把这支队伍命名为定武军，最后确定为“新建陆军”。这支军队后来扩充为北洋六镇（北洋新军），成为晚清的陆军主力，民国初期的北洋系军阀亦多发源于此。

小站练兵为中国新式军队发展的一个重要转折，也为袁世凯一生事业的一个重要起点。有人形容当时的袁世凯，仿佛一只潜伏的猛虎，睛光四射。

而此后的北京政局，一直延宕到维新变法前夕的近三年时间中，始终维持着一种光绪帝、翁同龢、恭亲王奕䜣、荣禄在前台运作政治的平衡状态。其中，荣禄于光绪二十二年四月二十二日加授协办大学士仍执掌兵权。翁同龢于光绪二十三年七月李鸿藻病逝后，也补了一个协办大学士遗缺仍执军机。两人的职权尤重。

❹有困难，找康哥

“公车上书”结束之后，康有为科举及第，被任命为工部主事。于是，康有为写了一个《上清帝第四书》，仍然被拒呈交到皇帝那里。康有为意识到在京城进行宣传的重要性，乃尝试办报。

于是，1895 年 8 月 17 日，一份名叫《中外纪闻》的小报便悄然出现于蓼花梧叶萧疏的北京街头。当时，康有为的办报条件着实辛苦，稿件主要由梁门弟子梁启超、麦孟华等人提供，后来又借了《京报》馆的一副旧印板，就这样土法上马了。每日的印数约在 1000 份，报纸出来了，就央求《京报》的递送人员，夹在他们的报纸之中，以免费广告的形式赠送朝堂官僚。由于《中外纪闻》中所谈话题，为当时官场上颇为关注的“富国”、“养民”、“教民”这样的大题目，梁启超等人又特别注意把当时国外一些开矿、铸银、制机器、造轮船、筑铁路、办邮政、立学堂、设报馆等新鲜产业介绍进来。所以，《中外纪闻》在北京官僚中的反应还挺不错的。

另外，康有为又发动了一种游宴的活动。以游宴的形式，给喜欢谈论变法话题的士大夫们提供一个可供交流的活动空间，康有为说：“既得登高呼远之势，可令四方呼应，而举之于辇毂众着之地，尤可自白嫌疑。”这实际上是一种讨论政治的沙龙。其成员广泛吸收来自于军机处、总理各国事务衙门、内阁、翰林院、督办军务处等政府机构的官僚们。康有为后来将之命名为“强学会”。1895 年 9 月后，强学会中的提调者为陈炽，因其为大学士李鸿藻的得意弟子，朝中有人好做事，张孝谦做他的副手。最初的活跃分子有督办军务处的袁世凯、杨锐（内阁中书）、丁立钧、沈增植、沈曾桐兄弟等人。

日后，康有为仍在其《自编年谱》中追思说："于是，三日便一会于炸子桥嵩云草堂，来者日众。翰文斋愿送群书……时英人李提摩太亦来会，中国士夫与西人通，彼此会始也。英美公使愿大助西书及图器，规模日广，乃发公函于各督抚，刘坤一、张之洞、王文韶各捐五千金，乃至聂士成、宋庆咸捐数千金，士夫云集，将俟规模日廓，开书藏，派游学游历……时报大行，然守旧者疑谤亦渐起，当时莫知报之由来，有以为出自德国者，有以为出自总理衙门者，既而知出自南海馆，则群知必吾所为矣……于是大学士徐桐、御史褚成博皆欲劾奏。沈子培、陈次亮皆来告，促即行，而以八月廿九日出京。"

据说，在强学会的旺盛期，曾引起李鸿章之思慕，他愿捐银两千元入会，但与会高官嫌弃李鸿章正值甲午战败的腥臭期，竟一口回绝。事实上，康有为、梁启超这几个寒士只不过在北京强学会的开始阶段起了一点儿穿针引线的作用。此后，康、梁等人在这个聚会中也只有坐冷板凳的份儿了。李鸿章确实曾悄悄地入强学会中一窥虚实，他发现某些京城大佬正试图将强学会演变为个人的政治秀场。于是，李鸿章感叹："欲变法自强，无人、无财、无主持者，奈何！"

如此，北京强学会仅存在五个月便武功尽废。

此后，自光绪二十一年八月至光绪二十三年十月，康有为回粤授学与办报。

不过，北京强学会的活动却毕竟使得北京的官场知道了康有为、梁启超这几个草茅新进的文学镓镓。

光绪二十三年岁末，光绪帝曾经一天内下发三道谕旨，强调维新政治的决心。一道要求中央机构改变办事作风，提高工作效率；一道是求贤、裁人的；最后一道是要求各省迅速筹款开办制造局厂的。受此鼓舞，严复于1898年1月27日至2月4日，在天津《国闻报》刊发了《拟上皇帝书》，阐述了变法之主张。严复建议：光绪帝变法启动前，应出洋游历、联各国之欢；至各省视察、结百姓之心；破把持之局、广开言路。变法则尤应从"立政、养才、风俗、人心"四个方面入手。由此，要求变法的呼声，再次声扬顿挫地响起。

这样，光绪二十三年秋冬之后，康有为在北京城的再度脱颖而出，你可以视其为一种历史的必然，也可能有一定的偶然性。

当时，港澳商人何廷光等人有一批巴西华工的移民手续，被总理各国事务衙门卡住了。康有为自认神通广大，就在光绪二十三年的十月，自告奋勇地自广东北上，为何廷光疏通关系来了。这样一来，正好让康有为赶上了北京社会各界聚会抗议德国侵占胶州湾事件。

其时，北京的士子缙绅们正在闹哄哄地商讨对策。有人抬头一看，康有为风尘仆仆地从广东赶过来了。大家伙儿欢喜过望：哎哟喂，这不是那反潮流的干将南海康圣人吗？咱还愁什么？有困难，找康哥呀。

大家立马把康有为簇拥到了前面。

得。只因为北京的士大夫缙绅们这么一吆喝，康有为这一回来到北京，时局造英豪，便脱颖而出为领袖群伦的一个变法英雄。

光绪二十三年十一月初，康有为与杨锐、王鹏运、高燮曾（ 理臣）等人商议后，拟定了一个《上清帝第五书》请工部递呈皇帝。但是，被工部的大佬们拒绝了。于是，康有为决定另辟蹊径，一方面继续争取京官大佬的支持，另一方面运动言官上疏保荐。此后，对于康有为的崛起，京官大佬方面起关键作用的是张荫桓，言官则有一个高燮曾。

高燮曾的疏荐，为康有为的岫云出山奠定了重要基础。十一月十九日，兵科给事中高燮曾上《请令主事康有为相机入弭兵会片》附片，请求光绪帝“破格用人”，并“特予召对”康有为。总理各国事务衙门对于高燮曾的建议思考了近三个月的时间，随后，就慢慢地有了反应。

总理衙门大臣中，许应骙对于康有为的印象一向是差的。因此，他在延宕光绪帝“破格召见”康有为一事上做了不少的手脚。恭亲王奕䜣的意见则依违于许应骙与张荫桓之间，以为不妨先由总署大臣们先会一会康有为。如果康有为是真有本事者，国家可平白得一个实心办事的人才；万一康有为是个绣花枕头，他今后便再不敢在外面招摇撞骗了。

主意拿定，戊戌年正月初三日，总署内包括军机大臣翁同龢、李鸿章、荣禄，刑部尚书廖寿桓、户部左侍郎张荫桓在内的五大臣便集体传见了康有为。

正月初八日，康有为以与五位总署大臣的谈话稿为蓝本，整理出了《上清帝第六书》，恳请总署大臣代递条陈。

光绪二十四年二月十九日，康有为《上清帝第六书》终于在张荫桓的推动下，由总理各国事务衙门呈送至了光绪帝的御案之上。从此，光绪帝的思路便被“学问淹长、熟谙西法”的康有为牵着走了。

接下来，光绪帝以总理各国事务衙门为中间人，与康有为之间的互动渐趋于频繁。

二月二十日，康有为请总署代呈《为译撰〈俄彼得变政记〉成书，可考由弱致强之故，呈请代奏折》（《上清帝第七书》）。

二月二十七日，康有为又将《俄胁割旅大，覆亡在即，乞密联英日，坚拒勿许折》递至总署。

三月二十日，康有为再把《日本变政记》、《泰西新史揽要》、《列国变通兴盛记》三书及《译撰〈日本变政考〉成书，乞采鉴变法以御侮图存折》、《请照经济科例推行生童岁试片》交至总署代呈。

在这个过程中，翁同龢对于张荫桓的暗捧康有为始终是津津有味地在一边暗自喝彩。后来，朝廷中攻击翁同龢、张荫桓的声音越来越大。翁同龢是经验丰富的政治家，他怀疑其中有颐和园中的慈禧老太太在做后台，便产生了惧意。

所以，进入四月之后，翁同龢竟然以“与康不往来”为由，两次拒绝了做光绪帝与康有为之间的传话人。似乎这时候，翁同龢已经很小心地试图在自己与张荫桓、康有为之间进行一种切割。不过，这种时候，翁同龢想要躲避掉这个政治浪头的打击却有点来不及了。

但是，后来康有为偏偏要在外人面前推崇翁同龢是“中国维新第一导师”，又讲翁同龢是引荐自己的伯乐，这又是为什么呢？

事实上，翁同龢在康有为鼓吹变法的早期，一度曾对维新变法表现出浓厚的兴趣，后来他还跟李鸿藻暗中较劲儿，争夺过北京强学会的主导权。但这绝不代表翁同龢喜欢康有为这个人，甚至于拥护康有为的哲学和变法理论。光绪二十一年闰五月初九日，翁同龢跟康有为的第一次见面是在自己的私宅。是日，翁同龢在自己的日记中记下：“归时略早，饭后，李莼客先生来长谈，此君举世目为狂生，自余观之，盖策士也。”翁同龢日记有过挖补删改的痕迹。据后人研究，这“李莼客”即为南海康圣人的代称。翁同龢一见之下，即将康有为定位为“策士”，翁同龢看人还是很准的。下次翁、康再会是在强学会的嵩云草堂，康有为略为兴奋地称呼翁同龢为“翁师”。翁同龢则直截了当场打断康有为的寒暄，他讲自己做不了康有为的“翁师”。翁同龢反问康有为：维新变法应该是仿照日本的明治维新吧？他承认自己“未知日本之情”。翁同龢对待康有为的态度，他承认康有为是一只充满勃勃生机的小兽，他希望自己可以驾驭康有为去触痛一些人，但是，翁同龢自己也得时时提防着被康有为巨大的爆发力所弄伤。

张孝若作《南通张季直先生传记》时说：“光绪帝……此时已怀了变政的决心，觉得翁公过于持重，常常掣他的肘，心上也不愿意，遂……去翁。”张孝若这结论下得也不是没有一点道理。《翁同龢日记》中记有其开缺前因两件事大为忤逆了光绪帝的心意：一件是有关德国亲王亨利二世访华的接待礼节问题。光绪帝主张“行西礼”、“宫中召见”，翁“力持不

可”，“上皆驳之，盛怒”。这实际上是光绪帝在向朝廷宣誓自己变法的决心。翁同龢在这样关键的节骨眼儿上跟皇帝离心，自然令光绪帝倍感伤心。第二件事，则是光绪帝要翁同龢通知康有为，将《明治变政考》等书再抄一份进呈。翁同龢的态度很冷淡，并劝皇帝对康有为要保持冷静态度，“此人居心叵测”。光绪帝大怒，狠狠地骂了翁同龢一顿。这是光绪与翁同龢师生间的第一次红脸。

与翁同龢的圣眷渐衰成反比，张荫桓在光绪帝心目中的地位却蒸蒸日上。

张荫桓长期在总理各国事务衙门任职，讲洋务，懂经济，又曾出使美、日、秘（鲁）三国，目睹世界潮流的大浪淘沙，身经中国外交的旷古变局，因对中国的维新图强有迫切的要求。甲午和谈张荫桓被日本人自长崎撵了回来。因在北京发愤编辑西学富强丛书，张荫桓请美国人林乐知等人选译了欧美最流行的读本八十余种，内容涉及数学、电报、化学、气象学、兵学、西方地理历史、法律学等各个方面。这些读本在变法时期成为很流行的读物。

由此，光绪帝便逐渐地把张荫桓引为自己的一个心腹。就拿德国亲王亨利二世访华礼节安排这件事情来说，张荫桓就跟翁同龢的趣味大相径庭，他是主张与西方外交礼节接轨的。因此，张荫桓建议安排一些“赐坐”、“赏游”的温馨节目。事实上，光绪帝后来于玉澜堂接见亨利二世亲王，行鞠躬握手礼、光绪帝赐坐，亲王卫队行举枪致敬礼，光绪帝再致答谢词等一系列西洋化的礼节都是张荫桓一手设计的。这看似简单的一些细节，却在当时的政坛掀起了轩然大波。

于是，徐桐便上了一道弹劾张荫桓的折子，骂张荫桓是“居心鄙险，唯利是图”。可是，光绪帝却不为所动，他暗示翁同龢不要理会外界的闲言碎语，“推重力保”张荫桓。不料，翁同龢对张荫桓也很排斥，死活不肯推荐张荫桓，这就更加剧了光绪帝与翁同龢之间的淡漠。

对于康有为，张荫桓也跟翁同龢的态度大不相同。张荫桓与康有为是老乡。光绪二十年春，康有为赴京参加甲午会试，康、张间即已有不俗的交往。《张荫桓日记》二月二十九日载：“或言法源寺桃花尚盛，凌闰台遂约餐僧饭……座客有康长素（康有为）。深入法海，谈禅不倦，不图城市中有此清凉世界。晚宿山舅寓庐，长素、闰台夜话将曙。”三月二十四日记：“申正返寓。康长素（康有为）、梁小山、梁卓如（梁启超）已来，检埃及各图与观，诧叹欲绝。长素屡言谋国自强，而中外形势惜未透辟，席间不免呶呶，此才竟不易得，宜调护之。”四月二十七日再记：“长素（康有为）因山舅觞筵大醉，逾夕始醒。前日相过，询其拼醉之故，为诗调之，昨来寓，夜谈甚畅，酒力微矣。”

有这样一份相逢、相适至相知的私情流动于彼此之间，百日维新启动前，张荫桓为把位卑言轻的康有为顺利推向前台，便做了许多外人无法得知的工作。事实上，丁酉、戊戌年间，在总理各国事务衙门做事者虽然号称八大臣：恭亲王奕䜣、庆亲王奕劻、大学士李鸿章、户部尚书翁同龢、兵部尚书荣禄、礼部尚书许应骙、左都御史廖寿恒以及张荫桓等人。张氏因官秩居于末位，但是当时，由于张荫桓受光绪帝信任，勇于任事，却在实际上成为总署的当家人物。最终，光绪皇帝放弃自己二十多年的师父翁同龢，选择了走张荫桓、康有为的变法图新之路。此举对中国近代史的影响是深远的。王照对这期间的张荫桓有一个评价：“蒙眷最隆，虽不入枢府，而朝夕得入枢府，权在军机王大臣以上。”“是时德宗亲信之臣，以张荫桓为第一。”

恰好这时，安徽布政使于荫霖再次上疏弹劾翁同龢、张荫桓两人。于是，1898 年 6 月 15 日，光绪帝突然下令将翁同龢“解组归田，以示保全”。这时，正好是百日维新开始的第四天。

其实，有关翁同龢的突然被开缺，朝廷中还流传着另外一种说法。有人说，光绪帝与翁同龢、张荫桓之间的上述那些纠葛都是浅层次的。还有更深层次的缘由，却来自于慈禧太后、恭亲王奕䜣等一班满洲大佬。他们对于翁同龢的政治野心表现出了一层深深的担忧。事实上，当时中外的变法者，都没有看穿慈禧太后、恭亲王奕䜣等一班满洲亲贵的心理承受底线：如果大家谈论的东西是有利于国富民强的，有利于增强清政府在国际间竞争力的，慈禧太后与恭亲王奕䜣等一班满洲亲贵们都会举双手表示赞成。但是，如果维新变法分子所鼓吹的变革措施威胁到了中央集权的威信或者是满洲亲贵们的既得利益，对不起，他们就不乐意了。这是晚清从洋务自强到维新变法，再到终末期的立宪新政，数十年间的风雨如磐，一直无法取得实际成效的一个重要原因。

光绪二十三年十二月二十四日，光绪帝下诏实行改变中央机构办事作风，求贤、裁人，地方兴办实业三项改革措施之后；曾于当日召集军机处、总理各国事务衙门大臣“诘问时事所宜先，并以变法为急”。翁同龢率先放了一炮：当然是先实行政府的机构改革！当时，恭亲王奕䜣认真地看了翁同龢一眼，默然无言。其他人等也默然无言，搞得翁同龢相当无趣。

接下来，便是光绪二十四年正月初三日，康有为接受翁同龢、李鸿章、荣禄、廖寿桓、张荫桓总署五大臣的问话了。康有为将政改的目标更加清晰化，提出在朝廷高层设立一个凌驾于一切机关之上的制度局，直接对皇帝本人负责，制度局内设立法律、度支、学校、农、工、商、矿务、铁路、邮信、会社、海军、陆军等十二个分局具体承办。康有为在后来的回忆中还原了这次会见的精彩对话：

荣禄：“祖宗之法不能变。”

康有为：“祖宗之法，以治祖宗之地也，今祖宗之地不能守，何有用于祖宗之法乎？”

廖寿桓：“如何变法？”

康有为：“宜变法律，官制为先。”

李鸿章：“然则六部尽撤，则例尽废乎？”

康有为：“今为列国并立之时，非复一统之世，今之法律官制，皆一统之法，弱亡中国，皆引物也，诚宜今撤，即一时不能尽去，以当斟酌改定，新政乃可推行。”

翁同龢：“财政如何再建？”

康有为：“在日本是银行之钱币，法国是印钱税，印度是土地税，在广大的中国只要改变制度，可能就有现在的十倍以上收入。”

这段谈话中，一般人大抵上都可以看得出来，荣禄、李鸿章对于康有为的变法抱有怀疑的态度，廖寿桓模棱两可，而翁同龢则抱有很大兴趣。

于是，恭亲王奕䜣不由自主地将康有为鼓吹的制度局，与翁同龢早先提倡的“从内政根本起”的主张进行了一个联想；这不是里应外合吗？假设康有为所提倡的那个制度局真的运转起来，那么，包括现在运行有效的军机处、总理各国事务衙门、内阁六部等一切的权力中枢统统都会被架空。而一旦制度局能够运作起来，真正能在制度局内操纵大盘者，绝对不会是没有在国家高层机关工作经验的康有为，只能是帝师翁同龢。想到这一层，恭亲王奕䜣忽然觉得：翁同龢的心思真是太深了。

恭亲王奕䜣自光绪二十四年的新年一过，即重病缠身。三月，奕䜣卧病不起，慈禧与光绪帝曾三次亲临恭亲王府第探视。

四月十日，恭亲王奕䜣终于在“无数檐花落定中”的初夏走完了自己的一生。

大约在翁同龢卸政归田后的第十二天，上海《申报》发表了恭亲王奕䜣的临终遗策：“此次恭忠亲王抱疾之时，皇上亲临省视，询以朝中人物，谁可大用者，恭忠亲王奏称，除合肥相国积毁销骨外，京中惟荣协揆禄，京外惟张制军之洞，及裕军师禄，可任艰危。皇上问户部尚书翁同龢如何？奏称是所谓聚九州岛之铁，不能铸此错者。甲午之役，当轴者力主和议，曾建三策，一收高丽为行省，封韩王，如衍圣公，优给俸禄，世袭罔替；二遴派重兵，代守其国，以备不虞；三以高丽为各国公兵之地，俾互相钳制，以免强邻得所措手。时翁大司农已入军机，均格不得行，惟一味夸张，力主开战，以致十数年之教育，数千万之海军，覆于旦夕，不得已割地求和。外洋乘此机会，德忠胶澳，俄租旅大，英索威海、九龙，法贳广州湾，此后相率效尤，不知何所底止？此皆大司农阶之厉也。”

有这样层层的积怨在其中，翁同龢不走更待何时？

除了翁同龢的被除名，慈禧太后另有三道特别的谕旨，是专为光绪帝的变法所制定的。

第一，王文韶自直隶内调回军机，接翁同龢户部尚书的职位。荣禄则外放为直隶总督、北洋大臣，统北洋三军。随即再任命崇礼为步军统领，怀塔布掌管圆明园八旗、包衣三旗及鸟枪营，刚毅掌管健锐营，这些部队实际上为北京卫戍部队的组成，慈禧太后将之一并收入自己信得过的满洲大臣之手，防范的心理十分明显。

第二，今后新授任的二品以上的官员，必须到颐和园来向自己谢恩。

第三，是年秋季慈禧将在天津举行一个盛大的阅兵仪式，“本年秋间，朕恭奉慈禧端佑康颐昭豫庄诚寿恭钦献崇熙皇太后銮舆，由火车路巡幸天津阅操。所有海光寺、海防公所两处屋宇着荣禄迅即修饰洁净，预备一切。并着胡燏棻将火车铁路一并料理整齐，毋得延误”。阅兵从来就是一种军权在握的宣誓。慈禧让光绪帝做配角，陪同自己去检阅荣禄新组成的北洋新军，原本就想向变法分子显示一种大局可控的信心。

如此，光绪帝的变法只不过是一种戴着镣铐的翩翩起舞罢了。

翁同龢回籍后，心情十分沉闷，好在他有书法的爱好，正好借此潜心钻研，“日临汉碑帖数十字”，“以习八分及六法自娱”。因此，他的书法水平得到了突飞猛进的提高。不过，翁同龢忍受着各种谤言，顽强地活在这个世上，就期待着有一天，他的皇帝学生能为他翻案平反。但是，翁同龢所看到的却是国事日非。于是1904年，翁同龢只能心情郁闷地病故于常熟老家。

获知翁同龢的死讯，王照深有感触地写了一首诗：“当年炀灶坏长城，曾赖东朝恤老成。岂有臣心蓄恩怨，到头因果自分明。”

写罢王照又在下面加上一条注解：“及翁之死，庆王为之请恤，上盛怒，历数翁误国之罪，首举甲午之战，次举割青岛。太后不语，庆王不敢再言，故翁无恤典。”

唉，像王照这等懦弱的书生，一辈子也就只能没来由的幸灾乐祸。

【第五章】三度垂帘，慈禧老矣，尚能饭否

由于光绪帝的召见，康有为青云直上，成为『百日维新』的主角。光绪帝借助短短的『百日维新』，暴风骤雨式地把清帝国这个陈旧的行政摊子好好地洗刷了一番。但是，康有为想要获取切实的成果并非易事。在变法的前期中，均有赖于慈禧太后为他们鸣锣开道，扫除障碍。所以，一切变革措施只能围绕如何把大清国这幢破屋糊裱得更漂亮的主题来打开。这可不是维新派的真正目的。接下来，康、梁几个书生并开始了武力夺取政权。这时，慈禧太后领着她的娘子军从颐和园回到了紫禁城，把北京的局面翻了过来。光绪帝再次落入慈禧太后的严密掌控中。于是，慈禧太后开始了她生命中的第三次垂帘听政。

❶康有为青云直上，成为“百日维新”的主角

其实，在变法这个大题目上，严格地讲，慈禧太后不应该算是一个死硬的守旧派。早在甲午战败之后，慈禧太后在跟光绪帝以及像恭亲王奕䜣、翁同龢、荣禄这样的枢臣坐在一起唠家常之时，就曾经数度提起过变法，“待太平时日得以从容展布，渐进雍熙”，“取法泰西”，必须“蠲旧习之浇漓，至维新之政治”，“逐渐整顿，大开门户，与各国相交并通商贸易”。

中年慈禧太后

光绪二十四年四月十八日，杨深秀上《请定国是，明赏罚，以正趋向而振国祚折》，痛陈“台湾既割，胶变旋生”的血泪史，恳请光绪帝“明降谕旨，着定国是，宣布维新之意，痛斥守旧之弊”。四月二十日，内阁学士徐致靖再上《请明定国是折》，要求光绪帝立即施行新政，“求可求成，风行雷动，其有旧习仍沿，阻挠观望者，亦罪无赦”。

光绪帝将这两份折子送达颐和园中慈禧太后浏览。慈禧读过，肃然动容，她在两份折子上均给了一个“良是”的评价，这对于当时蓄势待发的维新变法传递了一种相当正面的能量。

从前，许多中国人都认为慈禧是扼杀戊戌维新的第一杀手。可是，最近，却另有历史学者跟我们说，没有慈禧的支持，实际上，光绪帝任何事情都可能做不成。金梁《四朝轶闻》中记载说：戊戌变法前后，光绪帝因

"慑于积威"，"事事请懿旨"。"太后方园居。厌其烦，遂谕帝但无违祖制，可自酌。帝稍稍得自行其志"。《周馥年谱》亦云："康有为屡上救时之策，大臣多保奏，上信任之。时太后退居颐和园，不与政，但嘱上勿专信新进急切改图而已。"这两则史料均说明，对于光绪帝的变法，慈禧太后只有担忧，丝毫无反对之意。当初的慈禧太后在读过杨深秀、徐致靖倡导变法的说帖之后，甚至意犹未酣地跟光绪帝说道："今宜专讲西学。"这思路一下子比光绪帝还更西化，帝师翁同龢赶紧为慈禧修饰了一句："西法不可不讲，圣贤义理之学尤不可忘。"可见，这个时候的慈禧也觉得变法是一个好东西。

百日维新之前十二天，慈禧太后与光绪帝母子间曾有过亲密的互动。光绪帝在宫中只住了四天，其余八天均跟慈禧太后在一起，共进早晚膳，陪伴着太后在颐和园的景福阁中一同观赏美景。这当然不是单纯的消遣，而是在变法启动之前，光绪帝与慈禧太后就治国的方略、人事的安排、变法的主要措施诸方面必须有一个明晰的互动，光绪帝才可能获得向前走的动力。

另外，翁同龢罢黜军机之后，军机处人员组成为：礼亲王世铎、刚毅、钱应溥、廖寿恒（夏历二月学习入值）、王文韶（夏历五月初入值）、裕禄等六人。荣禄虽然坐镇天津，却以文渊阁大学士、直隶总督、管兵部事、节制北洋海陆诸军，荣禄在天津城打一个喷嚏，军机大臣们立即有所行动。这时候，阁臣中有三个分量颇重的人物，依次为：荣禄、协办大学士刚毅、刑事尚书崇礼。对于这样一个安排，维新运动的幕后推手张荫桓竟然莫名其妙地欢呼了一声："政令一新矣。"不知道他这样讲是什么意思。

1898 年6 月 11 日，光绪帝颁布"明定国事"诏书，宣布变法。在是日的诏书中，光绪帝明确表示："嗣后中外大小诸臣，自王公以及士庶，各宜努力向上，发愤为雄，以圣贤义理之学，植其根本，又须博采西学之切于时务者，实力讲求，以救空疏迂谬之弊。专心致志，精益求精，毋徒袭其皮毛，毋竞腾其口说，总期化无用为有用，以成通经济变之才。"费行简《慈禧传信录》中，则保留了一段慈禧太后勉励光绪帝的话："变法乃素志，同治初即纳曾国藩议。派子弟出洋留学，造船制械，以图富强也。"

6 月 16 日，光绪帝在颐和园仁寿殿中召见了康有为，这是他们君臣此生中唯一一次的会谈。后来，康有为谈起这次会见，就说：从清晨 5 时至

7 时许，我跟这位可爱的皇帝进行了长达两小时之久的交谈。当时，印象中的皇帝，身材是瘦瘦长长的，虽然面现倦容，整体感觉却仍然干净健康。皇帝的鼻梁很直，前庭饱满，胡子收拾得干净，眼睛中流露出一种绵羊般柔顺的光泽。他的脸很白，手指也是那种细细长长的类型，透出一种无可言说的特殊气质。这天，皇帝穿的是一件普通朝服，胸前绣了一个圆形的团龙，削肩之上各有一小块绣花。皇帝进殿之时，前面有数位俊俏的太监引领着。皇帝双足交叠安坐于一个有黄色靠垫的宝座之后，其他人等就躬身告退了。在整个交谈的过程中，皇上听得多，说得很少。他的眼睛时不时地会偷瞥一下右侧窗户外的一小块雨云，似乎生怕它会忽然间飘走的神情。

这样的回忆，留在康有为的印象中，就有了一种雨季降临时的湿漉漉的忧郁之感。

此次会见之后，康有为便以“六品衔总理衙门章京”的身份成为“百日维新”中的一个主角，光绪帝赋予其“专折奏事”的权力。时人对于康有为的青云直上评价为：“以小臣而受殊知，实古今未有之奇遇也。”

康有为的维新事业想要收获一种切实的成果，他所面临的第一个难题，便是临到做实事之时，政府中那些所谓的老成官员素无学术，好逸恶劳，没有人想改变现状。而跟康有为抱同一变法思想的激进分子或者出身于言路清官，或者从前为中低级官吏，均缺乏真正独立工作的能力。为此，康有为想要在僵而不死的晚清政治体制中撕开一个变革的口子，他就必须先降低了改革的高度，以减少来自体制内的那些名位稍达、承袭旧章之官僚士大夫们的行政阻力。

我们观察康有为在“百日维新”中颁布的一切新政措施，就会发现：这一期，康有为宪政思想中最具活力的“兴民权，开议院”等，民权主张均不见了，康有为把一期变革的目标锁定于恢复光绪帝的“君权”。

对此，与康有为身处于同一维新阵营的左派激进分子觉得不太好理解。于是，康有为为解答来自左、中、右各方面政治势力的疑问，乃于光绪二十四年六月二十八日，在天津《国闻报》上发表了《答人论议院书》一文，展开了专题答辩。康有为说：在当时中国国民民智民力普遍未开的前提下，开议院，兴民权，只能导致变法的中道而殂。“君犹父也，民犹子也。中国之民皆如童幼婴孩，问一家之中，婴孩十数，不由父母专主之，而使童幼婴孩自主之，自学之，能成学否乎？必不能也。敬告足下一言：中国惟以君权治天下而已，若雷厉风行，三年而规模成，

二年而成效着。”

这样，在短短百日的维新变法之中，光绪帝“政厉雷霆”、“令如流水”地发布了一百八十余条新政诏令，暴风骤雨似的把清帝国这个陈旧的行政摊子好好地洗刷了一番。兹摘要分述如下。

第一，政治方面：6月12日，颁布“保荐使才”诏，令各省督抚酌保使才，诏选宗室王公游历各国。8月2日，颁发“下诏求言”谕，命大小臣工各抒己见，以备采择；命各督抚保荐贤能；遇有士民上书言事，都察院不得拆阅、不得积压。8月13日，上谕：“命各省督抚劝诱禁止妇女缠足。”此外，还有拟定宪法开国会，满汉不分，君民合治，建设新京，断发易服改元等，这些措施因为在当时过于惊世骇俗，基本上只限于光绪帝与康有为等变法分子过过嘴瘾，并不能形成文件。

第二，经济方面：为振兴农工商业，京城设立农工商总局，各省设农工商分局，置造机器，刘坤一、张之洞试办商务局，陈宝箴、刘坤一在上海试办机器制造局；劝励工艺、奖募创新；开矿筑路，京师设立矿务铁路总局，由盛宣怀经办芦汉、粤汉、沪汉诸铁路，胡燏棻筹办京西线铁路；命京城及各通商口岸设邮政分局等。

第三，军事方面：裁撤腐化已久的绿营，力行保甲，举办团练各项。以西法训练兵将，并实施征兵制；科举以西洋枪炮代替传统的弓矢骑射。

第四，文教方面：有废八股试帖楷法试士；翻译西书及日本书，将译书局改为官督商办；命各省选派留学生赴日；改上海时务报为官办，京城筹设报馆等措施。学校教育方面，在京城首创京师大学堂，这是中国第一所大学的雏形；开设专业学校，例如南北洋的矿学学堂、海军学堂、各通商口岸的茶务学堂、蚕桑公院等；各省兴办新设中小学堂等。

慈禧太后对于光绪帝的变法则有一个从衷心欢迎至厌恶的过程。

康有为《康南海自编年谱》中说：四月末，光绪帝收到宋伯鲁要求废除八股的奏折，当即令枢臣拟旨颁布全国。于是，军机大臣刚毅提议不妨将此事递交给礼部的官员们讨论后再定。康有为知道刚毅反对废除八股，当时在行缓兵之计。因此，康有为乃提醒光绪帝说：“若下礼部，彼等必驳我矣。”但是，刚毅仍倔强地坚持：“此事重大，行之数百年，不可遂废，请上细思。”光绪帝听罢刚毅说话的语气，内心十分不爽，他当时就骂刚毅：“这样说来，你是想公开跟我作对了？”刚毅忙低眉顺眼地连称：不敢，不敢，我刚毅就是吃了老虎胆，也不敢跟皇上唱对台戏。不过，刚毅讲完这番服软的话，又话锋一转，讲：皇上，这件事情实在是太大，不如这样吧，咱们一起听听颐和园中太后的意见再定。

光绪帝无奈，只得按捺住性子，于五月初二日毕恭毕敬地“诣颐和园请太后懿旨”。这件事情，刚毅一开始估摸光绪帝肯定得被慈禧教训一顿，所以，刚毅是嘿嘿直乐地等着看光绪帝的笑话。但是，令刚毅大跌眼镜的是，慈禧太后“至初五日乃降旨也”，确认光绪帝的决定是一顶英明的决定。事实上，在维新变法的头两个多月中，有大量变法的上谕“下扼于顽臣”，这些都有赖于慈禧太后为光绪帝这一群严重缺乏行政经验的变法分子们鸣锣开道。只要老太后出马，那帮故意拿大牌的顽固守旧的大臣们便灰溜溜地连屁都不敢轻易放一个。一切行政阻挠，归于云开雾散。

严格地说起来，慈禧太后既不是什么坚决的变法分子，也不属于顽固不化的守旧派，她只是一个目光近视的现实主义分子。

甲午战败，中国对日本割地赔款。接下来，便是德国强占胶州湾；沙俄出兵占据旅顺、大连湾；英国强占威海卫、九龙湾，划长江为其势力范围；法国强占广州湾；日本势力自台湾向福建渗透等。一连串严重丧权辱国的恶性外交案件迸发，令慈禧太后痛苦不堪。同时，也令慈禧太后深切地体会到：假如她所领导的大清国不能真正地富裕起来，中国将永远处于被动挨打的软弱地位，甚至被列强一点点地蚕食掉，满洲人有可能在她的手上丧失了统治权。这是一种无可逃避的危机感。因此，慈禧太后只要康有为不搞“兴民权，开议院”的激进革命，不危及她与满洲贵族的统治权，慈禧太后对于康有为一切的改良措施都是欢迎的。甚至于康有为讲要学习西方与日本变革的一些成例，慈禧太后也安然地予以接受。但是，慈禧太后对于光绪帝与康有为的支持有一条红线是不能触动的，那就是所谓的“祖宗之法不可变”。

实际上，所谓的“祖宗之法不可变”，也不是讲所有老祖宗留下来的东西都不可改变的了，否则，还有什么变法可言。慈禧太后的书读得不多，理论水平有限，她也闹不明白康、梁两人整出来的左一套、右一套的那些个变法理论框框。她只认两条死理儿：第一，谁也不能打她已经盛进碗中荤腥的主意，哪怕一丁点的油花儿也不行。第二，别动那些追随了她一辈子的满洲亲贵们手中的奶酪，谁动她也会跟谁急！说白了，慈禧的主张，跟恭亲王奕䜣、曾国藩、李鸿章等讲了一辈子洋务自强之大佬们的看法并无不同。一切的变革措施，只能围绕着如何把大清国这幢破屋裱糊得更漂亮的主题来展开。谁也不可打把大清这座破屋推倒了重建的主意。

否则便是坏了老祖宗留下来的规矩，慈禧太后将发动朝廷的亲贵大佬们群起而攻之。从这个观点出发，包括慈禧太后以及恭亲王奕䜣、曾国藩、李鸿章、张之洞、荣禄等许多的朝廷大员在内，都是"此才无力可补天"的裱糊匠。这不是讲这一班人不努力，更不能讲这一班人没有才气，而是他们的力气从根本上就用偏了。

比如，大家心目中的顽固分子荣禄，维新变法中成绩最好的养兵、练兵改革就是由荣禄一力促成的。早在光绪二十三年，荣禄就上疏变通武科举：以西洋枪炮知识代替传统的弓矢骑射考核。百日维新开展之后，荣禄干脆趁着这股东风，把武科举这一个应试项目废掉了，这可是打碎了近一半武举人晋升之门的大举措。荣禄奉劝他们投考新建立的武备学堂，国家今后将从军事院校中选拔军事人才。当时，荣禄支持袁世凯训练的天津新建陆军，与张之洞试办的江南自强军，为全国两支军事素质最过硬的新军。另外，维新变法期间，畿辅教育改革的步子也走在全国各督抚的前头。荣禄不仅在天津创设了头等学堂、二等学堂各一所，还将保定莲池书院改为省会高等学堂，将新设的畿辅学堂改为保阳郡城中等学堂。这些改革后的学堂，均实行新式教育，课堂教学中西并重，延聘洋师教授西学。还在天津设立编译书局，与京师大学堂编译局相辅相成。没有人能否认荣禄在变法早中期的朝气蓬勃，只是后来，康有为建议光绪帝搞制度局，开设懋勤殿，跟慈禧太后展开针锋相对的权力斗争时，荣禄与康有为各为其主，自然而然地便站在了对立的立场上。

行政改制，在任何时代都是一场异常艰苦的攻坚战。

七月十四日，光绪帝下令进行机构改革。改革的第一步是精简机构，中央裁撤詹事府、通政司、光禄寺、鸿胪寺、太常寺、太仆寺、大理寺等闲散衙门，外省则淘汰湖北、广东、云南三省与总督府机构叠加的巡抚衙门。另外还有其他应裁、应并各缺，由有关衙门、官员"分别详议，切实办理"。于是，有知情者写下："戊戌变政，首在裁官，京师闲散衙门被裁者不下十余处，连带关系因之失职失业者将及万人，朝野震骇，颇有民不聊生之戚。"改革总是有阵痛的，按说偌大一个京城，丢掉饭碗者也只不过万人而已，打击面算不上多大。可是，由于中央被裁并下岗人员中有许多人是言路清官，这个辐射面就有点大了。京城一时流言蜚语满天飞，康有为等新贵在舆论中成了南方小妖。那些被打碎铁饭碗的下岗官员们“必欲得康之肉而食之”。

在这种情况下，光绪帝为平息京城的谣言，便想惩办几个守旧派大臣，树立自己的威信。光绪帝这边还在寻思呢，礼部尚书怀塔布等六大臣却愣头愣脑地送上枪口来了。

按清朝一向的惯例，低级官员是没有权力直接给皇帝上疏的。但是，光绪帝实行新政特别规定，允许下面的部院司员及士民上书言事，任何人不得阻拦。于是，到了六月的时候，礼部的六品主事王照便写了一道奏章，大约提了请慈禧太后、光绪帝两位国家老大有机会的时候，公款到国内外旅游，增加见识的建议。这都是一些不痛不痒的话题，算不上什么真知灼见。礼部尚书怀塔布、许应骙等人拒绝把这个提案呈送到皇帝那儿。于是，王照觉得自己受到了歧视，便写了一份抗议书，张贴在礼部衙门的大门口，声称如果礼部管事的老大们再不把他的锦囊妙计给皇上送去，他就要到都察院去投诉他们。怀塔布怕事，便答应了王照马上代奏。但是，许应骙却是一个不信邪的主儿，他认为万一后来下面的官员全学着王照的榜样，一天一个馊主意，那礼部还办不办正事儿呀？因此，许应骙弹劾了王照一个“咆哮署堂，借端挟制”的罪名，想借机把王照这样的刺头儿开掉。但是，许应骙却不知道，光绪帝已经暗中盯着他很久了。大约在两个月前，战斗力很强的御史宋伯鲁、杨深秀就曾经以“守旧迂谬，阻挠新政”之罪参过他一本。这时候，光绪帝正在找阻挠变法的反面典型，自然不肯轻轻放过他了。七月十九日，光绪帝下一道朱谕，把礼部堂官统统臭骂了一顿：“吏部奏，遵议礼部尚书怀塔布等处分一折，朕近来屡次降旨，戒谕群臣，令其破除积习，共矢公忠，并以部院司员及士民，有上书言事者，均不得稍有阻格，原期明目达聪，不妨刍荛兼采，并藉此可觇中国人之才识。各部院大臣，均宜共体朕心，遵照办理，乃不料礼部尚书怀塔布等，竟敢首先抗违，借口于献可替否，将该部主事王照条陈，一再驳斥，经该主事面斥其显违谕旨，始不得已勉强代奏，似此故为抑格，岂以朕之谕旨为不足遵耶？若不予以严惩，无以儆戒将来。”结果，礼部尚书怀塔布、许应骙，左侍郎堃岫、右侍郎溥颋、署左侍郎徐会澧、署右侍郎曾广汉等六个部长级高官统统被炒了鱿鱼。“至该主事王照，不畏强御，勇猛可嘉，着赏给三品顶戴，以四品京堂候补，用昭激劝，特谕。”

但是，光绪帝的这个娄子却捅大了。

首先，怀塔布和慈禧太后同属叶赫那拉一族，满洲正蓝旗人。大学士叶赫那拉·瑞麟之子，亦为李鸿章之亲家。为慈禧太后私人小圈子中的亲近旧臣。本轮光绪帝启动新政，慈禧太后特意任命怀塔布管理圆明园八旗官兵、包衣在旗官兵并鸟枪营事务，直接负责自己的安全警卫工作，可见慈禧太后对怀塔布的信任之深了。其次，光绪帝变法之前，曾经跟慈禧有过约法三章：凡涉及二品以上的朝廷大员任免，必须经慈禧太后同意后，方可下达。光绪帝此项黜升，无异于往慈禧太后所设置的禁区中闯，试图撕破慈禧太后之前所布置好的政治八卦阵。慈禧太后是政治风浪中闯出来的一员老将，对于这种异常的人事动向不能不敏感起来。

怀塔布的福晋可算是慈禧太后的半个娘家人，时常进出于颐和园之中，陪慈禧老太太吃饭、玩耍、解闷儿。怀塔布丢官后，这怀塔布福晋再进入到颐和园之中，便会轻轻地叹了一口气，跟慈禧太后诉说：皇上这一回动作也忒大了一点，大启汉官，尽除满人。唉，这满洲人的好日子到头了。慈禧听了这样的话语，脸上布上了阴云密雨。

七月二十日，光绪帝乘机再扩大战果，提拔“军机四卿”：内阁侍读杨锐、刑部候补主事刘光第、内阁候补中书林旭、江苏候补知府谭嗣同“均着赏加四品卿衔，在军机章京上行走，参预行政事宜”，具体负责草拟新政谕旨，阅看臣工奏章。这个任命看似漫不经心，在政治上却是很厉害的一着棋。因为，从此，光绪帝想起了什么金点子，倘使军机大臣顶着不办，光绪帝就可以绕过军机大佬们，直接让“军机四卿”拟旨明发，把自己想办的事情落实下去。

七月二十二日，光绪帝再免去李鸿章、敬信两人总理各国事务衙门大臣的职务。

四天之内，光绪帝连发三道圣旨，接连废黜朝廷重用的大臣，而晋升鼓吹变法的新进小官。慈禧太后开始感到不安了。

于是，慈禧太后趁着光绪帝到颐和园中给自己请安的机会，口气很重地敲打光绪帝：“九列重臣，非有大故，不可弃；今以远间亲，新间旧，徇一人而乱家法，祖宗其谓我何?”

光绪帝却表情颇倔强地向慈禧太后泣诉：“祖宗而在今日，其法必不若是，儿宁忍坏祖宗之法，不忍弃祖宗之民，失祖宗之地，为天下后世笑也。”

光绪帝回答慈禧太后的口风也很硬。母子间话不投机半句多。接下来，便只能在政治场上见高低了。

七月二十二日，慈禧太后密派怀塔布、立山等七位近臣潜赴天津见荣禄，“是日，天津有人见自京乘火车来督署者数人，势甚耀赫，仆从雄丽。有言内中即有怀公塔布、立公山也”。为防止突发事件发生，天津的荣禄已经将备战状态悄悄升级了。

❷康、梁维新派三条夺权连环计，经不起慈禧太后的轻轻一戳

由于维新变法前夕，德国贸然出兵强占胶州湾以及李鸿章签订《中俄密约》后，沙俄仍然出兵强占旅顺、大连湾之严重损害中国主权事件的发生，中国知识界的态度经历了一个由原先的“联俄拒日”到“联英日以拒俄”的重大改变。

其实，大约在甲午战争后的“公车上书”时期，康有为的政治态度也是坚决反日的。他曾经在北京的群众集会上大声疾呼：打倒日本军国主义！日本为大清国最凶险的敌人！可是，后来，康有为在北京真正从事政治活动之时，他这才悲凉地发现：京师的守旧力量实在是太大了，单凭他们几个变法分子努力地奋斗，即便是使上了吃奶的劲儿，也不知猴年马月才能实践最终的变法理想。因此，康有为转而寻求外力的支持。

当时，清王朝自慈禧太后到下面的衮衮诸公，普遍对于在中国土地上横行的外国人抱有一种既无奈又畏惧的心理。“外来的和尚好念经。”于是，康有为对于日本人的态度便由最初的抗拒转向了合作。另外，与康有为态度转变相对应的是日本自甲午战争后再经历“三国干涉还辽”事件，在其国内逐渐变得活跃的“日清提携论”之政治主张。日本开始有政治人物在康有为这样的维新人士之中鼓吹一种叫“合邦”的政治联盟。康有为《自编年谱》中，对此略有介绍：光绪二十四年四月，光绪帝启动戊戌变法之前，“时与日本矢野文雄约两国合邦大会议，定稿极详，请矢野君行知总署答允，然后可大会于各省，而俄人知之，矢野君未敢”。矢野文雄为日本驻华公使，当时只是因为日本人颇为忌惮俄国人的插手干涉，康有为那个亲善日本的会议计划这才腹死于胎中。

所谓的“合邦”，最早来源于1893年时，日本人森本藤吉写的一本叫

《大东合邦论》的书之中。森本藤吉在该书中提出日本与朝鲜并为一国的“合邦”主张：“国人尝有唱征韩论者，夫战而取之，则必疲靡国力，以买其怨。论者知之，而犹欲取之者，恐外人据此地也。今协议以合之，其为大幸。果何如也？盖持大公以合之，则我不用兵而取朝鲜也，朝鲜亦不用兵而取日本也。一将之功不成，而万人之骨则无枯矣。以费于兵争之资，诱朝鲜之开明，则是不买怨而树德也，合邦岂日本之不利哉？”此后，日本政客又将“合邦”之说，经过删节修改后，转销到中国大陆，用来眩惑与欺骗中国的知识分子。

甲午战争后，日本为在中国的士大夫阶层培养亲日的势力，颇下过一番功夫。

光绪二十二年（日本明治二十九年），日本政界资深人士犬养毅提出：“对于中国问题，则殊不易办，故确立对华政策，实为当务之急。”于是，当时的日本外相大隈重信马上派出可儿长一、平山周、宫崎寅藏三个专业调查员来到中国南方，以摸清中国革命党与维新党的具体情况。光绪二十三年，“大陆浪人”宗方小太郎潜入上海，与维新派中的实力人士李盛铎、罗诚伯、梁启超、汪康年等举行会谈，商讨中日合作的方式。后来，宗方小太郎回忆，梁启超曾亲口对他说：“中国之天下为满人破坏，欲图挽回，非脱离满人之羁绊不可。”可见，梁启超对日清联合之事，颇抱乐观的态度。光绪二十四年正月，日本参谋本部参谋神尾光臣等人则游说谭嗣同：“彼我本兄弟国……我不联贵国，将谁联？”事实上，日本明治维新后，日本于甲午战争一役一举击败中国，对于中国士大夫们的刺激实在是太大了，在日本政客的巧言游说之下，当年许多激进的中国变革分子均选择了亲日的政治路子。

进入光绪二十四年（明治三十一年）春，正是一年中“莺啼树里迷浓绿，蝶舞樽前映嫩黄”的大好时节，中国要求变法的气氛已经十分浓郁了。

日本为了在即将到来的变法运动中保持影响，适时在中国、日本的大都市中成立了“东亚会”。“东亚会”中的日方骨干分子为陆实、福本诚、三宅雪岭、池边三山、志贺重昂、犬养毅、平岗浩太郎、井上雅二、内田良平、平山周、宫崎滔天等亚洲近代史上的热门人物；参加这个协会的中国人，有许多人则为康有为、梁启超维新活动中的积极分子以及孙中山、黄兴等革命党人。另外，“大陆浪人”井手三郎等人，在日本贵族院议长近卫笃麿公爵的积极扶持下，也在日本的东京、大阪以及中国的上海诸地设立了志在吸引中国知识分子兴趣的同文会馆，加大了“中日合邦”政治主张的推销力度。

实际上，矢野文雄也是一名热衷于“中日合邦”的日本政客。之前，他曾供职于日本政府的大藏省，一度脱离政治进入到日本的新闻媒体界做事。后来，在伊藤博文的游说下，重新回到政界。明治三十年（1897 年），被任命为日本驻中国公使。光绪二十四年七月，日本政坛元老伊藤博文对中国的深度访问便是在矢野文雄的精心安排下成行的。目前，有许多现代史家均认为，正是因为伊藤博文的这次突兀访华诱发了戊戌政变的发生。

至于英、美两国对康、梁等变法人士的影响，则主要是通过在华传教士来实行的。当时，较出名者有：李佳白（Gibbert Reid）、林乐知（Young G. Allen）、白齐克（Pethick）、李提摩太（Timathy Richard）等人，梁启超曾担任过李提摩太的私人秘书，因此，李提摩太对维新派影响最大。1891 年之后，李提摩太主持一个叫“广学会”的文化社团，并且利用“广学会”出版了《万国公报》等十几种报刊、2000 余种书籍和小册子，成为当时中国规模较大的出版机构之一。李提摩太的志向就是“从宗教的小圈子里走出去，去影响中国知识界的发展，影响中国政治的进程”。事实上，策划戊戌变法的康有为、梁启超等精英人物一度曾奉李提摩太为他们的精神教父。但是，李提摩太这个人的思想也谈不上有多高明，他是一个“中英合邦”的狂热鼓吹者，他规划中的“中英合邦”蓝图为：

“第一，宜延聘两位可信之西人，筹一良法，速与天下大国立约联交。第二，宜立新政部，以八人总管，半用华官，半用西人。第三，铁路仍电请西国办理铁路第一有名之人，年约四十岁者与之商办。第四，李提摩太本人力强年富，心计最工，在新政部应总管筹款借款各事。第五，中国应暂请英人某某、美人某某，随时入见皇上，以西国各事详细奏陈。第六，国家日报，关系安危，应请英人某某、美人某某，总管报事。第七，学部为人才根本，应请德人某某、美人某某总之。第八，战阵之事，素未深谙，应专精此事之人保荐人才，以备任使。”从这份“蓝图”我们不难窥破，李提摩太煞费苦心地劝说中国人把外交、新政、铁路、借款、报纸、教育等事关国家生死的权力全部交由西洋人来打理，这不过是将中国人看成傻帽儿而已。其殖民帝国主义的心态与矢野文雄、伊藤博文等日本野心家一脉相承。但是，当时，李提摩太却跟中国的政界大佬李鸿章、张之洞、左宗棠、曾纪泽、庆亲王奕劻、恭亲王奕䜣等人保持着广泛的接触。因而，在北京的官场上还是具有一定的诱惑性。

光绪二十四年七月十九日之后，光绪帝因为罢黜怀塔布等礼部六堂官以及罢免李鸿章、敬信两人总理各国事务衙门大臣诸事，与慈禧太后周围的利益集团开始发生激烈交锋。至此，光绪帝的变革走向了自古华山一条险隘的危路。光绪帝要么冒了跌下深渊粉身碎骨的危险，亲手打倒塑造了自己的亲爸爸慈禧。昨日的种种光绪帝宛若昨日已死，今后的光绪帝犹如今后的桩桩新生，做一个名副其实的复兴之主。要么光绪帝当即畏葸地退回去，做一个唯唯诺诺的儿皇帝。康有为激励光绪帝，会死卵子朝天，不死千年万年。光绪帝选择了炮打慈禧的革命道路。因此，光绪帝与康有为一班“虽怀济世之具，势不得展”的变法人士，为了打破慈禧权势集团所冻结的坚冰，便在政变发生的十余日前，忽然高调唱起了与日本“合邦”的变奏曲。

七月二十四日，刑部主事洪汝冲上疏光绪皇帝，提出了“迁都、借才、联邦”三策，三策中，洪汝冲认为“借才”一项势在必行：

“职以为不仿行西法则已，苟仿行西法，则一切内政，尤当广聘东西各国名士，畀以事权，俾资赞助，收效必宏。甲午之役，则伊藤、陆奥，名震寰区。近日伊藤罢相，将欲来游，藉觇国是。皇上如能縻以好爵，使近在耳目，博访周咨，则新政立行。”

洪汝冲的理想人选就是我们前头提过的甲午之战的肇事者伊藤博文。

至于洪汝冲的另一主张“联邦”，洪汝冲似乎也有一个仔细的策划：

“为日本者，所亲宜无过中国……此事若在欧西，即合为一国，亦不为怪，挪威以合于瑞典而得自存，匈牙利以合于奥地利而以不灭，他如意、德以众国合成而称帝制……中国之自强，惟在日本之相助。”

洪汝冲所谓的“联邦”，就是劝说中国人调整好心态，做一个愉快的亡国奴，听凭日本慢慢地玩小蛇吞大象的游戏。中国可以先把权柄授予伊藤博文之流，然后慢慢与日本融为一体。洪汝冲如果不是脑子进水，那就一定是心怀叵测了。因为按照洪汝冲那一套设想，中国人无异于自宫，将沦为苦难的殖民地。

但是，光绪二十四年七月二十六日，伊藤博文竟然真的来到了中国。伊藤博文游历的第一站是天津，接着便是私人访问北京。配合着伊藤博文的成行，康有为另一个重要的外国客人英国传教士李提摩太也从上海抵达了北京。

原来，康有为跟维新派的精神教父李提摩太私底下已经就中英“合邦”这件事情磋商过许多次。英国政府对“合邦”的态度不明朗，李提摩太认为这时的维新派确实无法打开局面，因此，李提摩太调整了自己的政治目标：不妨先建立一个“英日中合邦”。而且由于访华的伊藤博文已经使日本变成了一个强盛的国家，对于中国政府来说，最好的办法就是同时聘请他与伊藤担任皇帝的政治顾问。光绪帝与康有为这一伙冲动的变革家必须在短期内拿出令人信服的变革成果来，才能堵住来自朝廷既得利益集团的闲言碎语。

李提摩太的提议令光绪帝怦然心动。于是，七月二十九日，李提摩太与伊藤博文便同时住进了北京的高级旅馆之中。

李提摩太在中国近代外交舞台曾经是个重要角色

为配合伊藤博文的北京之行，新晋的变法派官员们决心先把“借才”这种政治主张炒红炒热。

七月二十六日，伊藤博文展开了自己与中国政治家的首轮会谈，与慈禧太后最亲信的大学士、直隶总督荣禄在天津面晤。户部候补主事聂兴圻向光绪帝上了一道奏章：要求在皇帝身旁“设客卿以奔走外臣”。为达此一目的，光绪帝应该“知会欧美各国，其有贤能愿客仕我中国者，即以客卿之位尊显之。如此，则彼为我尽其才能，斯新政更易成矣。”

七月二十九日，伊藤博文开始在北京展开了自己的政治活动。按照预定的行程，伊藤博文也希望自己与光绪帝之间能有一个会谈。于是，宗人府主事陈懋鼎再为光绪帝支招儿：“皇上于其进见时，宣中国和睦之谊，询彼国变革之序，于内政外交，两有裨益。”

七月二十九日至八月初三日期间，预感到政治危险的康有为撺掇江苏松江府知府濮子潼、工部郎中福润、直隶候补知县谢希傅、贵州举人傅夔、候选郎中陈时政等一批人，迫切要求光绪帝聘请伊藤为中国的宰相：“日人素尚义气，喜功名，既无异种之嫌，复有同洲之患，今伊藤之来，苟乐为相助，于我诚便……且臣所以请皇上留相伊藤者，近世欧洲多有此例，以为美谈，不以本国乏才为耻。”

配合着“借才”的政治造势，康、梁还有一个李代桃僵的政治妙计，那就是建议光绪帝重开懋勤殿。梁启超《戊戌政变记》中对此有细腻的记载“选集通国英才数十人，并延聘东西各国政治专家共议制度，将一切应兴应革之事，全盘筹算，定一详细规则，然后施行。”当时，康、梁两人心仪的懋勤殿顾问的国内最佳人选为：康有为、康广仁、梁启超、黄遵宪、徐致靖、麦孟华、宋伯鲁等人。至于国外的智囊团人选，则必须由伊藤博文与李提摩太两人来组成。

有关懋勤殿，《养吉斋丛录》中说，“懋勤殿为乾清宫西庑之中三楹，内悬‘基命有密’额，圣祖冲龄读书于此。后为内延翰林修书入直之地，度藏书画及文房四事等，则宫殿监司之……凡文房四事，由各处呈进，备用频赐各件，皆存懋勤殿库，本殿监典守之。”

清朝入关后，于顺治时曾模仿前明，实行过一种叫“御门听政”的议政制度，至康熙朝形成固定的政治制度。康熙帝于常规日的凌晨，御乾清门主持朝廷会议，聆听内阁及各部院大臣的奏报或奏言，进行商议，作出决断，发布谕旨，贯彻实行。后来，历朝的清帝便把这一政治制度沿袭了下来。

但是，事实上，皇帝听政的地点并不一定就固定死了在乾清门。例如，康熙帝生前，到了夏季炎热之时，在瀛台避暑，他就曾把听政的地点改在了瀛台的勤政殿。后来的懋勤殿、养心殿、西苑仪鸾殿、畅春园澹宁居、圆明园正大光明殿均做过历代清帝们御门听政的场所。康熙、乾隆、咸丰三朝均曾经打开懋勤殿御门听政。只是进入同治、光绪年间之后，由于两代帝王均为幼童登基，这项制度这才逐渐虚废不用。

自从康、梁维新派议设制度局流产、拟开议院作罢之后，维新派一直在凝固的晚清政局中寻求一个突破点。光绪帝的重开懋勤殿，便是康有为维新党人攫取政治实权的一条瞒天过海之计。首先，光绪帝以设顾问官的方式把康有为、梁启超等维新党人以及伊藤博文、李提摩太这样的国外政治人物聚集起来。一旦运行有效，由于有英日列强势力的支持，便很容易在光绪帝周围形成一个高效运作的行政中心。其绝妙之处跟当年的雍正帝创办军机处有异曲同工之妙，一旦懋勤殿跟地方大佬之间的网络接通，这就相当于另设了一个清中央核心领导班子。光绪帝完全可以甩开慈禧太后，而随心所欲地贯彻自己的政治主张。

因此，苏继祖《清廷戊戌朝变记》中，提到重开懋勤殿这件事之时，乃说：光绪帝“定于二十八日赴颐和园时禀请太后之命。太后不答，神色异常，惧而未敢申说”。

慈禧太后一眼就看破了康、梁一派和平夺取实权的计谋。

当时，慈禧太后的态度异常之峻峭厉削！

梁启超对此回忆道：“至二十八日，京朝人人咸知懋勤殿之事，以为今日谕旨将下，而卒不下，于是益知西后与帝之不相容矣。”

至此，康有为、梁启超等维新派试图凭着“借才、重开懋勤殿、中日英三国合邦”三条连环计，和平攫取最高权力的幻想被慈禧太后轻轻一戳，竟破灭了。

接下来，康、梁几个书生开始了武力夺取政权的尝试。

❸康、梁书生，武力夺权的尝试

变法伊始，康有为试图重点拉拢的军中人物为淮将聂士成。康有为把这项艰巨而又光荣的任务交给聂士成的拜把兄弟王照。但是，王照认为慈禧太后这条政治大鳄实在是太精明了，康有为作这方面的努力，成功的希望很小，便拒绝了。

于是，康有为再转念，便把主意打到了在北京强学会中厮混过的袁世凯身上。

侍读学士徐致靖的侄子徐仁禄，拍着胸脯向大家担保：袁世凯这人挺不错的，即便事情有所不济，也能守口如瓶，绝不出卖朋友。

于是，光绪二十四年七月二十六日，徐致靖便代光绪帝拟定了一道手谕：“电知荣禄，袁世凯即行来京陛见。”这道召见军头的圣旨，事后方恭呈慈禧太后浏览。

不过，光绪帝平白无故忽然召见袁世凯的这道圣旨，却仿佛平地的一声响雷，把满朝的文武群臣都震动了。

康党的王照，率先见了这道上谕。他气急败坏地找到徐致靖责问：为什么要下这样的圣旨？眼下不正在争取老佛爷同意重开懋勤殿吗？

徐致靖表情笃定地回答：请袁世凯入京来商议抵御外敌的大计呀。这个决定跟重开懋勤殿并不冲突。

王照仍当场哂笑之：你这种鸟理由，骗骗三岁的无知小儿还差不多，你以为可以瞒得过大江大海过来的慈禧太后？袁世凯是什么？那是枪杆子的象征。袁世凯无端这么一动，咱们从前的所有平和的努力都付诸东流。你已经把所有参加变法的人士均置于了刀刃之上。

徐致靖听罢吓得目瞪口呆。

于是，王照赶紧补上了一个折子，请光绪帝命令袁世凯部开拔到河南的归德府去剿匪，以为本次陛见的掩耳之计。

不过，八月初一日，光绪帝与袁世凯在颐和园玉澜堂中的君臣相会，光绪帝对于袁世凯的印象却超好。陛见刚结束，光绪帝立即兴奋地发了一道嘉奖令：“现在练兵紧要，直隶按察使袁世凯办事勤奋，校练认真，着开缺以侍郎候补，责成专办练兵事务，所有应办事宜着随时具奏。”侍郎跟督抚级的地方大佬级别相仿，光绪帝再赋予其专折上奏的特权，这袁世凯的小站新建陆军便成为跟荣禄双雄并峙的独立大队了。

荣禄对于袁世凯有异于常规的晋升方式十分警惕，立即在军事上布置了针对天津小站的反制措施。荣禄紧急抽调聂士成的五千兵入天津城，又把董福祥一支劲旅摆在了京郊的长辛店方向，防止袁军突然向京城推进。这就从两个方面把天津小站的袁世凯新军箍得死死的。

另外，光绪帝七月二十八日入颐和园请求慈禧太后批准重开懋勤殿，却挨了慈禧太后一顿无情的呵斥！光绪帝自觉政治前途已黯淡，便给杨锐发了一个密诏：

“近来朕仰窥皇太后圣意，不愿将法尽变，并不欲将此辈老谬昏庸之大臣罢黜，而登用英勇通达之人，令其议政，以为恐失人心。虽经朕屡次降旨整饬，而并且有随时几谏之事，但圣意坚定，终恐无济于事……今朕问汝，可有何良策，俾旧法可以渐变，将老谬昏庸之大臣尽行罢黜，而登进英勇通达之人，令其议政。使中国转危为安，化弱为强，而又不致有拂圣意。尔等与林旭、谭嗣同、刘光第及诸同志等妥速筹商，密缮封奏。由军机大臣代递，候朕熟思审处，再行办理，朕实不胜紧急翘盼之至。特谕。”

事实上，光绪帝这个密诏的下达，不管光绪帝内心的真实想法是什么，都促成了康有为、谭嗣同等人决心利用袁世凯羁留北京期间，游说他加入武力反对慈禧太后之阵营的决心！

但是，光绪帝打破常规召见袁世凯的举动，终于在慈禧太后方面引发了强烈反应。

八月初二日，慈禧太后宣布一个萧瑟的决定：自即日起，凡杨锐、刘光第、林旭、谭嗣同“军机四卿”所处理过的公文，必须先经慈禧太后御览后方可予以执行。这在实际上削夺了“军机四卿”的政务处理权。

于是，自觉大祸临头的光绪帝开始退缩自保了。

同为八月初二日，就在慈禧太后宣布收回“军机四卿”行政处理权后不久，光绪帝冒险签发了一道明诏：着康有为即刻南下上海接办《时务报》，“毋得迁延观望”。这道圣旨的下发，令善于观察朝廷风向的臣子们一看，就觉得非同寻常。因为这时，康有为是光绪帝身旁炙手可热的变法大师，许多人都在预言六品总理衙门章京康有为将很快崛起成为京师新一代的手腕通天的权势人物。可是，就是康有为那么一位朝廷政治风向标式的人物，光绪帝忽然间变换了一副急促的口吻告诉他：阿康，快跑！

京城官场自然敏锐地预感到朝廷的政治风向很快会发生变化。

八月初二日稍晚时分，光绪帝再让林旭偷偷带给康有为一道密诏，其内容为："朕今命汝督办官报，实有不得已之苦衷，非楮墨所能罄也。汝可迅速出外，不可延迟。汝一片忠爱热肠，朕所深悉。其爱惜身体，善自调摄，将来更效驰驱，共建大业，朕有厚望焉。"光绪帝对康有为有期待、有无奈，只是一切美好的往事，俱已不近情理地包裹于一层"秋风料峭客帆远，落叶夕阳天际明"的轻寒之中。

光绪帝夫复何言！

八月初三日早晨，林旭终于在南海会馆找到康有为，把光绪帝要求其尽早离开北京的密诏交给他。可是，康有为仍然决心再赌一把他的那个武力抢权计划。于是，康有为找来谭嗣同、梁启超、康广仁等数位心腹，正好这个时候，袁世凯的心腹幕僚徐世昌却撞了进来。当时，大家就歃血为盟，发誓一定要营救光绪帝，说到动情处，数条文弱汉子竟抱头痛哭在了一起。当下，徐世昌答应，立即带谭嗣同去见仍然羁留在京的袁世凯。

于是，八月初三日夜，军机章京谭嗣同密访住在北京法华寺寓所的袁世凯，说以诛杀直隶总督荣禄等密议诸事。康有为的《自编年谱》中记叙："吾乃属谭复生入袁世凯所寓，说袁勤王，率死士数百扶上登午门而杀荣禄，除旧党。"

袁世凯《戊戌日记》中对此有一个更为详细的描述：

当时，谭嗣同从袖中掏出了一份预备启奏给光绪帝的奏折草稿，其内容为："荣某谋废立弑君，大逆不道，若不速除，上位不能保，即性命亦不能保。袁世凯初五请训，请面付朱谕一道，令其带本部兵赴津，见荣某，出朱谕宣读，立即正法。即以袁某代为直督，传谕僚属，张挂告示，布告荣某大逆罪状，即封禁电局铁路，迅速载袁某部兵入京，派一半围颐和园，一半守宫，大事可定。如不听臣策，即死在上前。"

袁世凯读罢，大惊失色，乃问谭嗣同："围颐和园欲何为？"

谭嗣同的回答十分干脆："不除此老朽，国不能保，此事在我，公不必问。"

是夜天空墨云堆集。袁世凯会客厢房外有一株槐树、一株枣树，树影亦如墨色。四周环境静极。谭嗣同又说："我雇有好汉数十人，并电湖南招集好将多人，不日可到。去此老朽在我而已，无须用公。但要公以二事，诛荣某，围颐和园耳。”谭嗣同唯恐袁世凯不相信自己，又拿出一段光绪帝的朱谕摘录，大致云：“朕锐意变法，诸老臣均不顺手，如操之太急，又恐慈圣不悦，饬杨锐、刘光第、林旭、谭嗣同另议良法。”

谭嗣同所谓的雇有好汉数十人，是他自恃与毕永年打通了联系通道。

毕永年差点成为康有为斩首行务的执行者

毕永年者，号松甫，湖南善化人。1897年，毕永年与唐才常同时考取拔贡，从此与唐才常、谭嗣同结下深厚友谊。此后，毕永年加入了民间三合会秘密组织哥老会，并且因为他的为人豪放，轻财好义，与哥老会首领杨鸿钧等人洽谈甚欢。谭嗣同视毕永年为可以交心的朋友，曾经跟毕说：“纵二千年，横十八省，可与深谈，惟见君耳。”据说，当时，毕永年手下聚集有一批能人。这批人个个都有飞檐走壁、取人头如探囊取物般的过硬功夫。谭嗣同于戊戌政变前夕将毕永年带入北京，并将之引见给康有为。康有为鼓励毕永年在袁世凯动手后，冲入颐和园，捕杀西太后。当年，康有为交代给毕永年的任务，有点类似于现代特工的斩首行动。毕永年《诡谋直纪》中记下了梁启超所派出的说客钱惟骥劝说自己横下一条心跟着康、梁干革命的经过：“顷梁君谓我云：先生之意，其奏知皇上时，只言废之，且俟往围颐和园时，执而杀之可也，未知毕君肯任此事否?”

另外，康有为、谭嗣同为了给荣禄找到一个死得其所的理由，又编造了一个荣禄与慈禧太后密谋于九月天津阅兵时废掉光绪帝的故事。

不过，这个故事有点蹩脚。后来，苏继祖在写《清廷戊戌朝变记》时一眼便看穿了。苏继祖语气中有点不屑地讲：“夫太后、荣相每以为此其时也，可以废立矣，必在宫中调兵入卫，决不及出京到天津，行此大举动也。况今日京师之臣民，不知有是非久矣，苟行废立，尚有敢谓其不然者乎？不待兵力以压制之耳!”这话讲得也确实占理，当年的光绪帝要人没人，要枪没枪，只有康有为几个文弱书生跟在屁股后摇旗呐喊。慈禧太后想废掉光绪帝的武功，在北京城也只不过是一句话的事情，干吗非得眼巴巴地等到天津阅兵时方大动兵戈？此后发生的戊戌政变，也印证了苏继祖的看法。慈禧太后从新绿红叶、地胜官闲的颐和园中，领着一班娘子军摇摇摆摆地回到紫禁城，慈禧太后一声吆喝：把那不懂事的痴儿关起来，反省几天。光绪帝即应声被软禁于中南海的瀛台之中。

政治斗争真正走到水落石出之时，就是这么简单。

当时，袁世凯一边看谭嗣同带来的那份皇帝“密诏”，一边却锁紧了眉头。袁世凯吞吞吐吐地提出自己的疑惑：老谭，你这个“密诏”有问题呀。皇上也没让咱杀荣禄、围困颐和园呀。

谭嗣同当即大力地往袁世凯肩上一拍，拍着胸脯鼓励他：“自古非流血不能变法，必须将一群老朽，全行杀去，始可办事。”

袁世凯当时在心底暗自嘀咕：这可是把脑袋别在裤腰带上的杀头买卖，这谭某人怎么讲得像小孩子过家家似的草率，嫌命长呀。

袁世凯立刻断定康有为、谭嗣同这一帮每日高谈阔论的变法家们很难成得了气候。

于是，八月初五一大早，袁世凯再次得到光绪帝的召见，袁世凯从光绪帝游离的眼神中已经觉察到这事儿有很大的不妥。是日下午，袁世凯赶紧离开了北京这个是非之地，急匆匆赶回到天津的军营。他顾不上赶回家先喝上一口热水儿，立马跑进了荣禄的官署，一五一十地把谭嗣同那个谋杀荣禄、兵围颐和园的兵变计划和盘托了出来。

事实上，荣禄心里早就知道，康有为、谭嗣同这一伙书生容不得自己。

苏继祖《清廷戊戌朝变记》中有一个小故事：说是百日维新的高潮期，有一天，荣禄与康有为在宫中迎面相遇。荣禄停下来，略含讥讽地问康有为：“以子之大才，亦将有补救时局之术否？”康有为不屑一顾地回答：“非变法不能救中国也。”荣禄继续嘲笑康有为：“固知法当变也，但一二百年之成法，一旦能遽变乎？”康有为忽然一翻眼白，撂下了一句狠话：“杀几个一品大员，法既变矣！”

听完袁世凯的报告，荣禄只觉得自己的后颈渐次地浸上来一种凉滑如水的刀刃的寒意！

❹由后台走向前台，慈禧太后的第三次垂帘

自八月初三日至八月初六日的戊戌政变进行期间，北京城内各种消息的来源有点混乱。

八月初三日，总理各国事务衙门收到北洋大臣、直隶总督荣禄拍来的三封紧急电报，说是在中国的金山嘴、秦王岛附近以及塘沽、榆关附近地区，连续多日出现英国军舰的大规模集结。后来，有人猜测，那是英国教士李提摩太说服英国军方，为配合他的“英日中合邦”政治计划的实施，而采取的一种军事恫吓行动。

我们再回到八月初三夜，谭嗣同出发去说服袁世凯之后的事件现场：康有为紧接着又在自己的私宅中召集了一个由杨深秀、宋伯鲁、李孟符、王小航等变法骨干参加的紧急会议。这个会议的中心议题是讨论杨深秀的一个奏折。这个折子，却是为八月初五日，光绪帝会见伊藤博文时预备的。奏折的主要内容仍然是：强烈呼吁光绪帝立即实行中英日三国“合邦”的政治主张；立即聘请英国牧师李提摩太、东瀛名相伊藤博文等人为皇帝的高级顾问。后来，变法派大将宋伯鲁对此也有一个回忆：“又闻俄君在其彼得罗堡，邀集德、法、英各国，议分中国，绘图腾报。昨闻英国教士李提摩太来京，往见工部主事康有为，道其来意，并出示分割图。渠之来也，拟联合中国、日本、美国及英国为合邦，共选通达时务、晓畅各国掌故者百人，专理四国兵政税则及一切外交等事，别练兵若干营，以资御侮。”按照康有为最初的设想：如果袁世凯、毕永年在天津与颐和园的各路军事得手，至八月初八日，光绪帝便可以就“合邦”大计，与李提摩太、伊藤博文等人进入到一种实质性的操作阶段了。

但是，一切都来不及了。

八月初三日，言路上的广西道监察御史杨崇伊上了一道折子给慈禧太后，代表京城的既得利益集团，从几个方面表达了内心的隐忧：

“自东瀛发难，革员文廷式等昌言用兵，遂致割地偿款。兵祸甫息，文廷式假托忠愤，与工部主事康有为等号召浮薄，创立南北强学会，幸先后奉旨封禁革逐，未见其害。乃文廷式不思悔过，又创大同学会，外奉广东叛民孙文为主，内奉康有为为主，得黄遵宪、陈三立标榜之力，先在湖南省城开讲，抚臣陈宝箴倾信崇奉，专以讪谤朝廷为事，湘民莫不痛恨。今春会试，公车骈集，康有为偕其弟康广仁及梁启超来京讲学，将以煽动天下之士心。”这是其一。

“两月以来变更成法，斥逐老成，借口言路之开，以位置党羽。”这是其二。

“变法神速，几有一日千里之势”。每一道变法法令，都要求“速办”，执行官员动作稍有迟疑，光绪帝立即以“积习相沿，因循玩解，意存观

望，置若罔闻”之罪名，予以警告、革职的严厉处分。一时，朝廷中被下岗、被革职官员的群体，势若决堤。京城的官僚体制已弥漫着巨大的恐慌情绪。一旦人心崩溃，后果不堪设想。这是其三。

“为大同学会蛊惑士心、紊乱朝局、引用东人，深恐贻祸宗社，吁恳皇太后即日训政，以遏乱萌。风闻东洋故相伊藤博文，即日到京，将专政柄。臣虽得自传闻，然近来传闻之言，其应如响。伊藤果用，则祖宗所传之天下，不啻拱手让人。”这是其四。

事实上，杨崇伊有关光绪帝立即聘用伊藤博文、李提摩太为国事顾问，暗中操纵一切权柄的说法最令慈禧太后触目惊心。

于是，八月初四日，慈禧太后突然从颐和园中回到了紫禁城。光绪帝于这日重新落入慈禧太后的严密掌控之中。

八月初五日，光绪帝与伊藤博文、日本驻华公使林权助的会见已不过是官样文章。

光绪帝对伊藤博文说了许多客气话：“久闻贵爵大名，今得延见，深感满意。”“贵国自维新后，庶绩咸熙，皆出贵侯手定，各国无不钦仰，无不赞美，朕亦时佩于心。”“我国与贵国同在一洲，至亲至近。现在我国亦要变法，贵爵可将变法次序详细告知总理衙门王大臣。”或许，这真的是光绪帝的肺腑之言。但是，光绪帝所说的这一切，已没有任何政治意义了。因为，其时光绪帝已在慈禧太后的严密监视之下。

张荫桓后来回忆说：“伊藤觐见，又系我带领，时太后在帘内。到班时，我向伊藤拉手，乃外国礼，而太后不知。上殿时挽伊藤之袖，对答词毕，又挽伊袖令出，就赐座，太后皆见之，遂疑我与彼有私。”苏继祖则进一步印证了张荫桓说法：“觐见伊藤博文于勤政殿。伊藤为日本改革领袖，皇上急欲面询变法方略，预定于殿内间设果酒以便详查一切，而是日太后先在屏后坐听，以鉴察之，上仅能与照例数语而退。”

八月初六日，慈禧太后软禁光绪帝，宣布重新训政，63 岁的慈禧太后第三次由后台正式走向前台。轰轰烈烈的变法运动仅维持了区区 103 天，真的不过是生如夏花般绚丽，死若秋月般静美，此后便归于浓黑的寂寥了。

自八月初三至八月初六日，慈禧太后所从容策划的整个政变过程中，我们都没发现有荣禄与袁世凯这一对哥们儿的什么事儿。

因此，骆宝善在《再论戊戌政变不起于袁世凯告密》一文中冷静写道：“京来火车下午三点钟到津，袁向荣禄表白、告密的急迫心情是不言而喻的。但外界并不知情，他必须不显山不露水地应酬一切。袁以超擢兵侍返津，天津文武各级官员早已筹备了盛大的欢迎会。《国闻报》载所谓‘同城文武咸往迎迓，一时颇为热闹。’袁要端起官场仪态不慌不忙地出站，要同文武官员们行礼如仪，请皇上、太后圣安，然后入茶座同文武官员周旋、寒暄，报告陛见盛况，宣讲皇上圣德，然后告别，赴直督署。经查，天津火车站至直督署乘坐正式交通工具八抬大轿，大约近半小时路程。总算起来，袁从下火车至到达直署，确需二三个小时的时间，天津地区此时日落时刻为下午六点零八分。袁谓‘诣院谒荣相’时‘日已落’当符实际。”

袁世凯自己在《戊戌日记》中曾讲：“抵津，日已落，即诣院谒荣相，略述内情，并称皇上至孝，实无他意，但有群小结党煽惑，谋危宗社，罪实在下，必须保全皇上，以安天下。语未竟，叶祖珪入坐，佑文亦来，外候至二鼓，不得间，只好先退晚餐，约以明早再造详谈。次早荣相枉顾，以详细情形备述，荣相失色，大呼冤曰：‘荣某若有丝毫犯上心，天必诛我，近来屡有人来津通告内情，但不及今谈之详。’予谓：‘此事与皇上毫无干涉，如累及上位，我惟有仰药而死耳。’筹商久之，迄无善策，荣相回署，复约佑文熟商。”

就在荣禄、袁世凯反复迟疑不决间，慈禧太后凭借手中的北京卫戍部队已经轻松把北京的局面翻过来了。八月初六日夜晚，御史杨崇伊奉命自北京赶赴天津，向荣、袁二人宣布慈禧“训政”的决定。荣、袁二人如释重负。

初六日，慈禧的懿旨是：“工部候补主事康有为，结党营私，莠言乱政，屡经被人参奏，着革职。并其弟康广仁，均着步军统领衙门拏交刑部，按律治罪。”不过以“结党营私，莠言乱政”的罪名拿问康氏兄弟，这说明初六日的慈禧太后还不知道康有为、谭嗣同“围园杀后”的密谋。

八月初七日，御史杨崇伊受荣、袁两人返京向慈禧太后密告康有为、谭嗣同等谋反证据。慈禧是真气坏了，黄鸿寿《清史记事本末》中记：“光绪帝出殿，即有侍卫、太监来，称奉太后命，将其引到太后处，太后责之曰：‘汝之变法维新，本予所许，但不料汝昏昧糊涂，胆大妄为，一至于此。汝自五岁入宫，继立为帝，抚养成人，以致归政，予何负于汝？而汝无福承受大业，听人播弄，如木偶然。朝中亲贵重臣，无一爱戴汝者，皆请予训政，汉大臣中虽一二阿顺汝者，予自有法治之。”恽毓鼎《崇陵传信录》一书中则记载西太后哭骂完毕，哀叹：“痴儿，今日无我，明日安有汝乎？”

于是，慈禧太后决定扩大打击面。当日宣布全城戒严，严密搜拿“军机四卿”以及其他康党骨干分子。

八月初九，张荫桓、徐致靖、杨锐、谭嗣同等九人一并革职，移交刑部严办。

政变后，许多官吏纷纷上疏弹劾康有为、梁启超等人，兵科给事中高燮曾为洗白自己，于八月十一日上疏：“从前朝鲜被倭人戕妃逼王，其明证也。”福建道监察御史黄桂鋆也揭批说：“大约康有为等，内则巧夺政权，外则私通敌国，其主持变法之说，皆欺人语也。”说明当时的官场已有人将康有为、伊藤、李提摩太合谋的“中英日合邦”计划与朝鲜的“乙未事变”相提并论。只不过当时的慈禧自知中国无力与英、日诸国为敌，只得暂且忍下了这一口恶气。因此，后来的慈禧太后虽将光绪软禁于瀛台，并且加大了对维新派官员的打击力度，但是，慈禧在给维新案子定性时，却始终避而不谈康有为等人与英日列强的互动事宜。

政变发生后，许多人都劝谭嗣同到日本去躲避风头。可是，谭嗣同说：“各国变法，无不从流血而成；今中国未闻有因变法而流血者，此国之所以不昌也。有之，请自嗣同始!”遂于八月初十日，坦荡就擒于北京寓所。

老狱卒刘一鸣曾负责谭嗣同等人的看守工作。他眼中的六君子是这样的：

谭嗣同在狱中意气自若，终日绕行室中，拾取地上煤屑，就粉墙作书，问何为，笑曰：作诗耳。仍于狱中照壁上草书言志诗一首：“望门投止思张俭，忍死须臾待杜根。我自横刀向天笑，去留肝胆两昆仑!”林旭美秀如处子，在狱中时时作微笑。康广仁则以头撞壁，痛哭失声曰：天哪！哥子的事，要兄弟来承当。林旭闻哭，尤笑不可抑。八月十三日，既面传呼：提犯人出监，康广仁知将受刑，哭更甚。刘光第曾任职刑部，安慰康说：此乃提审，非就刑，毋哭。既而牵自西门出，刘光第知故事，缚赴市曹处斩者始出西角门，乃大愕。刘光第于是骂曰：未提审，未定罪，即杀头耶？何昏聩乃尔。只有谭嗣同仍然是豪气冲天的。据说，谭嗣同的临终诀别语是，“有心杀贼，无力回天，死得其所，快哉

谭嗣同就义

快哉！”确为一种视死如归人的豁达豪迈之士。

据说，为了保全光绪帝，荣禄建议无须经过审讯而迅速杀掉谭嗣同等人。荣禄后来在私底下跟李鸿章交心：保全了光绪帝，实际上也就保全了大清国这架踽踽而行的国家机器。否则一旦谭嗣同等人熬不住审案过程中的刑讯，将所有的事情都推到光绪帝身上。陪着光绪帝倒下的，那就可能是一大批国家用得上的官吏了。

一开始，张荫桓也名列于待处决者的名单之中。但是，消息为英国驻华公使窦纳乐、日本驻华公使林权助获悉。于是，林权助深夜赶往李鸿章在贤良寺的寓所拜访，声称如果张氏被杀，可能引起“列国干涉”，希望李鸿章出面转圜。于是，张荫桓从康党大案中单独剥了出来，仅以“居心巧诈，趋炎附势”之罪发送新疆。

事实上，慈禧在叫停戊戌维新之时，作为一位经验老到的政治家她并没有在甲午战争后一种“人人谈维新，家家谈变法”的社会大趋势之下，作出全盘否定戊戌维新的决定。而是颇为认真地肯定了戊戌维新的基本出发点还是好的。

当时，慈禧为了表示自己继续变法的决心，曾特地向中外下了一首谕旨：“前因中外积弊过深，不得不因时制宜，力加整顿。而宵小之徒，窃变法之说，为煽乱之谋。业经严拿惩治，以遏横流。至一切政治有关国计民生者，无论新旧，均须次第推行，不得因噎废食……嗣后内外臣工，务当清白乃心，一化新旧之见。凡有建白，但期有裨时局，不得妄意揣摩，挟私攻讦。”在该道谕旨中，慈禧似乎仔细地把变法与康有为等一班前操盘手进行了政治切割。

但是，政治变革这种东西，真好比是逆水行舟。一阵东风吹送过来，如果不能在气势上压倒西风，反过来，其必然为西风所制伏。费正清对此有过一段评论：“出于担心失去权力，西太后出手镇压了维新派，然后就只能被守旧派牵着鼻子走，西太后发动政变之后也并不想尽废新政，但人家告诉她，不废新政，则训政无由。于是她本来同意的新政就一股脑全废了，只剩下一个京师大学堂没动，实际上也停了没办。”

从大历史的走向来看，真正倾心于康有为主张的维新团体是一个政治能量不大的团体。只不过甲午战败后，清廷接连面临着德、俄、英诸国在租借地、借款等方面的外交压力，民间对于国家民族存亡的危机感空前增强，康有为等小人物才顺应历史的机缘，被历史的浪头打到了前台，因而成就了一番大声名、大事业。

戊戌政变过去后，当年，国内外许多政治观察家都在猜测：随着慈禧等老成一派政治人物的悉数回归，康有为等政治小人物被迫亡命于海外，康有为等流亡人士将很快被抛出于中国的主流政治之外了吧？

但是，事实却不完全是这样的。由于康、梁等流亡人士在海外的激情浩荡的鼓动能力以及他们悲情催泪的宣传手段，由慈禧主导的清廷，在国际的舆论空间之中却不占优势。西方国家有关清王朝这个老大帝国的舆论导向在很长一段时间内，竟然为流亡于海外的维新分子们所左右。

于是，戊戌政变过后一段时间的国内时局，便不可避免地跟随着海外的舆情而波涛起伏。

戊戌政变发生时，康有为在光绪帝的严厉催逼下，正在自天津塘沽南下上海接受《时务报》的路上。英国人告诉他政变的消息，并且派军舰把他直接接送到香港，由此，康有为才逃过了一场血光之灾。

光绪二十四年八月二十一日，怒火中烧的康有为首次在香港接受了外国记者的采访。在这次向全球主要媒体开放的采访中，康有为开始了他一生不断的、对于慈禧太后的人身攻击。他说：光绪帝从没有认为慈禧是自己的母亲，她只不过是咸丰帝的一个妃子而已。又说：光绪帝给了他一份“密诏”，内容是要他与林旭、刘光第、谭嗣同等人“妥速密筹，设法相救”。今后，他将在流亡国外的期间宣传光绪帝的变法主张，争取西方列强的同情与支持；同时号召海外华侨和留学生参加他的保皇事业。在康有为当时想来，他只要争取到了英、日等西方列强的支持，必有助于改善光绪帝软禁中的生存环境。

但是，康有为不了解慈禧太后性情中的那一份韧劲，日、英、美列强诸国政府愈是跟逃亡的维新人物联结一气，施压给重新训政后的慈禧太后，便愈发激发了慈禧太后从骨子里对于西方列强以及海外流亡维新分子的憎恶。

后来，慈禧太后严令李鸿章挖康家的祖坟，一直到1900年，仍然广发英雄帖，悬赏10万两纹银要康有为的项上人头，这已经近乎于一种女子的怨毒发泄了。

观察康有为，他的政治行为虽然不免过于幼稚，有时甚至为了心中的理想，狂热到不顾一切的程度，从而做了一些伪证历史、扭曲宣传的事情，这或者有损于他的谦谦君子风度。但是，如果康有为不愿意做一个君子，而只愿意做一个为了理想赴汤蹈火的战士呢？这似乎又另当别论了。

实际上，无论后世对于康有为其人的评价，如何的阴晴不定。我们所必须承认的一个事实是，康有为的学理与信念，却为近现代的社会革命拓展了更加广阔的思想空间。

当年，康有为以“公羊三世说”为外壳，提出了人类政治体制发展的三个阶段：一个是君主专制（据乱世），一个是君主立宪（升平世），最后一个才是民主共和（太平世）。中国数千年来的历史，一直停滞于封建专制的社会，是政随人转。所以，中国下一个社会阶段应该过渡到君主立宪。他毕生为君主立宪政体这个夭折的婴儿感到耿耿于怀。因此，他的维新变法是以鼓吹限制君权入手的；进入民国时代之后，他又反过来跟主流思想唱反调，主张放慢民主的步子。他的一切的努力，始终是围绕着君主立宪这个东西来展开的。

有人觉得，进入民国时期之后，康有为还不识时务地高谈君主立宪那一套过时的主张，他这人实在是冥顽不化。可是，我们在如实地讨论康有为的政治主张之时，又不应该把他的君主立宪一棍子打死。试问，中国的历史进入到民国之后，真的实现了民主与自由吗？如果仅仅只是打倒了一个紫禁城上坐着的木偶皇帝，而下面的军阀却人人心头从此长住上了一个更狂野的皇帝，这民国的民生不是更见敝坏，政治更见混乱，战争更加频繁、经济更见凋零吗？这样的民国何尝不是还在“据乱世”中挣扎呢？

所以，康有为呼吁在当时的中国社会，大家一起心平气和地坐下来温习一下君主立宪的作业，这或许正是中国传统士大夫“路迢迢何其修远兮，吾将上下而求索”的一种执着追求真理精神的体现。

另外，康有为作《新学伪经考》等著作，重新评价儒学，有些人一上来便不分青红皂白，给康有为贴上顽固的标签。事实上，康有为也只是想借孔子主张改制的这个旧瓶子装盛他变法的新思想，传统的儒学清规，丝毫没有束缚了康有为的手脚。这或许便是钱穆先生所指出的：“康氏之尊孔，并不以孔子之真相，乃自以所震惊于西俗者尊之，特日西俗之所有，孔子亦有之而已。是长素（康有为）尊孔特其貌，其裹则亦如彼。”这么通俗地说吧，“尊孔”乃康有为这个特等兵披在身上的一层伪装，他心目中的王道，其实还是从“君主立宪”走向“世界大同”。是故现代史学大师萧公权将康有为的思想归结为“中国富强”与“世界大同”两层境界，这个想法是相当不错的。

记得梁鼎芬当年有一首诗，题赠万木草堂时期的康有为：

九流混混谁真派，草木森森一草堂。但有群伦尊北海，更无三顾起南阳。

其实，提到戊戌变法，提到康有为，我们只要记住他万木草堂时雄姿英发、激扬文字的样子，即已足矣。

【第六章】原本想玩火，谁知燎原为庚子大祸

戊戌政变后，康、梁等维新党人在海外展开了声势浩大的反慈禧活动，抹黑慈禧太后的新闻报道层出不穷。对康有为无可奈何的慈禧太后便将怒火转向了无辜的光绪帝。这自然增加了软禁中光绪帝的生存难度。随后，『己亥建储』的既成，使得光绪皇位岌岌可危。『义和团运动』晚期发生了许多暴力事件。袁世凯出任山东巡抚，平息了山东义和团。然而，直隶义和团运动却意外蓬勃生长。直隶一乱，天子难安。由此，各地义和团仿佛扑火的灯蛾，直奔京城。

❶康、梁海外的反慈禧活动，有声有色

庚子年的慈禧太后

戊戌政变，是慈禧太后幕后支持与操纵的、晚清政坛上守旧派的一次政治大反动，为慈禧太后主持中国政治48年中最令后人觉得不可原谅的一大政治败笔。

后人究其成因，似乎康有为、梁启超等维新党人在海外的活跃运动是其中很大的诱因。

光绪二十五年六月，康有为在加拿大维多利亚城与侨商李福基、冯秀石等创立“保救大清皇帝公司”（保皇会）。以康有为为会长，梁启超、徐勤为副会长，此后，陆续在美国、墨西哥、中美、南美、日本、南洋等地的华侨中扩张组织，共设立总会11个，支会103个，总部设在澳门。既然叫公司，那当然得缴纳入会的份子，“保救大清皇帝公司”最低的入会费用为2元，保皇会会员一度曾膨胀到百万余人。康有为当时有一个承诺：“苟救得皇上复位，公司中帝党诸臣，必将出力捐款之人，奏请照军功例，破格优奖。”“凡救驾有功者，布衣可至将相。”于是，海外华侨们便想，加入康有为的“保救大清皇帝公司”一来可以表达自己的爱国爱皇帝之

心，二来未来还有成为复国元勋的希望，这可是一笔不亏本的买卖。于是，一些华人富商往往为康有为一掷千金。

有了钱便好办事了，随即康有为在海外展开了声势浩大的反慈禧活动。康有为最初的想法很现实，必须在最短的时间内把慈禧在海外的名声搞臭。慈禧的名声越臭，外国人干涉中国内政的野心便越大，光绪帝获救的可能性也越大。因此，康、梁撺掇下面的马仔们，对于慈禧那老妖婆，大家伙儿想怎么骂便怎么骂，只要大伙儿的嗓音够洪亮，能够吸引海外华人以及好奇的洋鬼子们的注意，甭管什么事实不事实！反正现在咱们人跑到了海外，慈禧那老太婆即便气得七窍生烟，也无奈我何！

事实上，大约在康有为组建他那个“保皇会”的同时，海外康党分子的宣传攻势即已同时发动了。例如，当时，在美国销量很大的《纽约时报》刊登了一条报道：“消息发自加拿大的温哥华。中国年轻的皇帝光绪陷入了极度的沮丧与愤怒之中，因为他的母亲、中国的皇太后于1898年9月22日上午再次结婚，她在一个名叫‘新发’的小寺庙中嫁给了中国最具声望的政治家李鸿章。随后，这对新婚的老夫妇乘火车前往天津度蜜月，为了防止他人追随，他们还将沿途经过的铁路均予拆除……这对吸引了全世界目光的新婚夫妻，他们将在旅顺港口度过一段幸福的时光，据说，这样做的目的不仅是为了避免皇帝本人的尴尬，也是为了消除另一位政治家荣禄的愤怒，尽管皇太后慈禧曾经两次怀上过荣禄的孩子，但最终，这位风韵犹存的皇太后成为李鸿章的个人收藏品。”

于是，美国人西格雷夫在《龙夫人：慈禧故事》中便披露了康有为在这一时期的种种煽惑性的言语：

“自从皇帝开始表现出对国家事务的兴趣以来，太后就一直阴谋废黜他。她经常和他一起玩牌，还让他喝烈性酒，为的是阻止他参与国事。最近两年的绝大部分时间里，皇上实际上成为一个装饰品，这是违背其本意的。”

“你们都要知道，太后没受过教育，她非常保守，又完全不愿意给予皇帝任何管理国事的实权。在1887年，朝廷决定拨出3000万两白银，用于创制一支水师……太后却将余下的钱用来修（颐和园）……”

“她从来没怎么见过外面的人，只有少数几个能接近她的宫廷太监和国家大臣能见到她。”

至于慈禧与那个太监总管李莲英之间的宾主关系，康有为编造的独家新闻是这样的：“宫里有个假太监，比任何大臣都更有权。这个假太监的名字叫李莲英。是直隶本地人。如果不预先向他行贿，任何事情也休想办成。所有总监都是通过向这个人行贿才得到他们的职位的，他因此而富甲天下。李鸿章也没法跟他比。”

于是，自1898年，康有为在海外的宣传喉舌开始讲话之后，许多与中国政局有关的真相开始变得模糊不清了。康有为精心策划了大量与慈禧太后私生活有关的诽谤性材料：

“伪太后有个私生子，名叫钦明，她本意是要叫他登上龙位的……我们这样的礼仪之邦怎么能够接受这样一个淫荡、虚伪、残暴、恶毒之人，一个废君篡位的窃贼呢？”

康有为继续悲愤填膺地哭诉：“伪太后守旧、无知、暴虐、放荡。她毒死了我们的太后（指东太后慈安），也就是咸丰皇帝的正宫。还有我们的同治皇后，结果，同治皇帝也悲愤而死。”

“如今，她串通了那么一两位奸臣，幽禁了我们的皇上，密谋篡夺他的皇位，却谎称她这是在‘训政’。我们所有有识之士，都被这个爱管闲事的宫妃将要软禁皇上的消息所激怒了。她挪用善款的收入在天津建造了一座宫殿，以放纵自己的淫欲。她对国家的凋敝、民生的困苦毫无同情之心。”

对于英国维多利亚女王、少将威尔逊·布莱克爵士、香港辅政司弗朗西斯·亨利·梅爵士等一大批西方政客而言，康有为所披露的铁幕下的中国内幕全是一些新鲜的消息。守旧自大的清政府不屑于向西方人宣传自己的正面形象，傲慢的西方人对于真正的中国也就认识十分有限。康、梁所把持的一批海外报刊，可以说是第一批有计划、有目的性向西方诸国介绍中国的媒体，这个影响十分巨大。之前的西方人甚少有人知道紫禁城，知道清王朝的既往史，听过康有为的煽情演讲之后，西方人这才恍然大悟：原来，中国的政治中还出现过两位皇太后共享政治权力这么好玩的事情呀。

聊一个题外话。康有为毕生提倡男女平等，一夫一妻制。但是，他自己却生性风流，并不能以身作则。如此，他的晚年流亡生涯，便桃花朵朵开。其时，康有为在国内期间，已有结发妻子张云珠（生有五个女儿），二太太梁随觉（生有三女一子）。亡命天涯之后，康有为陆续对17岁的美国华侨少女何旃理、16岁的日本少女市冈鹤子以及一个没读过书的18岁浣纱女张光等人结下男女情缘，这些妙龄少女相继成为康有为生命中的妾。为此，1918年春夏之际，挟妓游杭州西湖的康有为曾写自嘲诗云：

"南收西子泛西湖，我亦飘然范大夫。"这竟然成为士林中的一大风流佳话。

如此，便有人笑谈一代风流真名士康有为先生，在作为一代"圣人"的同时，也为一个"庸人"。

另外，康有为在海外这种混淆真相、信口雌黄，随意打击政敌的政治操盘手法似乎也为后来的百年中国民主宪政进程开了一个不太好的头。

梁启超从前有过办《时务报》的经验，实际上这一时期，梁启超于海外宣传鼓动的分量要大于康有为。当时，梁启超在日本陆续兴办了《清议报》、《新民丛报》、《新小说》、《政论》、《国风报》等一系列的报纸，这对于康有为的保皇事业是一种重要的支持。

《清议报》于1898年12月23日创办于日本横滨。这是保皇会的一份机关报。旅日华侨冯镜如先生为资助商，梁启超主编，麦孟华、欧榘甲两人协办。在最初的两三年间，梁启超遵照恩师康有为的指示，把报纸的主办方向定位于"兴师讨贼"这个战斗任务上，因此转载康有为编造的国内新闻以及在康大师大脑短路之时接龙似的紧跟着康有为的思路，再炮制一些跟慈禧太后有关的负面新闻，一度成为梁启超撰文中的一个重要话题。《清议报》至1901年12月21日，出满了第100期，此后，便为一场无妄的大火所焚毁。

《清议报》停办后，1902年2月8日，梁启超于横滨兴办了一份大型综合性半月刊《新民丛报》。该报刊虽仍以促进国内立宪为主要宗旨，但已经不再唯康有为的马首是瞻了。1905年11月以后，梁启超所主笔的《新民丛报》曾与邹容、汪精卫、胡汉民等少年革命党主持的同盟会机关刊物《民报》展开过一场大辩论。争论的核心话题为革命还是立宪。当时，梁启超对于暴力革命的担忧，主要在于以中国之大，国情之复杂，民众之低素质，倘若搞起革命，定会动乱多年，而收拾动乱的人，一定是有极大本领和权术的独裁者，这是他特别不愿意看到的后果。1907年11月20日，《新民丛报》出至第96期，因清政府向国内外媒体宣布预备立宪，梁启超自认已获胜利，乃顺势终刊。

梁启超文章初学于桐城，后来改学魏、晋。在日本办报期间，作品融合俗语、骈语、韵语及外国语法，信笔挥洒，自成一格，比《时务报》时期的文笔更上一层楼。

其时，在国内的言论界，自戊戌政变的风头过后，上海埠面上虽然有《亚东时报》、《五洲时报》、《中外大事报》等一班提倡变革的报刊面市，但读者都不太喜欢它们的风格，旋开旋闭。海外当时也有《译书汇报》、《国民报》、《开智录》等一批鼓吹革命与宪政的报刊发行，但都不能长久。只有《清议报》是独领风骚的，许多人就是只冲着梁启超那一支“笔端恒带情感”的文笔而来的。因此，《清议报》就通过各种渠道，由横滨流入国内，在国内的新生知识阶层引起很大的反响，“其踪迹固已遍于纵横五大洲，不胫而走”。

例如，1899 年 3 月，在海外正崇尚血性之勇的梁启超发表了一篇文章，怒骂慈禧、荣禄和刚毅是引导中国走向灭亡的祸害精：

“有人谓西后与荣禄等今虽守旧，而他日受友邦之忠告，或更值艰难，必当翻然变计也。辨之曰：夫龟之不能有毛，兔之不能生角，雄鸡之不能育子，枯树之不能生花，以无其本性也。故必有忧国之心，然后可以言变法；必知国之危亡，然后可以言变法；必知国之弱由于守旧，然后可以言变法；必深信变法之可以致强，然后可以言变法。今西后之所知者，娱乐耳，荣禄等之所知者，权势耳，岂尝一毫以国事为念哉?”“彼其愚迷，至死不悟。”只有光绪帝是肯救中国的，“其为天生圣人，以拯诸夏。今虽幽废，犹幸生存，天之未绝中国欤！凡我同胞，各厉乃志，各竭乃力，急君父之难，待他日之用，扶国家之敝，杜强敌之谋”。

于是，国内千千万万为政府中反动势力所苦痛着的士大夫，看过梁启超这声情并茂的文字，潜意识中没有人不想把这现实的牢笼打破的，也莫不产生闻鸡起舞的激情，梁启超的排满言论一时间竟受到了海内外读书人的拍掌欢迎。

事实上，人们只要仔细地研究过自 1898 年至 1900 年期间，外国人报纸上刊载过的、大量与慈禧太后有关的负面新闻报道，有一个最主要的消息来源，那就是梁启超主编的《清议报》。

后来，有人整理了一下消息链的发酵程序，便发现了一个有趣的流动过程：康有为捣鼓出一个跟慈禧有关的扭曲人事报道之后，最先总是把文章发表在《清议报》之上。然后，再转载到中国国内的英文报纸之上，例如《字林西报》以及它的周末八卦增刊《北华捷报》等；这些报刊因为有西方背景，并且在上海的租界内出版发行，清政府的媒体审查很难涉及它们。事实上，有一段时间，上海租界内的《字林西报》以及它的周末增刊《北华捷报》特别喜欢把康党的那些真假难辨的时文经过改头换面之后，作为自己的独家采访材料，发回到西方的母体报刊上予以权威登载，例如著名的美国报纸《芝加哥论坛报》、《纽约时报》以及伦敦的《泰晤士报》。这其中，最热心的传播者便为《泰晤士报》驻北京站的首席记者莫理循、主要助手濮兰德两人，还有一个混在北京男同性恋圈子中的埃蒙德·巴恪思准男爵。

莫理循这家伙尽管才华横溢，但是他却有一项不为人所知的嗜好，他实际上是一位对女同性恋入迷的窥伺者。例如，他不动声色地观察他身边的一些外国女人："她并不喜欢男人，但她那时候爱女人，她爱漂亮的女人。""她是一个声名狼藉的女同性恋者，被长老会女子学院开除了。""我知道S夫人和她彼此早就认识，我曾经暗中发现她们在一起。"

这类个人嗜好原本也算不上什么了不得的事情，因为这个世界上有特殊嗜好的并不是他一人。但是，他遇上了同样有特殊嗜好的埃蒙德·巴恪思。更重要的是后来不懂中文的莫理循几乎完全依赖于精通多国文字的埃蒙德·巴恪思，将康、梁那些奇谈怪论的宫廷报道翻译为英文。埃蒙德·巴恪思相当敏感地察觉到了莫理循审美倾向中的变态因素，如此，埃蒙德·巴恪思便尽量把康、梁那些不靠谱的慈禧太后的负面新闻更加推向耸人听闻、令人匪夷所思的地步。

在康、梁的《清议报》至埃蒙德·巴恪思、莫理循的《泰晤士报》整个抹黑慈禧的新闻报道的出笼过程中，最无辜的实际上还是在北京城中被慈禧太后当金丝鸟般供着的光绪帝。

对康有为无可奈何的慈禧太后，便女金刚般的怒视着光绪帝。

光绪帝赶紧申辩说：亲爸爸，我可什么也没有说呀。这一切都是康有为这几个乱臣贼子说的。

慈禧太后就啐骂他：当初不是你不听话，养痈为疽，能会有今天这样的局面吗？还说你没事呢，换在从前你知道是一种什么样的大罪吗？那叫以子辱母，我可以一阵乱棒把你这不争气的东西打死。

光绪帝见慈禧太后动怒了，赶紧跪在冰凉的地面上，无语啜泣。

这自然增加了软禁中光绪帝的生存难度。

于是，那一段时间，慈禧太后为了抵御海外康党舆论的回流之潮，就加大了对朝堂上满洲守旧贵族的使用力度。这对于朝廷中汉人改革派以及满人温和派来说可不是什么好消息。比如，像刚毅、裕禄、启秀这样著名的顽固派，维新变法期间曾经被光绪斥责得全身直犯哆嗦；眼下却开始在军机处中十分惬意地扩张自己的势力啦。特别是倔头倔脑的刚毅，这时的慈禧瞧见他，怎么看都顺眼。如此，他在中枢的风头便缓缓地盖过了荣禄。于是，刚毅便在慈禧的耳边聒噪：康、梁这班乱党，天天在海外讲什么保皇，倚望的是有一个呆子光绪。假如把他们保皇的目标换掉了，他们就没得搞头了。

上面有这个念头，下面往往会闻风而动。

不久，徐桐、崇绮、启秀这几个尘封了多年的人物竟开始凑在一起嘀嘀咕咕。

另外一个对慈禧太后声名造成严重伤害的人却是那个八竿子也跟慈禧打不到一块去的英国准男爵埃蒙德·巴恪思。

不久前，出版界重新翻印埃蒙德·巴恪思那贾瑞意淫凤姐式的风化小说《太后与我》，令这个陈旧泛黄的人物再度风靡两地三岸。

这本书给一些现代思春的旷男带来了颇大的情色想象空间。于是，有行家自豪地宣布：此书可填补自中国古代“第五大奇书”《金瓶梅》之后、一直存在的纪实描写宫廷性生活之文学空白。

那么，具有如此突出之才能的巴恪思爵士究竟是一位什么样的人物呢？

巴恪思来自于英格兰北部约克郡的列治文市（Richmond），祖上为曾经显赫的奎克（Quaker）家族，父亲是地方上一个有名的银行家。不过，巴恪思本人自很年轻的时候，便是一个有名的浪荡子。他曾就读于英国大名鼎鼎的牛津大学。但是，他没有熬到大学毕业，就把父亲预留给他的那份财产全部花光了。于是，为躲避债务，巴恪思便于康有为维新变法期间流浪到了中国。

巴恪思可能是个臆想家

由于巴恪思精通汉语、蒙古语与满语等多种语言，他来到中国后，曾经被英国《泰晤士报》北京站以及英国驻华公使馆聘用为中文翻译。1903 年，受聘于京师大学堂（北京大学）的外籍教授。事实上，巴恪思的大半生大抵上便在北京的洋人生活圈子之中，凭借着一张三寸不烂之舌和一支起死回生的摇曳之笔讨生活。他一生曾拥有过大大小小的发财梦，却无一不在现实中幻灭。1910 年巴恪思与《泰晤士报》记者濮兰德（J. O. P. Bland）合作，写出了《太后统治下的中国》（China under the Empress Dowager）一书，据说，该书便为巴恪思一生事业的顶峰。

不过，非常不幸的是，巴恪思死了很久，仍然出了一个爱认死理的英国学者叫特雷费·罗珀，这人十数年中死咬住《太后统治下的中国》一书不放，花了大量的精力在全世界各大图书馆中奔波来往，反复求证。最后，特雷费·罗珀发现，巴恪思声称的第一手资料《景善日记》竟然是假的，巴恪思、濮兰德合作写成的《太后统治下的中国》一书自然也当不得信史。特雷费·罗珀于1977年写成《北京的隐士》一书，直揭埃蒙德·巴恪思一生造假的经历，有关埃蒙德·巴恪思一切诡异的传奇故事这才尘归尘、土归土，虚空的归于虚空，凡事都成为虚空。最“蠢”的却是莫理循、濮兰德两人，被巴恪思骗了一辈子，至死仍不得真相。

巴恪思是一个双性恋者。因此，他一生为自己的双性恋性取向而感到自豪。据他自己介绍的同性恋成绩，他这一生跟许多著名的男性文学家或政治人物共涉爱河，因此，他对于双男性爱的心得可谓细致入微。据说，同时代世界著名的公众人物，例如文学家奥斯卡·王尔德（OscarWilde）、大插画家奥布里·比尔兹利（AubreyBeardsley）、大诗人保罗·魏尔伦（Paul Verlaine）以及英国前首相索尔兹伯里（Salisbury）等人都曾经是他寻芳的对象。他来到北京后，迅速在北京的男男同性恋圈子中小有名气。

不过，巴恪思记忆中，最值得炫耀的仍然是他跟60余岁老佛爷的一段私情了。

巴恪思回忆自己与慈禧老妪的乍然惊艳：只见她宠柳娇花，手足丰满美艳如凝脂，难怪来自海外的巴恪思先生要一见之下，立即心旌摇曳到难以自持了：

“那日，她身穿一件火红的无衬里袍子，绣着代表皇后的凤凰和象征长寿的仙鹤图案；外罩同色的罗纱罩裙，印着一束兰花。外穿一件绣着‘寿’字的古铜色马甲，配了一条色泽华贵的珍珠项链。她手上戴了许多戒指，其中一只翡翠红宝石戒指尤其可爱，我猜是来自宁境街的式样。”

巴恪思此书有大量的他与老佛爷连续四年巫山云雨的性写真笔录。另外，忙而不乱的巴恪思也把慈禧太后跟多位面首鬼混的过程录了下来。

晚清有许多曾经在慈禧太后身边工作与生活过的女官，后来曾留下大量回忆性的文字。就其中影响最大的荣宫女撰写的《宫女谈往录》所言：慈禧每到一地，寝室内外均有多达十数人的贴身侍女环绕，如果慈禧真的怀春，是无法对身边人瞒天过海的。但是，许多在慈禧身边生活过的女子回忆，慈禧似乎是一个特别尊重宫廷传统规矩的人，要不然，她也不会因为康有为对她私生活的攻击而恨之入骨。这样，巴恪思的虚妄便不攻自破了。

❷“己亥建储”政治事件

戊戌政变后，光绪帝实际上已处于慈禧太后的严密掌控之中。

恽毓鼎《崇陵传信录》中说：“至戊戌训政，则太后与上并坐，如二君焉。臣公奏对，上嘿不发言，有时太后肘上使言，不过一二语止矣。迁上于南海瀛台，三面皆水，隆冬冰坚结，传闻上常携小奄踏冰出，为门者所阻，于是有传匠凿冰之举。上常至一太监屋，几有书，取视之，《三国演义》也。阅数行掷去，长叹曰：‘朕不如汉献帝！’”戊戌政变之后，光绪帝被软禁于瀛台涵元殿之中，原有的亲情随即被冻结，慈禧与光绪帝之关系一度降至冰点。

慈禧训政后，曾经对身边大臣们说：“皇帝无知，汝等何不力谏？我早知他不足以承大业，不过时事多艰，不宜轻举妄动。只得留心稽查管看。”这说明当时的慈禧太后，为了抵抗康、梁等人在海外发动的反太后保皇帝浪潮，对于刚毅废黜光绪的建议是怦然心动的。但只是因为顾忌来自国际列强、国内舆论与清议等方面的压力，这才迟疑未动手。

接下来，慈禧太后便打算利用光绪帝的身体状况来做文章了。

光绪帝自幼身子骨就很差。这点我们在前面的章节中就已经讲过了。

光绪帝曾在其自撰的《病原述略》中写道：“遗精之病将二十年，前数年每月必发十数次；近数年每月不过二三次……冬天较甚。近数年遗泄较少者，并非较愈，乃系肾经亏损太甚，无力发泄之故……腿膝足踝永远发凉，稍感风凉必头疼体酸，夜间盖被须极严密。”

但是这种病状，随着光绪帝自光绪二十四年四月之后的忧国忧心却慢慢地恶化了。

光绪二十四年八月初十日，也就是戊戌政变发生后的第四天，慈禧太后以光绪帝的名义下发了一道谕旨，征集全国的地方名医进京治病：

“朕躬自四月以来，屡有不适，调治日久，尚无大效。京外如有精通医理之人，即着内外臣工，切实保荐候旨。其现在外省者，即日驰送来京，勿稍延缓。”

光绪帝本轮的旧病复发来势颇为凶猛。谕旨下达后，直隶、两江、两广、江苏、浙江各地督抚大员，所举荐的陈秉钧、曹元恒、吕用宾、周景涛、杜钟骏、施焕、张鹏年等全国名医，均是昼夜兼程赶路入京的。这些名医后来的笔记中，或多或少留下了自己的诊疗心得。例如，光绪二十五年正月初二日，太医院朱琨等会聚各路杏林高手为光绪帝会诊后，记下的脉案为："口渴思饮，喉痒呛咳，气不舒畅，心烦而悸，不耐事扰，时作太息。目中白睛红丝未净，视物朦胧……耳内觉聋，时做轰声。胸中发堵，呼吸语言，丹田气觉不足……夜寐少眠，醒后筋脉觉僵，难以转侧……"

事实上，自戊戌政变发生之后，一直到"己亥建储"的既成，慈禧太后曾经两次萌生过废黜光绪帝的念头。郭廷以《近代中国史事日志》中对此描述了一个大概的轮廓：

光绪二十四年九月九日，坊间盛传慈禧太后将以庆亲王奕劻之子取代光绪，地方大佬的龙头两江总督刘坤一不顾忌讳，强项递呈了《太后训政保护圣宫疏》。刘坤一直言不讳地说："国家不幸，遭此大变，经权之说须慎，中外之口宜防。现在谣诼纷腾，人情危惧，强邻环伺，难免借其兵端。伏望我皇太后、皇上慈孝相孚，尊亲共戴，护持宗社，维系民心。"慈禧收到刘坤一的说帖，面部表情为之一愣。

然后，是英、法诸国的忽然活跃起来。英法租界内的英文报纸趁机危言耸动中国的政局，英国人则干脆把军舰驶进了天津的大沽口军港。英国公使窦纳乐则以半官方的身份警告总署大佬庆亲王奕劻："假若光绪帝在这政局变化之际死去，我坚决相信，将在西洋各国产生非常不利于中国的后果。"于是，慈禧太后只得答应英法使馆方面的要求，允许一位法国医生对光绪帝的实际身体状况作出客观判断。

光绪二十四年九月初四日，法国医生多德福蒙肩负着英法德日列强诸国的信任，进入瀛台对光绪帝的身体状况进行了估评。中外报纸全程追踪了这一过程：

"当多德福蒙行至园中某河沿时，有人在彼迎迓。随行至内，见皇太后与皇上端坐左右。皇太后座前置有一桌，桌上蒙以黄缎，头上冠饰概系旗装，身穿梅红绣袍。皇上座前置有黄色踏凳一个，身衣平常朝服，头戴红绒顶暖帽。法医生朝见皇太后，随由庆亲王引进，诊视皇上。病源细情，未便详陈。惟云：病势无甚大碍，惟患血虚之症。当诊视时，皇太后十分留意。诊毕，赏以筵宴。"

九月二十二日，日本的矢野公使再次获得一次觐见慈禧太后、光绪帝的机会，出来后，矢野公使向媒体声称：光绪帝不过是身体虚弱，看起来

不像有重病的样子。

这是一次颇大的政治风波。只不过当时慈禧太后迫于内外的舆论压力，调低了政治姿态，暂且将更换光绪的念头放下了。此后的一年多时间中，慈禧太后始终未放弃打“光绪帝重病”这张政治牌。清政府的新闻发言人秉承慈禧太后的旨意，在“己亥建储”政治目的达到之前，仍不断地向外界发布一些光绪帝病情变化的消息。

事实上，有关慈禧太后，相信读者读到这里对于她的政治风格已有相当之了解。她的行政有一个显著特点便是硬撑，有时，我们也不妨视之为顽固。只要是慈禧认定了的事情，一定会不屈不挠地做下去，除非她真正地撞上了南墙！

光绪二十四年十一月二十八日，慈禧太后决定，光绪帝因病停止年内及明年正月应行升殿的一切礼仪活动。

光绪二十四年十二月十一日，慈禧太后因光绪帝病体迁延不愈，派奕劻代为祭祀太庙。

光绪二十四年十二月十七日，宫中传出光绪帝一度出现过危殆脱阳的征象。慈禧太后连续数日约见宗室中“溥”字辈幼童十余人，为后光绪时代的到来预做准备。

光绪二十五年一月十三日，光绪帝虽转危为安，却因大病初愈，不能接受各国公使请觐贺年。

光绪二十五年二月二十三日，光绪皇帝将病情告诉刘坤一，说自己仍然全身发软，呼吸没什么力气，有时眩晕。

光绪二十五年十二月一日，宫中忽然又传出了光绪帝旧疾遽然加重的消息，慈禧太后懿旨：命所有年内及明年正月应行升殿及一切筵宴，均着停止。

大约二十日之后，便再次发生了危及光绪之皇帝地位的“己亥建储”。

有关“己亥建储”，恽毓鼎在《崇陵传信录》里讲：对这件事情最热心的有三位人物：一个是同治皇后阿鲁特氏的父亲承恩公崇绮，这个人自同治与皇后死后已经在家里憋屈了很久，这时候特别想浮上来透一口气。另外一个便是同治的师父大学士徐桐，他当时虽然已届80岁，却常常喜欢倚老卖老，贪好弄权。最好一位则是礼部尚书启秀，启秀是徐桐的学生，戊戌政变后徐老夫子用力把他托进了军机处，知恩图报，他必须跟在徐桐后面蹚这一潭浑水。

《方家园杂咏纪事》中说：徐桐与崇绮这两个老头儿，将私底下经过反复打磨的废立奏稿，悄悄地塞给慈禧太后过目，慈禧当然是正中下怀的。但是，更换君主是一件比天还大的事情，慈禧必须在朝廷中找到有力的支持，否则难免重蹈覆辙。于是，慈禧委婉地劝徐桐、崇绮这两个老头儿，先去探探外廷中礼亲王世铎、荣禄这几个主事者的口风。恭亲王奕䜣上一年谢世后，军机处首席大佬的位置虽然又给了礼亲王世铎，但世铎仍然一如既往地保持泥菩萨的风度。军机处话事者，基本上为荣禄、刚毅两人。其时，刚毅被慈禧太后派到南方去督剿维新派与革命党人了，京城中留值于军机处的办事老大就只剩下大学士荣禄了。

徐桐老先生在八国联军入京后，自缢身亡

于是，徐桐、崇绮两位白胡子老头儿赶紧颤悠悠地跑去找荣禄，说奉太后懿旨，将此稿给荣禄看。荣禄对两位老前辈倒是不敢怠慢，赶紧给两位老前辈让座泡茶。但是，荣禄也有自己使滑的法子。他接过手稿一看，口中含糊不清地嘀咕了一句：又是这刺头事儿呀。忽然间，便以手按腹大叫了一声：“这几天在外面的饭局很多，吃不消正在闹肚子，两位老前辈稍等啊，我去去就回。”事实上，荣禄根本不是去上厕所，而是他看见事情太大，便跑到后面去找荣府高参樊增祥商量对策去了。徐桐、崇绮这俩老头儿却也不甚心急，两人围炉而坐，口中有一搭无一搭地闲聊着在客厅中等待。小半晌的时间过去了。荣禄终于从后面出来了。荣禄抱歉地跟徐桐、崇绮俩老头儿说：“对不起呵，刚才内急得很，没看清，可否借那个稿子再看。”徐桐赶紧从暖袖中拿出稿子，递给荣禄再看。可是，荣禄接过稿子后，却随手往火炉中一塞，顿时，火炉中一阵明火腾起，稿子马上化为了灰烬。徐桐一看大怒。他当即指责荣禄：“你小子胆子也忒大了吧！这稿子是太后看过的，现在遵照太后的指示来征求你的意见。你怎么敢把太后定下来的稿子焚毁！”荣禄故作吃惊地说：“不会吧？太后知道了这件事情？”于是，徐桐、崇绮俩老头儿争先恐后地向荣禄说出慈禧的本意。荣禄回答得很干脆：“行。这事我再进宫请示一下太后，一俟太后的具体意向明细了，咱们这块立马动手开展工作。”

下面的故事，《崇陵传信录》中有一个接龙描述：据说，荣禄见到慈禧太后之后，先恭恭敬敬地趴在地上叩了几个响头，然后一本正经地问慈禧："听说您已经准备把光绪帝直接给废了，这是真的吗?"慈禧太后故意大吃一惊："没有啊。不过，今天你既然提到了这件事情，能给我出一个主意吗?"荣禄说："这种事情奴才哪敢随便出主意呀，奴才有几个吃饭的脑袋！现今那一帮子的洋鬼子们，都在对皇上深表同情，万一外国公使借机搞事，局势就可能复杂了。"于是，慈禧太后赶紧说道："这事儿都是徐桐、崇绮那几个老东西先提出来的，我还没拿主意呢。可是，这事儿既然已经跟徐桐、崇绮先提过，这俩老家伙也是一对大嘴巴，这时候肯定闹得满城风雨了。荣禄，那你来说说，这下面的锣该怎么敲呀?"荣禄说："这事儿既然已经传出去了，只得徐徐办理。反正皇上现在春秋正盛，仍无皇子，如果能择宗室近支子弟先确立为大阿哥，既为皇上嗣子，又兼祧穆宗（同治帝）的香火。后来的动作视外界的反应再定。就这样一步步地走过去，外界的震荡就会少了许多。"

慈禧太后沉吟良久，最后下决心地说："荣禄，你的见识是对的。"

于是，光绪二十五年十二月二十三日，慈禧太后命恭亲王溥伟，贝勒载濂、载滢、载润及大学士、御前大臣、军机大臣、内务府大臣，南书房、上书房、部院满汉尚书等，次日等候仪鸾殿召见。当时，北京官场上舆情大起：慈禧太后又想废黜光绪帝了。内廷值日的苏拉甚至跟等候召见的官员们打赌："最迟明天就得把当今皇上换下！"

不过，光绪二十五年十二月二十四日，慈禧太后按照与荣禄定下的计策，仅宣布封端郡王载漪之子溥儁为皇子（大阿哥），继承穆宗毅皇帝同治帝为子，派崇绮为师父授读，并派徐桐入宫照料。

当时，慈禧太后以光绪的名义向全国发布诏书："朕冲龄入承大统，仰承皇太后垂帘训政，殷勤教诲，巨细无遗。迨亲政后，正际时艰，亟思振奋图治，敬报慈恩。乃自上年以来，气体违和。惟念宗社至重，前已吁恳皇太后训政一年有余。朕躬总未康复，郊坛宗庙诸大祀，不克亲行。值兹时事艰难，仰见深宫宵干忧劳。不遑暇逸，抚躬循省，寝食难安。敬溯祖制缔造之艰难，深恐勿克负荷。且入继之初，曾奉皇太后懿旨，俟朕生有皇子，即承继穆宗毅皇帝为嗣。统系所关至为重大。忧思及此，无地自容。诸病何能望愈，用再叩恳圣慈，就近于宗室中慎简贤良，为穆宗毅皇帝立嗣，以为将来大统之畀。再四恳求，始蒙俯允。以多罗端郡王载漪之子溥儁继承穆宗毅皇帝为子。钦承懿旨欣幸莫名。谨敬仰遵慈训，封载漪之子为皇子。将此通谕知之。"

如此，慈禧的政治布局仅仅只不过给了溥儁一个未来储君的地位，而不是一步到位。如此，在溥儁等待接班的期间，外界拥护光绪帝的政治大股便仍然有翻盘的机会。这正是荣禄心思缜密的地方。

溥儁后来生活潦倒，晚年很是凄凉

溥儁被立为大阿哥，他的家世背景是没有一点问题的。

他的祖父为同治、光绪两朝，很有政治实力的五王爷惇亲王奕誴。我们知道，在两宫皇太后垂帘时期，支持朝廷政治最有力的力量依次为：咸丰帝的六弟恭亲王奕䜣、七弟醇亲王奕譞、五弟惇亲王奕誴。至光绪二十六年之时，老六奕䜣家中男丁凋零，老七奕譞房中自光绪帝以下，其他弟兄尚且年幼，这就轮到老五奕誴这一房大放光芒了。

老五奕誴这一房活着的有五子。溥儁的生父载漪为五王爷的次子。老五奕誴生前为大清王朝作出了很大的贡献，慈禧太后但凡有什么实惠的事儿，也就时常惦记着老五奕誴留下的这一帮子孙。长子载濂降一级承袭惇王爵位为贝勒，加郡王衔，时称“濂贝勒”。载漪则过继在嘉庆帝第四子瑞亲王绵忻之子瑞郡王奕志的名下为嗣子，袭封为贝勒，后晋封为端郡王。载漪之后的三个弟弟载澜、载瀛、载津，三弟载澜在闹义和团时期受封不入八分辅国公。如此，五王爷惇亲王奕誴名下的载濂、载漪、载澜三兄弟，在义和团大闹北京城时期，曾有过一段峥嵘岁月。载瀛、载津在晚清史上则默默无闻。

载漪的“端郡王”于1894年慈禧60大寿时获得，本来是“瑞郡王”，不巧文案在拟写诏书时却错写为“端郡王”。此后，便将错就错地改称为“端王”了。载漪只要基本待遇不变，叫“瑞王”、“端王”倒不是特别在意。

另外，还有一个重要的史实须澄清。《清史稿·列传八》中，在介绍溥儁的生母时，曾经很随意地说：“载漪福晋，承恩公桂祥女，太后侄也。”这个说法是不对的。承恩公桂祥家三个女儿的出处，本书第四册已有说明；三女儿叶赫那拉·静芳嫁的是孚郡王的嗣子贝勒载澍，而不是载漪。而《爱新觉罗宗谱》中明确地记载有载漪的三位福晋，没有一位来自叶赫那拉氏家族。例如，载漪的嫡福晋为员外郎绍昌之女伊尔根觉罗氏，

生子溥僎；继福晋则为和硕阿拉善亲王贡桑朱尔默特之女博尔济吉特氏，生次子溥儁。

事实上，溥儁当年之所以能在爱新觉罗皇室近支中十数位的“溥”字辈后裔中脱颖而出，入选为同治帝的嗣子，这跟他的父亲端郡王载漪当时的实力具有很大的关系。从最新挖掘出来的史料来看，“少不读书，刚愎自用”的端王载漪是一位颇有政治野心的人。

1894 年 7 月 25 日，中日甲午战事一触即发。载漪敏感地抓住这个有利的机会，向慈禧太后建议：于满洲火器营、健锐营、圆明园八旗枪营、八旗汉军、枪炮营等皇家卫戍部队中挑选精壮兵丁，派员训练，“教其攻取应敌战法”，提高战斗力。载漪的建议令慈禧开始对其刮目相看，于是，令载漪与兵部尚书敬信共同组建新军，这是载漪开始介入到军事。1895 年 1 月 14 日，载漪的五千人八旗新军正式成立。慈禧太后对于载漪的雷厉风行感到十分高兴，因此，命令荣禄给载漪增拨旗兵，扩充为一支万人的八旗新军，并且命令礼部右侍郎刚毅与载漪会同办理八旗新军。这是刚毅与载漪政治合作的一个开始。载漪将自己亲领的这支八旗新军命名为“武胜新队”。

1898 年 5 月 10 日至 12 日，慈禧太后携光绪帝在外火器营校场，对于火器营、健锐营、神机营、武胜新队各皇家卫戍部队进行了一次军事检阅。慈禧太后对于武胜新队的评语是“技艺娴熟、步伍整齐，施放枪炮，声势均尚联络”。慈禧已经很久没有夸赞宗室中的晚辈子弟，这说明载漪已获慈禧的青睐。于是，1899 年 3 月 20 日，慈禧亲自将“武胜新队”正名为“虎神营。”礼部铸给正式印信，载漪佩戴印钥，初步营制规模确定在一万六千人左右。虎神营模仿荣禄武卫军的成军办法，全营分中、左、右、前、后五军，中军亦设有神威炮队。另外，虎神营跟神机营的气象是截然不同的。虎神营中起用大量有本事的汉族营官，这些汉族军官由载漪亲自挑选，一律要求有实战经验者；其官兵的武装配备也是一律的洋枪洋炮。

此后，载漪虎神营与荣禄武卫中军便茁壮成长为拱卫京师的重要武装力量。

溥儁之大阿哥地位既定，这本来就是一块金字招牌。于是，在手握军权的溥儁生父载漪与军机处实权人物刚毅身边，很快便形成了一个以溥儁为号召力的“大阿哥党”。这个政治俱乐部中的活跃分子，政府大僚中有大学士徐桐、礼部尚书启秀、户部尚书崇绮、总理各国事务衙门大臣赵舒翘等人，宗室贵胄中则有“载”字辈的政治新星庄亲王载勋、载漪的兄弟载濂、载澜等人。

如此，载漪便摆开了一种善者不来、来者不善的政治架势，“颇怙揽权势，正觊国家有变，可以挤摈德宗，而令其子速成大位，闻之喜甚，极口嘉叹。诸亲贵因争竭力阿附，冀邀新宠”。之后的庚子之乱，不过是野心勃勃的载漪为了尽早把溥儁推上位，故意把义和团引入到北京大闹天宫。载漪希望能达到在混乱中把光绪帝淘汰掉的政治目的。

其实，历史上许多血流成河、天昏地暗的大事件，最初，都是像载漪一样的政治野心家们无意间启动的。

不过，在庚子事变的发动中，或许少年溥儁也应该算是无辜的。这时候的溥儁懂什么政治呢？他只不过是一个顽皮的懵懂少年罢了。慈禧贴身宫女荣儿回忆说：“大阿哥儁，提起他来，咳，真没法说他，说他傻吧，不，他绝顶聪明，学谭鑫培、汪大头，一张口，学谁像谁，打武场面，腕子一甩，把单皮打得又爆又脆。对精巧的玩具，能拆能卸能装，手艺十分精巧。说他机灵吧，不，人情上的事他一点儿不通。在宫里，一不如意，就会对着天长嚎，谁哄也不听。”后来，这个男孩子也成为一只人人喊打的过街老鼠。

由于溥儁被确立为大阿哥的光绪二十五年，在中国农历中为己亥年，后来，研究中国近代史的专家便把这一事件称呼为“己亥建储”。

“己亥建储”为晚清一件相当大的政治事件。

光绪二十六年正月初一日，溥儁代表光绪帝到大高玄殿、奉先殿行祭祀大礼。倘使国内外对此反响不大，慈禧太后预备于庚子年的稍后时机举行一个光绪帝的禅位典礼，改年号为“保庆”，正式把溥儁推到前台。但是，这一回，国内外反对的声音仍然很大。

湖南老犟驴刘坤一

事实上，对于国内的抵触情绪，慈禧太后预先是有过准备。上一次地方诸侯中，反对声音最响的，就是两江总督刘坤一。这一次，慈禧太后擒贼先擒王，她预先下了一道调令，将刘坤一困顿于北京，以鹿传霖署理两江总督的紫花大印。慈禧暗中悄悄地发乐：湖南老犟驴刘坤一手中没有了印把子，应该比上一次安静许多了吧？

但是，这仍然无法完全堵上刘坤一的嘴巴。

入京前，刘坤一向中枢上发了一个明

电《奏国事乞退疏》：“君臣之分已定，中外之口宜防。坤一所以报国者在此，所以报公者亦在此。”这个明电在地方督抚中引起了很大的反应。另外，光绪二十五年岁末，刘坤一在北京下车伊始，立即要求觐见慈禧太后，他眼角泪花点点地跟慈禧太后说：“天家母子与民间母子不同，民间母子聚处一室，其情易亲；天家母子深宫邃远离，难保无隔阂处。伏望皇太后听言必察，则小人无所施其伎俩，两宫慈孝相孚矣。”这令慈禧太后肃然动容。

随即，刘坤一又跟暗中同情光绪帝的荣禄充分交换了意见。刘坤一忧心忡忡地跟荣禄说：“今上临御二十六年，并无失德，岂可遽言废立。且虑外人诘责，此后嗣立大事将启各国干预之渐，万不可行文。”“公受慈眷最深，天下莫不知之旋乾坤在公一人耳。”荣禄为刘坤一的一片丹心所感动。乃向刘坤一表示，一定要竭尽全力，挽回这次的局面。

《语林》中则记载了发生于荣禄与李鸿章之间的另一段故事。

说是荣禄对“己亥建储”这件事情犹豫不决，他决定去拜访政坛老将李鸿章。当时李鸿章因为甲午战败，一直很不得势。每日闲居于贤良寺的瓦屋纸窗之下，清泉绿茶，清闲度日。这日上午，荣禄特意前来拜访李鸿章。两人油然深谈至月色东升的暮夜。于时，荣禄屏退左右，托李鸿章办一件事：“太后将行大事，天位当易，惟亡命者肆意鼓吹，恐友邦为所惑，夙知公娴习外情，烦一探其向背。”李鸿章说：“我办外交数十年，皆人先谒我，且此系内政，先询人，失国体。如必询，当授我以两广总督，我先于泰晤士报传其风说，届时外宾必来贺我，询我以国事，我可就而探之。”荣禄觉得这不失为一条好计策。便回去鼓动慈禧太后说：李鸿章是反对建储的，留在京城始终是一个掣肘。现在康、梁海外维新党人对两广的扰乱十分厉害，不如派李鸿章出任两广总督，让他替朝廷守住南大门。于是，光绪二十五年十一月十七日，慈禧确定以李鸿章取代谭钟麟，出任两广总督。

但是，西方列强的态度却比慈禧预料得要强烈许多。《李鸿章（日）年谱》中说：光绪二十五年十二月二十七日，即慈禧确立溥儁为大阿哥的第四日，西方列强就态度强硬地向慈禧太后发出了警告，“日使告总署，若为择嗣，彼将无辞。若为废光绪，则日本将干涉。各国公使商共同行动，要求于元旦依例觐见光绪，德、奥、意三国向总署表示关心光绪退位，慈禧托法使疏通。”光绪二十六年正月十一日，“英、美、德、意、法五国公使请本国派海军来直隶湾”，赤裸裸地摆出一副武力干预的姿态。

不仅如此，国内外民间舆情也是一片哗然。光绪二十五年十二月二十六日，上海候补知府经元善与章太炎、唐才常、蔡元培、黄炎培等1200人

联名致电总署反对慈禧废立，谓“各国有调兵干预之说”。慈禧太后得知后大怒，命立刻捕杀经元善。但洋人托李鸿章设法营救。此时，李鸿章已南下抵达广州，接任两广总督。经元善在李鸿章的庇护之下，竟安然逃到了澳门。康有为等海外的保皇人士异口同声地说：这是慈禧预先设置下的一个重大的阴谋。光绪二十六年正月二十六日，康有为干脆公开致电总署，向慈禧太后示威，“废光绪，将引起革命”。

光绪二十六年正月五日，鹿传霖密奏：“湘人愤然不平，请刘坤一回任两江，或另派湘人为总督。”事实上，这时候，南方三巨头刘坤一、张之洞、李鸿章已于暗中形成政治呼应之势。最后，李鸿章也上了一道密折，劝说慈禧：“此事若果举行，危险万状。各国驻京使臣首先抗议，各省疆臣更有仗义声讨者，无端动天下之兵，为害曷可胜言！”

慈禧不是一个傻子。她只不过是为人倔强而已。面对这样一种咄咄逼人的情势，她只好停止了废立之举。不过，从这个时候开始，一口戾气却压抑在慈禧的胸膈间，令慈禧很不舒服。

❸野火春风烧不尽的畸形义和团

义和团运动首先从山东兴起。

义和团刚起的时候，压根儿就跟什么“爱国”、“反抗帝国主义侵略”、“誓死忠于大清”之类的政治口号沾不上边儿。它在基层的时候目的相当单纯，那就是反入了教的国内教民。直接跟外国神甫对着干的案件，在早中期很少。

中国自第二次鸦片战争之后，国内反教的事件层出不穷。对此现象，晚清名臣丁日昌也有深刻洞察，他在办理天津教案时曾说道：“天主、耶稣各教传入中国载在条约，固不能不照章随时保护；然亦不能任听作奸犯科，以致事机决裂，不可收拾。”天主教“虽其本心并非为恶”，但传教士所到之处，“不择良莠，广收徒众”，且往往袒护教民，形成“莠民以教士为逋逃之薮，教士以莠民为羽翼”的局面，从而导致民众“仇教”的情绪日益高涨。足以说明“教民”在当日的中国乡村已经成为一个拥有特殊权力的阶层。

具体到山东一省，自德国人借口巨野教案霸占胶州湾之后，中国官方特别担心外国传教士“以保教权为借口达政治目的”，于是，在1899年2月，总理各国事务衙门出台了《地方官接待教士事宜五条》。该文件中规定：西方来华之传教士，总主教、主教有随时求见督抚级大佬的权利；大司铎可随时求见司道级官员；其他司铎，县令级中国官员有协助其开展工作的义务。这个文件一下，教士在山东传教比先前又猖狂了许多。天主教士遇有中国教民跟普通民众发生诉讼案件，可以乘坐三品以上官员才能乘坐的绿呢大轿，排闼直入府衙，干预地方上的司法程序。如此一般的官员在具体的民教案件处理中，为了不惹麻烦，便会下意识地采取“袒教抑民”的处理方式。入教教民的气势便愈发显得嚣张了。

但是，当时的清地方政府怯于德国人的势力强大，均敢怒不敢言。这刺激了许多趋炎附势之徒的纷纷入教。山东自德国人的势力渗入之后，山东的“教堂日增，教民日众”。1887 年，全省教民仅约万名，至 1900 年庚子事变时已激增至 10 余万人。入教人员中，不乏一些宵小恶霸之徒，他们凭借教会的庇护，动辄无故地向普通民众挑衅，肆行勒索，“或罚银钱，或罚屋宇，或罚酒席，或罚钟，或罚席，或罚油，不餍不休”。“甚至罚席时不以人视平民，责令头顶杯盘，膝行而前”。1898 年夏天，山东臬司毓贤奉旨在曹州经办教案时，对于这一种情况大为头痛，为此，他曾经向总理各国事务衙门汇报说：“抢劫之犯入教者有之，命案之犯入教者有之，负欠避债入教者有之，自揣无理恐人控告入教者有之，抢劫杀人、亲友弥缝入教者有之……因而良民负屈，官吏莫治。”

从前，中国乡村的主要社会结构是由官府与乡绅士大夫共同支撑起来的。当时，由于清地方政府的不作为以及教会势力的无端坐大，这就严重破坏了过去中国传统民间的权力结构。为了恢复基层的权力平衡，这才有了义和团的畸形壮大。

义和拳的前身如梅花拳、大刀会等，作为一种民间的结社组织，在鲁西南、鲁西北和直鲁交界一带以及广大的华北农村具有悠久的历史。它跟洪秀全领导的太平天国以及早先横行于皖豫鲁各地的捻子团伙截然不同。洪秀全的太平天国从一开始就是一个有主义的团体，它的反政府倾向特别明显。而早先横行于北方的捻子，那是民众为应付荒年的一种生存手段；它最初流行的手段就是吃大户，因此这个团伙从诞生起便充满了暴力。而梅花拳、大刀会这些民间团体在发起的时候，面目颇为清秀，他们在传统的民间实际上起到了一种护卫乡土的作用，因此，一直到 1897 年 11 月 1 日的曹州教案发生，梅花拳、大刀会等民间习武组织，跟当地的地方政府之间良性互动仍十分频繁。《胶澳租界条约》签订之后，山东巡抚李秉衡因护教工作不力而被撤职。一些地方官员、乡绅豪族以及大量的普通民众，对于教会势力的无端坐大均心存不服。这样，在尚武的梅花拳、大刀会等民间团体中，这才慢慢地被煽动起了一股焦躁的戾气。其实，起初如果没有官方的默许与支持，像梅花拳、大刀会那些数百年间像散沙般散漫地存在于民间的自卫团体，便根本无法在很短的时间内攥紧成为一只破坏力很大的拳头。

另外在义和团血与火的高潮时期，仍存在一种奇怪的现象，就是拳民遇上信奉天主教的教民下手极为狠辣；而对其他教派例如耶稣教，则可能会网开一面。这就是说，耶稣教在中国北方传教已经有数百年的历史，它在吸收新教民时比较注意其内在素质。而德法庇护的天主教进入中国内地的时间较短，它急于扩张自己的势力，在发展中国教民时便忽视了教民素质。因此，天主教会在中国的传教过程，本身就一直受到基督教中其他教派成员的诟病。

事实上，自德国人侵占胶州湾之后，德国人仍然有向山东日照、兰山一带进逼的企图，袁世凯、荣禄向慈禧太后进言：假如中方一味在山东步步忍让，“德则得步进步，必至荐食山东，各国群起效尤，择肥而噬，中国何以自主?”

因此，慈禧太后严令继李秉衡之后出任山东巡抚的张汝梅、毓贤两人加强布置军事，严密监视德军动向，为防止德军可能的挑衅行动，增强山东的军事实力，1899 年 5 月 13 日，荣禄命令袁世凯率武卫右军大部，进入山东德州。袁世凯此行公开的口号是“弹压匪类，保护教民”，实则乃为暗中防范德军。于是，山东巡抚张汝梅为壮大防卫的力量，就申请了一个“改会为团”的计划。将民间的梅花拳、大刀会等“私团”纳入到受政府指导的“自卫身家”的团练武装之中。不过，一些民间拳会刀社在“奉旨练团”的旗号下，取得了地位之后，情况却失控了。

其实，毓贤在山东从按察使到接替张汝梅的巡抚之任，他应该算得上是一个山东通。后来，毓贤虽然担负着“仇洋”的名声，但是，他的教案政策沿用的却仍是李秉衡、张汝梅主政时期的“持平”政策；既不迁就外国教会方的无理要求，亦对当地民间的反教活动予以遏制，力求“寓调和于保护之中”。

1898 年 10 月山东冠县梅花拳赵三多举事，改名为义和拳，毓贤立即出兵把他拿下了。1899 年，山东神拳的朱红灯再度闹事，并改名为义和拳。毓贤派出一支突击队，迅速把朱红灯擒获，公开予以枭首示众。所以，后来民间某些史料笔记中说：毓贤为义和拳题词，将其名改正为义和团，并为其主持开张典礼的仪式，这说法有点不靠谱儿。朱红灯死后，各地反洋反教的民间团体觉得义和拳这名字颇具号召力，有高人改动末尾的一个字成了“义和团”。这个名字便在反教的民间团体中迅速地传开了。

毓贤对攻击洋人的拳会虽然出手颇狠，不过，亦颇不齿于地方官员在民教冲突中的不作为态度。他觉得下面的官员一味推诿怕事，一旦触发了大的民教纠纷，最终会吃不了兜着走的，还是他这个山东的最高行政长官。所以，他打听到知县陈公亮、蒋楷予两人在实际的公务处理中一味地偏袒教民、欺压普通平民，便赶紧令两位老先生卷起铺盖走人了。还有德国传教士布恩溥、德华盛几个鸟人，在乡间横行不法，欺男霸女，毓贤怕这几个鸟人在民间激起大的民愤，被血气之勇的山东好汉干掉，也要求德国方面赶紧把这几个人弄走，否则，他便要抡起扫把来赶他们出境了。毓贤的这种做法有点两头不讨好。教会经常把毓贤“持平”处理过的教案，投诉到北京的总理各国事务衙门，并且把毓贤视为一个偏袒纵容拳民的罪魁祸首。毓贤在山东的官运也走了麦城。

毓贤在教案政策上实际上采取的是一种“持平”态度

事实上，就在义和团打出“奉旨练团”旗号后不久，义和团中的一种降神附体仪式得到公开确认。恰好光绪二十年是一个歉收年，庄稼的收成一点都不好。一些生计发生困难的老百姓为了求生路，离开家乡，在华北大地上四处游荡，这就造成大批流民游民。其中，有许多流民游民抱着混一口饭吃的态度，加入义和团。于是，义和团喊着为朝廷办事的口号，开始离开本土本乡外出串联。许多老实本分的乡民因为不愿外出，就退出了这个团体，游民流民渐渐地在义和团中成了骨干，其破坏性也随之增强，地方上确实增加了许多打砸抢烧事件。“义和团运动”晚期，朝廷上层某些别有用心的人为拳民们提供了“扶清灭洋”的口号之后，“义和团运动”的主力已经不是普通乡民，而是小部分社会游民和大饥荒造就的大批流民。这些人进入北京后，便发生了许多暴力事件。

我们总结自山东巨野教案发生之后，短短两三年之间，接连换了李秉衡、张汝梅、毓贤三任巡抚大人，三人都是当时颇有名气的干吏。可见，当时西方列强对于山东一省均虎视眈眈，山东的地方官都有种一个巧媳妇难以伺候数位恶婆婆的窘态。一时大清的官场上，竟把山东巡抚这个肥缺视为一个活火山口，谁坐在这个位置上谁倒霉。

于是，1899 年 11 月，在多国外交使团的压力之下，慈禧把具有排外思想的毓贤再次撤回了北京，换由袁世凯出任山东巡抚。

当年的袁世凯在外国公使们的口碑中相当不错。他早年办理过朝鲜的外交，曾经暗中操纵过朝鲜的政治，因此他具备处理复杂政治局面的能力，对于如何处理义和团、大刀会这一类的民间组织，应该要比毓贤之类保守型的官员具有更加明晰的认识。另外，袁世凯手中自己有枪，他的 7000 编练新军是德国教练一手调教出来的，由他来主政山东，可对山东的义和团形成巨大的威慑力量。德国人将袁世凯视为可信任之人。

实际上，1899 年 12 月 6 日，袁世凯走马上任山东巡抚之职后，也确实没有辜负中外的期望。

袁世凯上任后，采取剿抚兼施的两手策略：他首先发布告示，要求各地迅速解散义和团民，恢复正常的生活生产秩序，清政府可以既往不咎。否则，对于继续聚众闹事者，巡抚衙门将采取严厉的镇压措施，逮一个杀一个，不再姑息养奸。布告公布一段时间之后，袁世凯果断施行铁血政策，砍下了一批顶风作案者的人头。袁世凯上任后，面对山东境内层出不穷的“扰害教民案件”，其定性也相当清晰：“实由民、教积怨构成，而巨盗奸民，因而从中煽惑。”既然义和团兴起的主要原因是民教冲突，只不过在民教冲突过程中被某些“别有用心”的盗贼奸民利用了。袁世凯的处理方式也简单明快，把领头闹事的那几只猴子抓起来杀掉，剩下的肉鸡们不就都老老实实了吗？果然，袁世凯的屠刀见红，跟在后面推推搡搡试图往前拱的普通百姓们谁也不起哄了。本来嘛，一般小百姓跟着闹义和团、大刀会什么的，也就图个眼热而已，一般的升斗小民有谁不爱惜性命的呢？如此，山东的义和团风潮为之顿时一挫！

然而，就在山东义和团逐渐趋于平静之时，直隶地面的义和团运动却意外地蓬勃生长起来。直隶向来是天子的暖脚壶，直隶一乱，天子难安。有人讲，直隶总督裕禄向来就是义和团的铁杆粉丝，这话有点冤枉了人家裕禄。直隶总督裕禄一开始对于义和团的政策那是相当血腥的：只要有人闹事，一律砍头。像当年天津地面上名气很大的义和团首领姚洛奇，抓到后，便被裕禄毫不犹豫地杀掉了。当时直隶民谣：遇着梅东益，家家没饭吃；遇着范天贵，家家都是会。梅东益、范天贵为裕禄镇压义和团所倚重的两把屠刀。可见当时裕禄与拳民之间的拉锯斗争之残酷。

但是，1900 年 1 月，对于直隶的义和团而言却遇上了喜遇甘霖的重要转折。斯时，朝廷中以溥儁为号召力的大阿哥党强势崛起。而大阿哥党的灵魂人物端王载漪是大力弘扬义和团神术的。载漪在满洲新贵中颇具号召力，裕禄跟载漪在政治上一拍即合。

由此，“千门万户曈曈日，总把新桃换旧符”，义和团在一瞬间成为京畿地区的最强音。

裕禄这人绝对没有什么大的本事。他之所以能从一个小小的刑部笔帖式，在不到30岁的年纪，便迅速蹿升到安徽巡抚的高位，除了有一个满洲官二代的优势背景（其父为湖北巡抚崇纶）外，基本上便是在慈禧太后的阳光雨露滋润下成长起来了。裕禄的做官态度是不要老是记挂着自己想什么，而是得日日夜夜牢记慈禧太后在念叨什么。既然端王载漪当时在慈禧太后的眼里已经成为一个炙手可热的人物。裕禄对于义和团的态度当然得改变，凡是载漪所拥护的，裕禄也得拥护。于是，裕禄一反从前赶尽杀绝的态度，对拳民表现出了一种前倨后恭的态度。

例如，义和拳中的“仙姑”，据罗敦融在《拳变余闻》中记载，那是一种伊始在民间传得神乎其神的玩意儿：“庚子四五月间，忽传有红灯照者，皆十余龄幼女，红衣裤，挽双丫髻，稍长者盘高髻，左手持红灯，右手持红巾，及朱色折叠扇，扇股皆朱髹。始老孀设坛授法，集闺女数十辈，环侍受法。四十九曰，术成，称太师姐。转教他女，术成，持扇自扇，渐起渐高。上蹑云际，掷灯下，其从妪拾缴坛内。女身植立空际，渐化为明星，较星差大，其光晶晶，或上或下，或近或远，或攒聚如联珠，或迤逦如贯鱼。津民狂走聚观，佥云目睹。有终夜升屋而了者。女子自言，能于空中掷火焚西人之居，呼风助火，焚无余。津民深信之。入夜，家家悬红灯，迎红灯照仙姑也。城内外列炬高悬，若万星之齐耀，争传拳队所至，红灯随之。每焚洋楼，皆言仙姑掷火也。又有沙锅照者，以飨神团，人挟一锅，遇拳民战时，析薪淅米，炊饭飨之。沙锅仅如巨钵，自言饭百人不尽。此团皆乞丐也，沿门索米济军，无敢拒者。”但是，裕禄听说，慈禧太后在载漪的耐心引导下，居然也对“仙姑”之类的神鬼之物煞有介事地摆出了一副迎接的架势。直隶总督裕禄也就毫不含糊地大摆香案，长跪不起地“恭迎”仙姑小妹妹莅临总督府指导工作了。裕禄又与义和团中后起首领张德成、曹福田等人称兄道弟。据说，裕禄的这两个哥们儿，也颇得神拳精髓，“以降神召众，号令皆神语。传习时，令伏地焚符诵咒，令坚合上下齿，从鼻呼吸，俄而口吐白沫，呼曰神降矣，则跃起操刃而舞，力竭乃止”。张德成、曹福田又与唐僧、悟空、八戒、沙僧、黄飞虎、黄三太等传奇人物在幽明间往来自如。裕禄这家伙一开始砍拳民的人头比切西瓜还利索，仅仅喝一盏功夫茶的时间过去，裕禄这个小鸟就变换了嘴脸，叽叽喳喳为张德成、曹福田两个“玄幻大师”大唱赞歌。

事实上，裕禄这家伙是为了载漪今后的大用义和团，而自觉地把直隶地区作为了大阿哥党徒们的一块试验田。

不久，官场上即有人瞧破了其中的端倪。于是，有人在背后笑骂：敢情裕禄这家伙还很会投机取巧呢。

实际上，义和团在直隶这块试验田上情况是失控的。

义和团势力由天津向涿州、保定等广大京畿地区渗透之后，坎字拳、干字拳、震字拳三大拳坛忽然间放出了很大的光芒。拳民们左手拿着慈禧太后的护教懿旨，右手更有天上神君们的咒符秘诀，大家张旗挟刃、走街串村，处处大张旗鼓地宣传“扶清灭洋”的宗旨，大约不到半个月的时间，京畿地面上便男女老少齐把那神坛立。于是，精神气儿上来了的义和团爷们开始“诵言灭洋，租界戒严，教堂尤岌岌。”像铁路、电线杆这类洋玩意儿，都是洋鬼子带到中国来祸害中国人民的，义和团这一班纯爷们务必将其毁坏殆尽。最后，京畿地面上打砸抢烧弥漫成一股歪风，“匪劫掠无虚曰，富户一空”。

于是，有人越过载漪，直接把天津的乱象汇报给了慈禧。慈禧立即派军机大臣、协办大学士刚毅与顺天府尹赵舒翘二人下到闹得最凶的涿州府去搞调研。结果，刚毅这哥们儿回到北京，在慈禧面前把枯瘦的胸膛拍得嗵嗵直响，力言“团民忠勇有神术，若倚以灭夷，夷必无幸！”

庚子事变，实际起源于有部分的北方官绅士大夫出于一种民族的自尊，郁勃而无可发泄的个人积愤，盲目地点燃了义和团这把野火。清人酬鸣《书庚子国变记后》中讲了两个极端官僚的例子：

“联军既破京津来保定，廷雍方护督，遂被执，并及保绅。各军公讯，雍云：‘保绅夙从令，可释，若焚杀汝人，皆我也。’叩以何为？雍曰：‘道光以还，汝曹欺我太甚，倘得势，孰不报汝，今至此斧钺由汝，问何为。’遂见杀，今地方人尚多哀之。”

又说：“徐桐以汉军翰林至大学士，以理学自命，恶新学如仇。其宅在东交民巷，恶见洋楼，每出拜客，不欲经洋楼前，乃不出正阳门，绕地安门而出……拳乱起京师，桐大喜，谓中国自此强矣，其赠大师兄（义和团中首领的称呼）联云：‘创千古未有奇闻，非左非邪，攻异端而正人心，忠孝节廉，只此精诚未泯；为斯世少留佳话，一惊一喜，仗神威以寒夷胆，农工商贾，于今怨愤能消。’”

朝中庄亲王载勋、端郡王载漪、辅国公载澜等载字辈政坛新秀们知悉慈禧调查天津义和团一事，则力言义和团可用：义和团懂得博大精深的中国玄幻奇术，什么人间奇迹不可以创造？咱何惧于洋鬼子哉！

慈禧听得心旌摇曳，一时拿不定主意。

于是，山东、京畿地区的各义和团大股，便开始唱着嘹亮的战歌，一拨拨、一股股，仿佛扑火的灯蛾似的，不要命地往京城中挤了。

❹在他国枪炮威胁下，政府首脑们能安然入睡吗

进入1900年，由于京畿地区日益严重的义和团事态，西方列强诸国与清廷的政治关系变得再度紧张起来。

1900年1月17日，英、美、法、德、意五国公使联合照会清政府，要求取缔义和团。

1900年3月10日，美国公使康格电请美政府派海军来华。

3月11日，美、英、法、德、意五国公使，电请本国政府派遣海军来渤海湾。

3月13日，五国海军于渤海湾举行联合军演，此举颇有警告清政府的意味。

4月6日，英、美、德、法四国公使照会总理各国事务衙门，请于两日内剿除义和团，否则，各列强国将自派军队深入直、鲁地区，代为清剿。

5月18日，总理各国事务衙门向英、美公使表态，清廷将力剿义和团。

5月20日，各列强驻华公使团，提出调兵入京。

5月22日，义和团于直隶涞水偷袭聂士成武卫前军，杀死聂军副将杨福同。

5月27日，义和团盘踞顺天府涿州城，顺天府衙门军政瘫痪。

5月28日，列强驻华公使团再度紧急会议，决定调兵入北京护卫使馆。德使克林德却欣喜地认为，这是西方列强诸国武力瓜分中国的一个开端。

5月30日，总理各国事务衙门与列强驻华公使团交涉，希望能延缓数天，给中国一个自行处理义和团的时间表，遭驻华公使团拒绝。列强军队开始增援北京。

5月31日，停泊于大沽口外的17艘外国战舰驶入港口戒严。英、美、法、俄、日、意六国军队400余人自大沽口登陆，并于当晚乘火车抵达北京，进入使馆区警戒。

6月3日，德、奥两国军队80余人到京。

6月7日，俄国派兵4000人自海参崴赴天津。

事实上，6月3日，西方八国480名洋兵的增援使馆区，可视为对清宫廷安全的一个严重挑衅行动。我们知道东交民巷使馆区与皇城只不过隔了一条大街而已，自从这480名洋兵增援到使馆区之后，洋人的机关炮射程即可有效地覆盖紫禁城内廷。试问：有哪个国家的政府首脑可以在他国的枪炮威胁之下安然入睡？

列强诸国的这一项举动，对于当时的主权中国可视为一种严重羞辱，因而也就成为庚子年动乱的一个重要起源。于是，《庚子记事》中说：慈禧太后在载漪的建议之下，"总统甘军董军门（董福祥武卫后军）马步各队屯扎东华门、长安街一带。武卫中军各营屯扎棋盘街、东交民巷、户部街、兵部街一带。虎神营、神机营旗兵屯扎各门城上。步军统领衙门旗绿各营，与八旗满洲蒙古汉军各兵丁屯守各城门。八旗前锋护军各兵丁屯守禁城，以防不测"。这是中国政府军的必然反应。

载漪无疑是义和团事变的祸首之一

6月10日，慈禧任命端郡王载漪为总理各国事务衙门大臣，取代之前的庆亲王奕劻。跟载漪亲近的礼部尚书启秀、工部侍郎溥兴、内阁学士那桐等三位满臣亦补在总理各国事务衙门大臣上行走。此举意味着慈禧太后的对外政策渐趋于强硬。

慈禧又嫌己方的力量太小，于是，端郡王载漪建议：将民间原始的仇洋势力——义和团，引入到与列强的政治角力之中。端郡王载漪的政治设局是这样的：先让义和团这些民间团体在京城跟洋鬼子闹事，清政府隐匿于后台，暂不作声。先让这一帮洋人领教一下来自民间的仇教仇洋的力量，令洋人知难而退。万一义和团闹事失控，那也不是政府行为，清政府仍然处于游刃有余的位置。

慈禧太后默许了端郡王载漪的想法。

这样，从这个阶段开始，民间义和团拳民开始大量涌入北京。最高潮时，晃悠于北京城大街小巷寻衅闹事的拳民们高达10余万之众。这些来自民间的好汉们果然不是吃素的。拳民们一入京，立即上演他们的拿手好戏：拆铁路、毁电线杆、围攻教堂等，洋鬼子们看得目瞪口呆。北京外国使馆的对外通信顿时处于断绝状态。

慈禧太后在暗处抿唇注视着这一切。看到精彩的部分，慈禧太后不由得眉心轻轻一跳，轻轻地叫了一个“好”字。

不过，慈禧太后的喝彩声刚刚落地，董福祥的甘军便为慈禧太后捅了一个天大的娄子出来。

这就是6月11日，日本驻华使馆书记杉山彬的被杀。

董福祥甘军入永定门值勤的第一天，日本驻华使馆的书记官杉山彬，坐在一辆奔驰的马车上，颇有一种趾高气扬的味道。

董军营官立即命令士兵们举枪瞄准杉山彬，把枪栓拉得一片作响。

杉山彬吓得赶紧把急速行进中的马车停顿下来。

董军营官歪戴着一顶帽子，吊儿郎当地走上前，喝问：“你这鸟人是干吗的？不知道这是限速区吗？”

杉山彬发觉对方语气不善，便赶紧掏出了外交派司，微笑着递给董军营官：“我是日本使馆的，享有外交豁免权。”

董军营官听对方讲是一个什么鸟日本外交官，又听这日本人讲什么豁免权。董军营官想：咱中国人在不久前的甲午战争中不是吃过日本人的大亏么！于是，这营官忽然间目露凶光，抽刀径直向前，一刀便将杉山彬的腹部搅出了一个血窟窿！杉山彬一声不响当即倒地死了。甘军士兵向来就嗜杀。董军营官的举动就是一种无声的命令。当即甘军士兵一拥而上，半分钟内将杉山彬尸体肢解完毕。最后，甘军士兵将其躯干残骸剖开，弃去脏腑而实以马矢，弃之道旁。

杉山彬之死立即成了一条轰动国际视听的头条新闻。西方列强诸国，同声谴责清政府这种无故杀害外交使节的粗鲁行为。驻北京各国使馆的外国工作人员以及各教堂的传教士，更是有一种世界末日降临的惶惶自危感。

董福祥很不买慈禧太后的账

甘军干掉杉山彬，代表的是一种政府的军事行为。

如此，慈禧太后被逼迫着提前走向了前台。

慈禧太后只得委派荣禄、启秀两位军机大臣为专使，上日本使馆赔礼道歉。又火冒三丈地召见董福祥、载漪两个惹祸大王，大声地予以呵斥。

可是，这时候董福祥对于慈禧太后的光火一点都不在乎。董福祥故意苦着脸向慈禧太后磕头请罪说：他自知闯下了滔天大罪，本来应该以死谢罪的。不过，他所领导的这一支甘军向来只听他一个人的。假如他不负责任地自我了断了，这支在小地方撒野惯了的甘军以后还不知会在京城闯下多大的乱子呢。

慈禧一听董福祥这说话的口风，便知道这厮是在无理要挟自己。不过，慈禧也必须得承认董福祥讲的都是实话。这支天不怕地不怕的甘军，如果没有了董福祥的约束，恐怕真会把北京城闹了个底朝天呢。于是，慈禧只得和缓了冰冷的面色，敷衍性地劝慰了董福祥几句，便让董福祥、载漪这一对现世宝告退了。

从内宫出来，端郡王载漪对董福祥佩服得五体投地。载漪兴奋地连拍了董福祥几次后背，并竖起大拇指向周围的人夸说：他这一辈子阅人无数，但真正的好汉，就只识得董福祥一位！

但是，杉山彬之死给慈禧太后带来了一个更加严重的后果：驻扎于天津的各国领使决定再组织一支1800余人的援军，由英国海军司令西摩尔（Edward Seymour）率领，乘火车紧急增援北京的公使馆！

这个结果，是任何一个主权国家均无法接受的。

不久前，那在北京城安营扎寨的480名洋兵所携带的洋枪洋炮已经令慈禧太后如坐针毡了。现在，洋人忽然决定再增加三倍多的兵力放在清皇室的紫禁城外面。这将使得洋人在北京城具备了在任何时间，均可发动一场政变，以颠覆清中央政权的实力。

如此，慈禧便只有“实力禁阻”西摩尔联军入京一条路子可选了。

6月12日，慈禧直截了当地给直隶总督裕禄下达懿旨：“倘再有各国兵队欲乘火车北来，责成裕禄实力禁阻。”“迅将聂士成一军全数调回天津附近铁路地方扼要驻扎。”西摩尔显然没有预料到，清军主力竟然敢跟自己作战。于是，西摩尔联军、聂士成武卫前军以及义和团的乌合之众便在天津城外的杨村、廊坊一带相互纠缠着，展开了一场三角大战！西摩尔联军像一只来自西方的蛮牛，掉在了一个风声鹤唳的东方战场泥潭之中，处境十分狼狈。西摩尔联军一直挨到6月26日，才由海上增援天津的洋兵大队接回天津租界。

这时候，发生于天津杨村、廊坊的战事却极大地刺激了北京城内的义和团拳民。北京城内开始发生大规模的群体性骚乱事件。

6月13日，情绪失控的拳民们开始呐喊着冲入内城。当天烧毁孝顺胡同亚斯立堂、双旗杆（今外交部街西口外）伦敦会、八面槽（王府井）天主教东堂、灯市口公理会、东四五条西口的美国福音堂、交道口二条长老会、鼓楼西鸦儿胡同长老会、西直门内天主教西堂、西四羊肉胡同耶稣教堂、石驸马桥安立甘会、宣武门内天主教南堂等11座教堂。有3200名天主教徒逃入天主教北堂（有42名法兵占据），2000多名耶稣教徒逃入东交民巷的使馆区。拳民们像脱缰的野马，开始四处杀人放火，一些无辜的平民开始无端受害。

于是，6月15日，慈禧太后一度对于端郡王载漪的放拳民入城计划产生动摇。是日，慈禧太后曾令军机处拟诏：令两广总督李鸿章、山东巡抚袁世凯以及山海关的马玉昆武卫左军一起入京。其时的慈禧太后试图抛开端郡王载漪，另打一套由李鸿章与洋人和抚，袁世凯、马玉昆进剿义和团的政治组合拳。是日，慈禧甚至派出荣禄的武卫中军，执行保卫使馆区的任务；希望列强诸国能停止执行那个欺人太甚的对北京增兵计划。不过，在当时密云欲雨之中外对峙形势下，所谓的树欲静而风不止，朝廷中主战的载漪、载勋、载濂、载滢等“载”字辈政治新贵与洋人中主张直接瓜分中国的德、俄诸国势力未经拼力一战，大抵上是不会善罢甘休的。李鸿章、袁世凯两人预测当时的慈禧太后很难打破坚冰。于是，这两人便找出了一切理由，在外围徘徊。

如此，慈禧便只能身不由己地跟随大潮走了。

6月16日，前门一带约4000家商铺，因拳民放火焚烧老德记西药房而变成一片废墟，正阳门楼、北京24家铸银厂一时俱毁。拳民们对于教堂、教民的攻击开始进入癫狂状态，庄王府前大院成为一个集体大屠杀的刑场。当时，有目击者声称：“乡民适趋市集，七十余人悉絷以来；伪饰优伶冠服儿童戏物，指为白莲教；下刑部一夕，未讯供，骈斩西市。有妇人宁家，亦陷其中，杂诛之，儿犹在抱也。”甚至于端郡王载漪的副都统神机营翼长庆恒一家大小十三口，也被义和团中的仇家斩杀殆尽。事实上，从这个时候开始，北京街头似乎陷入了一种无序的厮杀状态。义和团中不同的派别开始互相武斗残杀。义和团、京师禁军与甘军也时常发生武装内讧。散兵游勇以及一些拳民开始入室掳掠、屠杀奸淫，甚至于一些显赫权贵之家也不能幸免，例如，大名鼎鼎的义和团老粉丝、大学士徐桐之家，便遭到义和团的抢掠。徐桐不满，当时骂了一句入室拳民为土匪。于是，拳民们立即给80岁的徐桐糊了一顶高帽子，作为两面派的典型人物拉到大街上去批斗。徐桐经此一番气激，当即病倒在床上，不久，便呜呼哀哉到西方极乐世界漫游去了。

与此同时，自6月16日这天起，慈禧太后为应付日益严重的国际交涉

危机，连续四次在西苑仪鸾殿召集了一个有世铎、奕劻、纳勒赫、溥伟、载沣、魁斌、载勋、那彦图、载滢、载濂、载润、荣禄、崑冈、刚毅、王文韶、立山等七十一重臣以及六部九卿相关工作人员参加的大型“御前会议”。会议的主题只有一个：到底是硬颈与联军一战呢，还是现在立即屈膝与列强讲和、开始清剿进入北京城的义和团？

这个会议在数日内，虽然开了又停，停了又开。但是，会议的最终决议却为洋鬼子在天津方面的军事动议所牵引着。

6月15日，列强联军要求驻守于大沽炮台的天津镇总兵罗荣光于17日凌晨2时以前将阵地交给联军方面。这事实上已是一份哀的美敦（ultimate）交战书。6月17日，联军攻占大沽炮台。其时，聚集于天津的列强联军，对于清廷方面所发送的一切求和诉求已经熟视无睹。列强联军一门心思抢占大沽炮台等滩头阵地，从海外增兵于天津，着眼于发动一场更大的军事行动。

如此，慈禧太后的政治生存空间被洋人严重打压，她只有铤而走险地跟洋人一战！

6月21日，慈禧自裕禄处得知大沽炮台中外交火的准确消息，终于确定：“洋兵麇集津沽，中外衅端已成。”随即在高层会议上下达了向英、美、法、德、意、日、俄、西、比、荷、奥十一国宣战的诏书。

有关这个宣战诏书，有人从现代的严格军事文书来考证，认为算不得是一种正式的宣战诏书。但是，战争的硝烟却是实实在在的，并且曾弥漫了五十余天。至于慈禧太后为什么不正而八经地向十一国下达一份宣战诏书，而弄出这么一份内部总动员式的文书。笔者认为，并不是慈禧太后政权弄不出来，而是在政治上有所顾忌。一般的弱国在与强国争战之时，由于实力上处于下风，便不想把话讲得太死，多选择先打一阵子再说的法子。这也是慈禧太后为后来留有余地的一种外交策略。

事实上，这种交战方式，37年后又被抗日战争期间的蒋介石学去了。1937年7月7日之后，中日军队已全面交手。但蒋介石也只不过是在内部下达了一个战争总动员令，而没有在外交上跟日本人撕破脸面。中方一直等到1941年12月，太平洋战争全面爆发之后，美英等同盟国宣布日方为敌对国，蒋介石这才正式对日宣战。

如此，当年的八国联军之战，列强诸国的选择，也是闷声不响，自大沽口登陆后挥拳就打。八国联军的战略目标是打进北京城，逼清廷签订城下之盟。整个交战期间，八国联军与慈禧太后之间，一直维持着有效的联络通道，谁也不想撕破了这层脸皮。

既然是开战，主和的光绪帝、立山、联元、袁昶、徐用仪、许景澄等一班思想落后分子，自然被慈禧太后赶到旮旯里凉快去了。

端郡王载漪被任命为临时军事总指挥，负责与八国联军交战的一切军事事宜。

于是，端王载漪开始把入京的义和团整编为五大方阵，命令刚毅、载勋、载濂、载澜做了统领义和团的四大金刚。载勋还取代崇礼出任了步军统领九门提督。

这样，自6月22日起，端王载漪便痛痛快快地过了一把京城第一大佬的权力之瘾。端王载漪通令全国，筹款调兵，勤王抗敌，“现在中外业经开战，断无即行议和之势……各将军督抚等，务将‘和’之一字先行扫除于胸中……务必灭洋到底!”端王这时只有一种感觉：“爽!”载漪还虚心采纳了来自同一战壕中战友的许多好建议，例如，徐桐提议：“无论何省何地，见有洋人在境，径听百姓歼除。”步军统领庄亲王载勋则建议在北京的大街小巷张贴了布告，悬赏捕杀洋人，“杀一洋人赏五十两；洋妇四十两；洋孩三十两。”营造一种全民皆兵的肃杀气氛。载漪表扬了徐桐、载勋两人肯动脑筋、积极为大佬分忧的工作热情，并立即把徐桐、载勋两人的金点子布置下去，化为了实实在在的行动措施。

载漪于京城积极地布置这一切备战措施之时，慈禧太后均谦虚地隐身于幕后。

这一期间，载漪的工作热情很高，在对敌的内外两条战线上，干出了数件很有分量的“实事”。

先讲讲载漪在对外战线所作出的业绩。主要是干掉了一个外国大使，围困了一个外国使馆区。

本来对于德国公使克林德（Freiher von Ketteler），端王载漪也不是说非得要他的命。关键是克林德太不把人家载漪颁布的戒严令当一回事了。6月21日，老佛爷已经宣布了要单挑西方十一国！可是，这不知死活的德国公使克林德却仍然在耍大牌，纠集其他十国公使到总理各国事务衙门去递抗议书。这时候，人家慈禧太后已经宣布要打仗了，还递他一个大头鬼呀。当时，其他诸国公使觉得在这兵荒马乱的时候，离开使馆区在外面瞎转悠，这事儿有点不靠谱。克林德就讥笑其他公使是胆小鬼，他赌气一人乘坐了一顶豪华绿呢大轿，大大咧咧地硬闯中国的总理各国事务衙门。

这时候，载漪的戒严令正值雷厉风行时期，一般的人非义和团成员，又没有特别通行证者，如果在街上瞎跑，很容易被当成活靶子干掉的。克林德走了一半的路程，立即被载漪的亲信部队虎神营霆字枪队章京（小队长）恩海拦住了。恩海喝令克林德原路返回。克林德则自恃有外交豁免权，根本不理恩海的茬儿。事实上，克林德及德国兵在外国人中向来恣意横行，因而为中国官兵所暗中痛恨。恩海见克林德不顾中方士兵的阻拦，骂骂咧咧地向前硬撞。恩海也就懒得跟他废话了，当即掏枪，顶住他肥硕的后背，"轰"的一枪，立马就把克林德先生送上了西天。

这是慈禧宣战的第二天。这件事作为一项重大的战果，虎神营迅即报送至载漪。载漪当时大约很有一种"你也有今天"的痛快感。慈禧却在心中暗暗叫苦不迭。因为中国自甲午战争惨败之后，其实是元气大伤的，像克林德这样的血债，之前的日本使馆人员杉山彬被杀事件，飞扬跋扈的外国人迟早都会要求清廷加倍偿还的。

至于东交民巷的使馆区，自从480名洋兵进驻后，中外间的武装挑衅事件便源源不断。

6月13日，北京全城大骚乱之时，失控的拳民聚众在意大利、奥地利使馆附近焚毁教堂，但他们不敢直接攻击使馆区，他们也害怕外国人的枪子厉害。只是使馆区的洋兵，听得外面震耳欲聋的口号，却已按捺不住，即直接突袭外面的义和团拳民，并造成很大的伤亡。6月15日，美国公使康哲在是日的工作日志中写下："吾等谨谋自卫，以俟援军之到来，但使馆卫兵，已杀戮拳众至百人之多。"6月17日，另有一队正自使馆区外马路走过的甘军被德国卫兵猎杀三人。而美国公使康哲仍然在日志中将其矜夸为："外国军队技术与勇敢的表示，实为一良好的实物教训。"此后攻打使馆区，董福祥甘军态度最积极，即有这层瓜葛在其中。

攻打使馆区的军事行动，对外面虽然打着义和团的旗号，担任实际作战任务的却是清军中的王牌精英：荣禄武卫中军与董福祥武卫后军。端王载漪挂了一个军事总指挥的名声。实则这个军事行动，却由慈禧太后在幕后一手操控。整个军事进程，清军什么时候该打干雷，什么时候该喂洋鬼子一通弹药，占优势军力的荣禄武卫中军，根本不尿载漪这把尿壶；荣禄只听慈禧太后的。因此这个所谓的军事总指挥，载漪便做得有点憋屈。

其时，使馆区内被围人数约3000人，其中，约2000人为寻求保护的华人教民；400名外国男子，147名妇女及76名小童。可战人员有409人，重武器有3挺机枪、4门小口径火炮。由英国公使窦纳乐负责指挥抵抗。后来，窦纳乐四处向别人吹嘘自己的能征惯战，殊不知慈禧与荣禄根本不想把使馆区往死里打。真要正经地干起来，单凭使馆区这点火力配备，人家荣禄的全副近代德国先进装备的武卫中军，用不了一天时间，就可以把整个使馆区夷为平地。

因此自6月21日，慈禧作出与八国联军作战的决定之后，许多激越的主战姿态只不过是做给天下臣民们看的，她的本心并不想破釜沉舟，抱定的宗旨仍然是以战求和。这也是一切弱国，于风雨如磐时局求生存的一种手段。

其实，慈禧攻打北京使馆区，一个最主要的政治目的，是希望荣禄能把使馆区的洋人弄出来做人质，以增加后面与列强诸国谈判的筹码。而载漪的政治诉求，则想把使馆区杀他一个片甲不留，以战稳固目前的政治地位。慈禧跟载漪在对使馆区的战略使用上，便有点南辕北辙。

于是，慈禧太后把攻打使馆区的实际指挥权交给自己最信任的荣禄。荣禄的政治态度一向是主和的。就在慈禧太后作出攻打使馆区的决定之时，荣禄就曾再三力劝慈禧，切勿赌气攻打使馆，以免使各国"连合一气，致死报仇"。

慈禧对于荣禄的劝谏却不置可否。当时，慈禧给荣禄看了翰林院侍讲学士朱祖谋的一份奏折："倘日内得手，攻克使馆，洋兵必应尽数歼戮，使臣则宜设法生擒。并非借此市恩，实可挟以为质也。"荣禄恍然大悟，对于慈禧之战略谋算，自然佩服得五体投地。

接下来的使馆之战，端王载漪与荣禄显然有过沟通。

在使馆区南面城墙执行警戒任务的为庆亲王奕劻指挥的京营禁军，这是一支作壁上观的队伍。荣禄武卫中军担任从东面出击的主攻任务，这个区域的主要作战目标为日军守卫的肃王府与法国士兵守卫的法使馆，在这个区域坚守的洋人已全部是作战人员。而仇洋亲端王的董福祥武卫后军，则被分配在了北面与西面阵地。这个区域摆着一个庞然大物，那就是墙高城厚的英使馆区。当时，各国公使以及中外非战斗人员均集中于此，英国公使窦纳乐也在英使馆区坐镇指挥全局，实为整个使馆区的精华所在。从这个角度来看，端王载漪似乎分给了董福祥一个为大清朝再立新功的大好机会。可是，由于甘军的武器装备相对落后，董福祥根本啃不动这块硬骨头。《庚子使馆被围记》7月15日记录董福祥徒劳无益的进攻："为予等根据地之英使馆，所受影响至少。""四礼拜以来，此处难遇一受伤之人，而在他处，则死伤者几及百二十人矣。"美国公使康哲则干脆嘲笑甘军的损失："华兵奋击共26日……约计施放炮弹四千有奇，枪弹数万……中国兵死约二千余名。”甘军虽然以敢战著称，却缺少有效的攻坚利器，董福祥部土炮朝着使馆区的厚墙猛轰了四千余炮，却只不过揭去了一层洋灰皮而已。而甘军拖回来阵亡士卒的尸体，却已堆成一座小山。董福祥特别愤怒。

董福祥向端王载漪要求荣禄的武卫中军提供火力支持。因为全北京城的清军都知道，在荣禄的精锐武卫中军中，配备有德国克虏伯厂制造的现代重炮。董福祥便要求端王载漪向荣禄施压，把他的重炮调出来助阵。

但是，端王载漪向荣禄提出借炮的要求之时，荣禄却痛苦得龇牙咧嘴地向载漪诉说：“我的足疾发作了。反正你是全军的最高统帅，就请你直接向炮队的长官下达作战指令，好吗?”载漪知道荣禄在使猾，却对他无可奈何。载漪只得直接向武卫中军的中军分统（相当于现代的旅长）张怀芝，下达了“开花炮”助攻的军令。张怀芝却不敢大意。他知道克虏伯式重炮的威力，只要一阵排炮过去，使馆区的洋鬼子必定会血肉模糊地死伤一大片。按照军中规矩，他一定得有直接上司荣禄的手令才可以动手。于是，张怀芝策马来到了荣禄官邸，要求荣禄必须给自己一道开炮手令。荣禄本来就不赞成开炮的，他哪里会签发这样的军令。可是，张怀芝却哭丧着脸，死缠住顶头上司荣禄不放，说端王载漪有令：若是今天没有听到开花炮炸响，让张怀芝提着脑袋去见他。荣禄微微一笑，轻轻地对张怀芝讲了一句：“横竖炮声一响，里边（宫里边）是听得见的。”

张怀芝恍然大悟。

于是，张怀芝把重炮悉数推上一线，所有炮口目标均校准为使馆区后面的一片荒地。届时，众炮齐发，炮子像雨点般落在那块空地上，一天一夜没有消停。后来，炮战结束后，那块荒地，便被张怀芝的炮火犁成了一块熟地。

清军对使馆区的攻击，一度随着天津的局势而波动。7 月 14 日，天津城告危，清军对使馆区的攻势停了下来。7 月 16 日，天津陷落的消息传来，荣禄武卫中军便主动为使馆区提供粮食与蔬菜。如此双方械斗了五十余日，使馆始终屹立不动。这自然是慈禧太后暗中操纵战局的结果。

庚子年围攻使馆的闹剧，虚虚实实地弄到 1900 年 8 月 14 日，崇文门外响起一片炒豆子般的机关枪声。使馆内被围人员即明白，他们的援军到了。因为这时的中国军队还没有来得及配备机关枪。

至于对内斗争，载漪、载勋、载濂、载滢四位“载”字辈好汉，也是动过一番脑筋的。例如，他们提出要纯洁公务员队伍，清除异己分子。因而把朝廷内的“一龙二虎十三羊”十六位大奸之人定为初期清理的目标。

所谓的一龙，指的是光绪帝。6 月 25 日，载漪领了 60 余条义和团好汉，采取燕子掠水的姿势向瀛台飞奔。载漪本来想猝然出手，结果了光绪帝这条小命的，却被神机妙算的慈禧太后预先察觉，于瀛台入口处大声把他们喝退了。

至于“二虎”，则指的是李鸿章、奕劻两人。李鸿章当时远在广州，俨然为求和派的一大有力支援，载漪想杀他，只不过是一句口号。至于老辣的奕劻，此时跟载漪一样，俱为慈禧太后身旁得力的大臣。载漪对奕劻大约有点“既生瑜，何生亮”式的嫉妒，所以，在外面放风说，要像碾死一只蚂蚁般的搞死奕劻。实则那一段时间，载漪与奕劻朝夕相处于中枢，载漪何曾敢动奕劻一根汗毛？

比较容易搞定的，便是下面求和的“十三羊”了。据说，“剿拳议和”主张的创立者，著名的“五大臣”，在十三只小绵羊中的排名便一直靠前。7 月 28 日，主战的载漪、载勋、载濂、载滢四兄弟在接到天津陷落的消息之后，为了表示与北京城共存亡的决心，首先把吏部左侍郎许景澄、太常寺卿袁昶这两只小肥羊做掉了。8 月 11 日，八国联军与清军在战场上形势已判胜负，被羁押的兵部尚书徐用仪、内阁学士联元、前户部尚书立山三个死硬议和分子的面部表情颇有点幸灾乐祸。载漪、载勋、载濂、载滢四人，赧然成恨，于是，干脆再把徐、联、立三位哥们儿一起牵出到外面空地宰杀了。另外，还有一个维新变法时期的弄潮儿张荫桓，这时候已遣送至祖国的新疆站岗放哨。庚子事起，张荫桓也上疏总理各国事务衙门，极言和约的重要性。载漪、刚毅心想：这世上还真有嫌命长的人，自动往枪口上送的人呀，于是，便奏准慈禧太后，给张荫桓补办了一个通俄的间谍罪，砍了。

事实上，清军与八国联军之争的重头戏，始终在天津。承担天津保卫战的主力清军为总统武卫左军、四川提督宋庆，会办武卫左军、浙江提督马玉昆共领的 20 余营以及直隶提督、武卫前军总统聂士成所领的 30 余营人马。不过，宋庆于开战前，因“年老多病，今复遵旨帮助军务，诸事殷繁”之缘由，已于 7 月 7 日将武卫左军的指挥权移交给了马玉昆。所以，天津保卫战便主要依靠着聂士成、马玉昆两人来打。两支武卫军均打得相当顽强。聂士成于 7 月 9 日战死于沙场。马玉昆屡战之后，兵员伤亡很大，部队已失去再战能力，他便也就不管人家在背后怎样议论他，率队私自向西撤走。但是，该战之后，俄国随军记者德米特

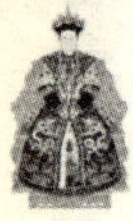

里·扬契维茨基在《八国联军目击记》中记载：洋兵死伤人员高达882人，这创造了历次中外战争交手中，一次战役死创敌军人数的最高纪录。马玉昆退出战场之后，剩下的清军余部与装备简陋的义和团拳民已不足以支撑战局。

7月14日，联军占领了天津。

8月4日，联军向北京进逼。时联军总数已达2万人，其中日军约8000人，俄军4800人，英军3000人，美军2000人，法军400人，意、奥则不满百人，炮53门。德军没有参加这次军事行动。这样一支庞大的武装精良部队，已经具有相当强的攻击能力。于是，联军开始分成两路纵队向北京进军。日、英、美军为右翼，沿北运河西岸前进；俄、法、意、奥军为左翼，沿北运河东岸推进。当时，联军还没有选出全军统帅，每天的军事行动，由前一晚各国军官一起会商。时值8月，气候虽炎热而潮湿，不过，这已不足以阻挡联军的攻势了。

8月6日，右翼英、俄、美军进攻杨村。裕禄苦心经营的杨村防线，被八国联军轻轻一戳就破了。裕禄自觉无法向慈禧交差，便用手枪对胸自击后毙命。

8月11日，联军逼近张家湾。聚集于张家湾的清军援军听说联军到了，一哄而散。帮办武卫军务大臣李秉衡无计可施，也只得向裕禄学习，饮弹自尽。

8月14日凌晨，联军已顺利地抵达北京的城根底下。经两天激战，至8月15日，联军已控制北京各城门。大股清军于15日开始撤出城区。联军随即入城与清军残余在城内展开巷战。

8月16日夜，八国联军即已宣告控制北京全城。

八国联军入侵北京，在美国的历史档案记载中，被形容为一次军事解除公使馆危机的中国远征行动。中国则明确将其定性为八国联军的侵华战争，这是准确的。

事实上，八国联军占领北京后，对于京畿地区的血腥报复，跟之前义和团的无序大骚乱相比较，有过之而无不及。参加烧杀抢劫活动者，除了武装的士兵外，我们一般印象中风度翩翩的传教士、外交官以及所谓有教养的侨民们，均争先恐后地参加了这场大洗劫。北京城许多的房屋均成为残阳如血时分的一堆瓦砾堆，被杀的中国人的尸体到处可见。这时候，也无暇辨认什么拳民不拳民，只要洋人在抢劫过程中敢于反抗者，一律格杀勿论！

这里，特别要指责那个在中国横行无忌的德国人瓦德西。在德皇威廉二世的坚持下，8月7日，瓦德西（Count Waldersee）被任命为联军总司令。然而，瓦德西及其所率领的2万德军，在联军攻占北京后的两个月才抵达。据说，德皇威廉二世在德国元帅瓦德西出发前，曾下达过一道血腥的指令："你们知道，你们面对一个狡猾的、勇敢的、武备良好的和残忍的敌人。假如你们遇到他，记住：不要同情他，不要接收战俘。你们要勇敢地作战，让中国人在一千年后还不敢窥视德国人。"如此，瓦德西抵达北京后，对于京畿地区的清理，表现得很有耐心。自1900年10月一直到1901年的4月，瓦德西竟在京畿地区组织了多达46次的冷血讨伐。"讨伐队"四处侵扰，西至直晋边境的娘子关、紫荆关，西北到张家口，南到直鲁边境。所到之处烧杀强奸，无恶不作。瓦德西因在这次军事行动中的滥捕滥杀中国平民，受到了许多后世史家的谴责。

有人认为瓦德西是充满矛盾和讽刺性的人

俄国在中国的近代史上，显然是一个最善于趁火打劫的国家。他们除了与联军在京畿地区，与八国联军采取协同行动外，更另外调派二十余万人侵入了中国的东北。至10月6日，这只"北极熊"即已完成了对于东北全境的占领。

❺《辛丑条约》彻底击溃了大佬级人物李鸿章的精神与体力

以上一节，我们只不过将庚子之乱在京津地区的发展轮廓进行了一个大概的梳理。

庚子之乱，于中国近代史上的分量实重。为加深读者的印象，本节试着将庚子之乱的某些重要细节略加补充。

事实上，我们讲八国联军的入侵北京，假如我们故意将当年的一个大名鼎鼎的人物——赛金花淹而不彰，这好像也不怎么地道。

赛金花向瓦德西求情，避免了八国联军入京后的杀戮，于北京人是有恩的

赛金花，安徽徽州休宁人。父亲为一位赵姓轿夫。赵轿夫没本事养家，因此，赛金花年幼时便被卖入到苏州娼门，自“瘦马”扶养成人。后来，成年的赛金花最喜欢说自己是“金阊横塘柳生烟”的苏州人，这是出于商业上的一种炒作手段。大约在清末民国初年的那段岁月间，在繁荣“娼”盛的上海滩，苏州女孩子特别吃香。赛金花无限风流托付苏州的清风明月，旁人也说不得闲话。

赛金花一生最得意之事，是在苏州悬牌应客时，被多情状元洪钧一眼看中，纳为小妾。此后，洪大状元竟然升为驻外持节。洪大状元的正妻为大家闺秀，最忌讳在外面抛头露面。赛金花乃以姬妾之身份，无限风光地陪同洪大使节游历了欧洲诸国。

只可惜洪大才子死得太突然了。洪钧遽尔病逝于京城之后，家眷扶灵南归。赛金花不过一个年轻的妾而已，似乎犯不上为洪状元终身守节。于是，洪家掌门大太太张夫人放赛金花自由谋生。不过，双方达成了一纸协议：倘使日后赛金花想重操旧业，绝不可在苏州高张艳帜。

如此，赛金花重出江湖后，便“一枝海棠压树低”的，从上海惊艳到天津，再红透了东风融和、花卉争妍的帝都北京。

1900 年 8 月，八国联军占领北京之后，赛金花虽然出过一阵子的风头，但是，她绝对没有产生过像曾朴在《孽海花》中所描绘过的那般轰动的气场。真实的情形应该是：赛金花年轻时随着洪钧游历过欧洲的柏林等地，因此，懂得一些简单的德语会话。而北京的市面，在庚子之乱刚刚过去之时，许多商店因为害怕洋兵在北京的烧杀，都不敢贸然开门营业。洋兵急于恢复地方上的正常秩序，就因缘际会地聘请赛金花，居中宣讲列强方面的政策，以恢复一般居民的市场信心。当时，羁留于北京城的齐如山、丁士源等一时名士，曾目睹过赛金花忙碌的身影。无论赛金花如何的妖娆万分，与赛金花答酬往来的瓦德西，只不过是一位年轻的陆军尉官，瓦德西上尉或许为赛金花迎风袅袅杨枝般的姿色所吸引，两人间曾迸发出一段异国的萍水姻缘。但是，此瓦德西上尉与时任联军统帅的德国陆军元帅瓦德西为不同的两个人。瓦德西统帅时年已近古稀，为人也是极古板萧瑟的那一类人。据丁士源《梅楞章京笔记》中推测，当年，雨露回春的赛金花未必看得上瓦德西统帅，生性严谨的瓦德西统帅也未必对赛金花产生情愫，两人相逢于陌上，最多淡淡地互望一眼罢了。

辛丑和约告成，帝后回銮。赛金花却因虐婢致死案，成为北京的新闻人物。如此，赛金花再回到上海的租界粉妆玉琢，红尘留情，一时“状元夫人”的名气风靡一时，成为上海欢乐场流行于一时的话题。

人老珠黄的赛金花，暮年却过着颇艰辛的生活。

进入民国后，有一个叫韩复榘的武夫，很早就听讲过《孽海花》中的故事。韩复榘对于金屏绣褥、春酥满胸的赛金花从此有了幻想。韩复榘做到山东省主席之后，便特地召见了赛金花。正是这一次相见，令韩复榘大倒胃口，心中的维纳斯女神轰然坍塌。韩复榘赶紧塞给她一点钱，挥手将她打发。赛金花却因此受宠若惊。不久，她居然亲手操笔为韩复榘写了一首诗，以表达心中的无限感激之情。记得其中有两句颇为经典的诗句是“多谢山东韩主席，肯持重币赏残花。”读起来倒也朗朗上口。

事实上，韩复榘这一回做人并不大方。赛金花诗中所谓的“重币”，不过区区十元法币的一张纸币而已。

始终喜欢《孽海花》中一首吟咏赛金花的诗，写得真的很美：

麦饭宣仁事已空，尚余变法说元丰。凄凉天水无穷碧，都在师师小传中。

这样讲起来，在我们生命进程中，有某些看似跟我们毫不相干的人事，竟真的可令我们无限的黯然，无限的神伤了。

至于地方大佬对于八国联军之役的态度，则视当地民情民舆以及官员本身介入的深度，而呈现出迥然各异的政治诉求。具体说来，北方诸省响应中枢扶团灭洋之号召者颇为热烈，而南方诸省则采取了一种洗脚上岸的疏远对策。

北方地方大员中，当北京城端王载漪剿灭传教士与教民的命令，下达到地方之后，以山西巡抚毓贤的手段最残忍。

当时，毓贤对传教士谎称兵力不足，未能于各县实行有效保护，乃将全省的外国传教士男女老幼全部集中于巡抚衙门之中。1900 年 7 月 9 日，毓贤将这 46 人全部剥掉上衣，罚跪于巡抚衙门西辕门广场前，悉数砍头杀死（12 名天主教方济各会的意大利籍主教、修士和修女，34 名英国浸信会传教士，包括 11 名幼童）。当时，天主教山西北境教区正主教艾士杰见毓贤忽然间大开杀戒，即起身质问毓贤：为何无辜杀人？毓贤抽出佩刀，嘿嘿干笑着走向前，瞄准艾士杰的眉心一刀劈下。老艾士杰顿时面部血如喷泉，摇摇晃晃倒地死去。整个庚子之乱期间，山西共杀戮传教士 191 人，杀死中国教民及其家属子女 1 万多人，焚毁教堂、医院 225 所，烧拆房屋 2 万余间。被刚毅、载漪、载勋等主战派确立为支持义和团运动的模范省。当时，上海《申报》报道山西的乱象：“寓晋西人，得京师乱耗。群求毓贤保护。不料竟诱聚而歼之，且手刃数人焉。”

毓贤固然以清廉善治而出名。但毓贤的嗜杀也是很出名的。早在 1889 年毓贤担任山东曹州知府时，毓贤就曾在三个月内斩杀 1500 人，因而以“善治盗，不惮斩戮”而闻名晚清官场。

其他因扶团灭教运动而闻名于全国的省份则有：内蒙古、直隶、奉天（辽宁）以及陕西、山东、河南诸省，均有捣毁教堂、杀戮主教神甫的血腥事件发生。清罗敦融《拳变余闻》中说：“义和团之杀教民毛子也，备诸酷虐，锉舂，烧磨，活埋，炮烹，支解，腰杀，殆难尽述。京西天主堂坟地，悉遭发掘，若利玛窦、庞迪我、汤若望、南怀仁诸名公遗骨，无一免者。胜代及本朝御碑，皆为椎碎。保定属有张登者，多教民，团匪得其妇女，则挖坑倒置，填土露其下体，以为笑乐。”如此，时至今日，在一些海外华人以及台湾同胞的口碑中，对于既往的义和团运动印象仍然很差。在海外的唐人街旅行，倘若有海外华人不小心啐你一声义和团，那铁定是一句骂人的话，意思是你这家伙既有暴力倾向又顽固不化。

至于中国南方的地方大佬，对于清廷的扶团反教之令，态度则明显冷淡了许多。这其中，最值得关注的一个大佬级人物，仍然是李鸿章。

前面我们已经讲过，1900 年 6 月 15 日，慈禧太后一度曾萌生请李鸿章、袁世凯两人入京主持对外和局的打算。唠嗑一阵儿闲话。不过，李、袁两人觉得：载漪、载澜等“载”字辈新贵既已在朝廷占据高位，不折腾个天翻地覆，一时半会儿很难消停下来。他们与其贸然闯入京城去，很容易为别人堵了枪眼。因此，李鸿章当时随便找了一个“粤省士民坚留”的理由，停在广州静观其变。袁世凯不敢学李鸿章耍大牌，但是，袁世凯领军走到直鲁交界地面时，却也停顿下来。袁世凯学习李鸿章好榜样，在直鲁边界徘徊不进，这是中国官场上意境颇高远的忍术。袁世凯这一忍，后来就忍出了一个青林绿筱、苍翠万叠的好气象。

果然，仅仅 7 天过去，慈禧太后的口风便变了，她向全国下达了跟列强决斗的战备总动员令。李鸿章收到慈禧太后的决斗令，就忍不住从心底嘿嘿地冷笑起来：这年头的大清朝，怪事就是多，连70岁的慈禧老妪也能聊发少年狂。大清国自甲午战败后，身子骨一直没有复原，就凭慈禧老太太手中的这一点实力，她就敢跟十一国叫板？慈禧老太太莫不是发高烧把脑子弄坏了吧？而且偌大一把年纪，也跟着义和拳那一帮小子吆五喝六，万一有个什么闪失，这大清国就又要现大丑啰。

于是，李鸿章把慈禧的挑战书往旁边轻轻一放，托盛宣怀跟刘坤一、张之洞两位地方大佬讲：“二十五矫诏，粤断不奉，所谓乱命也。”

这样，“东南三帅”两江总督刘坤一、湖广总督张之洞、两广总督李鸿章开始在南方富庶之地，着手与西方列强诸国签订一个“东南互保”的政治协议。后来，英国政府的一份政治蓝皮书中曾提到：“李鸿章收到了荣禄六月二十一日的信，告诉他对北京的谕旨不必继续予以重视。李鸿章同长江各总督一起，已同意不再承认北京政府。”如此而言，“东南互保”的幕后策划者，在中枢层面上至少还有一位军机重臣荣禄参与其中。但是，协议的真正主谋只能是刘坤一、张之洞这两位大佬。因为进入1900年的7月中下旬之后，李鸿章在慈禧太后的严旨屡次催逼之下，已不得不动身北上，为慈禧太后收拾烂摊子去了。

6月26日，在刘坤一、张之洞主持下，经过李鸿章、闽浙总督许应骙、山东巡抚袁世凯、浙江巡抚刘树棠、安徽巡抚王之春、广东巡抚德寿等督抚大员的协商同意，由盛宣怀、上海道余联元出面，与各国驻沪领事议定了一个《保护东南章程九款》协定。上海的英文报纸《字林西报》于头版大幅刊登：“目下东南督抚大员，无不以联络邦交、剿匪安民为宗旨，曾备文照会各国驻沪领事，略谓：本部堂、本部院今已议定，无论北省有何举动，总当按照和约，力保各国官商，不使土匪横行，有伤各国旅人身家性命。惟各国须遣兵北上剿匪，不得调动大军至东南各省，致百姓骚扰，匪人伺隙滋生事端云。”

“东南互保”的实施，为晚清各地方汉族大佬，公然挑战满洲中枢朝廷的一次成功尝试。最终的后果，当然是满洲权力中枢人望的自由坠落。

8月14日，八国联军进攻北京。

8月15日，慈禧太后挟着光绪帝仓促自宫中出逃。

临行前，慈禧感念旧事，忽然把在冷宫中沉寂已久的珍嫔拎了出来。后来，宫内太监唐冠卿回忆珍嫔生命中的最后时刻：“少顷，闻珍嫔至，请安毕，并祝老祖宗吉祥，后（慈禧）曰：现在还成话么？义和拳捣乱、洋人进京，怎么办呢？继语音渐微，嚷嚷莫辨，忽闻大声曰：我们娘儿们跳井吧！妃哭求恩典，且云：未犯重大罪名。后曰，不管有无罪名，难道留我们遭洋人毒手么？你先下去，我也下去。妃叩首哀恳，旋闻后呼玉桂（领班太监崔玉贵），桂谓妃曰：请主儿遵旨吧！妃曰：汝何亦逼迫我耶？桂曰，主儿下去，我还下去呢！妃怒曰：汝不配！予聆至此，已木立神痴，不知所措，忽闻后疾呼曰：把他扔下去吧！遂有挣扭之声，继而砰然一响，想珍嫔已坠井矣。”慈禧竟以如此激烈之手段，了却了其与珍嫔间的一段个人恩怨。

有关慈禧的出逃，《庚子记事》中有载：“廿一日，黎明时，皇太后御蓝布夏衫，坐澜公之车，皇上御黑纱长衫，骑马；率同皇后、大阿哥，由神武门出西直门，至颐和园少憩。两宫本定于十六日启銮，出居庸关西行，派东阁大学士崑冈监国，而令军机章京为前站，先行至长辛店候驾。后因车辆不齐，各太监执香跪留，故未启銮。此次仓猝出京，所有御用服食，概未备带。妃嫔宫女均留京城。内侍亦未多带。随扈王公大臣仅端王、庆王、那王、肃王、伦贝子、橚贝子、澜公、刚毅、王文韶、赵舒翘、吴□、溥兴各部院司员二三十人而已。”

后来，慈禧回忆起自己一路出逃西安时的颠沛流离，也无限辛酸地说：“连日奔走，又不得饮食，既冷且饿，途中口渴，命太监取水，有井矣而无汲器，或井内浮有人头，不得已，采秫杫秆，与皇帝共嚼，略得浆汁，即以解渴。昨夜我与皇帝仅得一板凳，相互贴背共坐，仰望达旦，晓间寒气凛冽，森森入毛发，殊不可耐，尔试看我已完全成一乡姥姥，既皇帝亦甚辛苦，今至此已两日不得食，腹馁殊甚。”

由于慈禧的行程过于匆匆，甚至连股肱大臣荣禄于城破之际，也与慈禧失去了联系。当时，荣禄只得率武卫中军由京师徐退至保定。后来，荣禄才与慈禧重新取得联系。慈禧令荣禄、庆王奕劻、大学士崑冈三人留守北京，待李鸿章自南面北上之后，四人协力打通与联军的议和通道。伊始之时，列强诸国中，曾盛行一种让慈禧太后归位于光绪帝的说法。于是，荣禄、奕劻与正从南方赶赴天津的李鸿章确定：庚子大乱之后，如无一有经验有魄力的老政治家留在前台，中国必陷于一盘散沙的分裂状态。而慈禧太后为当时中国唯一有能力，令混乱之局势稳定下来的政治女人。因此，慈禧太后的继续训政，实为当年中国政治的最好选择。和谈中，只要列强诸国不让慈禧归政，一切条件均有商量的余地。

由于联军指定只以庆王奕劻与李鸿章为谈判对象，因此，在确定好谈判基调之后，荣禄立即赶赴西安，以确保西安行政中枢的上情下达。

于是，朝廷催促的电报，开始一封接着一封地拍往南方的广州，中心意思都只有一个：要求老臣李鸿章立刻到北京来与洋人议和，拯救这个可能被洋人瓜分的王朝。

说实在话，刚开始的时候，李鸿章对于朝廷、对于慈禧太后也不是没有抱怨。他对于甲午战争后慈禧太后的故意冷落自己颇有点耿耿于怀。因此，1900 年 7 月 21 日，李鸿章走到上海之时，却又称病滞留下来。李鸿章给驻德大使杨儒解释自己的观望时，乃说：现在，刚毅与荣禄仍然像两只好斗的公鸡，这场内斗没见出一个高低，北京的政局根本稳定不下来。因此，这个时候，自己贸然跑进北京，“奔命赴阙，道途险阻，徒为乱臣贼子作菹醢之资”。

不过，这时候，慈禧太后给李鸿章投下的政治诱饵，也一次比一次大。7 月 8 日，李鸿章自广州动身时，慈禧太后仅仅恢复了李鸿章直隶总督兼北洋大臣的头衔。7 月 21 日，李鸿章决定逗留于上海观察风向，慈禧太后再于 8 月 7 日授予李鸿章全权大臣的称号；8 月 24 日，慈禧太后为排除各种可以干扰李鸿章和谈的因素，更直接赋予其“便宜行事”、“不为遥制”的实权。只是，经过甲午签约的屈辱之后，李鸿章却也学精了，他绝不贪天之功为自己一个独有。因此，9 月 15 日李鸿章从上海起程时，却要求慈禧太后也授予庆王奕劻一个“便宜行事”的全权大臣，列名于众议和大臣的榜首；另外，在自己的身后，再加上刘坤一、张之洞、荣禄三位议和大臣。仍然由李鸿章主持着议和的实际事务。

李鸿章启动议和的第一步棋，就是暗讽慈禧太后，立即着手惩办庚子事变的肇事者载勋、载漪、刚毅等人。一开始，慈禧太后对此有很大的心理压力，害怕列强方面借此顺藤摸瓜，把责任追究到自己头上。李鸿章向慈禧太后表示：这种事情，早切割，早主动。

于是，9 月 23 日，李鸿章授意自己的亲信杨儒，自德国上了一道参劾刚毅的折子，指责其“误信邪匪，招抚欺奏，致危宗社”。敦促“议处首祸诸臣”，特别强调必须将“端王逐出军机。”果然，慈禧太后的行动既积极又主动。9 月 25 日，慈禧太后即作出革庄亲王载勋、怡亲王溥静、贝勒载濂、载滢爵职，端郡王载漪撤去一切差使，交宗人府严加议处，辅国公载澜、左都御史英年、协办大学士刚毅、刑部尚书赵舒翘议处等一系列处分决定。

事实上，后来，随着与列强诸国议和的步步深入，慈禧太后在列强的要求之下，对于载漪、载勋、载濂等一批发动义和团运动“元凶”的惩办措施，也不得不趋于严酷。

1901年2月，慈禧太后不得不以光绪帝之名，再次降旨严惩主战派诸臣："此案首祸诸臣，前已降旨分别严行惩办。兹据奕劻，李鸿章奏，按照各国全权大臣照会，尚须加重恳请酌夺等语。除载勋已赐令自尽，毓贤已饬即行正法，均各派员前往监视外，载漪、载澜、均定为斩监候罪名，惟念谊属懿亲，特予加恩，发往极边新疆，永远监禁，即日派员押解起程。刚毅情罪较重，应定为斩立决，业经病故，免其置议。英年、赵舒翘，昨已定为斩监候，着即赐令自尽，派陕西巡抚岑春煊前往监视。启秀、徐承煜，各国指称力庇拳匪，专与洋人为难，昨已革职，着奕劻、李鸿章照会各国交回，即行正法，派刑部堂官监视。徐桐轻信拳匪，贻误大局，李秉衡好为高论，固执酿祸，均应定为斩监候，惟念临难自尽，业经革职，撤销恤典，应免再议。至首祸诸人所犯罪状，已于前旨内逐一明白声叙矣。钦此。"

又为不久前死去的五大臣平反昭雪："乃兵部尚书徐用仪、户部尚书立山、吏部左侍郎许景澄、内阁学士联元、太常寺正卿袁昶，经朕一再垂询，词意均涉两可，而首祸诸臣，遂乘机诬方，交章参劾，以致身罹重辟。惟念徐用仪等，宣力有年，平日办理交涉亦能和衷，尚著劳绩，应即加恩，徐用仪、立山、许景澄、联元、袁昶，均着开复原官。"

这样，慈禧太后先后向列强诸国呈交了三批"凶犯"名单，共惩处中高级官吏100余人。清廷中的"愤青"官员真正是被铁帚一扫而光。至于那个于建储闹剧中懵懂被牵上前台的傀儡大阿哥溥儁，于庚子之乱中异军突起的吴永则说：辛丑年回銮，十月间驻跸于开封城近一月，"十月二十日，仍驻开封，是日上谕奉懿旨'溥儁着撤去大阿哥名号，立即出宫，加恩赏给入八分公俸，毋庸当差'云云。"大阿哥党大厦既倾，像溥儁这样一个15岁的小男孩独木难支，他的被清理是必然的。

据说，李鸿章大半生与洋人打交道，办外交，但是，令李鸿章觉得最屈辱者，却是《辛丑条约》的办成了。庆亲王奕劻虽名列首席议和大臣，但这种滚地雷阵的差事，奕劻向来是敬而远之的。李鸿章于北京城下车伊始，庆亲王奕劻即诚恳地执住李鸿章的手讲："我公系国家柱石，实为当今不可少之人，凡事均需借重，本爵当恭听指挥耳！"得，这是内部国家柱臣的一个态度。至于洋人方面，他们见李鸿章自南方来了，给李鸿章的一个下马威相当不好看。当时，列强诸国公使推荐意大利公使前往李鸿章驻节的贤良寺探访。意大使在叙述完私人一节的情谊之外，话题转到了公事上，意大使忽然脸色一凛，叱责李鸿章说：“此何时耶？既已一败涂地至此，尚欲议和耶？惟有凛遵各国所示而已。”如此，李鸿章此番办和局，可斡旋的空间其实很小。

李鸿章对载漪、载勋、载濂等一班“载”字辈满洲亲贵原无好感，因此对惩办祸首一项并不力争。李鸿章想争的是战争赔款一项。按照李鸿章私下与美、英、日三国达成的协议，赔偿战费应控制在3亿银两范围。但德国坚持中国应付的战争赔款必须达到7亿两白银。后来，由德、法、英、日四国组成合议团，确定中国需支付赔款为4.5亿两白银。德、法、英、日四国不再予以李鸿章有一点讨价还价的空间，李鸿章于这样艰难的谈判中，真可谓是百般委曲求全。

1901年9月7日，大清国钦命全权大臣、“便宜行事”、总理外务部事务和硕庆亲王爱新觉罗·奕劻、大清国钦差全权大臣、“便宜行事”、太子太傅、文华殿大学士、北洋大臣、直隶总督部堂一等肃毅伯李鸿章两人，代表大清国与十一国全权代表签订了中国近代史上著名的不平等条约《辛丑条约》。该条约共分12个条款以及19个补充附件，大体上的内容为：

1. 中国赔款4.5亿两白银，以关税、盐税和常关税作担保，分39年还清，年息4厘，本息共9.8亿两。

2. 在北京东交民巷设立使馆区，由各国驻军把守，中国人一概不准在内居住。

3. 拆除大沽炮台和北京至海通道的各炮台；在天津周围20里内不得驻扎中国军队，列强可以在北京驻扎防守使馆的卫队，并在京榆铁路沿线包括山海关在内的12个要地驻扎军队；至少两年内禁止中国进口军火和制造军火的材料。

4. 永远禁止中国人成立或参加“与诸国仇敌”组织，违者处死；各省官吏必须保护外国人的安全，否则即行革职，永不叙用；惩办赞助过义和团运动的“首祸诸臣”，在外国人“遇害被虐”的地方，“停止文武各等考试五年”。

5. 中国将总理各国事务衙门改为外务部，“班列六部之前”，并指定皇族亲贵担任外务大臣。

6. 中国要为在混战中被打死的德国公使克林德、日本使馆书记生彬山彬治丧，还要单独在东单为克林德建立“功德”牌坊。要求中国派遣重臣，亲赴德日两国当面“谢罪”。

这里，特别需指出的一个事实是，在索取中国赔款这个问题上，俄国、德国表现得特别贪婪。俄国的理由是1899年至1900年国内经济遇上了严重危机，他们还想迅速组建一支庞大的海军舰队，因此必须痛宰中国这只羔羊。德皇威廉二世的欲望则是赤裸裸的，他明确指示德国陆军元帅瓦德西，“要求中国赔款，务到最高限度，且必彻底贯彻主张”，“坚持中国赔至最后一分钱”。因此，在庚子赔款4.5亿两纹银的分配比例中，以俄国人所得最多，达2.84亿卢布，占庚子赔款的构成比为28.97%；其次为德国，构成比为20.02%；其他各国的构成比依次为：法国15.75%，英国11.25%，日本7.73%，美国7.32%，意大利7.32%，比利时1.89%，奥匈帝国0.89%，荷兰0.17%，西班牙、葡萄牙、瑞典和挪威四国各占0.025%。

《辛丑条约》为中国近代史上赔款数目最庞大、主权丧失最严重、精神屈辱最深沉，从而给中国人民带来空前灾难的不平等条约。它的签订，标志着中国的社会结构，向着半殖民地半封建社会体制的转变。

《辛丑条约》彻底击溃了李鸿章的精神与体力。

光绪二十七年九月二十二日，李鸿章于发给朝廷的《寄洛阳行在军机处电》中，平静地说：“臣于十九日夜丑刻陡咯血半盂，紫黑色，有大块，势甚危急。医云，胃家小血管挣破，非静卧安养……”当时，随侍于李鸿章左右的盛宣怀在《致刘坤一、张之洞、袁世凯等人电》时，则有几分侥幸地说道：“洋医谓，胃血管破，再吐难治，服药后幸未再吐。”语气中尚有七分的乐观。

但是，李鸿章自己是有感觉的。进入北京的十月金秋，秋云随处舒卷，有时露出一点青紫色的天空，其姿态尤为静美动人。树叶也开始阵阵脱落，有菊花的清香阵阵传来，恰似这寂寥却微微令人留恋的人世。

李鸿章虽已处在油尽灯枯之际，对于从前所走过的路，却看得很清楚。他叹息地跟身边人讲：“我办了一辈子的事，练兵也，海军也，都是纸糊的老虎，何尝能实在放手办理？不过勉强涂饰，虚有其表，不揭破犹可敷衍一时。如一间破屋，由裱糊匠东补西贴，居然成一净室，虽明知为纸片糊裱，然究竟决不定里面是何等材料，即有小风小雨，打成几个窟窿，随时补葺，亦可支吾对付。乃必欲爽手扯破，又未预备何种修葺材料，何种改造方式，自然真相破露，不可收拾，但裱糊匠又何术能负其责？”

讲完这些，李鸿章便挣扎着从病榻上坐起，慢慢地给慈禧太后写遗折："臣等伏查近数十年内，每有一次构衅，必多一次吃亏。上年事变之来尤为仓卒，创深痛巨，薄海惊心。今和议已成，大局少定，仍望朝廷坚持定见，外修和好，内图富强，或可渐有转机。譬诸多病之人，善自医调，犹恐或伤元气，若再好勇斗狠，必有性命之忧矣！"

这样，1901年11月7日，李鸿章终于病故于京师的贤良寺之中。据周馥后来回忆，李鸿章的临终之际，已经穿上寿衣卧于病榻上的他，忽然睁大眼睛，嘴唇喃喃颤动，两行清泪缓缓滚出。老部下周馥老泪纵横地俯身对李鸿章讲："老夫子，有何心思放不下，不忍去耶？公所经手未了事，我辈可以办了，请放心去罢！"李鸿章"忽目张口动，欲语泪流"。周馥"以手抹其目，且抹且呼"，其目遂瞑，须臾气绝。终年78岁。

贤良寺与李鸿章一生有着不解之缘

李鸿章一生所经历的功业，至此，在秋风中，随着片片焚烧的冥纸，碎如齑粉。

李鸿章逝世之日，两宫正在回銮北京的路上。九月二十七日，銮舆驻跸河南荥阳县城。得到老臣李鸿章病逝的消息，慈禧太后于行宫中情不自禁地哭出了声。当时，身边伺候慈禧太后的宫女，生怕老佛爷哭出闪失来，便齐刷刷跪倒于地，劝老佛爷节哀顺变。慈禧太后失神地望了一屋子黑压压跪着的人，好一阵儿。然后，慈禧太后怅惘地说：我失去的是一位"再造玄黄"的股肱之臣，你们就让我痛痛快快地哭一回吧。

李鸿章的身后哀荣是：赠太傅，晋一等肃毅侯，谥文忠。赐白金五千两治丧。赐祭两坛。又命于原籍及立功省份及京师建立专祠，地方官岁时致祭，列入祀典。有清一代，汉官大僚得以在京师建祠祭祀者，唯李鸿章一人而已。

【第七章】新政虽然好，只是近黄昏

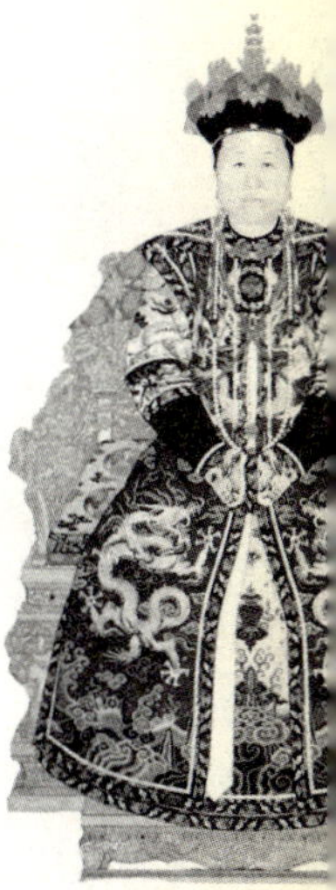

经过庚子事变后，慈禧对于西方的人与事，态度有了很大的改变。在朝野各种立宪力量的推动下，以慈禧太后为首的清朝廷顺应时代潮流，开始了史无前例的宪政改革。『丁未政潮』为慈禧太后这一生所经历的最后一次大的政治风潮。其间，『清流』一党跟朝堂中的袁世凯展开了针锋相对的斗争。晚清到终末期，地方上最有权势的三大总督为：湖广总督张之洞、直隶总督袁世凯、两广总督岑春煊。其中，阵势最磅礴者，是直隶总督袁世凯。慈禧太后决定宪政后，岑春煊、袁世凯等纷纷加入抢分政治蛋糕行列。于是，这一对江湖老油子便打起了擂台赛。

❶慈禧太后的新政变革

1900年庚子之乱过后，梁启超就列强在远东的布局以及后来中国的政治走向发表了自己的看法。首先，就列强在远东的政治布局，梁启超分析说：

“第一，八国联军虽撤退，而东三省之俄军迁延不撤。卒因此而引起日俄战争，致朝鲜完全灭亡，而日本在南满取得今日之特殊地位。第二，日本借端与英国深相结纳……促英日同盟之出现。而此英日同盟，遂被利用于此次欧洲大战，使日本国际地位昂进。而目前关系国命之山东问题，即从此起。第三，重要之中央财源，如海关税等，悉供偿债之用。因此，各外国银行，攫得我国库权之一部分，遂启后此银行团操纵全国金融之端绪。”

至于中国内部的政治动态，梁启超另有一个很著名的“梁八点”：

“第一，排外的反动，一变为媚外，将国民自尊自重之元气，丧之殆尽，此为心理上所得最大之恶影响。第二，经此次剧烈的激刺，社会优秀分子，渐从守旧顽梦中得解放，以此以次，求取得‘世界人’、‘现代人’的资格，此为心理上所得最大的良影响。第三，东南互保，为地方对中央独立开一先例，此后封疆权力愈重，尾大不掉，故辛亥革命起于地方，而中央瓦解。此趋势直至今日，而愈演愈烈。第四，袁世凯即以东南互保中之一要人，渐取得封疆领袖的资格，蓄养其势力，取清室而代之。第五，孝钦（慈禧太后）回銮后，以媚外故，而行敷衍门面的新政。一方面自暴白其前此之愚迷及罪恶，增人轻蔑，一方面表示其无诚意的态度，令人绝望。第六，此种敷衍的新政，在清廷固无诚意，然国人观听为之一变，就中留学生数目激增，尤为国民觉醒最有力之一媒介，海外学校遂变为革命之策源地。第七，新政之最积极进行者为练兵，而所谓新军者，遂为革命派所利用，为袁世凯所利用，卒以覆清祚。第八，以大赔款及举办新政之故，财政日益竭蹶，专谋借外债以为挹注，其后卒以铁路大借款为革命之直接导火线。”

梁启超对慈禧固无好感，对清末新政的一切措施，评价均不高。但这却仍不妨碍我们将梁启超所谈到过的十一项时事要点，作为我们观察此后清末十年新政的一种评判指标。

事实上，慈禧的实行新政，仍然是一种被时势推着往前走的必然选择。

首先，自慈禧携光绪帝避走西安之后，列强方面对于慈禧太后的最初反应，可以说是很不客气的。海外近代史研究名家李守孔教授，对此描绘说：“庚子清廷拳民开衅外人，各国咸知非德宗（光绪帝）意，故当京师沦陷前后，国内外舆论多有主张乘机归政德宗者。联军且有公开之要求，尤以德英日诸国进行最力，甚且反对奕劻、李鸿章充任议和大臣，并有非改组政府不开议和之说。慈禧既忧惧不见谅于国人，对联军之要求而至感惴恐也。”当时，德、英、日诸国有一个设想，欲以两宫迅速回銮北京为开启和局的先决条件。这是因为当时八国联军尚在北京城中霸占着，只要这个时候，慈禧太后中计回到了北京，就不由得慈禧太后肯不肯把大权交还给光绪帝了。不过，搞这种权力斗争，慈禧太后是内行。慈禧太后见洋鬼子们特别热心地要求自己赶紧回到北京，就知道这一帮洋鬼子们使诈。八国联军不挪窝，她绝不涉足北京险地。她只是指示奕劻、李鸿章这一对老哥们儿，仍然在北京城加紧公关外交。

至于南方的政治舆论，在刘坤一、张之洞主持之“东南互保”局面形成后，前维新派人士陈三立、张謇以及盛怀宣的得力幕僚何嗣昆、沈瑜庆等人，竭力鼓励刘坤一、张之洞、盛怀宣等人“迎銮南下”，试图在“东南互保”的基础上，塑造以光绪帝为主的权力中心。刘坤一、盛怀宣等对此颇为动心，张之洞则持观望态度。其时，慈禧的政治大盘真有一种摇摇晃晃走在钢丝绳上的险象呢。

不过，慈禧不愧为政治老手，她知道刘坤一、张之洞、盛怀宣南方三臣的心病所在，立即下明谕肯定东南督抚的互保之策，是老成谋国的行动，与朝廷“意见正复相同”。又郑重宣布，“查销五月廿四日以后伪诏”。刘坤一太高兴了。这时候，年事已高的刘坤一也不想多搞事了。于是，刘坤一“不禁拍案叫绝！西狩以来，惟此次纶音最为得体，而运量妙于无

形，中外固结之冤，以片言解释，上下昏浊之气，以一笔扫除，不仅外人之责我国攻使馆系奉内谕等语可以消弭，即持异议者，以东南保护之约为不遵朝命，甚至指为海外叛臣，亦无所施其毒螯矣”。

事实上，像刘坤一、张之洞、袁世凯、奕劻、李鸿章、荣禄等一班在前台活跃着的大臣，没有一个是真心拥护光绪复辟的。因为光绪帝的复辟，即可能意味着康、梁等一班草根激进分子的卷土重来，而当时活跃于前台的一班朝廷重臣，已没有一人是对康、梁等变法人士抱有好感的。所以，只要慈禧对于刘坤一、张之洞、袁世凯等在庚子拳乱中的观望表示出理解的姿态，刘坤一、张之洞、袁世凯、李鸿章等一班大臣很快便转变了态度，积极扶助慈禧太后走出困境。例如，当时列强八国中，俄国人的力挺慈禧，是李鸿章主动活动出来的。俄国人再说服德国人投入到挺慈禧的阵营。至于持归政主张之最热切的英国，则因南非的布尔战争吸引其绝大部分的精力，加以 1900 年 12 月 24 日英国维多利亚女王的去世，英国人对于中国人的内政热心顿减。于是，老滑头张之洞趁机通过英国驻汉口总领事福利士，向英国人说辞：“太后于 1860 年所为，以及屡次削平大难，华人莫不倾心，即洋人亦多有称赞。况听政三十年，从无仇视洋人及憎恶西法之意，故宫殿中所用之物亦多以洋式者为多，且颇欲与外国妇女为友。观于 1899 年归政于光绪皇上，出于心之所愿，是可知其非揽权之人矣。”最后，慈禧太后向列强保证一个坚决惩办庚子拳乱肇事诸臣，一个继续变革内政两项承诺，化解掉了八国联军逼慈禧太后退位这样一场重大的政治危机。后来，国内外维新人士，知光绪帝归政一事已不可为，其后，他们的精力，也就渐渐地转移到立宪的大题目上来。这似乎也应该算是一种识时务的表现。

庚子之变为中国近代史上与列强争斗，结局最严重的一次，它带给慈禧太后的心境是苍凉的。这一次动乱给清王朝所带来的政治后果，“内讧外侮仓猝交承，频年所全力经营者毁于一旦”。《辛丑条约》虽然勉强保全了清王朝的面子，没有对她的土地进行分割，但是列强诸国对于大清国王权的侵蚀以及政府经济的控制却达到前所未有的高度。慈禧太后不过是侥幸渡过了一次统治危机罢了。因此，此后的慈禧太后作为清王朝的实际统治者和最终决策者，必然产生一种深深的羞耻感以及强烈的复兴感。正如陈旭麓在《近代中国社会的新陈代谢》所指出的那样：“一种求生本能或王朝自救意识，终于把一个油干灯枯的颟顸王朝推上了改革之路。”

1901 年 1 月 29 日，慈禧太后、光绪帝于西安行宫发布《辛丑变法诏书》，出人意料地打出一张“新政”牌。

慈禧在以光绪帝名义发布的这道变法上谕中，语调颇为沉痛地作了自我批评：“此次内讧外侮，仓猝交乘，频年所全力经营者毁于一旦。是知祸患之伏于隐微，为朕所不察者多矣。惩前毖后，能不寒心？自今以往，凡有奏事之责者，于朕躬之过误、政事阙失、民生之休戚，务当随时献替，直陈无隐。当此创巨痛深之后，如犹恶闻诤论，喜近谗险，朕德虽薄，自问当不至此。”

由此，向官场政要首先发出呼吁：“法令不更，锢习不破，欲求振作，当议更张。着军机大臣、大学士、六部九卿、出使各国大臣、各省督抚，各就现在情形，参酌中西政要，举凡朝章国故、吏治民生、学校科举、军政财政，当因当革、当省当并、或取诸人，或求诸己，如何而国势始兴。如何而人才始出，如何而度支始裕，如何而武备始修。各举所知，扣子抒所见，通限两个月，详悉条议以闻。”

当时，因庚子之役护驾有功，一跃而成为慈禧宠臣的岑春煊，评价《变法诏书》说：“朝廷自经庚子之变，知内忧外患，相迫日急。非仅涂饰耳目，所能支此危局。故于西狩途中，太后首以雪耻自强为询。辛丑回銮以后，即陆续举办各项新政。”

1901 年 4 月，慈禧为表明推行新政的决心，新成立督办政务处。“派庆亲王奕劻、大学士李鸿章、荣禄、崑冈、王文韶，户部尚书鹿传霖为督办政务大臣。刘坤一、张之洞亦着遥为参预。”这个机构颇类似于现在的改革与发展委员会，可谓当年的超豪华政治阵容了。

不过，时人只要仔细观察，这个领导新政的行政班子存在着严重老化的致命缺陷。李鸿章完成辛丑和谈即油尽灯枯地死去。两江总督刘坤一年事已高，继李鸿章之后于次年病逝。接下来的 1903 年，慈禧太后最信任的荣禄也驾鹤西去了。顶替荣禄做领班军机大臣者为庆亲王奕劻。奕劻的知识与能力差荣禄太远，却贪货恋权，这个人对于晚清官场整体腐败机制的形成，负有不可推卸的历史责任。而此时的张之洞年近古稀，血气也已衰退矣。

真正引人注目者，为同时期崭露头角的瞿鸿禨与袁世凯，这一文一武两大政治高手，这才代表后荣禄时代的一种生机勃勃的政治力量。

事实上，慈禧太后经过庚子事变之后，对于西方的人与事，态度也有了很大的改变。

西方有一句流行的谚语：态度决定思想的高度。而对于一个原先处于低地的政治家而言，有向上走的决心自然是可喜的；另外，就应该对于那些已经盘踞于高地的人，展示你谦虚好学的一面了。这一点，实际上也是很重要的。

庚子回銮后，慈禧“喜闻外国风俗，召裕庚留学德国之女入宫”。又召美国画家卡尔入宫给自己画像，并将画好的像送达美国路易斯博览会参加展览。当时，慈禧曾颇为向往地跟身边女官德龄说：“吾国虽古，然无精美之建筑如美国者。吾今老矣！不者，吾且周游全球，一视各国风土。吾虽多所诵读，然较之亲临其处而周览之，则相去远甚，虽然其中盖有难言者。此后吾或可一行。”从前，维新变法时期，康有为曾有建议，慈禧太后与光绪帝母子到海外公费旅游一趟的说法。此刻，老太太忽然忆起此事，心里面确实有点扑通乱跳呢。于是，慈禧为了表示自己的与时俱进，特意拍了一张贝子溥伦在身边给自己读报的照片，寄送各大报刊用。当时，《大公报》仍发表了一篇热情洋溢的时评：“皇太后近日颇看各种报章，愿意接纳外国的先进事物，实际上就是承认了学习西方的合理性。而这种合理性的确立，显然有利于皇太后对外国事务以及廷臣奏请的国内事务，采取进一步开明的政治态度。”

1902 年，慈禧为了在国际上塑造一个开放宽容的新太后形象，决定在颐和园内大宴各国公使以及他们的家人。为了这项亲善活动，慈禧太后在颐和园内新建了洋楼，从国外购置回来了一批洋家具、洋餐具，以满足西洋人的审美情趣。I. T. 赫德兰是美国美以美会的一个传教士，于 1888 年来到中国。他对于这一段时间慈禧的宫廷生活颇有了解。后来，赫德兰在《一个美国人眼中的晚清宫廷》一书中，为我们描述了一个不念旧恶，颇为新潮的慈禧太后：

“虽然如今慈禧太后已不在人世，但是，许多人在私下里或公开的场合里都曾见过她，甚至有些人还跟她有过来往，所以我们要了解她的生平或性格都不难。很多人对此也颇感兴趣。据我夫人讲，慈禧太后在设宴招待外国公使夫人时，前前后后餐桌的布置、装饰都不一样。下面就是一些细节，我们来看看慈禧太后在适应外国人的习惯方面有多么快，或者说她是如何迎合外国人的习惯的。

“在最初的几次觐见中，先是有人把我们引见给慈禧太后和光绪皇帝，然后我们和福晋、格格们一起准备进入宴会厅。我们落座后，每人身边都有一位格格陪着，这时慈禧太后才出现在宴会厅。皇帝就坐在她左边靠后的地方。在这个过程里，我们一直都站着。她坐下之后，才示意我们都坐下，但皇帝、福晋、格格们还是站着，在慈禧太后面前他们是不敢坐下的。接着，身着长袍的太监端上了精致、美味的中国菜，那个服侍慈禧太后的太监在上菜时一直跪在她身边。我们吃了一会儿之后，公使夫人中年龄最长者问格格们是否也可以坐下。慈禧太后首先回头对光绪皇帝说：'皇上，坐下吧。'然后她才转过身来招手示意格格们也都坐下。她们都非常胆怯地坐下了，但都坐在椅子边上，看上去都不舒服，而且什么菜都不敢吃。

"我们交谈时话题多种多样，其中谈到了拳民之乱。有一个外交官夫人戴了枚勋章。慈禧太后注意到了，问这是什么。'陛下，'那人答道，'这是我国皇帝颁发给我的，因为我在拳民叛乱中负了伤。'慈禧太后双手握住这位夫人的手，泪水盈眶，说道：'那些日子出了这么多麻烦，真叫我怪过意不去的。有段时间拳匪把朝廷也给压下去了，连炮也带进来架到宫墙上。这种事儿不会再有了。'餐桌上铺着颜色十分艳丽的漆布，但是没有像样的桌布或餐巾，我们都用和手帕一样大小的五颜六色的花棉布做餐巾。没有鲜花，桌上的装饰主要是大盘小盘的糕点和水果。

"我之所以讲这些，是因为在以后觐见慈禧太后及光绪皇帝时，所有这些礼节都变了。桌上铺着雪白的桌布，摆放着色彩浓艳的鲜花。康格夫人在美国公使馆宴请格格们之后，宫里更加重视学习外国的礼仪。可以看出，这些公使们对最微不足道的事如桌布摆放和装饰都很重视。后来再进宫参加宴会时，都是既有中国菜，又有西餐。

"只有一点属于特殊情况，那就是从此慈禧太后不再和客人们共进晚餐。在正式的觐见活动结束时，慈禧太后从她的宝座上走下来，与那些参加觐见的人短暂交谈之后，她即邀请客人们进入宴会厅和福晋、格格们共享盛宴，说根据朝廷规矩，如果太后在场，福晋、格格们就不敢落座，更不敢品尝那些佳肴美味。但是宴会结束之后，慈禧太后又总是从后面走出来，十分亲切地和大家交谈。"

这个时期，慈禧太后已经懂得放低身段，展示她政治生活中柔软的一面了。

事实上，百年之后，我们再回过头来看慈禧太后亲历其中的晚清三次变革的过程，还是很有看头的。以搞洋务为主的自强运动，充实了晚清自太平天国起义之后凋敝的经济基础；这之后的百日维新，事实上我们可以将之视为与"五四"新青年运动承前启后的一次思想大解放运动。最后的清末新政，则可视为中国近现代进行政治体制改革的一次有益尝试。

为使读者对清末启动的新政有一个简略的了解，本书试将其作三个段落的划分：第一阶段自1901年《辛丑变法诏书》的颁发至1904年、1905年日俄战争的爆发，这可视为对维新变法的一个深入阶段。第二阶段从1905年慈禧派遣朝廷大员到西方诸国取经开始，一直到慈禧、光绪帝的双双离世，这是清末新政的关键阶段，因为君王立宪的各项大法均有望于在此阶段铺展，慈禧的逝世，便有点“出师未捷身先死，长使英雄泪满襟”的况味了。第三阶段，自1908年之后的皇族内阁形成，到1911年的保路运动、辛亥革命的发生。这阶段的时局，可借两句古诗来形容，“烟销日出人不见，欸乃一声山水绿”。

虽然自1901年《变法诏书》的颁发至日俄战争爆发期间，清末新政的一切措施，基本上可视为对康有为、梁启超维新运动的一种回归与提高。虽然走的是康、梁的老路，但是这一次慈禧太后却十分霸道。她坚决不准任何人提及赦免康、梁的话题。只要有人提起康、梁的名字，慈禧心里便会十分的不快。当时，慈禧曾经借光绪帝的口，破口大骂了康、梁一通：“康逆（有为）之谈新法，乃乱法也，非变法也……皇太后何尝不想更新，朕何尝概行除旧？……今者恭承慈命，一意振兴，严禁新旧之名，浑融中外之迹。”“变法自变法，康有为谋逆自谋逆。”康有为流亡海外，夹荤夹素地杜撰了大量有伤于社会风化的流言，这些流言莫不指向慈禧。慈禧太后于公于私，已无跟康有为进行政治妥协的空间了。

当时，刘坤一请张謇、汤寿潜两人做高参，张之洞则以郑孝胥、梁鼎芬、黄绍萁三人为军师，刘、张会衔搞了一个叫《江楚会奏变法三折》的变革方案，提出了“育才兴学”、“整顿中法”、“吸收西法”的变革三项基本原则。慈禧太后觉得这一对老哥们儿的思路不错，第一段的变革，大抵上就照着这个思路展开。

现将慈禧于第一阶段的新政开展情况，大略归纳如下。

第一，政府机构改革方面：分关停并撤与新建两大措施。

这一期的整改措施有：将各衙门人浮于事的胥吏差役酌情予以解聘。停止捐纳实官。詹事府合并于翰林院。撤销河东河道总督，云南、湖北、广东三省巡抚四个作用不大的省级单位。

于是，为了适应国家向国际近代化迈进的需要，慈禧命令将原有的六部扩充为十一个部。除了1906年最后成立的邮传部。其他较早成立的四个新部为：1901年，由总理各国事务衙门改过来的外务部，列于各部之首。1903年设立的商部，原路矿总局至此归属于该部。1905年设立的学部、民政部。另外有三个传统的机构，内阁、军机处、翰林院，因传统势力的阻力很大，慈禧一时未便动它们。

在这里，特别值得一提的是新成立的商部。它的前身是农工商总局，之前的行政级别不过是赏三品衔的道员级官员，所起的作用相当有限。提升为部级单位之后，首任尚书为庆亲王奕劻的儿子贝子载振，左右侍郎则为近代史上两个有名的汉官伍廷芳与陈璧。袁世凯的两个心腹徐世昌、唐文治为左右丞。这样的官员配置，在清廷的各部中，已经颇为豪华了。商部成立后迅速出台了一系列鼓励经济发展的法规与奖励章程，这对于中国近代的工商业与经济为一次跃进式的发展。

此后，商部所负责起草的《大清民事刑事诉讼法》，在“判案后查封产物”一节中特别作出规定：“凡封票纸查封被告本人之产物，如产物系一家之公物，则封本人名下应得之一分，他人之分不得株连。”“凡左列各项不在查封备抵之列：一，本人妻所有之物。二，本人父母兄弟姐妹及各戚属家人之物。三，本人子孙所自得之物。”这些法律条文的出现，意味着主流文化开始保护个人财产的合法性。西方现代物权概念由此引入中国。

慈禧当时出台了一项新颖的奖励政策，凡海内外大实业家、大资本家，只要投资工商实业成功者，将奖励按投资额大小不等的高低官衔。这项措施的实施，试图改变中国千百年来重官轻商的传统观念，传达一种办实业有功的新型概念。如此一来自1903年商部正式运作之后，中国的民族工商业便有了较明显的发展。汪敬虞《中国近代工业史资料》中有一个统计，1895年到1898年，投资万元以上的新办工厂仅55家，而1904年至1910年期间，新开办的工厂达到了276家，其数量远高于之前的时期。当时，慈禧太后鼓励兴办的实业主要有：纺织业、缫丝业、面粉业、机器制造业以及当年被视为新兴产业的交通、商业、金融等领域。另外，当时，慈禧太后认定兴办矿业也是一个赚钱的东西，要不然为什么洋人向中国蜂拥而来搞矿业？慈禧太后指示商部懂法律的左侍郎伍廷芳，立即弄出一个《矿务试行章程》来。在慈禧的鼓励下，自1904年至1910年，民族资本投资矿业者，一下子就新出48家，这些都是大中型的实力矿业，比从前自强运动的势头还要猛。超过以往的任何时期。由此，则催生了一批影响后来中国三十年民族资本发展的大实业家、大资本家。

第二，军事革新方面：继续精减各省绿营防勇夺，命各省设立新式武备学堂，培养新型军事人才。1903年12月4日，任命奕劻为练兵处总理大臣，袁世凯为会办大臣，铁良为帮办大臣，会同办理京旗练兵事宜。1905年秋，袁世凯北洋六镇的练成，为中国新建陆军的里程碑。新军为一把双刃剑，后来新军中出来许多革命党的同情者，成为清王朝的终结者。

第三，教育新政方面，这一项的成绩荦荦可观：复开了经济特科，重新设置了翰林院等国家研究部门的课程以适应世界大潮。乡试会试停止八股文，改考时论，全面废止旧式的武科举考试。各省设立新式大中小学，颁布学堂章程，并且争先恐后地向国外选派留学生。这里有一个鲜明的对比，自强运动期间，曾国藩虽然首倡向美国选派学童，开中国渡海出国留学的新风气，但是当年出国的青年人仍然很少。慈禧宣布新政后，政府大力提倡与鼓励青年学生出国学习新东西，尤其以东渡日本的留学生居多。据不完全统计，1906年一年，在日本留学的中国青年学生总数就达到8000余人。留学生中的许多人自海外学成归国后，成为革命思想的传播者。

当年，新成立的学部有一项统计数字，1904年，刚开始鼓励教育改革之时，全国新式学校不过4222所，学生总数约9万余人。截至慈禧太后宣布九年宪政时间表的1908年，全国新式学堂的总数已激增至52348所，接受西式教育的学生总数则156万人。此后，民国初年的教育总长、著名教育家蔡元培先生为晚清十年新政的教育成就说了一句公道话：“（民国）新学制的组织托始于民元前十年的学堂章程，自蒙养院以至大学堂，规模粗具。”慈禧太后也一再强调过“欲宪政必须教育先行”。看来慈禧太后在讲这句话的时候，不是务虚的。

最后一项，准许满汉通婚。

以上列举的各项措施，实际上也是刘坤一、张之洞《江楚会奏变法三折》中的基本要点。有些是康梁百日维新期间所试行过的，也有一些是戊戌变法期间所不敢想的。于是，朝野上下把被《辛丑条约》弄得灰败的心境重新收拾好，君臣上下似乎憋着一口气，想把朝廷的政治与经济整顿出一番全新的气象来。

❷孙中山：一位职业革命家的诞生

庚子事件后，根据1902年4月8日签订的中俄《交收东三省条约》，俄军应于1903年10月前撤出东三省。但是，俄国人非但未撤军，反而继

续向奉天省增兵，企图永久侵占中国的东三省。这种情况下，导致了中国民间舆情的沸腾，国内拒俄运动的热情很高。另外，英、日、美诸国对于俄国的抗拒心理也在增强。英国担心俄国人势力向南延伸，把手伸到英国人的传统势力范围长江流域。日本人则在加紧实施他们的侵略中国的“大陆政策”，日本军国主义将满洲与朝鲜视为他们称霸远东的“生命线”，为此，当时的首相桂太郎、外相加藤高明等人多次在公开场合叫嚣：“满洲问题不解决，工商业就没有发展希望。”日英结盟的步伐在加快。1902 年 1 月 30 日，英日两国终于签订了一个针对俄国的战略盟约。

1904 年 2 月 6 日，日本在英、美两国支持下，对盘踞在中国旅顺口的俄国舰队发动了突然袭击。日俄战争正式在中国的领土上打响。当时，日本与俄国的实力相比较，日本的国土面积只有俄国人的 1/50 左右，人口约 1/3，军队约 1/5，按常规实力来衡量，这场战争日本人毫无胜算。但是，日俄战争的结果，却是蕞尔小国日本战胜了庞然大国俄国。1905 年 9 月 5 日，俄国人无奈地与日本签订《朴次茅斯条约》，将俄国人在南满的利益拱手让给日本人。此为辛亥革命前很大的一个政治事件。

国内外舆论普遍认为：日胜俄败，是立宪战胜专制的铁证。战争初期西方报纸就曾指出：“此战非俄日之战也，乃立宪、专制两治术之战也。”国内报纸也强调，这场战争“非日俄之战，而立宪，专制二政体之战也”；“非小国能战胜于大国，实立宪能战胜于专制”；“日本以立宪而胜，俄国以专制而败”。

宗室贵族中，最早接受宪政思想者则为近支王公中的载泽以及汉军旗出身、曾任地方大员的端方。这两人利用接近慈禧太后的机会，喋喋不休地给慈禧太后解释：立宪于君、于国、于民有利，唯不利于官。立宪反而能够巩固君位，因为，立宪之君固然将部分权力移交责任内阁，但责任也随之转移。政府举措失误，君主不用承担责任。所以，宪政制度反而可以使君位永固。他们又拿俄国沙皇的例子出来说事儿：专制的沙皇权力很大，屁大一点的事都得亲自搞定，但是俄国沙皇们做多错多，最近两任沙皇都被民间的暗杀组织干掉了。而实行君主立宪的日本天皇从来没有遇上过倒霉的事儿。日本的政治家有功劳全部算到天皇头上了，有什么过不了的坎儿，被暗杀的只能是下面的首相。太后您想想，这样利君、利国、利民的大好事儿，这年头您到哪儿去找呀。

载泽、端方这一席话不能不令高瞻远瞩的慈禧太后怦然心动。

日俄战争打响后，地方督抚中对于宪政的反响也很大。1904 年 2 月，

云贵总督丁振铎、云南巡抚林绍年首先联衔电请慈禧太后试行宪政。1905年6月，直隶总督袁世凯、两江总督周馥、湖广总督张之洞三大地方大佬联名电请慈禧太后，请以12年为期实行立宪。两广总督岑春煊也奏请“欲图自强，必先变法；欲变法，必先改革政体。为今之计，惟有举行立宪，方可救亡”。于是，在全国八个总督中，滇、粤、江、鄂、直五个总督，均向慈禧太后提出了立宪的政治主张。出使各国使臣孙宝琦、杨枢、梁诚、汪大燮等也纷纷从外面发回明电，声援立宪的主张。

这时候，由中国传统士绅阶层分化出了早期的民族资产阶级分子，如张謇、赵凤昌、汤寿潜、郑孝胥、杨度、汤化龙、蒲殿俊等人。这是一股令人不可轻视的民间立宪力量。1903年，张謇自日本考察归国后，即形成了其完整的君主立宪思想。1904年年初，张謇精心编撰了一套宣传立宪的，包括《日本宪法义解》、《日本宪法史》等著作。“六月刻日本宪法成，以十二册由赵竹君凤昌寄赵小山庆款径达内廷。此书入览后，孝钦太后（慈禧）于召见枢臣时谕曰：‘日本有宪法，于国家甚好。’”为此，立宪人士在各地成立了各种推动立宪的社会团体：郑孝胥、张謇、汤寿潜等人在上海成立了预备立宪公会，杨度于日本东京成立宪政公会。1907年，日本吞并朝鲜后，是年8月，梁启超、蒋智由东京建立“政闻社”。因此，这个时期，跟第一阶段有一个显著的不同点，就是中国士大夫阶层在宪政团体的鼓动下，也全都行动起来。这是传统社会中的一股支柱力量。

这样，在朝野各种立宪力量的推动下，慈禧太后为首的清王朝顺应时代潮流，开始了史无前例的宪政改革。

1906年9月1日，清朝发布《宣示预备立宪谕》。谕旨指出：“各国之所以富强者，实由于实行宪法，取决公论，君民一体，呼吸相通，博采众长，明定权限，以及筹备财政，经画政务，无不公之于黎庶……时处今日，惟有及时详晰甄核，仿行宪政，大权统于朝廷，庶政公诸舆论，以立国家万年有道之基。”鉴于规制未备、民智未开等，“俟数年后，规模粗具，查看情形，参用各国成法，妥议立宪实行期限，再行宣布天下”。虽然仍强调“大权统于朝廷，庶政公诸舆论”，但不可否认，该谕旨是中国专制统治者第一次对宪政制度的肯定和对两千年专制制度的否定。

1908年8月27日，慈禧太后和光绪帝发布《九年预备立宪逐年推行筹备事宜谕》，指出：“当此危急存亡之秋，内外臣工同受国恩，均当警觉沉迷，扫除积习……所有人民应行练学自治教育各事宜，在京由该管衙门，在外由各省督抚，督饬备属随时催办，勿任玩延。”正式向国民承诺了9年宪政时间表：1909年进行省咨议局选举；1910年资政院开院；1917年召开国会，实行宪政！有学者指出，这是慈禧太后生前颁布的最后一道谕旨，也可说是她的政治遗嘱。

于是，在把宪政时间表确定下来之后，慈禧太后便以空前的热情，投入到这场前无古人的政治改革之中去了。

1. 考察西洋宪政

1905年9月，慈禧钦定载泽、戴鸿慈、端方、徐世昌、绍英五大臣出使西洋诸国，这是中国为实现宪政，第一次向海外派出的西天取经团。但是，令慈禧太后扫兴的是，9月24日，五大臣刚登上火车专列，革命党吴樾便从容混进了五大臣的专车之中，拉响了那颗忧伤的炸弹，“适因接驳车辆，车身猛退，而所携之炸弹，撞针受震，未及抛掷，轰然一声，血花铁片，飞溅人丛”。当时，五大臣的载泽、绍英两人为弹片所击伤，幸无大碍，热血青年吴樾就炸成了一朵缤纷血花。《时报》为此发表时评：“五大臣此次出洋考察政治，以为立宪准备，其关系于中国前途最重且大，凡稍具爱国心者宜如何郑重其事而祝其行。乃今甫就道，而忽逢此绝大之惊险，虽五大臣均幸无恙。然此等暴徒丧心病狂一至于此，其罪真不容诛哉！”

幸好革命党的暗杀活动并没有动摇慈禧太后立宪的决心。五大臣的行程虽然因此有所延宕，却依旧成行。1906年8月，五大臣考察完日本、美国、英国、法国、德国、丹麦、瑞典、俄国等国家后回国，并写出考察报告。五大臣无一例外，均主张效仿日本的君主立宪制度。其中以端方《请定国是以安大计折》、载泽《奏请宣布立宪密折》在朝廷中所引起的反响最大。

但是，朝野舆论，包括一些政治大佬，对于立宪的进展情况却仍不满意。1907年，政治元老张之洞代表立宪派官员再次向慈禧太后进言：“立宪实行，越速越妙。预备二字，实在误国。派人出洋，臣决其毫无效验。即如前年派五大臣出洋，不知考察何事？试问语言不通，匆匆一过，能考察其内容？臣实不敢相信。现在日日言准备，遥遥无期，臣恐革命党为患尚小，现在日法协约，日俄协议，大局甚是可危。各国视中国能否实行立宪，以定政策。愚臣以为万万不可不速立宪者，此也。”张之洞的话里有话：慈禧太后从前是挺利索的一个能干女子嘛，怎么越老越磨叽啦？慈禧太后听懂了张之洞的话外之音，于是，再派出达寿等观察团赴日、英、德三国考察宪政。在实际上已经想在日、英、德的政治模式中，来一个三选一了。

如此，达寿考察归国后，便给慈禧太后写了一个很长的心得，认为日本在实行宪政之后，“其历古相承之制度，究之大权总揽，仍在天皇”；日本国会“开会、闭会、停会、解散、紧急命令、独立命令，无一不属于天皇之大权”。因此，达寿着重向慈禧介绍日本与中国文化背景的相似之处，“日本昔为封建制度，幕府专政，垂数百年，历代天皇，虚雍神器”，过去在美英西方列强的蹂躏之下，也只不过是一个受气包而已。但是，日本人在搞了君主立宪之后，竟然“一战而胜，再战而胜，名誉隆于全球，位挤于头等，非小国能战胜于大国，实立宪能战胜于专制也”。达寿的这一席话，深深打动了慈禧太后那一颗饱经沧桑的心，于是，走日本式的立宪道路便成为清末新政的必然选择。

事实上，早在1905年11月25日，慈禧太后便在朝廷上设置了一个叫“考察政治馆”，进行一些前期工作，其职责是“悉心研究，择各国政法之与中国治体相宜者，斟酌损益，纂订成书，随时呈进，候旨裁定”。1907年8月13日，达寿取经归国之后，将“考察政治馆”扩充为“宪政编查馆”，成为清末宪政的枢纽机构。该馆下设总务处及编制、统计两局。重要人物有：提调杨度，编制局副局长章宗祥、干事汪荣宝、科员恩华；统计局副局长钱承志、科员吴振麟、刘泽熙；谘议范源濂、金邦平等人。宪法及其他有关宪政的文件大抵由该馆制定。

此外，还有一个协助“宪政编查馆”工作的“官制编制馆”，由孙宝琦、杨士琦两人负责，下有汪荣宝、陆宗舆、曹汝霖、章宗祥“四金刚”，他们“每逢新政，无役不从，议论最多”，表现得颇为活跃。

2. 成立资政院和咨议局

清朝预备立宪时期所设置的资政院与咨议局，为未来君主立宪国体之国家议院、省议会两级民主议政政体的一个雏形。只可惜，它们永远没有长大的机会了。

1907年9月20日，慈禧借光绪帝之口，颁布的《设资政院谕》，宣布了国家资政院的性质：“立宪政体，取决公论，上下议院，实为行政之本。中国上下议院一时未能成立，亟宜设资政院，以立议院基础。”这说明慈禧已认可了这一现代民主的组织制度。

1907年10月19日，慈禧与光绪帝紧接着再向全国臣民下达《着各省速设咨议局谕》：要求“各省督抚均在省会速设咨议局，慎选公正明达官绅创办其事，即由各属合格绅民公举贤能作为该局议员，断不可使品行悖

谬营私武断之人滥厕其间”。咨议局的职责是讨论“地方应兴应革事宜”，指陈通省利病，筹计地方治安，并为资政院储才之阶”。1908 年 7 月，清朝颁布了各省《咨议局章程》及《咨议局议员选举章程》，随即各省进行了轰轰烈烈的咨议局选举。

选举出的议员既有读书人，也有从政者和从事地方公益事业的人，他们具有问政的能力，质询、辩论，有声有色。英国《泰晤士报》记者莫里循对陕西等地的咨议局选举评价说：“良知和礼节是首次各省咨议局开会的特点。”咨议局选举尽管存在不成熟现象，但公共事务的管理者毕竟是由选票产生的，这在中国历史上是第一次。

作为国会和省议会的过渡形式，资政院和咨议局成立后，便应该行使民主制衡与监督职能。例如，1911 年清政府作出的国家财政预算案，便经过了资政院议员们的详细审核，这个过程中，资政院议员对于掌管国家财政预算之支那部的多项财政支出，提出了尖锐的批评。这在中国开天辟地第一次实行预算监督。一个在华的西方记者对此评论说：“临时议会已在某种意义上掌握了过去从未指望的权力。”至于省一级的咨议局，则视各省的民气开化不同，所发挥的作用也不尽相同。其中，引领风骚的是张謇担任议长的江苏咨议局，当行政力量蛮横地抵制对他们的监督时，他们就用集体辞职的方式来反抗。事实上，1911 年发轫于湖北、四川两省的“保路运动”，便是在这两省咨议局议员们的领导下展开的，后来，这个运动成为辛亥革命的一条重要的导火索。当然，就咨议局参政议政的成效来看，多数的省份尚不显著。当时，地方督抚的权势过于膨胀，咨议局所形成的议案，地方督抚们总是虚与委蛇，“否亦第置而不答”。

不过，我们在评价早期的咨议局议员的政治活动之时，似乎也不应过于拘泥于他们的议政效果，而应珍惜他们的锻炼过程。在那个千年封建的铁幕政治中，有一个这样民主实习的机会，这对于后来唤醒更多的国民，对于中国政治的民主现代化，都是有好处的。事实也证明：这些清末的议员在经历过最初的政治洗礼之后，积累了更多的政治经验，取得了更高的政治名望，他们中的许多人，在后来的民国初年政治中均有过不俗的表现。

1909 年 3 月，清朝下诏命各省当年内成立咨议局。到当年 10 月中旬，全国有 16 省的咨议局相继建立起来。1910 年 9 月全国资政院开院。

3. 颁布《钦定宪法大纲》

1908 年 8 月 27 日，清朝颁布了《钦定宪法大纲》，这是一部君主立宪性质的法律文件。负责该项工作的王公大臣为庆亲王奕劻、镇国公载泽、贝子溥伦，这是一个“奕、载、溥”三代人的联合共同体。具体工作则以“汪荣宝、杨度所拟居多”。

《钦定宪法大纲》共分23条，正文14条，为君主宪章，附录9条为臣民的权利与义务。该大纲的精神基本上依照日本的宪法大纲而编制，不过，对于皇帝的责权认定上，似乎比日本天皇的责权要大一点，因为中国皇帝在立宪后，似乎在立法、行政、司法各个方面都享有很大的权力。这跟中国皇帝与日本天皇既往的生存条件不同有关。清朝的帝王从前对于下面的臣民是予夺予杀、老子天下第一的。现在要清王室交出手中的权力，便难免产生挤牙膏的心态，总希望为自己保留多一点的权力。而日本天皇从前过的是什么日子，不过是被幕府大将军控制的一只空心大萝卜，当时，国民忽然赋予了天皇更多在人前吆五喝六的机会，日本天皇的态度自然是积极主动的。所以，在中日立宪的进程中，清朝的皇帝是把权力交出去，日本的天皇是把权力收回来，得失之间，心中便有了不同的酸甜苦辣的体会感了。

当时，《钦定宪法大纲》中规定“大清帝国，万世一系，永永尊戴”；“君上神圣尊严，不可侵犯”，如规定了“统帅陆海军”等“君上大权”。

于是，舆论纷纷起来指责杨度的保障君权，三联书店出的《宪法大纲刍议》一书对此描绘说：“该馆人才，号称济济，凡东西洋留学生，平日热心宪政，而又廷试及第者，莫不投身其内，谫陋无识，以夤缘进者，或亦间有其人，然多数人中又率皆为法政出身人员，秀杰之士当亦不乏其选，况宪政一科又为彼辈夙日留心之件，盍此宪法之编纂，竟荒谬若此极！平日逢人立宪之口头禅，果安在耶？且立宪政治，固以打破专制为要素目的，彼辈悉政治中人，宁不知之，盍拥护专制之毒，尤竭忱不遗力！”在中国做事情，向来就有挑担子的，被说风凉话的，骂得狗血淋头的光荣传统。杨度从前不挑担的时候，也是侃侃而谈的一条好汉，但是，杨度亲历宪政，被清政府弄了一顶四品京堂的乌纱帽戴上之后，这才懂得了在中国做实事的辛酸之处！

事实上，从当时全国国民立定，做成一个君主立宪国体的志向来讲，当时，杨度在《钦定宪法大纲》中加入“君上神圣尊严，不可侵犯”之类的虚文，也算不得特别过分。即便是21世纪的现代，在仍然实践君主立宪的英日西方诸国，宪法中仍然保留有君主在紧急状态时，“统帅陆海军”的“君上大权”。这一点都不违反世袭制的君主立宪的制法精神。

《钦定宪法大纲》中还规定：“臣民于法律范围以内，所有言论、著作、出版及集会、结社等事，均准其自由”，臣民的人身、财产、居住等权利均受法律保护。人民的权利第一次立法予承认，其意义不亚于美国人当初的第一次登上月球，那是中国人迈向现代文明所迈出的一小步，但是，在中国的政治史上却是于无声处的第一声惊雷。

《钦定宪法大纲》是中国历史上第一部具有宪法性质的纲领性文件。该大纲对君权作出了跟以往三千年专制君权不同的解释。这个大纲中的君权不再是法力无边的，而是有所畏惧的了。臣民在政治生活中已有了很大的诉求权利，因而在中国的立法史上具有里程碑式的意义。

4. 改革官制

宪政还有一个核心的东西，那就是立法、行政、司法三权分立的政治原则。李炳南于《辛亥革命起因之分析》一书中说：慈禧太后召开御前会议，确定分权的四项基本原则，“第一，宪政改革大体效法日本，侧重巩固君权。第二，缩减督抚的权限，使其与日本的府县知事相当。第三，由督抚所掌握的财权与军权，悉数收归中央。第四，中央政府的组织，略与日本现制相等”。根据这个原则，中央与地方的行政体制分头着手变革。清中央政府废除隋唐以来沿袭了千年的三省六部制，立法归资政院，行政归内阁各部，司法归法部。地方的“三权分立”则以试行中的省咨议局为立法机构，以总督、巡抚为地方行政机关，另成立高等审判厅为地方最高审判机关。

我们可以看到慈禧太后这个改革用心深刻的地方，那就是她把改革的重点盯在经“东南互保”风之后，权势逐渐失控的地方督抚大员头上。慈禧想通过三权分立的原则，将已经集权的督抚之权再剥离分解，特别想把重心下移的财权与军权，不动声色地收回到中央的集权之中。这个时期，慈禧想要对付的不是康熙时期的“三藩”，而是地方上所有尾大不掉的督抚大员们，这可是一个精细的活儿。这对于在中央操盘的舵手，无论是政治素质与政治经验各方面来说要求均很高。一着不慎，惹恼了有权有枪有钱的督抚大员，清王朝现已十分脆弱的中央集权，便可能像一座冰山般的坍塌于阳光之下。

因此，宪政是一剂既可以救人，又可能因剂量不对，而置人于死地的猛药。慈禧太后在清政府衰微到无力向前走的重病时期，想到了服用宪政这剂猛药，同时，慈禧太后心底又不无想通过变法，恢复清王朝权势的私心。但是，既已宪政，时代是向前走的，原先浑浑噩噩的民智民力已开，地方上对于中央政权的要求也在相应地提高，慈禧太后想要保持一个帝王，或者一个满洲亲贵的绝对权威已经变得不现实。地方督抚、绅士各阶层甚至普通的草根民众都在要求将权力放在阳光之下运行，最大限度地实现权力的共享。此后，后慈禧时代的满洲亲贵们既想削平汉族地方大佬的权力，又想尽量完整地保留那个腐败透顶的满洲行政框架。于是，宪政这架老爷车“咣当”一声剧烈地撞上了南墙，就此瘫在原地无可救药了。

这个时期，中国民间的舆论以及自由宪政的思想得到很大的发展。民间各种报纸杂志如雨后春笋般发展起来。人们忽然对政治发生兴趣，一般的升斗小民在舆论的引导下，也开始煞有介事地指陈时政，议论国事，抨击政府，议论民主。“人人皆得本其本心之所自信，自由发表意见而无所屈避。”出版界则密集地大量出版了一批介绍西方国家的政治、法学、财政、政党、历史、教育等情况的书籍。例如，《民约论》、《万国宪法比较》、《议院提要》、《选举法要论》、《地方自治要鉴》、《立宪国法制述要》等阐述西方民主、自由、平等思想的政治名著，这时均被介绍到了中国，宪政成为一个十分时髦的话题。这时候，即使是生活于都市的一般平头百姓，如果没有学会一两句与宪政有关的词语，旁人便要怀疑你是从外星才回来呢。于是，文学创作中，自 1904 年至 1907 年间，相继出现了一批诸如刘鹗的《老残游记》、吴沃尧的《二十年目睹之怪现状》、李宝嘉的《官场现形记》等针砭时弊、批判社会现实的作品。像这样的好作品，没有一个宽松的言论自由环境，想要出来，连门槛都摸不着。

至于民间的自由结社，桑兵《清末知识界的社团与活动》一书中指出：至“1911 年上半年，政学会、宪政实进会、辛亥俱乐部、宪友会相继成立，中国的第一批合法政党出现”。“据考，清末仅商会（含总会和分会）就有 900 余个。到 1909 年，各地共建成教育会 723 个……农学会到 1911 年至少有总会 19 处，分会 276 处。仅此三项相加，已达 2000 有余”。

③清王朝的宪政改革

慈禧的宪政改革，除了它打自出娘胎就有的中央集权与地方督抚之矛盾，另外还有两个难以调和的矛盾，那就是孙中山革命党的活动以及“丁未政潮”。这一内一外两股很大的反作用力，令慈禧宪政的最后光焰

为之黯淡不少。

孙中山，本名孙文，谱名德明，字载之，号日新，又号逸仙，幼名帝象，广东香山翠亨村（今广东中山）人，祖籍东莞县。为中国革命的第一代先行者、医师、政治家。因为他在日本流亡期间，曾用过一个广为人所知的化名“中山樵”，由此，便衍生出了我们现代妇孺皆知的称号“孙中山”。曾任中国国民党总理、第一任中华民国临时大总统等职，亦为三民主义思想的创建者。

孙中山之父叫孙道川，母亲杨氏，出身于农家，其长兄孙眉，字德彰；老二早逝，孙中山是家中的第三子。后来，孙中山自述，“生而贫”，本“农家子也，生于畎亩，早知稼穑之艰难”。其家无田产，佃二亩半高租田耕种，“几乎仅仅不致挨饿”，“他主要的食物是白薯”。于是，父亲为补贴家用，便在村中兼职打更报时。7 岁时，孙中山进入私塾，接受国学启蒙教育。幼年曾从一个参加过太平天国的老人嘴中，听过许多太平天国南征北伐的故事，“每每听得出神，对洪秀全很是敬慕，曾说：‘洪秀全灭了满清就好咯！’”14 岁随长兄孙眉赴檀香山。此后的经历据陈少白《兴中会革命史要》回忆：“……后来孙先生（由檀香山）回到中国来，看到中国情形不对了……一个地大物博的中国，闹得竟不及人家小小一国。孙中山伤心之余，以为国家为什么这样衰，政府为什么这样糟，推究其故，就是政府的权柄，握在异种人——满洲人手里。如果拿回来，自己去管理，一定可以办好。同时孙先生又感觉到当时洪秀全的事业，可惜半途失败，否则他能够成功，由中国人当权，就可不致再受人欺侮，所以心里真有以洪秀全第二自命的志向。”归国后的孙中山于光绪七年之后，先后入读于广州博济医学院、香港阿赖斯医学院，其间，结识郑士良、郑固三、陈少白、尤少纨、杨鹤龄、陆皓东等思想激进分子。如此，在港澳亲友圈子中，孙、陈、尤、杨四人有“四大寇”的谑称。光绪十一年，中法之战后，20 岁的孙中山即萌生“倾覆清廷”之志。这就是孙中山中所谈到的，“每于学课余暇，皆致力于革命之鼓吹，常往来于香港、澳门之间，大放厥词，无所忌讳”。“所谈者莫不为革命之言论，所怀者莫不为革命之思想，所研究者莫不为革命之问题”。

1892 年 7 月，26 岁的孙中山从香港西医书院毕业。据当时跟孙中山一同毕业的江英华后来回忆，一开始，孙中山对于悬壶行医的职业生涯兴趣很大，只是在香港想要取得一份行医的证照相当困难，最终经朋友帮忙，借款在澳门开办了一间东西药局，经营状况相当糟糕。孙中山这才把兴趣慢慢地转移到了革命之上。

1894年春，一个偶然的机会，孙中山于上海见到了王韬、郑观应两位中国近代的思想启蒙者。孙中山与郑观应的沟通尤其畅快，两人颇有一见如故的亲切感。这时候的孙中山对好友陈少白讲了一段话：“我们革命有两条路，一是中央革命，二是地方革命。相比地方革命，实行中央革命事半功倍。”6月，孙中山游历到了天津，试图游说直隶总督李鸿章推行一场自上而下的改良运动。不过，其时正为中日战事忙到焦头烂额的李鸿章并没有重视孙中山这个南方口音很重的年轻人。

这样，甲午战争的中方惨败，便促成了孙中山这样伟大的一位职业革命家的诞生。

1994年11月，孙中山在檀香山草创了兴中会，当时，成员不过20余人，骨干分子为陈少白、杨衢云、郑士良、史坚如等人。最初确定的兴中会宗旨是为：“驱除鞑虏，恢复中华，创立合众政府，倘有贰心，神明鉴察。”第二年正月，回到香港成立兴中会干部，并且试图在广东组织第一支革命军。后来，孙中山跟人家说：那个时期的他，事业正处于一种潦草的阶段，“报上讲到孙文，都要把‘文’字加上三点水作‘汶’，形容他与强盗乱贼一样”。1896年，孙中山到檀香山、美国、英国的华人聚居区去推广革命时，每到一地，真正拥趸于孙中山身边，听他鼓吹革命主张的华侨至多不过寥寥十数人而已。国内晓得孙中山其人者，自然更是稀少。例如，维新派的著名斗士梁启超、麦孟华在上海办《时务报》时，提到中国的会党时，仍说：“今日之会匪，其势之大，其人之智慧，更非发逆所能望其肩背……哥老、理教、三合、兴中诸会匪，或煽于东南，或泄于西北，或动于内地……孙汶之案，沙侯诘难（当时的英国外长沙斯伯里侯），徒辱国体，实张彼焰。忍而置之，则贻养瘰患，起而救之，则乏下手之策……”当年，孙中山的处境确实有点尴尬，孙中山此后的一个亲密战友吴稚晖也承认：“我起初瞧不起孙文，就因为他不是科第中人，不是经生文人，并且疑心他不识字。”后来，有关孙中山的“孙大炮”等不敬的谑称，大致起源于这一时期。

1896年秋，孙中山羁留于英国伦敦期间，一度为清廷密探暗中非法禁锢，消息曝光后成为国际事件。这就是麦孟华在上海《时务报》上所评论的：“孙汶之案，沙侯诘难，徒辱国体，实张彼焰。”后来，孙中山将此一段经历写成《伦敦蒙难记》，孙中山的事业在海外这才渐渐地为中外人士所接纳。1897年，孙中山经加拿大辗转来到日本，结识了宫崎寅藏、平山周两人，后来再通过宫崎寅藏及平山周，广泛接触了包括犬养毅、大限重信、山田良政等人在内的日本军政、帮会中人。并且一度与同在日本的保皇派大将梁启超等人结成同盟。不久，康、梁的保皇会却在日本的横滨、美国的檀香山等地大肆挤对兴中会的势力。孙中山异常气愤，此后，孙中山在其所著的《革命原起》大作中，便忍不住记了一笔：“自乙未初败以至于庚子，此五年之间，实为革命最艰难困苦之时代也……适于其时有保皇党发生，为虎作伥，其反对革命，反对共和，比清廷为尤其。”一般有家有业的士大夫当时都信保皇会，保皇会的筹款颇为轻松，而跟着兴中会走的大抵为囊中羞涩的热情青年。革命也是需要强大的财政经费，以为坚韧的支撑的。孙中山经费紧张，许多好的革命措施只能忍痛束之高阁，难怪中山先生要忍不住大倒苦水了。后来，革命党与由许多保皇分子进化而来的立宪党闹到水火不相容的地步，这便有迹可循了。

1900 年的庚子拳乱，孙中山颇愿与日本友人一道，促成两广总督李鸿章在南方诸行省的独立，后来，李鸿章最终决定赴京化解庚子之乱的危局，动议遂不了了之。1900 年 9 月，孙中山在广东惠州三洲田发动了一次起义（史称惠州起义）。失败后，孙中山随即返回了日本。其实这个阶段，康、梁保皇会在长江沿岸也发动过一次未遂的起义。失败后，唐才常、林圭等 20 余位志士被张之洞杀掉。此后，梁启超除了在口头上仍然保持着把光绪帝叫为“我皇上”、“我圣主”的习惯称呼；渐渐地，也就从铁杆的保皇分子开始了向立宪政治态度的转变。

1903 年夏，孙中山与日本武官日野熊藏在日本东京的青山试办军事训练班。这次开班的实际成效很小，学员仅有 14 人。但对于孙中山个人革命思想的成型却具有重要的意义。因为此时孙中山已经把他的革命口号修正为“驱除鞑虏，恢复中华，创立民国，平均地权”。1903 年 11 月，黄兴、宋教仁、刘揆一在湖南长沙成立了国内第一个反清革命团体——“华兴会”。1904 年 7 月，华兴会会员胡瑛、吕大森在湖北成立“科学补习所”，专门在新军下层进行“革命排满”的发动工作。1904 年 10 月，蔡元培、龚定铨、陶成章成立于上海的“光复会”，以“光复汉族，还我河山”为号召力。大约十年不到的时间，孙中山的反清革命主张即已经在海外留学生与国内新知识界产生强烈的共鸣，并且逐渐渗透到新军的中下阶层。

1905 年 8 月 20 日，在日本友人内田良平的牵线下，孙中山与陆续流亡到海外的原华兴会负责人黄兴、宋教仁、陈天华等 14 个省的 100 多位革命分子召开了一个“中国同盟会”的成立大会。会议推举孙中山为同盟会总理，确定了孙中山所提出的“驱除鞑虏，恢复中华，建立民国，平均地权”为同盟会会纲。决定将原华兴会的机关刊物《二十世纪之支那》改称为《民报》，并作为同盟会的机关报。《民报》在它的发刊词上第一次提到了“三民主义”这个资产阶级革命的概念学说。如此同盟会决定在国内再设东西南北中五个支部，国外设南洋、欧洲、美洲、檀香山四个支部。这说明，同盟会已经发展成为一个志在指导全国反清革命运动的革命党。

孙中山在辛亥革命发生之前，先后策划过10次的武装起义斗争。

清末的反满民族革命与政治革命，正是在孙中山的这种屡仆屡起的革命实践中，渐次地迎来了它的高潮。

本节话题偏于一般资料的介绍，大众读者读罢可能会得出孙中山是一个革命狂的印象。实际生活中，孙中山却是一个很有趣的人。宫崎寅藏在《 孙逸仙其仁如天 》一书中曾讲过一个孙中山与革命的段子。

1899年8月，孙中山于日本横滨开展革命活动时，与曾出任过日本首相的犬养毅结下了很深的友情。有一次闲聊时，犬养毅好奇地问孙中山：“您最喜欢什么？”

孙中山回答：“革命！推翻满清政府。”

犬养毅复问：“这个我知道。那么，除此之外，您还有什么喜欢的吗？”

孙注视了犬养毅夫人一会儿，笑而不答。犬养毅仍焦急地催问：“孙先生就别卖关子了，赶快告诉吧。”

于是，孙中山坦荡地回答：“女人。”

犬养毅鼓掌而笑：“很好，还有呢？”孙中山复微微一笑，答道：“书。”

其实，有关这样的话题，刘成禺于《先总理旧德录》中说到过：孙文对明治维新的推手伊藤博文特别欣赏。伊藤博文曾经有一句名言：“醉枕妇人膝，手握天下权。”中山先生读到后，沉吟良久，仍说：“甚以其（伊藤博文）风度为然。”法国有一位研究中国近现代史的学者叫白吉尔，新近有一本写孙中山的书，在海内外华语圈中风行。白吉尔在这本叫《孙逸仙》的书中是这样谈到孙中山的：“在他的冒险犯难和治梁间，成功和措施之间显露的血肉之躯，是个当代的世界人物，是一个沟通者，一个媒体天才，生来就该使用喷色机、传真机和电视。”“但是他必须屈就于蒸汽船、电报和报纸，他是体现了当时正在现代化的那个中国，他是一个伟大的沟通者，他就像是一个从海外回来的外国人一样，参与中国的政治现实，是一个世界主义旁观者，以局外人的姿态臧否中国，但又像人子般的爱它，同时他最奇特的地方，就是他的八面玲珑的交际跟沟通能力。”

有这样一个将革命与心爱女子视为同等重要的孙中山先生，在海外跟大清王朝作对，慈禧太后住在紫禁城中确实会寝食不安。

4 林绍年、瞿鸿禨、岑春煊等领衔的清流势力，如山上的水仙花，倏忽萎死

“丁未政潮”则为慈禧太后这一生所经历的最后一次大的政治风潮。它始于1907年4月，终止于同年8月，历时4月有余。在此期间，以瞿鸿禨、岑春煊为首的“清流”一党跟盘踞于朝堂中的奕劻、袁世凯权势集团展开了针锋相对的斗争。朝野间各路政治势力纷纷粉墨登场，彼此之间唇枪舌剑，你争我夺，政策朝出夕改，枢臣变更频繁。这极大地损坏了晚清朝廷的执政能力，以至于随着后慈禧时代的倏忽而至，晚清权力中枢也迅速陷入到了一种运转无力的空洞状态。

瞿鸿禨是一个不肯粉饰敷衍的血性人物

瞿鸿禨，字子玖，湖南善化人。庚子之乱时，由荣禄推荐入军机。当时，军机上只有荣禄、王文韶、鹿传霖、瞿鸿禨“四大金刚”，荣禄为首辅，王文韶、鹿传霖皆为白发之人，而且这个时候的王文韶已经有点耳聋了，所以，军机处的重要文稿一般都由瞿鸿禨拟稿。瞿鸿禨在《恩遇纪略》中说：“予初入直时，定兴（为鹿传霖）拟旨，荣文忠旋推予，亲以笔砚相属，自是遂皆予起草，仁和（为王文韶）、定兴同为参酌。庆邸入枢廷，仍予秉笔，同列共审定之。”荣禄病殁于光绪二十九年三月，庆王奕劻便顶了荣禄首席军机的位子。《梁士诒年谱》中讲荣、王、鹿、瞿“四大金刚”执政时的情形，仍说：“王仁和相国有聋疾，而又遇事诈聋，鹿芝轩（鹿传霖）、瞿子

玖（瞿鸿禨）两尚书颇操行政之权，鹿多执拗、瞿好挑剔，两有不解之时，王相国解之；鹿、瞿、王有不相能之时，荣相国能以一言解之。此近日四军机之大略也。”这样说来，这瞿鸿禨实为一不肯粉饰敷衍的血性之人，因此，在朝廷中颇孚清望。

岑春煊，字云阶，广西西林人，晚年自号炯堂老人，时人亦称岑西林。庚子事乱期间，慈禧与光绪仓皇西逃，甘肃布政使岑春煊率部星夜护驾，沿途对慈禧悉心照顾，慈禧对此十分感念，仍说：“若得复国，必无敢忘德也。”岑春煊性情中也有其烈烈如火的一面。慈禧提拔他署理四川总督的紫花大印，三个月之后，岑春煊即捋袖准备摘掉三个余位贪官的顶戴。心腹幕僚劝他：你现在只不过是一个代理总督呢，一定要矜持。但是，岑春煊始终是按捺不住，最终仍打烂了40余员川官的铁饭碗。

晚清到了她的终末期，地方上三大最有权势的总督已经嬗替为：湖广总督张之洞、直隶总督袁世凯、两广总督岑春煊。三人各有其鲜明的特点：其中，张之洞的花钱如水被时人称为“屠钱”，岑春煊的好弹劾属官为“屠官”，袁世凯则以庚子之乱时的“刑乱用重”、杀人如麻，而获得“屠民”的称号。事实上，这时期的袁世凯除了心狠手辣的杀戮，更兼有挥金如土、以功名利禄诱惑豪杰的跌宕气势，这已具备乱世枭雄的气质。

庚子之乱过后，慈禧太后鉴于朝堂中一派污浊的政治气氛，颇怀念翁同龢时代“清流”们那一抹林梢轻雾的秀丽景色，因此，便在朝廷大臣中有意扶持像瞿鸿禨、岑春煊这样的强项汉子，以期在朝廷政治中重新形成清、浊分流的新局面。这就是陈寅恪在《寒柳堂集》中所谈到过的：“至光绪迄清之亡，京官以瞿鸿禨、张之洞等，外官以陶模、岑春煊等为清流；京官以庆亲王奕劻、袁世凯、徐世昌等，外官以周馥、杨士骧等为浊流。”

当年，四川人高树在写《金銮琐记》中，有一首政治诗咏：

卫士持枪似虎熊，桓温入觐气何雄。玻璃窗内频探望，暗暗心忧两相公。

诗下有一行蝇头楷书小注：“项城（指袁世凯）在湖园（指颐和园）入觐，卫士如虎如熊，有桓温入觐之概。王（指王文韶）、瞿（指瞿鸿禨）两相国在玻璃窗内观之，观后凭几而坐，默然不言者良久。”这是瞿鸿禨立志反袁的一个先机。

瞿、岑两人在官场上同时为慈禧太后所激赏，又没有太深的根基，两人索性便高张起了“清流”的大旗，在晚清的官场上激流同进。如此，岑春煊在出任云贵总督期间，即曾经委派亲信于式枚入京，向瞿鸿禨递交了其密电号码本，以便两人私下交换政治意见。

1906年9月，慈禧太后定下了预备立宪的基调。

这是一个很大的政治蛋糕，清政府内各政治派系心底有数，错过这个良机，就可能错过今后数十年的荣华富贵，因此，纷纷抢入场争份额。其中，阵势最磅礴者，当属首席军机大臣奕劻与直隶总督兼北洋大臣袁世凯领衔的权势集团，形成“庆邸当国，项城遥执朝权，与政府沆瀣一气”的局面。当时，袁世凯的政治主张是竭尽全力推进责任内阁制的实现，“冀一内阁代君主，可总揽大权”。袁世凯集团希望拿到的是借宪政之名，拿下对政府的实际控制权。

而庚子年之后强势崛起的岑春煊，对于袁世凯集团的飞扬跋扈，却不大服气。他的观点十分朴实：大清朝庚子年之后出现的稳定局面，是经过许多大清官员的不懈努力得来的，不是仅仅依靠奕劻、袁世凯两人才出现的。慈禧现在决定宪政了，分蛋糕的原则应该是见者有份儿，而不应该让奕劻、袁世凯这一对哥们儿全吞吃了。想到这里，岑春煊干脆在南方另扯起了一面拥护宪政的大旗，跟奕劻、袁世凯这一对江湖老油子打起了擂台。

1906年12月16日，上海成立了预备立宪公会，会长为岑春煊的老幕僚郑孝胥。岑春煊由此成为国内成立最早、影响最大之立宪团体的一个幕后操纵者。

岑春煊的动作引起了袁世凯的不安。于是，袁世凯决定趁着岑春煊的势力未真正壮大之前先下手将其抑制。

光绪三十二年年底，慈禧本来决定让福建总督端方与两江总督周馥对调一下官位。这事儿本来跟两广总督岑春煊毫不沾边。但是，袁世凯却借机活动了首席军机奕劻，中枢忽然下令将周馥改调为两广总督，而把在立宪中有所发展的岑春煊调到偏远的云贵做总督。

岑春煊乍一听到这个消息，差点把肺都气炸了。

岑春煊决定不尿奕劻那把夜壶。他有病，暂时不能上岗。于是，岑春煊一溜烟扎进上海的十里洋场之中，流连于上海的花花世界之中，不肯出来了。这时候，说实话庆亲王奕劻开始害怕猛人岑春煊要蛮横，奕劻改口跟岑春煊说：云贵的条件确实差点，让你老岑再到那山沟沟中跑，确实有点受委屈。要不把你老岑补调为川督吧，那里繁华的程度现在也不亚于广州。你在那里干过，有群众基础，四川人民期盼你的心情，肯定是霓云盼雨！

岑春煊望着奕劻改签的那一纸调令，表情似笑非笑。

1907 年 4 月 20 日，东三省调整后的领导班子人员名单出来了。清一色的北洋系班底，徐世昌东三省总督、唐绍仪奉天巡抚、朱家宝署吉林巡抚、段芝贵署黑龙江巡抚。东三省的这个任命名单出炉后，舆论界一片哗然。岑春煊下决心到北京去搅局。岑春煊先给奕劻领衔的军机处上了一道谢恩的折子：表示“病体勉可就道，未敢再事迁延。当于三月初四日由沪力疾起程，取道长江，溯鄂入蜀”就任川督。但是，岑春煊所搭乘的邮轮在汉口停靠之时，岑春煊却突然在汉口上了岸，改乘京汉铁路快车朝着北京城狂奔。中途岑春煊向慈禧太后拍发了“趋叩宫门，跪求圣训”的紧急电报。慈禧太后感念岑春煊的护驾之恩，立即下达懿旨召见。

岑春煊这一手干得相当漂亮。奕劻为岑春煊这一打破常规的政治手段惊得目瞪口呆！于是，孙宝瑄在其日记中小心地写下：“岑尚书乃一活炸弹也，无端天外飞来，遂使政界为之变动，百僚为之荡然。”盛宣怀讲话顾不上拐弯抹角，他直截了当地提醒奕劻说：岑春煊这番入京，一定会起大波澜！

果然，岑春煊来到北京后，自己 1907 年 5 月 2 日至 5 日，慈禧太后连续四天单独召见岑春煊，“每次入对至少半个时辰之久”。岑春煊开始在慈禧太后的面前揭发庆亲王奕劻，“亲贵弄权，贿赂公行，以致中外效尤，纪纲扫地，皆由庆亲王奕劻贪庸误国，引用非人”。同时，岑春煊口口声声地向慈禧太后表态：“臣不胜犬马恋主之情，意欲留在都中为皇太后、皇上作一看家恶犬！”

于是，5 月 3 日，慈禧太后决定先把岑春煊留在朝廷担任邮传部尚书。

“丁未政潮”的第一波攻势，是由瞿、岑联手发动的。瞿、岑知道奕劻、袁世凯的软肋在什么地方，一出手就打的是清廉牌。瞿、岑希望能把庆、袁贪腐的盖子全面揭开，以此引起北京政治界的共鸣，趁机把北洋系政客全部击垮。

岑春煊反腐，收拾的第一个对象便是邮传部的侍郎朱宝奎。朱宝奎是奕劻的得力马仔，平时的官声就很差。岑春煊来到邮传部的衙门门口，捂着鼻子跟左右说：邮传部竟然有朱宝奎这样的臭狗屎存在，他真是羞于与这样的人为伍呢。朱宝奎听罢岑春煊这样有个性的评语，第二天赶紧面红耳赤地向中枢上辞职。

再接下来，便是由瞿鸿禨操刀的“丁未大参案”了。这一段公案的题目是，1906 年载振、徐世昌考察东三省时，途经天津，段芝贵为载振献上一歌妓，名曰杨翠喜，由此，瞿鸿禨想顺藤摸瓜地挖掘段芝贵行贿奕劻的贪腐大案。蒋瑞藻小说考证续篇《杨白花》一章对此述说甚详：

杨翠喜小名二妞儿，“梵玉宫”是她的代表作

“以一女优，而于一代兴亡史上居然占有位置，而牵动一时政局者，当数杨翠喜矣。杨翠喜者，直隶通州人也，幼以贫困，鬻于陈姓，辗转之津门，遂堕乐籍，其假母曰李杨氏。翠喜善淫靡哀艳之曲，出其技，在侯家后协盛茶园演戏。尝一至哈尔滨，继返津，构香巢于河北，受大观园、天仙园之聘，声价重一时，为富商王益孙、道员段芝贵所赏。会贝子载振奉节东省归，道出津沽，置酒高会，一见翠喜，倾倒不已。段方有求于贝子，乃托王益孙名，以万金购翠喜为使女，即车送入京，进之贝子，翠喜则年十九矣。无何，段芝贵以道员授黑龙江巡抚。御史赵启霖独揭而劾之，段遂夺职。贝子惧，遣归翠喜。上乃派醇亲王载沣、大学士孙家鼐查办，覆无实证，赵启霖亦夺职矣。”

奕劻为慈禧长期带病使用的一员亲信干将，对于奕劻的贪污腐化，慈禧自然了然于胸。如此，载沣、孙家鼐两人奉命走马观花地往天津走了一趟。回来却把揭发有功的赵启霖之官给撸掉了。瞿鸿禨这个郁闷呀，于是，瞿鸿禨便指使汪康年在《京报》上大造舆论，“京报成立未久，即以伉直敢言，撄政府要人之怒”。汪康年与赵启霖俱为瞿鸿禨的门下弟子，汪康年为同门的折翼而伤感，这一回，炮轰奕劻、载振父子之腐败行为的火力更猛。言路上御史赵炳麟、江春霖不畏打压，再度掀起讨伐奕劻、载振父子的舆论风暴。如此，奕劻迫于舆论压迫，只得指使载振辞去农工商部尚书及一切职务。

首轮交锋中，奕劻、袁世凯集团采取以守为攻的策略，实力依旧强劲。

瞿、岑两人在大力参劾奕劻、袁世凯一党的政治斗争，深感自己一方的势力在朝堂上过于单薄。如此，为了弥补这一短板，瞿、岑仍决定引进在舆论界势头强劲的立宪党人，为己方的一大支援。

“瞿、岑戊戌前，皆尝与康有为、梁启超款曲。”

“丁未政潮”启动前后，康、梁海外立宪党人对于瞿、岑“清流”派的政治行动很感兴趣。丁未年夏，梁启超、蒋智由、麦孟华等人在日本创立“政闻社”，宣布今后的立宪宗旨为真心保皇，与袁世凯势不两立。徐勤、麦孟华、何天柱等人听说政潮发动后，立即从日本回到中国，试图寻找政治机会。如此，海外的康、梁诸人对于政潮的波澜起伏可谓了如指掌。例如，岑春煊被袁世凯暗算，由北京改任粤督，远在日本的梁启超立即制订了与岑会晤的计划。他写信给上海的徐佛苏：“岑为今日重要人物，将来必须提携者。失此时机，机会殊难，故不得不失彼。”但是，端方不知从什么地方嗅得蛛丝马迹，预备在上海张大罗网捕捉梁启超。梁、岑会终未实现。

不过，岑春煊与活跃于国内的康有为之女婿麦孟华，仍然结下很深的友情。岑春煊当初秘密地自武汉向北京杀他一个回马枪之时，麦孟华曾击掌赞赏，并希望能与岑春煊并肩入京，以为岑春煊造势。但是，已在北京的汪康年表示：慈禧太后对前维新分子仍然余恨未消，麦孟华入京，可能适得其反，麦孟华方怅惘裹足。不久，岑春煊被袁世凯调虎离山之后，岑春煊、麦孟华重聚于上海，麦孟华撺掇岑春煊：不要上袁项城的当，你就赖在上海不动暂时不接粤督的紫花大印，他老袁、老庆又能怎么样？上海是你的风水宝地，政治上可处于一种伸缩自如的状态。

但是，后来，瞿鸿禨、岑春煊在“丁未政潮”中失势之后，康、梁这一股海外的立宪党人对于此后的政局却异常的悲观，徐勤有一封写给康有为的信，说：“今张（之洞）、袁（世凯）入军机，必日以压制吾党为事，就现下情形而论，吾党万难于政界占一席，只有于商务、教育大为整顿，候数十年后，以待其变而已。”他们始料不及，这个表面上“乱哄哄，你方唱罢我登场”的老大晚清帝国，四年后，竟然轰然地跌倒了。

至于国内的江浙立宪派，他们是国内一帮新生代的立宪分子，跟由戊戌变法分子转变过来的海外立宪党人背景不同，这是一支为慈禧太后所认可的民间宪政势力，因而，为袁世凯、端方、周馥以及瞿鸿禨、岑春煊等，各方面政治大佬们所竭力争取。在这方面，岑春煊一个有力的同盟军即为上海预备立宪公会的会长郑孝胥。刘垣《张謇传记》中也说：“是年（1906）九月，岑春煊御两广总督之任到上海后，请假养病旅沪甚久，据我（作者）所知，孝胥与春煊过从甚密，两人预约在预备立宪会所秘密谈话办有多次……偶（我）与孝胥谈及政局，孝胥则痛诋世凯不止一次”。但是，江浙立宪派给瞿鸿禨、岑春煊传递的是一种正能量。而在“丁未政潮”中，瞿鸿禨试图促成慈禧太后与海外立宪的康、梁党人的和解，开放党禁，但是这是一个徒劳无益的死结。最后，冤枉为庆、袁一党提供了中伤瞿、岑“清流”的强劲火药。

袁世凯向奕劻献上的反击措施是这样的：首先，必须先把岑春煊弄回南方，拆散岑、瞿联盟，然后再各个击破。其时，军机处入值的六大臣为庆亲王奕劻、鹿传霖、瞿鸿禨、荣庆、徐世昌、铁良。鹿传霖年老血衰，已近于一个废人，荣庆、徐世昌、铁良三人当时则与庆王奕劻沆瀣一气。形势确实是这样的，只要把岑、瞿二人拆分了，军机处倘使来一个小型的拳击比赛，庆、荣、徐、铁四条汉子，一人一拳，都可以把瞿鸿禨打到吐血！

于是，广东钦州发生土豪劣绅刘思裕聚众劫掠事件。广东民风嗜好械斗，这种事情经常发生。但这次袁世凯的儿女亲家周馥却夸大其词，再三张皇报警。

袁世凯便趁机一本正经地劝说慈禧：周馥是我的儿女亲家，这人老实得像一个老农民。听说最近广东的匪情闹得有点邪乎，而孙中山的革命党也趁势接二连三地在那边闹事。不如把周馥调出来，重新派一位能干的大臣回去镇压局面。袁世凯讲这番话，很容易令慈禧太后联想到岑春煊。因为晚清的两大剿匪高手素有“南岑北袁”的说法。而岑春煊不久前刚刚从广东出来。慈禧视袁世凯这一席话为至理之言，遂于5月28日下诏，再把岑春煊回调为两广总督。于是，岑春煊的屁股尚未把邮传部尚书的宝座捂热乎呢，只得再次离京南下。岑春煊心里闹情绪，便再次借故停留在上海公寓之中，迟迟不去广东跟周馥办理移交手续。

岑春煊被撵回了南方，“清流”在朝廷的声势为之顿然一挫！瞿鸿禨在中枢再次落单为一只孤飞雁。

庆、袁两人得找机会慢慢地收拾瞿鸿禨。事实上，正在庆、袁两人苦思冥想一个完美打倒瞿鸿禨的计策之时，瞿鸿禨却像一只开屏的孔雀，慢慢地把后腚转了过来，这就露出了自己的破绽。

慈禧虽然暂时放过了奕劻，但是对于奕劻实际上是耿耿于怀的。某次跟瞿鸿禨闲谈时，无意间便说了一句想让这位老惹麻烦的庆亲王隐退的话。瞿鸿禨得了慈禧太后这句话，心里十分得意，某次跟夫人唠嗑时，就讲起了这件事。一般贵妇人在听过丈夫这种极端机密的话题之后，大抵上均自觉地把话题烂在肚子里面。非常不幸的是，瞿夫人是一个善谈的女人，而且对于政治的话题特别感兴趣。汪康年常常指使自己的夫人到师母那里去挖掘政治消息，因此，汪康年的《京报》便时不时地可有出人意料的政治爆料。当时，这条跟庆亲王相关的极其重要的政治消息，便通过枕边风吹进了汪康年的耳中，汪康年又把这件事捅破给了《泰晤士报》的曾广铨。至此，“庆王失宠，将出军机”便作为一条重要的政治传闻，在西方外交界流传开来。不久，慈禧太后在宫中设宴招待外宾，英国公使夫人便想向慈禧太后当面确认这件事。慈禧听罢当即大吃一惊。

由此，慈禧太后判断，瞿鸿禨这家伙的政治素质真是太差了。作为一种政治补救措施，慈禧太后立即紧急召见奕劻，让他不要相信外面的人放屁，老太太还是高度信任久经考验的奕劻的。奕劻揣测这一定是瞿鸿禨在背后给自己使绊子，便贿买翰林院侍读学士恽毓鼎当枪手，弹劾瞿鸿禨窃权结党、徇私溺职的种种弊情。

于是，怒火中烧的慈禧太后干脆颁布了一纸罢黜令：

“恽毓鼎参枢臣怀私挟诈，请予罢斥一折，据称协办大学士、外务部尚书、军机大臣瞿鸿禨，暗通报馆，授意言官，阴结外援，分布党羽。余肇康于刑律素未娴熟，因案降调未久，与该大臣儿女亲家，托法部保授丞参等语。瞿鸿禨久任枢直，应如何竭忠报称，频年屡被参劾，朝廷曲优宽容，犹复不知戒慎。”“所称窃权结党，保守禄位各节，姑免深究。余肇康前在江西按察使任内，因案获咎，为时未久，虽经法部保授丞参，该大臣身任枢臣，并未据实奏陈，显系有心回护，实属徇私溺职，法部左参议余肇康，着即行革职，瞿鸿禨着即开缺回籍，以示薄惩。”

瞿鸿禨安坐于翠影映碧、天空青紫的庭院中，本来是“眼见旌旗至，巴望好消息”。却不料最终却捞了一个革职离任！这慈禧的喜怒不形于色，所带来的晚清政坛的瞬息万变，确实令旁观者大跌眼镜！

瞿鸿禨觉得不可思议的，袁世凯却深深觉得可以理解。袁世凯还知道作为女人的慈禧，这一辈子最不能原谅的人，便是康、梁两人，因为康有为为达到政治野心，对于慈禧太后的个人进行了太多的攻击，慈禧正恨不得喝其血、食其肉呢。如此，奕劻在瞿鸿禨收拾包袱回家之后，决心乘胜追击，继续打倒岑春煊。奕劻在下一次的独对中，便向慈禧太后爆料：瞿鸿禨、岑春煊两人从前在中央的时候，曾经“意在复翻戊戌前案，排去北洋，谋归政”，这两个家伙一眼看上去，就长得贼眉鼠眼的，我早就知道不是什么好东西。

但是，慈禧太后在晚清政坛上摸爬滚打数十年，数番从绝境中逃出生

天，也不是那么好糊弄的。当时，慈禧太后似笑非笑地望着奕劻说：我累了，这个话题下次你想成熟了再跟我聊吧。

这叫什么话？什么叫想成熟了接着再聊呀？庆亲王奕劻赶紧自觉地刹住了滔滔而来的话茬儿。

但是，打蛇不死、缩手不干这种事情，绝对不像是袁世凯的行政风格。袁世凯决定从岑春煊逗留的上海寻找突破口。其时，在南方担任两江总督者为端方。胡敬思在《国闻备乘记》中讲起袁世凯的威势之时，曾经顺便提到了端方：

“光绪末年，小人阶之以取富贵者，捷径有二：一曰商部，载振主之；一曰北洋，袁世凯主之。皆内因奕劻，而借二杨（杨士琦、杨士骧兄弟）为交通枢纽……袁世凯不由科目出身，遇投帖称门生者，大喜，必力援之。方其盛时，端方、陈夔龙、陈璧、袁树勋无不附之。”我们过去只听说端方是一个坚定的立宪派，却不知端方为了求生存、图发展，曾经躲藏在袁世凯的屋檐下面。端方当时为了报答袁世凯对自己的深情厚谊，就授意上海道蔡乃煌在上海相馆 PS 了岑春煊跟梁启超的一张合影，作为岑春煊跟康、梁串通的有力证据呈送慈禧。因此，爱动脑筋的端方、蔡乃煌两人实际上是中国 PS 照片的鼻祖。

于是，恽毓鼎将端方、蔡乃煌 PS 的岑、康、梁合影照递交到了慈禧太后手中之后，在奕劻、袁世凯银票的再次滋润之下，继续发挥恽大炮的神勇威力，向岑春煊猛轰！

恽毓鼎《澄斋日记》中有载：“七月初一日，九点钟到馆，未初归寓，闭户自缮封奏，劾粤督岑春煊不奉朝者，退留上海，勾结康有为、梁启超，麦孟华留之寓中，密谋推翻朝局，情迹可疑……康、梁自日本来，日本以排满革命之说煽惑我留学生，使其内离祖国，为渔翁取鹬蚌之计，近又迫韩皇内禅，攘其主权，狡恨实甚。余惧岑借日本以倾朝局，则中国危亡，不得不俱实告变，冀朝廷密为之备也。”

恽毓鼎这参奏来得相当毒辣。他把岑春煊跟日本人、康有为、梁启超等几方面，慈禧太后所深恶痛绝的势力捆绑在了一起，然后忧国忧民地说，这岑疯子恐怕正跟康疯子合谋，引日本这只豺狼入室呢。其时，日本强迫朝鲜国王退位、进而吞并整个朝鲜的政治事件刚刚过去，慈禧焉能不心惊呢？于是，慈禧太后手拿着端方、蔡乃煌 PS 的合影照，不由得伤感得老泪纵横。

8 月 12 日，慈禧传旨：以岑春煊“有庚子旧劳，毋令难堪；以久病未痊，准其开缺调理”。瞿鸿禨之前保举进入军机处的林绍年，至此，亦被排挤出京，外放为河南巡抚。

至此，随着瞿鸿禨、岑春煊“清流”派的大败亏输，“丁未政潮”缓缓降下了帷幕。

慈禧在预备立宪的进程中，原本是有一个既定策略的，那就是培育一个瞿鸿禨、岑春煊领衔的“清流”势力来平衡奕劻、袁世凯团伙的扩张。只可惜，“丁未政潮”的结果大大出乎慈禧太后的预料，瞿鸿禨、岑春煊、林绍年辈汉官“清流”并未获得生存空间，相反彼等之人，如山上的水仙花倏忽枯萎。如此，慈禧太后为了平衡朝廷的政治，只得扶持新的满洲亲贵，再将老成汉臣引入中枢，以抗衡袁世凯如狗叫云般的野心。

《国闻备乘》中说：瞿鸿禨开缺时，其时的慈禧太后曾想采用各打五十大板的政治清理手法，将庆亲王奕劻一并打发掉。为此，慈禧太后曾特别传召孙家鼐、世续、鹿传霖三大臣，专题讨论奕劻的去留问题。孙家鼐担心中枢上骤然把奕劻挖掉，枢纽忽然崩缺了一大块，“无人接手，于事无益”。于是，1907 年 6 月 19 日之时，慈禧太后只得将奕劻仍然挂在军机处，却命令了一个小徒弟醇亲王载沣，跟着奕劻学习行政的本事。这载沣明摆着就是为了取代奕劻而来的。同时，为了进一步架空奕劻，慈禧太后再引入皇室宗亲中的肃亲王善耆为民政部尚书、镇国公载泽为度支部尚书，这两个部门是奕劻的传统吸金大部。奕劻在慈禧的眼中事实上已经成为一块鸡肋。

至于袁世凯的北洋系，这时候的行情也开始为老慈禧“看衰”。

瞿鸿禨、林绍年出军机后，按照袁世凯的如意算盘，是想把杨士琦塞进中枢的。因此，袁世凯托请奕劻力挺杨士琦。可是这个时候，老臣孙家鼐在慈禧的心目中的地位正在慢慢地取代奕劻。慈禧颇想形成一个以载沣与孙家鼐为中心的新军机处。但是，孙家鼐既反对杨士琦入军机，又觉得自己搞行政的能力有所欠缺。因此，孙家鼐仍然向慈禧太后推荐上一年被罢免的鹿传霖。另外，慈禧太后至 1907 年一年，精力已大为衰退。因此，慈禧太后为羁绊袁世凯，将其由直隶内调入军机，两湖总督张之洞加授体仁阁大学士，亦同期入军机。这样，至 1907 年 9 月，一番大的政治动荡之后，便组成了新的军机处。其人员组成为：庆亲王奕劻、世续、鹿传霖、小醇亲王载沣、张之洞、袁世凯。这个班子组成中，奕劻、袁世凯为世人皆知的一对难兄难弟，这时候反不好意思公然串通一气来搞小动作。世续是一个骑墙派，在中枢的影响力有限。鹿传霖、张之洞两位汉族重臣则是慈禧找来辅佐小醇亲王载沣的哼哈二将。

这是慈禧生前钦定的最后一届行政班子。

如此，袁世凯收敛起从前的万丈气焰，蛰伏于慈禧太后的积威之下，等待着下一轮政治大潮的降临。

【第八章】

清朝覆亡，是结束也是开始

光绪三十四年十月二十二日，掌握清朝权柄达四十八年之久的慈禧太后终于放弃了尘世间不舍的一切，到西方极乐世界去了。世间不管多伟大、多风流的人物，最终的结局都不过是尘归尘，土归土，一抔黄土掩没风流。清政府的倒台，中国封建社会的结束，没有带来中国迅速的繁荣昌盛。辛亥革命后，中国一样没有摆脱传统的束缚。中国改革之路依然老态龙钟，步履维艰。

❶清美的落雪，同时送走了光绪帝与慈禧太后

中南海瀛台涵元殿

1908 年，对于短檐危壁、吠影吠声的晚清王朝可不是一个什么好年份。原因在于，先是这一年的 11 月 14 日傍晚时分，大清朝最郁闷的一代帝王、38 岁的光绪帝终于无限寂寥地逝世于中南海瀛台涵元殿之中。

第二天的下午，天空中飘起了这个冬天的第一场清美而肃穆的落雪。雪花无声地落在宫殿的瓦檐上、红墙上、无人走动的甬道上，只不过一瞬间，它那有限的热烈，就被无尽的灰暗所吞噬了。

宫中沉痛地宣告了另一个消息：慈禧太后在操纵晚清政局 48 年之后，也终于在中南海仪鸾殿内安然地走完了一生，终年 74 岁。

慈禧与光绪帝死后，宫中发布了大量溢美的吊唁之词。

不过，当年生活于宫中的人们，只要想到慈禧走后，这个“老大徒悲伤”之帝国的走势，便会不由自主地想起雨夜啼月的杜鹃、阵雨中散落的秋天树叶、落花飘风的钟声、途中日暮归客的积雪等，诸如此类无常、无告、无望的事物，人们也就对于这个老大帝国的未来，

觉得风雨飘摇了……

光绪帝与慈禧太后在间隔不到24小时的时间中相继离世，这种事情过于凑巧，后来人们对于清末宫闱便有了不少的猜测。这是由于慈禧与光绪两人，对于晚清政局的维系实在是太紧要了。

就拿宪政改革这件事情来讲吧，慈禧太后既已横下一条心，拿出向着艰难险阻奋力前行的勇气，以她的政治阅历与手腕，还有她驾驭、操纵、应付大小危局的本领，只要这慈禧太后在这世上多存活一天，这宪政改革便多一点成功的希望。不仅后来骄阳似火的袁世凯以及他的北洋系党人，遇上慈禧太后只有奉命维谨的份儿；那宗亲懿亲中，那些个后来飞扬跋扈的富二代们，见到老太后又有哪个不是俯首帖耳、甘效犬马之劳的？慈禧太后生前的威信可不是吹出来的，那是长期政治斗争中一点一滴聚集起来的。所以，后来有史家推测，如果苍天能再给慈禧十年阳寿，后来清末民初许多长袖善舞的政客们恐怕都得失业。

另外一种假设，其实也是蛮有意思。假如走的只有慈禧太后，光绪帝却幸运地活下来了，那幸运也可能不仅仅是光绪帝一个人的，而有可能属于整个晚清时代。虽然早年的光绪帝有点懦弱，但后期的光绪帝经历过大江大海的诸多风浪，忧患使人成熟，也使得许多人变得更有担当。只要光绪帝能活下来自展拳脚，他的心胸一定要比载沣这一班少年新贵阔大许多，政治的步子也迈得更稳健一些，后来弥漫于朝野间的那种满汉对立情绪，也许就可以减弱。这就可能为晚清的宪政改革谋得一条更好的出路。

如此，后世的史家，出于对光绪帝以及多灾多难的中国近代史的一种极大同情，对于光绪的死便衍生出了许多不同的说法。

现今的史界，光绪帝被谋杀或许可能成为一种主流观点。最早提出这种观点者，为财源广进的御史恽毓鼎。恽毓鼎在《崇陵传信录》中认为：慈禧太后在自己的病危时，下令鸩杀了光绪帝，为的是不让光绪帝重翻老账。徐珂等人在编撰《清稗类钞》之类的野史逸闻之时，沿袭了这种说法。对于这种说法，徐彻于1994年的《慈禧大传》中，表情颇为苦恼地提出了自己的疑问："种种迹象表明，慈禧虽然痛恨光绪帝在戊戌政变期间的叛逆行为，但经义和团事件，仓皇西狩及顺利回銮这样历史的大震荡，也许是光绪帝的养晦之计起了作用，也许是慈禧年事已高，反正他们之间的关系有所缓和。'太后常劝勉皇帝鼓励精神，有顾恤之意。''太后此时，知皇帝已无反对太后意旨之心也。帝病亟，太后戒饬太监，以后帝来请安时，不可使久候于外，又命令议国政时，免他跪送之礼。'"如果我们觉得这一切仍然是慈禧太后的作秀工程的话；后来，慈禧太后的政治延续的基本上仍是戊戌变法的路子，慈禧太后此后所展开的宪政改革，从政治的深度与广度而言，甚至要比光绪帝的戊戌变法力度要大得多。慈禧根本无惧于后来的光绪帝翻政治旧账。此外，从继承光绪帝的载沣之亲疏程度来看，两人俱为老醇亲王奕譞之子，光绪帝为慈禧的亲妹妹所生，载沣则为侧福晋刘佳氏所生，光绪所娶的是慈禧的亲侄女隆裕皇后，而载沣的福晋则为宠臣荣禄的女儿。无论从政治功利度以及亲情的疏远关系来看，慈禧太后似乎都已无必要仅仅为了确立荣禄的亲外孙溥仪为嗣皇帝，而背上毒死光绪帝的千秋骂名了。这种事情完全可以换一个和平的方式来解决。

这样，光绪帝的侄儿、末代皇帝溥仪在《我的前半生》一书中，便提出了另外一种可能性：有没有可能是袁世凯干的呢？袁大头在戊戌变法的关键时刻出卖了光绪帝。光绪帝与袁世凯之间结下的心结很深。袁世凯肯定担心光绪帝后来掌权后会把他干掉，因此借进药的机会，先下手为强，暗中把光绪毒死了。不过，溥仪在书中所说的一切都是听说，既然是听说的东西，便可能捕风捉影。

最后是德龄。她在慈禧太后身边生活过两年之后，曾经撰写过包括《瀛台泣血记》等一大批爆料清末宫廷生活的传记小说。她有一个观点：清宫大太监李莲英等人，在慈禧太后生前，仗势欺负过光绪帝。太后后来殆危，李莲英担心光绪帝会在慈禧死后，对自己来一个秋后大算账，这才恶向胆边生："万恶的李莲英眼看太后的寿命已经不久，自己的靠山快要发生问题了，便暗自着急起来。他想与其待光绪掌了权来和自己算账，还不如自己先下手的好。经过了几度的筹思，他的毒计便决定了。'近来奴婢听许多人说，万岁爷的身子很不好。'凑某一个机会，他就悄悄地向太后说，语气是非常的奸滑。'奴婢愿意去瞧瞧他看，或者可以使他的身体好起来。'他这一串说话的深意，当时太后究竟有没有听清楚，实在没有人敢断定了。但为稍存忠厚起见，我们不妨姑且说她因为病中精神恍惚，所以没有窥测到李莲英的真意。就在李莲英说过这一番话的第二天，光绪便好端端地也害起厉害的病来了。当下少不得就召御医进宫诊视，无奈他们谁都想不到其中会有下毒的阴谋。诊下他的脉，一个也说不出是什么病症。只得随便煮一些开胃安神的药让他喝喝，只有光绪自己心里是明白的。他料定必是李莲英在饮食中下了毒，存心要谋杀他。但李莲英究竟下了什么毒呢？应该怎样才解救得转，他就无法可想了。那时只有一个人是可以救他的，那就是太后。可惜太后到底不曾出来干涉。于是她就在无形中帮助李莲英达到了目的。”不过，德龄《瀛台泣血记》这部书的书感不是很好，已流于通俗小说的口吻。

李莲英应该是右边这位仁兄

既然提到了李莲英，我们不妨在此顺便简介一下这个在大历史空间中的畸零人物。

李莲英，也作李连英。原名李英泰，字灵杰，道号乐元，直隶（今河北省）河间府大城县人。李家五子，李莲英排行第二。其父李玉因生活所迫，于李莲英幼年举家迁入京师，开了一家熟皮作坊聊以维持生计。后来，李莲英出名后，民间便给李莲英起了个“皮硝李”的绰号。据萧一山《清代通史》中说：李莲英在宫中的发迹，“以善梳新髻得幸，东宫既殂，晋为总管”。不过萧老先生这段说法却并不靠谱儿，按清宫典制，后宫太监的工作流程表中从来没安排过梳头太监这个岗位，所谓的李莲英“以善梳新髻得幸”也就无从谈起。

李莲英墓志碑文上有一段话：“公姓李氏，讳连英，字灵杰。平舒世家也。年九岁入内廷充役使，循守规矩，有若成人。”清宫档案记录中，李莲英是咸丰七年入宫的。咸丰十年四月，调在东路景仁宫当差。后来，有人说，辛酉政变期间，李莲英曾为慈禧太后与恭亲王奕䜣之间做过交通员。这事儿挺不靠谱儿，当时，李莲英年纪太小，且在东路景仁宫当差，根本捞不上为慈禧立功劳的机会儿。

同治三年四月，李莲英始调入到慈禧身边当差。不过，长春宫中的当红太监是比李莲英大一岁的安德海。李莲英过了五年默默无闻的生活。同治八年八月，狂妄恃宠的安德海被山东巡抚丁宝桢捕杀，倒霉的李莲英却因此受牵连，被慈禧太后以“猾懒不当差”的罪名，革去了八品顶戴及钱粮。

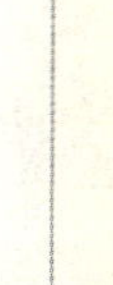

李莲英真正发迹的时期，始于同治十三年。这一年，李莲英被任命为储秀宫掌事首领大太监，赏封戴四品顶戴花翎。光绪二十年正月初一日，李莲英奉旨再赏加二品顶戴花翎。李莲英在宫内太监中的风头这才变得无人可及。

事实上，随着慈禧太后政治上的趋于成熟，她的用人也趋于谨小慎微。即使是身边得力的太监，慈禧太后也必须有一个长时间观察的过程，这才可能放手使用。不过，慈禧太后一旦与李莲英经过数十年的磨合相处，其主仆间的情感也非寻常可比。后来，随侍过慈禧太后的宫廷太监刘兴桥、赵荣升、冯乐庭三人在一本叫《晚清宫廷生活见闻》的书中合写了一篇《女主的生活》的文章，谈到了慈禧与李莲英宾主相处的一个细节：

“清代末年，女主里寡妇多，当权的西太后虽然有好多事要做，但是日子过得看起来也是怪无聊的。她闲下来的时候，写写字，画点画，看看戏……心神也像没有着落似的。能解西太后心烦的是太监李莲英，李莲英最会服侍她，成了她离不开的人。他两人的感情看起来非常密切。就我们知道的，每天三顿饭，早晚起居，他俩都互派太监或当面问候：‘进得好?’‘吃得香?’‘歇得好?’有时候，西太后还亲自来到李莲英的寝室，招呼：‘莲英啊！咱们遛弯去呀！’李莲英便出来陪她去玩。他俩走在前边，其余的人远远地随在后面。西太后有时还把李莲英召来她的寝宫，谈些黄老长生之术，两人常常谈到深夜。”

虽然是在深宫，李莲英也遭受过言路上的一次大力弹劾。当时是光绪十二年四月，慈禧太后派总理海军大臣醇亲王奕譞去检阅李鸿章的北洋海军。奕譞为避嫌，便向慈禧太后申请派遣储秀宫的总管李莲英随自己去天津出差。这也是李莲英的平生唯一一次出宫当差。消息传开，言路上立即炸窝了。监察御史朱一新立即上疏警告慈禧太后，千万不要重蹈明末崇祯太监监军的悲剧。慈禧太后对于言路上的反应当然是不服气的了。朱一新这个书呆子，一开口就把以维新女大师自居的慈禧太后等同于亡国的崇祯帝！慈禧干脆也就跟朱一新来了一个以横蛮对横蛮，将其贬官了事。

那么，李莲英在这一次的陪同巡阅海军活动中的真实表现又如何呢?清人王小航在他的《方家园杂记》中说：

“及王赴烟台阅海军，懿旨赐杏黄轿。王不敢乘而心益加惕，力请派李莲英偕往。出宫后，每见文武各员，皆命李莲英随见。王意在避本生（父）擅权之嫌也。而莲英怵于安德海之祸，布靴布衣，每日手执王之旱烟筒，大皮烟荷包，侍立装烟。退则入王之夹室中，不见一人。时直鲁两省卑鄙官员，欲乘机逢迎大总管者，皆大失所望。王之左右与李莲英皆一介不取而归，王大赞赏之。”

实际上，李莲英在慈禧的跟前也就时刻保持一种肃然尊敬的谦卑态度。在大庭广众之下，始终保持一种简默端重、不妄言笑的温谨之仪节，这就是李莲英长宠不衰的秘诀之一。

即使是在慈禧跟光绪帝关系最恶劣的阶段，光绪帝跟李莲英私下的感情却始终是好的。光绪帝入宫后，在很长一段的成长过程中，曾经得到过李莲英的照料，主仆间的感情难以磨灭。晚期的光绪帝对于身边的一些太监曾经达到深恶痛绝的程度，例如曾经把珍嫔丢进了井里的大太监崔玉贵等人。但是，光绪帝对李莲英却始终保持着一份客气，他称呼李莲英为“谙达”（满语中有老伙伴，或者是老师傅的意思）。

王小航在《方家园杂记》中有一首诗，追述了光绪帝与李莲英之间的一段情深往事：

炎凉世态不堪论，蔑主惟知太后尊。丙夜垂裳恭待旦，膝前呜咽老黄门。

诗中讲述的故事是：庚子之乱后，两宫西逃至西安行宫。慈禧太后寝殿极华美，而光绪皇帝寝殿极冷落，李莲英侍候太后睡后前来探望，见光绪在灯前枯坐，一问，才知被褥均无。此时已值隆冬季节，根本无法入睡。见到此景，李莲英抱着光绪的腿，哭着说：“奴才们罪该万死！”并将自己用的被褥让给光绪使用。光绪回到北京后，回忆西逃过程中所受的苦，曾说：“要没有李谙达，我就活不到今天。”这是慈禧、光绪与李莲英相关的一段话题。

宣统元年（1909 年）二月初二日，慈禧死后不满百日，李莲英萌生退志，主动离宫。宣统三年二月初四日，李莲英静悄悄地病死于北京寓所，时年 64 岁。

2003 年，中央电视台、清西陵文物管理处、中国原子能科学研究院、北京市公安局法医检验鉴定中心等数家单位，组织了一个“清光绪帝死因”的专题研究课题组，提供了有关光绪帝死于中毒的最新证据。该科研组对所提取的样本进行了精准的测算，检测到目前所保留的光绪帝头发截段以及衣物碎片上，三氧化二砷（俗称砒霜）的残留量为 201 毫克。而一个正常成年人的三氧化二砷致死量为 60 毫克至 200 毫克。由此，该课题组得出了光绪帝死于急性胃肠性砒霜中毒的结论。

但是，该“检测报告”仍然不无可商榷之处。首先，我们必须确定，光绪帝位于清西陵的崇陵之前曾被破坏性地打开过。1938 年，一群盗墓贼曾经对于光绪帝与隆裕皇后合葬的崇陵进行了劫掠式的盗挖。皇帝与皇后的棺椁被毁坏，尸体被拖出外面，当时，盗墓贼从中盗走了约 200 件殉葬品。这是当年一个轰动性的新闻。换一句话来讲，实际上，课题组所检测的提取标本是被破坏过的。这已经不是当初光绪帝入殓时的第一现场了。其次，我们仍须考虑光绪帝当年入殓时的防腐处理技术。古人在尸体防腐处理时，也喜欢用砷化物。如此，关于光绪帝真正死亡原因的争论，将持续下去。

仍然有部分史家对光绪之死持病死的看法。这一派的证据以大量的清宫史籍以及给光绪帝诊治过疾病的医生原始病案为支撑，不是说搬走就可以轻易全部搬移掉的。

首先，从《德宗实录》、《光绪朝东华录》、《清史稿 · 德宗本纪二》等许多正史或官方修订的史籍记录来看，均说明光绪帝是久病而死的。其次，另外有两个现代研究中心：中国第一历史档案馆的清史档案专家与中国中医研究院的医学专家，在联合研究过清宫医案中关于光绪帝生病的珍贵的诊治原始记录之后，仍坚持光绪帝为病死之说。其实，光绪临死前半年，御医为光绪诊病用药的原始病历是保存得相当完整的。

实际上，我们回顾光绪帝的一生，既是政治上被悲剧了的一生，也是一个身体健康上不断跟疾病作斗争的过程。本书在谈论光绪帝的即位之时，就曾经提到过他的一贯体质积弱，自幼失于调养，长为一个成年男子后，即开始出现滑精遗精的症状。至光绪二十四年末至光绪二十六年的庚子之乱前夕，光绪帝的病症进入一个高峰阶段。动摇晚清根本的“己亥建储”，便是慈禧太后为后光绪时代所准备的应急预案。

至 1908 年春天之时，光绪帝的病症再次出现一个凶险的大发作状态。《苌楚斋三笔》卷六中记载：光绪三十四年二、三月间，光绪帝久病未愈，病入膏肓，是时肝气大发，以手扭太监顶戴，以足踢翻电灯，情势日及。宫中御医束手无策。慈禧太后再次紧急向江苏、直隶、两江、湖广、山东、河南、山西诸省督抚要求举荐国医妙手：“入春以来，皇上欠安。在京各医，诊治无效。希各处精选名医，迅速来京，恭候传诊。”其时，一代名医陈秉钧、曹元恒、吕用宾、周景涛、杜仲骏、施焕等人均聚集京城。如此，六大名医之一的杜钟骏留下了《德宗请脉记》，书中对于光绪帝最后半年的病情演变、诊治经过以及光绪帝临终前的病状，均有详细的叙述。

如此，关于光绪帝的死因，由于现代科技所得出的砒霜中毒结论并不能完全推翻过去百年间，建立在清史档案、文献，其中包括一批清代完整保存下来的原始医案之研究成果，对于政治人物光绪帝的死因争论，就仍存在下去。

❷尘归尘，土归土，一抔黄土掩没风流

相对于光绪帝之死的疑窦重重，慈禧太后的死就清晰多了。

慈禧早年曾患有严重的月经不调之症（当时是咸丰四年至六年，慈禧为懿嫔，吃过许多调经药物之后才有了同治帝）。同治帝死后，慈禧太后因为忧愤攻心，一度曾患上很严重的肝病。这一疾病纠缠了慈禧近八年之久，慈禧差一点在光绪六年的时候死掉。此后的近二十年，慈禧的身体基本上就无什么大碍了。

光绪三十年之后，正如慈禧太后自己所调侃的那样：人上七十岁病找人。慈禧的身体出现一些状况，主要是慢性肠胃病、消化不良等一些老年性消化不良病症，御医们采用“益气理脾之法”为慈禧太后调理身子，没什么特别的效果，身子骨也没什么大碍。对于日常的生活起居以及政务活动，慈禧仍能从容地应付下来。事实上，当时的慈禧太后对于自己的身体还是蛮有信心的。

不过，进入光绪三十四年六月以后，慈禧太后的慢性肠胃炎似乎有了迁延加重的迹象。这一情况，最先体现在御医陈秉钧、施焕章的诊病记录中：自九月开始，慈禧太后出现了腹泻，腹泻始终不愈，且有逐渐加重之趋势。于是，自十月初六日起，慈禧的医案便由太医院的第一大佬院使张仲元亲自诊治。

但是，实际上，慈禧太后是一位天生的工作狂。张仲元开出处方后，嘱其一定得静养一段时间。可是，一生嗜好权力的慈禧一时哪里肯停顿下来。那一段时间的慈禧太后，仍然抖擞起精神，频繁接见内外大臣、批阅奏折、发布谕旨，处理政务。十月初十日，便是慈禧太后的73岁大寿，宫内宫外，喜气洋洋地准备了盛大的庆典仪式。做主角的慈禧太后当然不能扫了大家伙儿的兴致。于是，初十、十一两日，为庆典的高潮期，从白天到夜晚，接连不断地有各种庆寿活动。慈禧周旋于恭维的人流之中。自十

月初十至十五日，连续六个晚上，在西苑的颐年殿均安排有祝寿大戏，慈禧太后是每场必到。实际上，戏剧演到第四个晚上之时，慈禧已自觉精神委顿了，宫中女官均劝慈禧不必场场都到。可是，慈禧太后的眸子激情燃烧啊。她无比坚定地回答：那可不行，我是主角，如果我不在现场，外面又不知有多少有关我生病的流言了！

因此，慈禧太后咬牙坚持到庆典结束的第六天，终于挺不住了，半夜紧急召张仲元、戴家瑜两位御医入宫，其时，慈禧除了原有的腹泻外，又增加了胸闷微疼、心中嘈辣难受等心肺症状，这说明病邪正逐渐地深入肺腑。

十月二十一日，为光绪帝病死之日，慈禧太后受此刺激，脉象有紊乱的趋势，但是，宫中御医仍然认为在可控范围。所以，并不曾提到过请中外医生会诊。只是到了十月二十二日之时，慈禧的病情是陡然间恶化的。御医们在不到一个时辰的时间里先后三次入诊，根本无力妙手回春。慈禧的病情迅速进入到了终末期。

溥仪后来回忆说：大约在光绪三十四年十月初，慈禧太后始觉身体有恙，朝廷内外突然就传开了一个小道消息：万一慈禧太后不行了，庆亲王奕劻、袁世凯两人正私下拟订一个废掉光绪、推戴奕劻的儿子载振为帝的夺权计划。

这个传说，引起了慈禧太后的极大警觉。

慈禧立刻以惯有的作风，雷厉风行地采取了一系列防御性措施。她以命奕劻去东陵查看工程为名，将他遣出了京城；她又把北洋新军中由袁世凯的得力将领段祺瑞统率的第六镇调出北京，把由满洲贵族、陆军部尚书铁良统辖的北洋新军第一镇调进京城。

胡思敬《国闻备乘》中说：慈禧将奕劻调往查看易州陵寝工地后，立即秘密召见军机大臣世续、张之洞两人，商议立嗣大事。其时，宣宗（道光帝）名下具备提名资格的“溥”字辈重孙有三人：一个是当初确立光绪时曾经讨论过提的长房长孙溥伦，一个是小恭亲王溥伟，最后一个是光绪帝大弟载沣的儿子溥仪。溥伦是嗣重孙，溥伦的父亲载治实际上是乾隆帝第三子永璋的嫡孙，五王爷惇亲王奕誴早就否定过他的接班人资格，这一次仍然无望。真正具有竞争资格的，是道光帝的两个嫡重孙：28 岁的小恭亲王溥伟以及 2 岁的溥仪。

其实，小恭亲王溥伟的资格原本也是不错的，他是已故恭亲王奕䜣的嫡孙。慈禧垂帘执政 48 年，满洲王公大臣中，轮流出来辅佐大政者，为道光帝名下的“金牌三大王爷”：五王爷惇亲王奕誴、六王爷恭亲王奕䜣、七王爷醇亲王奕譞。如此，慈禧太后为了答谢三大王爷的友情演出，曾经捧红了五王爷奕誴名下的一个溥儁，做过数月的“大阿哥”。郁闷帝光绪则是七王爷奕譞的嫡系。如果参照山水轮流转的山大王原则，现在轮到老六恭亲王奕䜣的孙子溥伟来过一把皇帝瘾，那也是情理上讲得过去的事情。问题在于，溥伟的嗣父与亲生父亲在慈禧太后的心目中均印象恶劣。溥伟的亲生父亲原本为恭亲王奕䜣的第二子载滢，1868 年出继在八王爷钟郡王奕詥名下为嗣子，后加为郡王衔，这本来已经谋得一份相当不错的爵位了，可是，光绪二十六年闹义和团事变时，载滢是大阿哥党的铁杆成员。事件平息之后，便开除了一切公职，回归本支。恭亲王奕䜣的长子载澂，就是同治朝那个大名鼎鼎的“澂贝勒”。载澂死后，由于这一房无男丁，宗室合计将溥伟过继在载澂名下为嗣子。而慈禧对于载澂是深恶痛绝的，因为载澂对同治诱诲诱淫，导致了同治帝的早夭，慈禧绝不可能扶持一个载澂的嗣子起来做皇帝，所以，当时经慈禧太后一顿划拉，就只剩下了溥仪这个两岁小童为正式的继承人。

可是，这时，晚清的宪政已经进入关键阶段。世道莽苍，内忧外患，如果慈禧太后真正决定策立溥仪，那么，这晚清王朝，便是连续三代皆为幼主即位了。俗话说得好：“一再二，二不过三。”万一这慈禧太后与光绪帝双双弃世，这后来的大清国还真落下一个巨大的权力真空呢。于是，当时的世续、张之洞合词规劝：“国有长君，社稷之福，不如径立载沣。”但是，听过世续、张之洞两人的劝辞之后，慈禧太后脸上的神色有了一丝悲伤的神色。慈禧叹了一口气说：我是一个随时都可能走的老婆子，我何尝不理解你们的一片忧国之心呢。只是载沣与穆宗（同治帝）为堂兄弟关系，立载沣做皇帝，就无法为咸丰、同治帝这一支血脉嗣后了。我情何以堪，日后如何到地下去见咸丰爷父子呢。说到这里，老太后动情地掩面而泣了。

于是，张之洞建议：可仍立溥仪为幼帝，但是请载沣先出来主持国政，只要给载沣一个名正言顺的称号，即可达到两全其美的目的。

慈禧担心地反问：古代曾有过这样的先例吗?

张之洞立即胸有成竹地回答：“前明有监国之号，国初有摄政王之名，皆可援以为例。”

慈禧太后立即颔首许：“善，可两用之。”

当时，张之洞还提出了另外一个意味深长的问题：“皇帝（光绪）临御三十余载，不可使无后，古有兼祧之制，似可仿行。”这是让溥仪同时兼祧同治、光绪两房的血嗣。

对于张之洞这层周详的想法，慈禧太后也心存感激。事实上让溥仪兼祧同治、光绪两房，从政治上来考虑，一个最大的好处，就是可以避免将来再出现一个像吴可读那样的书呆子为光绪争嗣，从而可避免一场无谓的政坛风波。另外，从私心来说，光绪皇后叶赫那拉氏在宫中侍奉慈禧太后数十年，没有功劳也有苦劳，假如溥仪不兼祧光绪，那后来光绪皇后的地位将变得不伦不类。想到这些，慈禧太后目光中充满着温情地望了张之洞一眼，慢慢地说：“凡事不必泥古，此事姑从汝请，可即拟旨以进。”这件事情，大体上也当场定下来了。

只是慈禧太后为了减少外界的阻力，想分层次实施。

光绪三十四年十月二十日，由于光绪帝病情急剧恶化，庆亲王奕劻由东陵紧急驰还北京。慈禧召集诸王公大臣会议，下达懿旨，宣布将醇亲王载沣之子溥仪抱入宫中教养，又命令载沣暂行摄政王之职权。据说，当时，载沣对于慈禧太后让自己担任摄政王的决定大感意外，他当即急出了满头大汗，叩头力辞这个震动朝野的任命，慈禧对于载沣这一番惶恐的举动既好气又好笑。慈禧乃当众叱喝他：“此何时而讲谦让，真奴才也。”

慈禧之所以在老七奕譞的房下再选一个皇帝出来，还有一层隐秘的政治理由，那就是防范袁世凯在后慈禧时代坐大。

袁世凯是一种乱世的险怪之才，慈禧在枯槁闲寂的晚清末世不得不用。但是，慈禧对于袁世凯的自标门阀、尽斡利权也是看在眼里。溥仪生父载沣与光绪帝是亲兄弟。光绪帝不管袁世凯有没有真正出卖过自己，反正光绪帝憎恶袁世凯的态度是妇孺皆知的。鉴于这层江湖恩怨，醇亲王府出来的男儿们，跟袁世凯在政治态度上是相互排斥的。载沣自上一年9月的“丁未政潮”结束后，入军机处锤炼已经一年余。由载沣来引领大清国这艘年久失修的大船继续向前，对于袁世凯北洋集团将是一种有力的钳制。

溥仪迎入宫的时间为光绪三十四年十月二十日下午。有一首竹枝词，形象地描述了慈禧与溥仪祖孙相见的情景：“玉座珠帘五十春，临朝三度抱冲人。扶床一见雏孙拜，定省仪鸾仅隔晨。”

光绪三十四年十月二十一日，光绪帝即崩逝于瀛台。

光绪帝崩逝后，慈禧太后立即有条不紊地向外界公布了一系列的懿旨：

“摄政王载沣之子溥仪着入承大统为嗣皇帝。”

“前因穆宗毅皇帝未有储贰，曾于同治十三年十二月初五日降旨，大行皇帝生有皇子即承继穆宗毅皇帝为嗣。现在大行皇帝龙驭上宾，亦未有储贰，不得已以摄政王载沣之子承继穆宗毅皇帝为嗣并兼承大行皇帝之祧。”

“现在时势多艰，嗣皇帝尚在冲龄，正宜专心典学，着摄政王载沣为监国，所有军国政事，悉秉予之训示裁度施行，俟嗣皇帝年岁渐长，学业有成，再由嗣皇帝亲裁政事。”

宣布完这一系列事关国家政体的重要懿旨之后，气息奄奄的慈禧太后已然感觉到了生命的油尽灯枯，于是，慈禧太后颁发了她生命中最后一道懿旨：“现予病势危笃，恐将不起。嗣后军国政事均由摄政王裁定，遇有重大事件有必须请皇太后（光绪皇后隆裕）懿旨者，由摄政王随时面请施行。”

光绪三十四年十月二十二日未刻（1908 年 11 月 15 日下午 1 时至 4 时），掌握清朝权柄达 48 年之久的慈禧太后，终于放弃了尘世间不舍的一切，到西方极乐世界去了。

光绪三十四年十月二十七日，监国摄政王载沣就慈禧的治丧典礼发布了一条指示：“大行太皇太后垂帘训政四十余年，功在宗社，德被生民。所有治丧典礼，允宜格外优隆，以昭尊崇而申哀悃。着礼部将一切礼节另行敬谨改拟具奏。”后来，慈禧太后的丧葬礼仪便突破了有清一代对于太皇太后葬仪的许多限制，获得了空前尊贵的哀荣。

慈禧出殡

按照清朝的成例，后宫皇后的谥号最多不能突破十六个字。当年慈安皇太后病逝后只给了十四字的谥号。但是，慈禧的谥号在有清一代是空前的，全称为“孝钦慈禧端佑康颐昭豫庄诚寿恭钦献崇熙配天兴圣显皇后”，共 25 个字。这已经享受了《大清会典》中帝谥的标准，这就是说摄政王载沣是在参照一个女皇的标准来安葬慈禧的。

1909 年 11 月 27 日，英国《泰晤士报》记载了慈禧出殡时的盛大场面：“十一月五号之晨五钟时，乃钦天监选定大行皇太后金棺由宫中奉安于东陵之日。一切情形与前西历五月大行皇帝奉安之礼略同；唯军队更多，装饰更美，警吏亦更整齐，故其景象尤为阔大。然有一欠缺之点，即大行皇帝奉安之日，天气晴明，此次则浓云密布，甚为寒冷……金棺初以84人抬之，此乃过城门时最多之数，出城则加为120人。前行者为监国摄政王及诸王公贝勒、军机大臣等，后为骑兵一队，再为骆驼等。驼载帐棚及行宫用具。由京往陵，须行四日，以备晚间支帐，为金棺暂安之处也。又后为伞队，皆庚子年由西安回銮时，百姓恭送者，安葬后皆烧之。又后为喇嘛，最后为銮仪卫一队，执祭器佛幡旗帜等。全队中有三乘极华丽之舆，罩以黄丝之帘。一切装饰，均为龙凤花样。有两乘与太后平时所乘者相同，此亦备在陵上焚烧者。统观全队，炫耀威严之景，使人印于心而不忘。自中国人言之，唯唐之武后或能与此比耳。”

如此奢华炫世之葬礼，慈禧的最终结局仍然不过是尘归尘、土归土，一抔黄土掩没风流。

慈禧死后，其灵柩归葬于河北遵化清东陵的定东陵之中。

❸改革之路，步履维艰

光绪三十四年十一月初九（1908年12月3日），三岁的溥仪在紫禁城太和殿登基成为清朝的末代皇帝。是日，溥仪的即位诏书讲：“我大行皇帝临宇天下，三十有四年，宵衣旰食，勤求治理。上禀孝贞显大行太皇太后慈训，简任亲贤，抚绥区夏，维新政治，中外同钦。方期景祚延洪，及时布宪，圣躬弗豫，于光绪三十四年十月二十一日，龙驭上宾。钦奉遗诏，祗尊大行太皇太后懿旨，以朕承继穆宗毅皇帝为嗣，并兼承大行皇帝之祧，入承大统。”

溥仪幼照

这是1908年12月2日。《纽约时报》在当天发自北京的电文中说：“这次登基典礼与我们所能看到的西方世界类似场面真是截然不同。在紫禁城太和殿的龙椅上，小皇帝接受朝堂上所有王子和高官对他行的叩头礼。出席官员都经过精心挑选，并且是帝国最高层的人物。军人们在整个典礼过程中扮演的角色并不引人瞩目……仪式包括向已过世的皇帝、太皇太后灵牌行顿首礼，然后向这位幼儿皇帝行匍匐跪拜礼……一首乐曲也没有演奏，原因是朝廷正在为已故皇帝服丧……仪式做完之后，这位小皇帝再从龙椅上走下来，重新穿上他的那套小丧服。”

恽毓鼎《澄斋日记》记录宣统帝登基大典的当日表现：“上啼哭索母，声甚厉……”“皇上即位，升太和殿受贺，大声痛哭，不肯升座，频言我不愿居此，我欲回家。监国强抑之，竟未安坐……拜跪未毕，侍阉即负之而去，且云：‘完了，回去罢。’毓鼎即觉其不详〔祥〕。”

恽毓鼎的疑虑原本可视为一种臆想，孰料，三年间的历史发展却一步一步地应验了太和殿上的对话和太和殿下的疑虑。

醇亲王载沣外表看起来相貌堂堂

醇亲王载沣在外表看来相貌堂堂，颇有风采。当年出入宫廷的美国医生曾这样描述说：“他缄默少语，相貌清秀，眼睛明亮，嘴唇坚毅，腰板笔挺，虽不及中等身材，但浑身透露着高贵。”

载沣摄政初期，外国政府和国内外立宪派都曾对他寄予厚望。原因在于：首先，他曾出访欧洲，“平生喜读西书”，眼界超出一般王公贵族，载沣堪称清朝皇族亲贵中走向世界的第一人。1901 年他 18 岁，即以皇弟的显赫身份率使团赴德国柏林，为去年义和团运动时德国公使克林德遇刺一事向德国皇帝威廉・亨利谢罪赔礼。这次出使经历对他改革思想的形成有着积极的影响，并且他此后多年参与宪政筹备工作，在 1906 年政府讨论立宪问题时，他就是立宪倾向较为明显的王公之一，1908 年国会请愿时，他呼吁确定开国会期限，以免使国民灰心。应该说在政治主张上，这位身兼军机大臣的亲王是一个倾向于立宪救国论的政治人物。其次，他是光绪帝的弟弟，人们认为他理应继承乃兄遗志，认真筹备宪政，当对改革有着顺理成章的热情。

但是，爱新觉罗・溥杰在《父亲醇亲王载沣》一文中这样描述这位帝国的最后一任实际掌门人：“我父亲虽然成了国家拥有最高权力的人，可是他是个老实人，也和我祖父一样，都是把权力看得较淡……父亲在读书中自娱自乐，曾经有感而发写过一副对联：‘有书有富贵，无事小神仙。’父亲很欣赏这副对联的意趣，便命人精刻下来，挂在书房门口。”

深知其底蕴的胞弟载涛这样评价他：“遇争优柔寡断”，“做一个承平时代的王爵尚可，若仰仗他来主持国政，应付事变，则决难胜任”。

宣统帝登基次日，即1908年12月3日，发布《重申仍以宣统八年为限实行宪政谕》，强调9年预备立宪“期在必行，内外诸臣断不准观望迁延，贻误时机”。

1909年3月6日，清廷再次重申预备立宪。后又把预备立宪的年限由9年缩短为5年。

1911年5月，组织了失去人心的“皇族内阁”。

1911年11月3日，清廷公布《宪法重大信条十九条》（简称《十九信条》），宣布采取英国宪法的“虚君共和”制，实行责任内阁制。《十九信条》对君主的权力作了很大限制，规定“皇帝之权，以宪法所规定者为限”，实际上这是一部议会君主制宪法。后来的一些宪法学家对其评价很高，认为它是“有清一代之唯一宪法，亦我国历史上之第一次宪法也”。清朝预备立宪使中国社会成为民主社会的雏形，即形成初步的、不成熟的、不完全的民主社会。

1911年10月，辛亥革命爆发，清政府倒台，但和平演变的时机已被暴力革命切断。随着清王朝的倒台，给中国带来无限希望的清末预备立宪也随之葬送。清末“预备立宪”虽未成功，但其意义重大，值得纪念。

预备立宪虽有弊端，但绝不是“假维新”。它是中国两千年“秦政”走向“宪政”的开端，是“宪政”在中国的最初试验。预备立宪承认了代议制、民众的基本权利、地方自治等；它的某些措施触动了清朝专制统治的根本，使中国单纯的专制制度不复存在；舆论监督、分权制衡日益发展，结社和言论自由日益扩大。这些使中国整个社会制度向着民主化方向迈进，中国呈现出民主社会的雏形。

清政府的倒台，中国封建社会的结束，没有带来中国迅速的繁荣昌盛，中国改革之路依然老态龙钟，步履维艰。辛亥革命后，中国一样没有摆脱传统的束缚，甚至在国家建设方面，很长一段时间都没有超过清政府的洋务运动和清末新政。孙中山在他的临终遗嘱中，仍大惑不解，为何中国“去一满清之专制，演生出无数强盗之专制”。

清末新政推动了中国社会前进，但大清帝国垮了，功亏一篑，没能保住自己的国号和皇位。原因何在？

第一，是无力制止贪污。

中国传统专制王朝也有分权制约的设计，有纠举和监督官吏乃至最高统治者的机构；而以儒学为代表的思想教育和道德约束，其精美和深厚可称举世无双。但中国历代官吏的贪污也是惊人的，清代也不例外。历来的统治者都说要反贪污，可是在专制制度下往往成效不彰，处在衰败时期的清帝国更是如此。原因是：首先，有些行贿受贿活动已成为官场习惯，人人如此，法理和是非界限已经模糊。其次，担负反贪重任的监察系统同样没有逃脱腐化的命运。他们也会揭露若干黑幕，但很难求得公正、彻底，且很可能是以黑反黑。再次，没有独立的司法和监察系统，它们都不过是行政系统的附属物。最后的裁决权掌握在专政政权的最高统治层特别是皇帝、皇太后或其他专制者手中，当他们本身不干净时，要真正反贪无异缘木求鱼。最后，社会生活没有民主化，民众维护自己权益的现代公民意识没有形成，也没有形成强有力的独立的新闻舆论监督。一些报馆是官办或接受官方津贴的，缺少现代报刊的独立品格。总之，晚清贪风无法遏制无非再一次证明，没有外力，专制政权不可能真正纠正自身的弊端。

第二，是政治制度改革当断不断，从1906年宣示预备立宪开始，走文明国家共同的议会民主之路，已是无可抗拒的趋势。

1910年1月、6月，各省咨议局联合会连同各省商会、教育会及其他绅民代表两次发动速开国会的请愿运动；9月、10月间，各省督抚纷纷电请先设内阁以立主脑，开国会以定人心；各地学生接连罢课，资政院也通过决议上奏，请速开国会。这些情况表明，经过近十年改革实践，民众、士绅和各级官吏的认识渐趋一致，政治制度改革迈大步的时机已经到了。可是，清政府虽然把原定十年的预备立宪年限缩短为五年，仍然忸怩作态，不肯在翌年立即召开，坚持在1913年才开国会。1911年5月说是组织责任内阁，却换汤不换药，弄出一个不伦不类的皇族内阁。改革时机稍纵即逝。当断不断，并且一再激怒社会各界，通过体制内改革整合社会的机会白白流失了。

但是，以醇亲王载沣为首的清政府并没有为张謇之流的“输诚”所感动，连缩短四年预备立宪期限这样有限的要求也未能接受。宣统二年春，张謇召开江苏咨议局会议，决定再次请求速开国会。五月，又发动了第二次国会请愿。此次请愿除各省咨议局代表外，还有各省商会、华侨商会及其他政团代表参加，一时号称有20余万人参加，很有一点声势。但清廷顽固如旧，不仅坚持九年预备立宪原议，而且严厉告诫请愿代表：“毋得再行渎请”。但张謇等仍不死心，紧接着又为发起第三次国会请愿做准备。

8月，新成立的资政院正式开议，国会请愿代表团乘机再次向清廷上疏，并到处游说宣传。资政院一致通过速开国会的决议，各省督抚也联名奏请立即召开国会。清政府迫于各方面的压力，于10月初宣布缩短预备立宪期限，由九年改为五年，预定于宣统五年开设议院，并预行组织内阁。张謇本已经满足于清廷这样有限的让步，并中止了原来打算亲自北上请愿的计划。但国会请愿代表团却深感不满，继续要求立即召开国会。清政府恼羞成怒，驱逐请愿代表，并逮捕惩办天津学界请愿同志会会长温世霖。三次国会请愿运动彻底失败。张謇对此深感沮丧，叹息说：“亟求立宪，非以救亡；立宪国之亡，其人民受祸或轻于专制国之亡耳。呜乎！世人知余言之痛耶?”

1911年5月，清廷撤销军机处，改设内阁。国务大臣13人中，竟然有9人是满蒙贵族，而其中更有5人是皇族成员，汉族大臣只有4人，因此人们嘲讽地将这个内阁称为“皇族内阁”。这也暴露了清廷假立宪真专制的本来面目。对此，张謇和其他立宪派同人都倍感失望。不过，立宪运动虽然失败了，张謇和他的立宪派却因为这次运动大大提高了在全国的声望，并从此成为辛亥革命时期除革命党和保皇派之外的第三支重要的政治力量。

第三是重蹈国有经济的死胡同。

众所周知，清帝国覆没的直接导火线是1911年强制推行铁路国有政策。这一措施犯了双重错误：一是直接侵犯广大民众的权益，引发众怒，犯了一般统治者通常不敢犯的错误。收回铁路权利，不是一般商业行为，而是经济利益和捍卫主权的政治行为相结合的群众运动。有的路权（如川汉、粤汉）是历尽艰辛，才从外国人手中争取回来的。1903年12月清政府颁布《铁路简明章程》，改变铁路只准官办或外国人办的状况。“1903年到1907年的五年间，全国有十五个省份先后创设了十八个铁路公司。”其中十三个商办，四个官商合办或官督商办，坚持官办的只有一个，有的股金是按亩收取的，群众性很强。公司和筑路权都曾依法办理有关手续。清政府收归国有，既违法，又与民众对立。加上政府手中没钱，打算借外债来办，更引发强烈的民族情绪。火山因此喷发。

二是重蹈洋务运动覆辙。将筑路权收归国有的唯一借口是这些公司管理混乱，筑路进展缓慢，成效很差。这符合事实。它体现了中国企业家成长缓慢，法制不健全的现实。但是，说企业家腐败，政府官员就不腐败吗？政府要有所作为，只能从加强法治入手，引导股东们通过法定程序，自行整顿，推动企业家更快成长，走向健康发展之路。市场，也只有市场，才能教会人们怎样经营自己的企业。越俎代庖已属违法，收归国有，忘记洋务运动在官办经济的死胡同中打转、碰得头破血流的教训，完全是往后倒退的蠢行。

孙中山发动过十次武装革命，精神可嘉，但多是少数人的军事冒险，并没有打倒腐朽的大清帝国。后者是被自己的上述三大错误打倒的。三者的背后则是专制烙印太深。可是，10 月 10 日武昌起义的枪声一响，11 月 3 日清政府采纳公布的《重大信条十九条》，却是中规中矩的君主立宪政体。转化只差一步，确实是功亏一篑。这样说是不是否定革命的作用呢？不是，因为新政时期的社会进步是多种力量合力推进的成果。革命派也是这多元中的一元。没有革命迫在眉睫必须着力化解这一压力，清政府不可能有那么大的改革决心。革命派的作用是不可抹杀的。

第四是编练新军，培养了反清的中坚力量。

从鸦片战争中国军队一败涂地之日起，改革落后的军队以期求得自强一直是清政府梦寐以求的目标。1902 年，清政府开始大练新军，废除八旗绿营制度设立陆军部，同时取消了兵员的世袭制实行兵役制，晚清近代军事制度初步确立。新军以日本陆军为范本，吸收了大量毕业于日本陆军士官学校的中国留学生，充当清末军事改革的组织者，新军士兵要求 20 岁至 25 岁身体健康且有一定的文化，因此士兵中有大批受过近代军事教育、毕业于国内军事学堂或是廪生、秀才，具有强烈的爱国思想。这些或远渡重洋或就学国内军事学堂的青年，感同身受的是外国列强的侵略瓜分和朝廷内政的腐败无能，大都满怀一腔豪情壮志。他们思想活跃，具有积极进取的事业心和救国的使命感；他们对国家政局与王朝的腐败看得比较清楚，已开始将效忠国家与效忠王朝两个概念区分开来；他们不会死心塌地的同清王朝站在同一战壕。他们加入新军虽然增强了清朝的统治力量，但是在国内不断起义而前仆后继的革命党人及其革命思想所吸引下，很多人在新军中宣传反清思想，组织反清团体，成为辛亥革命的首倡者、中坚力量和清朝的掘墓人。其中著名的有蔡锷、李烈钧、蒋作宾、李书城、蒋百里、许崇智等人。他们都曾经是清廷选送国外留学、一心培养、提拔，以期保国又保家的新军军官，可最终都走向了清王朝的对立面，成了清朝丧钟的敲响者。

地方上搞十年新政，最有成绩者为袁世凯所主政的直隶。政治上，全国首次地方选举是 1907 年的天津市政选举。义和团事件后，列强将天津市区划为非军事区，袁世凯就训练 3000 警察进驻天津，用警察取代落后的衙役制度，这在当时的中国也是一个了不起的创举。至于天津的经济，在当时的督抚治理中，也是很有活力的。我们都知道詹天佑修筑京张铁路的故事，但是这条铁路的最终拍板者以及所有资金的筹措全靠袁世凯，所以，火车的声声汽笛长鸣，也有袁世凯的一份很大功劳。

不过，乱世中的袁世凯始终都脱不了枭雄的本色。1902 年 8 月，八国联军交还天津城，袁世凯移驻天津，立即为李鸿章在天津建立祠堂，并为之题联，其中有句为："一生低首拜汾阳，敢诩临淮壁垒。"他把李鸿章捧为再建唐朝的郭子仪，而他显然是以李的后继人自居。为了接收淮系军阀集团的遗产，将群龙无首的淮军置于他的控制之下，他不仅继续推行李鸿章的反动的内外政策，而且把李在北洋经营数十年的官僚企业全部据为己有，把他的幕府班底也大都网罗在自己的势力之下。为了表示"宏揽人才"，袁氏总是扮出一副谦恭下士的姿态，每天有一段时间在督署接见文武官吏，而且谈话时"煦煦和易"，"人人皆如其意而去，故各方人才奔走于其门者如过江之鲫"。他所网罗的李鸿章旧部有：

杨士骧（1860—1909），字莲府，安徽泗州人，进士出身，李鸿章的亲信幕僚。1900 年随李在北京与八国联军议和，奔走接洽，出力颇大。李曾夸奖他说："文字机变能应，卒莫如杨君者。"当年，由李保荐补直隶通永道，次年擢直隶按察使。袁世凯督直后，杨向袁献策说："曾文正首创湘军，其后能发扬光大者有两人，一为左湘阴（宗棠）。一为李合肥（鸿章）。湘阴言大而不务实，故新回平定后，迁徙调革，即不能掌握兵柄，致纵横十八省之湘军，几成告朔饩羊，仅剩有一名词矣。合肥较能掌握淮军，频年多故，遂尚能维持因应于一时。今公继起，如能竭其全力，扩训新军，以掌握新军到底，则朝局重心，隐隐'望岱'矣。他时应与曾、李二公争一日之短长，南皮（张之洞）云乎哉!"这原亦是袁的梦想，对此自然感到正中下怀，从此对杨"深依赖之"。袁曾对人说："天下多不通之翰林，翰林真能通者，我眼中只有三个半人，张幼樵（佩纶）、徐菊人、杨莲府，算三个全人，张季直（謇）算半个而已。"此后由袁奏保，杨先后升任直隶布政使、山东巡抚。1907 年代袁为直隶总督。

杨士琦（1862—1918），字杏城。为杨士骧之弟。1882 年中举，后报捐道员，1885 年捐指直隶试用，后来总办关内外铁路事宜。1900 年曾上书袁世凯，请求"痛剿"义和团。翌年随李鸿章入京与八国联军议和，担任李与奕劻之间的联络人员，由于善于逢迎，得到李和奕劻的赏识。李死后，他投靠袁世凯，充当洋务总文案，献"运动亲贵，掌握政权"的方策，又亲自把奕劻和袁世凯拉在一起。他富于机略权变，“喜逸恶劳而多消息”。名记者黄远庸曾称他为“有哲学思想的官僚”。他深得袁的信任，“事罔洪纤，尽以谘商”，素有“智囊”之称。民国后，为洪宪帝制的重要谋臣。

孙宝琦（1867—1931），字慕韩，浙江杭县人，他长期为李鸿章属吏，前后管理北洋银钱所、育才馆和开平武备学堂。1900 年为直隶候补道。次年袁世凯奏保他“才器开朗，奋发有为”，“堪称干济之才”。奉旨军机处记名。1902 年以五品京堂派充驻法国公使。日俄战争后，以奏请立宪闻名，调为宪政编查馆提调。1907 年又出使德国，次年由其姻亲奕劻力保，授山东巡抚。民国后，与袁结为姻亲，历任外交总长、代理国务总理等要职。

赵秉钧（1859—1914），字智庵，河南汝州人。1878 年以文童投左宗棠所部“楚军”，后升为巡检。1889 年到直隶，历任新乐典史、东明典史、天津北仓大使及直隶保甲局总办等官差。1901 年年初，经“李鸿章委派为淮军前敌营务处，兼统带巡捕三营”。因在京畿各州县捕杀义和团首领多人，以“长于缉捕”闻名官场。赵秉钧心凶骨媚，深沉阴鸷。袁世凯认为他“才长心细”，派他创办巡警。从此官运亨通，渐渐成为袁世凯集团的特务头子。

此外还有陈璧、胡惟德、朱家宝、吴重熹、齐耀琳、梁士诒、张镇芳、周学熙、孙多森等一大批爪牙。同时，周馥等淮系大官僚也都和袁互通朝政，引为声援。

如此，袁世凯终于壮大成为当时政坛中打一个喷嚏，三山五岳均为之震颤的威慑人物。

隆裕太后画像

1912 年 2 月 12 日，隆裕太后在紫禁城养心殿里将加盖了御玺的《退位诏书》，交给了赵秉钧和陆军大臣王士珍等人。而后，赵秉钧等人向号啕大哭的隆裕太后三鞠躬，默默转身退出养心殿：统治中国 267 年的大清王朝就此结束。隆裕太后召见赵秉钧时哭诉：“一般亲贵，无一事不卖，无一缺不卖，卖来卖去，以致卖却祖宗江山。”隆裕更愤怒地指责亲贵称：“至今日不出一谋，事后却说现成话，甚至纷纷躲避，置我寡妇孤儿于不顾。”

隆裕太后说的是事实。当时，年纪最长的头号辅政大臣庆亲王奕劻就以贪腐、卖官鬻爵闻名于世，他被后人称为“晚清首富”，仅在汇丰银行就有200多万两白银存款，连《纽约时报》等著名外媒也报道说奕劻家就是中国官场“集市”，门房都设“收费站”，被国人称之为“老庆记公司”。恽毓鼎在1908年日记中写道：“时事日非，而京朝官车马衣服，酒食征逐，日繁日侈。”当时官场“非攀裙带则无以任官”，“京官无不嗜财”。

对于腐败催生晚清革命，梁启超说得更直白：清政府数以万计大小官僚“他无所事，而惟以制造革命党为事。政治腐败者，实制造革命党之主品也”。

比如奕劻，此前在甲午战争、戊戌政变、庚子事变中，都表现出了不亚于恭亲王奕䜣的开明姿态和政治远见，因此在宣统政改中仍被国人寄予厚望。可是，这样一位皇族核心，却在宣统政改中毫不掩饰地高调贪腐。更荒唐的是，奕劻如此做派却“圣眷不衰”，不仅自己得了“铁帽子王”之外，妻妾中还封了6位“福晋”，超出了清制亲王只能封5位福晋的限额。后世有史家认为，奕劻只是刻意在展示自己的胸无大志以自保。如是一场本以建立高效廉洁政府为目的的改革，却不得不倚重一位巨贪；而巨贪本人只是以自污求自保，这种背后的体制荒谬性，正是宣统政改与生俱来、难以自清的胎毒。

溥仪祖父老醇亲王奕譞是咸丰帝胞弟，当年在协助慈禧清除肃顺一党立下大功，后又协助慈禧成功罢黜恭亲王奕䜣，是为“以醇代恭”，深得慈禧信任。溥仪祖母叶赫那拉氏，则是慈禧太后之妹；溥仪母亲瓜尔佳氏，又是慈禧宠臣荣禄的女儿，也是慈禧养女。也就是说，溥仪是慈禧心腹的外孙、养女的儿子。而同时被封为摄政王的溥仪之父载沣，则是一个柔弱怯懦之人，连胞弟载涛都觉得这个兄长“只可做个升平王爵”。

慈禧关注的是个人权力，载沣则是庸才，以致清政府“愈来愈无力去构思或立志去进行重大的社会变革，更不用说去实践这样的变革了。”（苏全有《论清末清军的国家失控》）

慈禧是在自己去世前两天，才忽然召溥仪“入宫教养并在上书房读书”的，商议立储时，军机大臣认为内忧外患之际，当立年长之人，慈禧太后听后勃然大怒。

第二天，光绪帝去世。当晚，载沣及诸军机大臣奉召入宫，面承慈禧懿旨宣布由溥仪继承皇位。同时还宣布“所有军国政事，悉秉予之训示裁度施行”，等皇帝长大了再亲政，这与当年慈禧在光绪继位时的口吻如出一辙。

最初载沣接到立溥仪为储而自己封摄政王的懿旨时，曾极力推托，

“叩辞至再”。这并非虚言，载沣一家有真实的恐惧：哥哥载湉（即光绪帝）被慈禧选中当皇帝后的命运就在眼前。

确定后仅仅一天，慈禧在午饭后忽然长时间昏迷，醒来后自知不起，这才宣布“此后国政即完全交付监国摄政王”。

作为传统史官，恽毓鼎觉得，没有比“父监子国，君为虚位”更违背纲常名分的体制了。载沣的政治才干也的确有限，一上台就罢免了汉人实力派袁世凯，兄弟三人代表皇族核心大抓军权，导致满洲皇族与汉臣与地方督抚矛盾激化。

1909 年，张之洞提醒载沣“如不顾舆情，恐怕要激起民变”。载沣却说：“有兵在，还怕什么民变。”张愤然：“国家养兵，岂是用来打老百姓的?”两人不欢而散。张之洞一回头咳了口血，长叹道：“不意闻亡国之言!”第二天就称病不再上朝了。一个月后张之洞去世，临终前长叹“国运尽矣”。载沣之外，恽毓鼎又历数主政诸满洲贵戚的不堪，奕劻老迈贪婪，载泽愚昧刚愎，载洵、载涛幼稚好惹是非……而这些人都“借中央集权之名，为网利营私之计”……恽毓鼎最后总结称，清朝“其绝必有处”，并且，即便没有革命党，也会有其他人来为大清掘墓。

中枢之外，恽毓鼎还认为东洋留学生、新军、资政院咨议局是“亡国三妖”，而东洋留学生渗透新军操控咨议局鼓吹共和、革命，被他称之为“诸魔之母”。

美国考察清末政治的学者李约翰在其著作《清帝逊位与列强》中指出：慈禧的突然死亡“使王朝失去了一个最能干的人物”，“失去了维系这个解体的国家的强手”。

因为在明治维新前，日本皇室根本不掌握日本的最高权力，最高权力掌握在幕府将军手里。天皇仅仅是作为一个精神象征存在。而且自从德川家康建立幕府以来的 200 多年里，大部分天皇终生被“囚禁”在皇宫里。因为德川家康明确规定天皇的主要工作是“研究学问”。所以，明治维新其本质是地方势力与天皇势力联合起来瓜分了幕府将军的权力。明治维新对于天皇来说不是使自己的权力缩小，而是扩大了天皇的权力。

而清王朝的改革恰恰是以缩小自己权力为代价的，这个世界上除了佛陀以外恐怕不会有人割自己的肉不心疼的，因此清王朝在改革中所表现出来的狐疑、颟顸、迟疑其实都是可以理解的。

事实上，我们现在反思晚清衰落这段历史，我们必须牢记，清朝的入关实际上没有自己的既有文化基础。它只有一个十分粗陋的八旗体制。它的一切文化都是承袭于明制的。明制的根基则百分之百地来源于中国传统的文化。要反思清朝的灭亡以及民国兴起后的一系列乱象，则我们仍然不得不从自己的老祖宗方面去找原因。看看老祖宗留给我们的东西，哪些是因为年代久远了，潮湿发霉了，必须予以摒弃。哪些在阳光的暴晒之后，仍然值得我们现在借鉴。这不是一个中学为体的问题，也不是一个单纯全盘西化的问题，而是一种全新的思路。仍然得从中国的教育与文化的根基上重新做起，踏踏实实地做一些具体的事情。

很喜欢陈寅恪关于中国传统文化的一些基本看法。中山大学的袁伟时先生将它们归结出了四个要点：

一是中国文化可分为制度层面和非制度层面。“自晋至今，言中国之思想，可以儒释道三教代表之……故两千年来华夏民族所受儒家学说之影响最深最巨者，实在制度法律公私生活之方面；而关于学说思想之方面，或转有不如佛道两教者。”

二是以儒学三纲六纪为代表的中国文化已经具体化为社会制度。“吾中国文化之定义，具于《白虎通》三纲六纪之说，其意义为抽象理想最高之境……其所依托以表现者实为有形之社会制度，而经济制度尤其最要者。”

三是中国文化即使吸收外来文化也坚持固有框架，在吸收改造外来学说融为一家之说后，即显现排外的本质。

四是陈寅恪认为当时中国的制度文化已经不可救疗。“自道光之季，迄乎今日，社会经济之制度，以外族之侵迫，致剧疾之变迁，纲纪之说，无所凭依，不待外来学说之掊击，而已消沉沦丧于不知觉之间，虽有人焉，强聒而力持，亦终归于不可救疗之局。”

所谓的三千年未有之大变局，冲击主要来自于中国传统的制度与文化。

胡适说得好：“凡是民族主义运动都带有保守性，而且排外的，他们总认为老祖宗的东西是应该保守的，这不仅是国民党如此，全世界都是如此的。”大清帝国时期的民族主义更是极端保守愚昧。

2013 年 8 月 6 日修订于厚街蜗居

编辑手记

时光荏苒，转眼已是三年过去了。记得2010年7月，一个偶然的机会，我在天涯论坛“煮酒论史”里看到郭老师“两个女人 一个清朝”的帖子，当时便有眼前一亮的感觉，便立即通过天涯联系上了郭老师，我们谈得很投缘，很快我社决定出版“两个女人 一个清朝”系列丛书。所以在这里我特别感谢天涯论坛，是网络让我和远在东莞的郭老师建立了联系，给了我们合作的机会。之后我们虽然交流不多，但是对这个选题的喜爱和认可，让彼此有了许多共同的语言，从而相互信任，默契合作三年之久。网络让两个素未谋面的人建立了深厚的友谊。后来我们有幸在北京见面，清瘦、儒雅、谦逊是郭老师给我留下的最初印象。

在出版这套丛书的开始，我特别想找一位清史界的前辈来做个推荐，毕竟郭老师只是一位草根作者，如果想让图书在市场上有个不错的销量，权威专家的推荐是必不可少的。一个很偶然的机会，在网上看到一篇李治亭老师质疑阎崇年“努尔哈赤十大贡献”的文章，看完李老师这篇文章，深深被他身上那种严谨的学术作风所感动。我想这个推荐专家非李老师莫属。几经周折，终于联系上了李老师。很巧，当时李老师已经从辽宁大学历史研究所退休，人正在北京，在国家清史编纂委员会传记组工作。电话中我向李老师简单介绍了这套丛书以及作者的情况，并提出了邀请他推荐“两个女人 一个清朝”这套丛书的请求。真没想到，李老师竟很爽快地答应了。没过几天，李老师给我打来电话，电话中他一字一句向我口述他给这套丛书写的推荐语：“大清王朝，汹涌澎湃，终不免覆亡。开国轰轰烈烈，因为有孝庄而更添精彩。百年盛世，转瞬化为历史尘埃。末世衰败，慈禧欲力挽狂澜，但无力回天，是非功过，任凭后人评说。”虽然只是寥寥数语，却揭示了这套丛书真正的灵魂所在。我不得不为李老师的文采拍手叫好！

后来，在我的“纠缠不休”下，李老师从第二部书开始一直为该丛书写序，而每次看到李老先生手写的序言，字里行间对学术的专心，对这套丛书公正、客观的评价，都让我有一种莫名的感动。三年时间似乎很长，但又是那么的短暂。三年里，我们每个人的生活中都会发生很多事。在这三年里，这套书成了我的一个期望。每出版一本，我就会期待下一本的推出。每次郭老师给我发来新书的电子版，我内心都有一种马上就要过节的喜悦。一般我会选择晚上在家中的书房，等家人都睡去，自己安安静静地逐字逐字地去看。审读这本书的时候，工作已经不再是工作，而是一种愉悦。没有任何压力，只有阅读的渴望。甚至每次关电脑睡觉的时候，都有一种不忍放下的依恋。就这样，从第一部、第二部、第三部……一直到现在你拿到手里的最后一部，没想到这套书就这样一本本地呈现在你我的面前。6 本厚厚的“两个女人 一个清朝”丛书拿在手里，三年的时间，让我内心收获了沉甸甸的幸福。

今天，这套丛书得以顺利出版完成，我特别要感谢中国社会出版社浦善新社长，正是浦社长对这套丛书的认可，才使得这套书在三年里得以顺利出版。同时感谢总编室吴英主任对这套书一如既往的支持，是她与总编室各位同人的认真工作，使得该套丛书质量有了保证。另外还要感谢金伟社长领衔的发行部各位同人，是他们辛勤、富有创造性的工作使得该系列丛书有了不错的销量。

三年里，“两个女人 一个清朝”系列丛书一直得到广大媒体的关注与支持。《北京晚报》、《中国图书商报》、《沈阳晚报》、新浪网、腾讯网、凤凰网、搜狐网、网易网都一直关注这套丛书的出版，在此也一并表示感谢。

最让我感动的是广大读者，是你们对这套丛书长期以来的支持让我们有了一直走下来的动力。我想，只要有你们的支持，这套丛书也将会有一个更加美好的明天。

编辑手记本应言简意赅，没想却啰唆这么多。

杜　康

2013. 10. 28

大结局